网络文学名家名作导读丛书

萧鼎与《诛仙》

第三辑

欧阳友权 著

肖惊鸿 主编

作家出版社

网络文学名家名作导读丛书

主　　编：肖惊鸿

第三辑编委：欧阳友权　夏　烈　陈定家　张丽军
　　　　　　张慧伦　　林庭锋　侯庆辰　杨　晨
　　　　　　杨　沾　　瞿笑叶

序

20世纪90年代以来，文学与这个伟大的时代一道，经历了巨大的发展变化，其中一个标志性的现象，就是网络文学的兴起。以通俗大众文学之魂，托互联网与媒介新革命之体，网络文学如同一个婴儿，转眼已成为青年。网络作家们朝气勃发，具有汪洋恣肆的创造力，架构了种种可能的和不可能的世界。科技与商业裹挟着巨大变革中释放的青春、激情和梦想奔腾向前。时至今日，作者是有的，作者群体大到过千万人；作品是有的，作品总量已逾两千万部；读者就更多了，读者群体数以亿计。

网络文学是新生事物，也是一片充满活力的文化热土，是中国特色社会主义文学生机勃勃的组成部分。习近平总书记高度重视包括网络文学在内的网络文艺的发展，勉励广大网络作家加强精品创作，以充沛的正能量满足人民群众特别是青年一代对美好精神文化生活的新期待。

所以，这套《网络文学名家名作导读丛书》生逢其时，它将有助于探索网络文学艺术规律，凸显网络文学的艺术价值和社会价值，推动网络文学的主流化、精品化；同时，它也是精确的导航，通过这套丛书，我们将能够比较清晰地认识网络文学的重要作家和重要作品，比较准确地把握网络文学的发展历程和发展前景。

这套书的入选作者是目前公认的网络文学名家，入选作品是经过一段时间检验的代表作，而导读部分由目前活跃的网络文学评论家群体担纲。预计这套丛书的体量将达到 10 辑至 20 辑、全套 50 册至 100 册。无疑，这是一项浩大的工程，但也是值得耐心地、持续地做下去的工作。网络文学必须证明自己不是即时的快消品，它需要沉淀、甄别、整理，需要积累经验，逐步形成自身的传统谱系，需要展开自身的经典化过程。这套丛书就是向着经典化做出的努力。

这套丛书的主编肖惊鸿长期从事网络文学相关的研究和组织工作，她的眼光和能力值得信赖。尽管网络文学的理论建设近年来已经取得重大进展，但是，将理论落实为面对作品的、具体的分析和判断，实际上仍然是艰巨的课题，也是网络文学理论评论工作的薄弱环节。希望肖惊鸿和其他评论家们深入学习贯彻习近平新时代中国特色社会主义思想，以习近平总书记关于文艺工作和网络文艺的重要论述为指导，自觉运用历史的、人民的、艺术的、美学的观点评判和鉴赏作品，向现在的读者，也向未来的读者交出一份令人信服的答卷。

李敬泽

2019 年 3 月 7 日

于北京

目录

导读

第一章
"大神"是怎样炼成的

2003 年，在中国网络文学"马鞍形"发展态势触底反弹的历史转折期，萧鼎的《诛仙》横空出世，从此开启了一个独具魅力的东方仙侠武侠小说的新时代。从 2003 年开始连载，到 2007 年完本，《诛仙》创造了一个类型小说的高峰。

说起中国的网络文学，萧鼎算得上是一个里程碑式的人物。在小说《诛仙》中，他以自己的才华，讲述了青云山下的普通少年张小凡的成长经历，以及他与两位奇女子凄美的爱情故事。整部小说构思巧妙、气势恢宏，情节跌宕起伏，人物性格鲜明，人们将它与萧潜的《飘渺之旅》、玄雨的《小兵传奇》并称为"网络三大奇书"，又被称为"后金庸时代的武侠圣经"。后来，《诛仙》被改编成为游戏、电视剧，还被拍成院线大电影，产生了广泛的影响。

一、张家有儿痴于文

如今的萧鼎，是"幻剑书盟"的首席签约作者，担任福建省作家协会副主席，还与黄志强等二十多名网络作家组建了福建省作协网络文学专业委员会，担任委员会副主任。从网络文学诞生伊始，萧鼎就活跃于网络文学各大网站，成为福建网络文学阵营的核心主力。在事业风生水起的同时，萧鼎也拥有一个温暖幸福的小家庭，虽然已到不惑之年，却依然保持着对生活的热爱，看书、踢足球、玩游戏，爱好挺多，而网络写作已成为他的生活方式之一。

1976年，萧鼎（原名张戬）出生于福州一个普通的工人家庭。据萧鼎自己所说，学生时代的他是个极其平凡的人，学习成绩谈不上优异，也没有什么让人一下子就能说出来的过人之处，偶尔还会干些令任课老师头疼的事，那时的萧鼎就是这么普通。不过他从小就喜欢看书，而且涉猎颇广，尤其爱看武侠小说，所以他的作文写得不错。对于文学的热爱，让萧鼎逐渐成为文史老师心中的宠儿，却也是理化老师眼里的另类。

就这样，从小学顺利升入中学，在面临人生转折点的高考关键时期，萧鼎说自己对未来并不抱有什么特殊的梦想，在他看来，只要有书读，毕业后能找到一份轻松、安逸且报酬不错的工作就是最大的期望。1995年，他考入中华职业大学（现已合并到福建工程学院）工商企业管理专业。之所以选择这个专业，用萧鼎自己的话来说，只是因为觉得听起来不错，似乎意味着以后就可以当上CEO，迎娶白富美，从此走向人生巅峰。至于后来的发展道路，自然是与这个专业没有多大关系。在大学期间，萧鼎曾负责班刊、校刊的编写工作，对于一个热爱文字的人，这也算是给自己的爱好找了一个用武之地。

1998年，从这所普通的二本大学毕业后，萧鼎先是在福州一家期货投资公司待了短暂的三个月，因为没有办法适应公司的工作环境，他选择了辞职。接着，他做过外贸公司职员以及保险公司业务员，结果无一例外，都不得善终。最后，萧鼎选择回家帮忙看守父亲经营的布料门店。毫无疑问，他碰到了很多普通大学毕业生都会遇到的问题，生活注定是迷茫且索然无味的。不过也正是由于这份迷茫，2001年，热衷于玩网络游戏的萧鼎，无意间闯进玄幻仙侠小说网站，他心中写作的火苗就此被点燃。那时，国内的网络文学才兴起没几年，萧鼎上网看了一些作品，然后便开始尝试写些东西发到网上。

有人说，当上帝关掉了你的一扇门，就会为你打开一面窗，萧鼎没想到，自己写的这些小玩意儿竟然得到不少网友的积极反馈和回复，由此他获得了坚持写作的动力。那时的萧鼎没有属于自己的电脑，只能先用手写，然后再去网吧，把稿纸上的字传到网站上。好在他的写作之路还算顺利，2002年，他的处女作《暗黑之路》完成，很快就被台湾的一家出版社买去，他把所得的2.8万元稿费拿来组装了一台电脑，从此告别了在网吧上传作品的日子。

萧鼎说他一般是白天写作，他觉得早上人的精神状态比较好，可以洋洋洒洒写两个小时，下午的时候也写一两个小时。至于写作进度，出入就比较大了，郁闷的时候好几个小时只能写一百来字，而感觉好的时候一口气写四五千、五六千字的情况也是有的。萧鼎说，他在写作时，写着写着常常会不自觉地双脚蹲在椅子上，感觉这样能够让自己紧张起来。这种姿势看似奇怪，但确实能帮助他把情节写得更加紧凑。当然，这也令他常常两腿酸麻，写完后起身，有时会猛地摔倒在地，疼得龇牙咧嘴。

自2002年出版首部作品，到2007年成名作《诛仙》实体书的大结局发售，以及同名网游上线，当时还不满30岁的萧鼎已然成了炙手可热的"网红作家"。要知道，在萧鼎最火的2007年，南派三叔才刚开始发售自己的《盗墓笔记》，而天蚕土豆，还只是一个十七八岁的大孩子。但是一个如此成功的人，却说自己并不擅长表达，写作只是找到了一个与内心、与世界对话的窗口。苏格拉底曾说："我所知道的只有一件事，那就是我什么也不知道。"对于"什么都不知道"的萧鼎来说，只知道让文字在键盘上愉快地流动，他是在用自己的方式记述内心的声音。

二、开辟"仙侠"新世界

萧鼎的原名叫张戬，他使用这个笔名，是因为他最初上网时用的第一个名字就是"萧鼎"。而张戬之所以要用"萧鼎"之名上网，是因为他喜欢武侠小说，尤其喜欢金庸作品中真实又浪漫的江湖世界。萧鼎说过，因为武侠小说里姓萧的一般都是武功高强的人，例如《天龙八部》里的萧峰掌握着顶级神功，其父萧远山更是辽国上下人人认可的"第一高手"；再如《鸳鸯刀》里名震江湖的大侠萧半和也是如此。而"鼎"则是我国古代的"国之重器"，很有气魄，于是他就起了"萧鼎"这个名字，现在看来，这个名字确实能带给我们一些江湖气和历史感。刚开始写网络小说时，萧鼎都是白天上班无所事事时，便用笔写在纸上，然后晚上再用自己不多的钱去泡网吧，一个字一个字传到网上，两三个小时后传完再回家。这份真挚与坚持，很快就得到了回报，其处女作《暗黑之路》于2002年6月便在中国台湾地区出版。作为一部西方式的奇幻小说，作品讲述了千年之后重新出现在世界的暗黑法师，虽拥有强大的力量，但却让心目中的仇人的一席话摧毁了意志。欲望大陆波澜壮阔的历史画卷，暗黑帝国悲壮的英雄史诗，邪恶王一生的真实传记……小说将阴暗诠释得十分到位，对政治斗争的刻画也具有独特的方式。

约一年后，《诛仙》正式问世，同样也是在台湾出版。《诛仙》最开始是在"幻剑书盟"连载，一经问世，便引起了巨大的轰动。当时的"幻剑书盟"还是免费阅读，选择在网上看小说的读者，不要说移动设备，也许连家用电脑都没有，但是能在这种非营利的平台进行创作，足以说明大多数作者开始创作时并不抱有什么功利目的。就在这样一个一度是国内最具影响力的网络文学站点，《诛仙》第二年就蹿上了排行榜第二的位置。到2005年，《诛仙》在"幻剑书盟"的点击量已经超过了3000万次。3000万的点击量，现在来看没什么让人惊讶的，但是在2005年，全中国的上网人数才刚刚过亿，因此，2005年也被称为"中国玄幻元年"。2005年4月，大陆版本的《诛仙》发售，到2007年夏天，《诛仙》总共发售过8本实体书。同年，《诛仙》改编网游业绩爆表，据说萧鼎获得了100万元的版权签约费，而这款网游，也是网文大IP改编游戏最早的案例之一，比小说IP改编页游、手游的"潮流"要早上好多年。

《诛仙》的由来，最早是应《梦想者》杂志约稿而创作的。当初《梦想者》并未要求萧鼎创作这个题材，是萧鼎自己想要开阔一下思路，所以选择了这个仙侠武侠题材。写一部中国古典风味、具有东方背景的仙侠小说是萧鼎一直以来的夙愿，这个念头的起源就是他小时候看《蜀山剑侠传》时一直孕育在心中的一个夙愿。看还珠楼主《蜀山剑侠传》时，萧鼎觉得"人物情感比较苍白"，所以他就试想创作一部有情有义的仙侠小说，这是萧鼎当初写作的动力之一。萧鼎当初正好想写一部有中国东方背景的小说，一大早醒来就想到这个名字，觉得它有气势又很响亮。从某种意义上讲，《诛仙》不太像一部网络小说，精致的文字和字里行间流露出的古风古韵，让《诛仙》显得清新脱俗，有纯文学气质，而它波澜壮阔的世界和主人公跌宕起伏的经历，更是足以让很多读者看过几章之后便入迷其中，难以自拔。

萧鼎创作《诛仙》的那一年，电视剧《金粉世家》正在热播，当时盛行的潮流便是：有一拨人在街头巷尾唱着《暗香》，而另一拨人则在乐此不疲地嗑着张小凡的情感八卦。出版人沈浩波一眼看中了《诛仙》的商业价值，后来他成了萧鼎的幕后策划人。那时在网上流行的小说大都是修仙、穿越等题材，但在线下图书市场，这一类作品却难觅踪影。瞄准商机之后，沈浩波为《诛仙》想了一句多少有些"标题党"的宣传语："后金庸时代的武侠圣经"，这句宣传语流传至今。出版当年，《诛仙》狂销 500 万册，这个数字还未包括在台湾发行的繁体图书销量。四年后，《诛仙》的销售累积量已经达到了惊人的 1000 万册，这还不算大量的盗版以及网络上传播的电子版。沈浩波颇有商业头脑，一句话石破天惊，搅动了 2005 年的图书市场。线上线下一起发力，优秀的品质加上成功的营销，《诛仙》毫无意外地火了。作者跟着出版方去全国各地签售，他本以为冷清的场地一下子来了大批读者，1976 年出生的萧鼎，没想到在自己 30 岁之前便一举成名。

相比唐家三少的多产，萧鼎在《诛仙》之后的创作多少显得有点后劲乏力。此后的十多年间，他写过《诛仙 2》《戮仙》《天影》等，但似乎因为《诛仙》的光芒太过明亮，这些小说没有激起太大的反响。虽然如此，也丝毫动摇不了《诛仙》和萧鼎在网络文学史上无可替代的地位。有网友将《诛仙》与《飘渺之旅》《小兵传奇》并称为"网络三大奇书"，可谓实至名归。至于萧鼎自己，虽然是出生于 1976 年，但并不影响他被归入风靡一时的"80 后"作家群，而且他的读者绝大部分都是"80 后"。在《诛仙》问世的 2003 年，最大的一批"90 后"13 岁，最小的一批"80 后"14 岁，而他们正是最早开始习惯使用网络、习惯在网上看小说的一批人，所以在一定层面上，说《诛仙》塑造了一代粉丝的文学观实不为过。

三、守得云开见月明

一分耕耘一分收获，多年的网络写作，以及基于《诛仙》一直以来的影响力，萧鼎在网络文学领域取得了一份十分亮眼的成绩清单：

2005年12月8日，萧鼎在云南丽江参加了"百度2005中国风云录"活动，《诛仙》被授予风云小说奖。

2006年3月3日，凤凰卫视《戈辉梦工厂》专访《诛仙》作者萧鼎。

2009年4月，萧鼎在杭州参加了网易"沧海灵荒"2009春季研讨会，担任"沧海灵荒"创世天神之一。

2010年1月16日，萧鼎被增选为福州市作家协会理事。

2012年3月25日，"凤凰杯"第二届中国武侠大奖于成都市龙泉驿区洛带古镇完美落幕，此次大奖分为小说、网络小说、学术、动漫、网络游戏等多领域奖项。萧鼎《诛仙》获评"凤凰杯"首届中国网络武侠小说优秀奖。

2016年，福布斯中国原创文学风云榜，萧鼎凭借新作《天影》荣登总榜单第四位。

2016年11月，《诛仙》入选2016中国泛娱乐指数盛典"中国IP价值榜——网络文学榜top10"。

2017年2月，第二届"网文之王"评选中，萧鼎位列百强大神。

2017年7月12日，《2017猫片·胡润原创文学IP价值榜》发布，《诛仙》位列榜单第14位。

2017年7月，萧鼎参与创作东方玄幻架空世界观IP"六迹"项目，主笔蛮荒纪元，起点中文网、六迹官网及六迹APP同步推送，发布作品《六迹之大荒祭》。

2018年2月，萧鼎荣登橙瓜《网文圈》杂志第19期封面人物。

2018年5月，第三届"橙瓜网络文学奖"评选中，萧鼎位列百强大神。

2018年，由中国作协网络文学委员会、上海市新闻出版局、上海市作家协会、阅文集团联合主办的中国网络文学20年研讨会在沪举行，会上正式发布了"中国网络文学20年20部作品"名单，萧鼎的

《诛仙》名列第五。

2018 年 8 月,在中国"网络文学 +"大会上,《诛仙》入选为"网络文学发展历程中的 20 部优质 IP"之一。

2019 年 12 月 23 日下午,"第三届茅盾文学新人奖暨第二届茅盾文学新人奖·网络文学新人奖"颁奖典礼在桐乡茅盾中学举行,刘晔(骁骑校)、张戬(萧鼎)、徐磊(南派三叔)等 10 位网络作家获评第二届"茅盾文学新人奖·网络文学新人奖"。

从在网络文学领域初露锋芒,再到现今被冠以"大神"之名,萧鼎的成功也映射出网络文学市场的逐渐成熟。作者笔下的虚拟世界就像陶渊明笔下的桃花源,在高度物质化的当代社会里,可以帮助人们舒缓压力,消解物质束缚,缓解人与人、人与社会之间的矛盾。这正是《诛仙》虽为十多年前的小说,却至今依然拥有众多拥趸的一个重要原因。

第二章

创作甘苦，冷暖自知

——萧鼎访谈

采访人：欧阳友权、李玉萍
受访人：萧鼎

萧鼎的《诛仙》作为仙侠小说的开山之作，当之无愧地成为这类小说的杰出代表，从作品的字里行间可以感受到作者自由驰骋的想象力和饱满的文学情怀。为了解作者创作的心路历程，获取更多创作背后的故事，我们采访了《诛仙》的作者萧鼎。

问：谢谢您抽出时间接受我们的采访。首先让我们感到好奇的是，在当时那个年代，除了对文学的热爱，是什么契机让您开始了网络写作？

萧鼎：应该说最重要的还是互联网的出现，在当时几乎没有门槛的一个全新的网络世界中，给予了我一个以前不曾有过的机会。

问：从 2001 年开始写作，到现在将近二十年，在如此漫长的时间里，您的写作心态有没有发生改变？

萧鼎：当然是有发生改变的。任何事物都是在不断变化的，从一个年轻人成长到现在，我变胖了，心态也和当年不同了，所以在写作上也有了很大的变化。

萧鼎的回答很真挚。没错，没有什么东西是一成不变的。20年的光阴，很多事情都变了，可以发现，萧鼎也从一个风流倜傥的青年才子变成了一个充满自信的中年男神。人的心态变了，写作自然也会随之发生变化。相信，现在的萧鼎经过岁月的洗礼，写作会变得更加成熟。

问：《诛仙》和《飘渺之旅》《小兵传奇》被誉为"网络三大奇书"，备受网友追捧，这种状况对于您的生活或创作会有什么影响吗？

萧鼎：我觉得并没有太大的影响吧，我的生活一直都还算是比较平静的。

问：能谈谈创作《诛仙》的缘起吗，您在构思过程中有没有遇到什么困难？

萧鼎：网络文学发展的早期，曾经深受西方奇幻和日本幻想小说的影响，大多数小说都是西方背景的奇幻小说。我当时就萌发了一个念头，想在中国古典文化的基础上去写作一部中国特有的仙侠小说，这就是《诛仙》最初的创作起源了。在构思中一切都好，没感觉有什么困难的地方。

问：在《诛仙》中，您描写了大量神奇的法宝兵器、上古灵兽等，而且您还在小说中提到了一本记载法宝、灵兽的书《神魔异志》，请问这些都是虚构的吗，还是说有相关的依据？

萧鼎：基本上都是我想象虚构出来的，当然其中的一部分东西我有参考了《山海经》等典籍记载。

怪不得，在网上搜不到《神魔异志》呢！小说是一个虚拟的世界，正如中国四大名著之一的《三国演义》书写了历史，但其实书里的故事很多与历史不符，经由作家"真实"的叙述，经过时间的沉淀，文学的真实似乎已变为历史的"真实"。网络玄幻小说作者的想象并非皆是无源之水，其创作充分吸收与借鉴了中国古代神话的精髓。有人统计，《诛仙》中明确引自《山海经》的事物就有八项之多。

问：您创作《诛仙》这部作品，是想要表达什么？

萧鼎：我没想过要向读者说教什么，只是用文字将自己心中所想表达出来。

问：《诛仙》不同于其他的玄幻修真作品，里面有很多传统文学的影子，能告诉我们哪些传统文学或文化典籍对您产生了较大影响吗？

萧鼎：我从小就很喜欢中国古典文学，四大名著等作品都看过不少，同时近代的还珠楼主的《蜀山剑侠传》和以金庸先生为代表的武侠小说，也是我所喜爱的。

问：您如何看待网络文学和传统文学的关系？

萧鼎：这两者在本质上都是文学，是同一种东西，并无区别。只是网络文学的载体以互联网为主，呈现出一些新的特征而已。

萧鼎对此持开明的态度。网络文学本就是借助网络创作和传播的文学，文学的本质并无变化。对于网络文学，我们应该给予更多的包容。

问：我认为，原生家庭对一个人成长的促动和制约都是巨大的，能谈一下您的成长环境和家庭背景吗？

萧鼎：我出身于一个平凡普通的工人家庭，在一个偏僻的地方长大，从很小的时候开始，书籍就是我最好的心灵伴侣。

问：您的孩子喜欢看网络小说吗？网络小说的读者基本上都是青少年，对于这一现象您怎么看？

萧鼎：我的孩子他很喜欢网络小说，也经常阅读。网络小说的读者中青少年所占比例不小，我认为这是一件很好的事，阅读并没有被时代抛弃，只要有好的故事，好的文笔，人们包括青少年们仍然是热爱阅读的。

认同萧鼎的观点，阅读是好事，好的故事，好的文笔才会被阅读。对于青少年阅读网络小说这个现象我们不能戴着有色眼镜去看待。

问：您最喜欢《诛仙》里的哪个人物，为什么？

萧鼎：《诛仙》里每个人物都是我用心创造出来的，我都很喜欢。

问：网络作家是很辛苦的，请问您的写作习惯是怎样的呢？

萧鼎：基本就是坚持每天都会写一点吧。

　　每天敲击键盘想必已经成了网络作家的生活习惯。网络文学线上读者追更的特性决定了网络作者每天都要更新，就算你不想写，也会有粉丝催更的。

问：您有哪些业余爱好？平时的生活是怎样的呢？

萧鼎：除了写作之外，我还喜欢阅读、体育和玩游戏。平时也会看书，看看视频直播什么的。

　　我们想知道您都在玩什么游戏啊，该不是《诛仙》吧，哈哈。

问：《诛仙》被新浪网誉为"后金庸时代的武侠圣经"，您怎么看待这个评价？

萧鼎：过奖了，不敢当。

问：对于一个作家来说，阅读是必不可少的，能谈一下您最喜欢的作家和最喜欢的书吗？

萧鼎：我最喜欢的作家是金庸先生，最喜欢的书是《红楼梦》。

　　萧鼎喜欢的作家和喜欢的书都是具有中国古典意蕴的，这也就不难理解他为什么可以写出具有东方神韵的《诛仙》了。

问：《诛仙》可谓仙侠小说的开山之作，对于网络小说类型化您怎么看？

萧鼎：类型化、套路化确实是目前网络文学发展中出现的一个问题，其中的原因也许有商业化的缘故，我想这需要广大作者推陈出新，跳出套路，创作出属于自己的全新的文学作品。

问：现在的网络小说写作套路化比较严重，要摆脱套路写作，您有没有什么建议？

萧鼎：还是要多看多想，多多阅读，从前辈的作品中汲取养分，更多地关注世界和社会，开阔眼界，自然会有新的发现和收获。

问：您如何看待网络作家和粉丝读者之间的关系？您最想跟读者说的话是什么？

萧鼎：网络作家和读者之间的关系应该说是比过往的作者要更密切一些的，这也是新时代互联网所带来的特点。多年来一直有为数众多的读者支持着我的创作，可以说，没有读者们的支持，就不会有我的今天。所以我最想和大家说一声：谢谢！

是的，作者与读者粉丝之间的关系相当紧密，这是网络作家和传统作家不一样的地方。有了众多读者的支持，才有了网络大神的存在，作家在一定程度上是受制于读者的。

问：《诛仙》被改编成了电视剧、电影，最近的电影《诛仙1》对原著改动颇大，受到了众多原著党的吐槽，您对这种改编作何评价？

萧鼎：我个人觉得，广大读者多年来这么喜欢这本书还是有原因的，所以我也希望，如果影视改编能够更贴近原著一些，或许会更好吧。

萧鼎的话说出了广大原著粉对于影视改编的心声。影视改编是对作品的二次回炉，也是对粉丝的二次消费，一部成功的改编作品，需要赢得观众的口碑。《诛仙1》的上映本应是唤醒众多读者对于《诛仙》的回忆，但是电影改动太多失却了原著粉想要重温的情感寄托。

问：网上有读者说《诛仙》结局有些烂尾，您怎么看待这种评价？

萧鼎：是我的水平不够好，没有写出让所有人都满意的结局。我也在思考着这件事，并在空闲时间，认真（但缓慢）地做着重新修订《诛仙》的事。

问："天地不仁，以万物为刍狗"是小说的主题思想，小说一直在追问何为正道，那么，在您眼中什么是正道呢？

萧鼎：天地万物，并不以人的意志为转移。

萧鼎回答依旧一语中的，不乏艺术性。一言以蔽之，正道，自有其本身的发展规律，不是由人来评说的。

问：小说主要描写了青云门为首的正、魔两派，并通过张小凡这个人物的变化体现出佛、道、魔合一的生命境界，这代表了您对这"三教合一"观念的真实理解吗？

萧鼎：不是，这是文学创作上的一种表现手法。

问：对于爱慕张小凡的女性，网上有"碧瑶党"和"雪琪党"，您认为张小凡最喜欢的是谁？在现实生活中，您更倾向于哪一党？

萧鼎：我没有倾向性，我是一个作者，我认为自己的职责只是忠实地将主角的情感人生描绘出来。至于如何理解，是读者们自己的事。

看来，萧鼎果然很智慧，没有掉进我们的坑里，他的作品没有掺杂个人的偏爱。

问：《诛仙》正邪博弈，结构宏大，您是如何建构起一个庞大的仙侠世界的？

萧鼎：我喜欢幻想，从小到大都是，但是切换到写作中就是另一回事了，考虑得必须更加细致和周详。

问：《诛仙》的题目，有什么寓意吗？

萧鼎：好听。

没想到萧鼎回答得这么直接，仅两个字：好听。这样的回答打破了我们所有的假设。但仔细一想，这种回答的确是最好的理由。没错，《诛仙》这个题目真的很好听，第一眼就可能被这个题目吸引住。

问：小说中有许多精彩的细节描写，能和我们分享一下您在这方面的创作经验吗？

萧鼎：我没有什么特殊的经验，我只是用心去描写，心中幻想有千千万万，然后用最大的能力去描绘出来，或许这也是天赋的一种。

哈哈，这个回答果然很萧鼎。他的回答是很实际的，干什么事情都需要用心，经验或是技巧都是外在的东西。作家需要天赋，萧鼎无疑是一个有天赋的作家。

问：《诛仙》写作跨越时间比较长，能具体谈谈《诛仙》的创作过程吗？

萧鼎：总共写了四五年时间吧，这个过程很漫长，伴随着痛苦，但更多的还是创作的激情和快乐。

问：《诛仙》写了爱情、友情、乡情、师徒情，这么重视对于"情"的描写您是出于怎样的考虑？

萧鼎：我认为人性是复杂的，感情是多样的，爱情是人性中非常重要的一部分，但并不是全部，只有尽力将这些感情描写出来，那个人才是完整的。

嗯，是这样的。萧鼎笔下的每个人物都很丰满，都面临着各种感情冲突和抉择。爱情并不是唯一的主线，而是多种情感的碰撞。在这一点上，萧鼎的创作超越了许多人。

问：《诛仙》是修真仙侠类作品，您有没有想过尝试其他题材的创作？

萧鼎：有的，想象的世界里也是多种多样的。

问：您是和网络作家交流多，还是和传统作家交流多？为什么？

萧鼎：我和网络作家的交流会更多一些，大概还是因为大家年龄相近，同时互联网带来了便捷的联络方式，以前的QQ，现在的微信，都让大家联系得更加密切了。

问：您觉得《诛仙》这么火的原因有哪些？

萧鼎：好看！

　　这可能就是神回复吧！话不多说，言简意赅，一语中的。《诛仙》真的是很好看，让人欲罢不能。

问：《诛仙》如此成功，会对您以后的创作产生压力吗？

萧鼎：压力很大，但多年来我已经渐渐习惯了这种压力，变得从容了许多。

问：网络小说动辄上百万字，对于网络超长篇写作您怎么看？

萧鼎：这是新的时代，新的文学形式，广大读者喜欢，那又有什么不对呢？

问：请谈谈您的工作现状和人生理想，作为福建省作家协会副主席，您是怎样协调日常工作与网络创作的关系的？

萧鼎：我平时没工作，平日里写写文章，带带孩子，看看体育直播，再玩玩游戏。

问：现在的网络写手众多，您觉得要想成功需要具备哪些条件？

萧鼎：首先当然是要自身有实力，能写出质量上乘的作品，这是一个作者的根基；其次，我想网络作者很多的还是需要有一种坚持的毅力吧，这一行并不容易，与大家共勉。

　　一靠实力，二要坚持，萧鼎所说的这两点是每一个网络写手必备的素养。

问：作为一个网络作家，您对于网络文学的未来有什么看法？

萧鼎：我对网络文学的未来充满信心，未来一定是互联网的时代，那么和互联网一起诞生的网络文学，也必将拥有无限光明的前景。

问：身为一个著名的网络作家，您在这条道路上有遇到过什么困境吗？

萧鼎：没有。

我们知道，网络作家并没有表面看到的那么光鲜，也不是随随便便在网上写一部小说就能出名，背后的辛酸苦辣如鱼饮水，冷暖自知。萧鼎是比较幸运的，但是在创作这条道路上，恐怕也不是简简单单两个字"没有"这么轻松吧。

问： 请问您现在正在创作哪部作品，未来的创作计划方便透露吗？

萧鼎： 目前正在创作一部新的作品，还未公开发表和在网络上更新，仍然还在不断地修改中。至于未来，我并没有一个明确的计划，但应该是会不断地写下去吧，毕竟写作是我喜爱的事情。

哈哈哈，终于问到比较硬核的东西了。好期待萧鼎的新作啊，不知道这次会是什么类型的作品呢？会不会是现实题材呢？准备继续追更吧！

问： 现在倡导现实题材创作，您对网络作家创作现实题材持什么态度？

萧鼎： 我很支持。

问： 您是怎么看待文学经典的？网络小说能产生经典作品吗？

萧鼎： 文学经典就是高原上的高峰，是在众多作品中脱颖而出的伟大作品。我始终认为，量变必将引起质变，网络文学继续发展下去，在不久的将来，一定会诞生出伟大的经典作品。

问： 作为一个网络作家，您觉得与传统作家相比，网络作家的优势在哪里？

萧鼎： 网络作家普遍很勤奋，他们热衷于写作，用文字去支撑自己的人生。他们除了写作，没有退路。

萧鼎的回答坦诚、现实又有些无奈。既然选择了写作这条路，除了写下去，没有其他办法。网络作家是需要付出巨大的辛苦与努力的。

问：您会一直写下去吗，有没有其他的人生规划？

萧鼎：我会一直写下去的。

问：21世纪以来，网络文学发展迅猛，却一直处于边缘化的地位，不被主流文学承认，您怎么看待网络文学的发展前景？

萧鼎：网络文学从诞生到现在，发展了20年，从无到有，从小到大，一开始以草根的姿态野蛮生长，到现在欣欣向荣焕发勃勃生机。无论怎么看，网络文学都没有一丝一毫衰败的迹象，在可预见的将来，网络文学一定会迎来更加辉煌的明天。

萧鼎作为网络作家中的佼佼者，一个网络文学题材的开拓者，见证了网络文学一路的发展。《诛仙》入选了"中国网络文学20年20部"榜单，他自己也荣膺第二届"茅盾文学新人奖·网络文学新人奖"，可谓实至名归。对于网络文学的未来发展，萧鼎用事实说话，给出了非常肯定的回答。我们也和萧鼎一样坚信，网络文学的未来一定更加光明。

访谈结束时才发现，问题真的有点多呀。但是，也许，想问的、该问的不止这些，不过这次访谈依然让我们了解到一个更加真实的萧鼎。在此，感谢萧鼎不厌其烦的睿智解答。

采访告一段落，下次再聊。

第三章

"青云山"下的仙侠奇书

萧鼎的第一部网络作品《暗黑之路》是一部西方奇幻小说。作品完结后，自幼喜爱古典文化、有着武侠情结的萧鼎诞生了一个念头：中国传统文化博大精深，为什么不以它为资源创作出一部具有东方神韵的作品呢？于是，他尝试将古代文化与新兴起的网络玄幻潮流相结合，创作了东方仙侠小说《诛仙》。[①]

《诛仙》以"天地不仁，以万物为刍狗"为主题，立意深刻且带有浓厚的古典气息。正是凭借着充满古典气息的主题、浓郁的东方审美趣味和以情动人的感情书写，《诛仙》成功地开辟了一个独具魅力的东方仙侠传奇架空世界，促成了《诛仙》的大热，使其与《小兵传奇》《飘渺之旅》并称为"网络三大奇书"。

让我们回到故事中去吧。《诛仙》不同于普通玄幻小说"开金手指、打怪升级、广收后宫"的套路，而以一个平凡人的成长为主线，以正邪之争为辅线，讲述了青云山下普通少年张小凡的成长经历以及与两位奇女子凄美的爱情故事。

第一部

生老病死，时至则行。但世人皆恶死爱生，渴求长生，遂有修真炼道、得道成仙之说。神州浩土广阔，奇人异士之多，故修炼之道俱

---

① 陈香：《萧鼎：网络写手的玄幻武侠梦》，载《光明日报》，2005 年 10 月 25 日。

不相同。长生之法还未找到，彼此间却有了门派之分、正邪之别。

方今之世，正道大昌，邪魔退避。中原大地山灵水秀，人气鼎盛，为正派诸家牢牢占据。其中以"青云门""天音寺""焚香谷"为三大支柱，是为领袖。

这个故事，便是从"青云门"开始的。

青云山脚下，有个小村落叫草庙村。一日，草庙村普通少年张小凡在与同伴打闹时意外被一名留宿在村里破庙的老和尚所救。晚上，小凡担心老和尚没有饭吃，便偷偷去庙里给他送饭，却意外撞见了一场激烈的斗法。原来，老和尚是天音寺的普智大师，他身上携带了世间至凶之物——噬血珠。此番纷争，便是因神秘黑衣人欲抢夺噬血珠而起。普智虽然法力高强，却遭黑衣人暗算，中了奇毒。在使尽浑身解数打败黑衣人之后，普智知道自己必死无疑，但他平生心愿还未实现。普智一直希望能够勘破长生不死之谜，他认为若能联手研习佛、道两家术法，兼两家之学，必能突破迷局。弥留之际，他想出一个主意，能够实现自己的心愿。普智收年幼的张小凡为弟子，向他传授佛家功法大梵般若的法诀，并将身上的珠子交给小凡，交代他找个深谷悬崖丢掉。小凡一一答应，浑然不知自己的命运就此改变。

第二天，小凡和同伴林惊羽醒来后，发现全村四十多户人家皆被杀害。身为正道领袖的青云门，对于发生在它山脚下的这桩惨案不能置之不理，张小凡和林惊羽由此被收入青云门下。林惊羽因为资质过人，被龙首峰苍松道人收为弟子，而张小凡资质平平，被青云七脉中最弱的大竹峰收入门下。大竹峰首座田不易生性懒散，且对资质平平的张小凡十分不满，向张小凡传授道数法门之后便不理不睬，任凭他自行修习。

张小凡身兼佛家的大梵般若和青云门的太极玄清道两大无上功法。此后的数月内，他在做完每天的砍竹子功课后，便修习太极玄清道，到了夜深人静的时候，又遵循普智的嘱咐修习大梵般若。可是，大梵般若与太极玄清道的修行方式截然相反、背道而驰。张小凡修行了三个月，毫无长进，田不易大为光火，拂袖而去，从此对张小凡不闻不问。幸而大竹峰弟子间一向相处和睦，对这个新来的小师弟很是友好。

时光悠悠，三年忽忽而过。张小凡14岁的一天，照旧上山去砍黑节竹，在树林中，他遇到了一只喜欢砸人的灰猴。张小凡奈何不了那只机灵的猴子，师姐田灵儿知道后，自告奋勇要替小凡教训那只灰猴。二人在追赶途中，途经一片空地，忽然恶心欲吐，晕倒在地。小凡醒来后，救出还被困在空地的猴子，正待走时，异变突生。他胸口的珠子忽然突破普智留下的"卍"言禁制，邪气大盛，与空地上神秘的玄黑短棒斗起法来。两大凶煞之物相斗，小凡困在其中，被黑棒和珠子吸去不少精血，晕了过去。小凡不知他身上所带珠子乃是能够吸食精血的噬血珠，因他念旧，便没有听从普智的吩咐将这珠子丢掉。那地上的短棒乃是上古时期充满戾气的魔棒摄魂。摄魂棒和噬血珠无意间以小凡之血为媒结合成血炼法宝，就这样机缘巧合，小凡无意中拥有了能够摄魂噬血的顶级凶器。再次醒来后，小凡和师姐匆匆离开这不祥之地，并带上了那只猴子。

青云门六十年一次的"七脉会武"转眼即至，大竹峰一脉弟子悉数参加。在长门通天峰上，小凡见到了自己的童年伙伴林惊羽，对方已经成长为青云门内小有名气的天才弟子。比试中，小凡凭借着运气和"烧火棍"的助力，成了此次比试的最大黑马，闯入前四强。决赛前夕，小凡得知了师姐田灵儿与长门弟子齐昊的恋情，二人两情相悦，令暗地里苦恋田灵儿的小凡备受打击。

"七脉会武"比试结束后，青云门掌门道玄真人为历练门下弟子，派此次大赛前四名下山去空桑山追查魔教万蝠古窟一事。此外，天音寺、焚香谷也纷纷派出了其门下年轻弟子。众人进入古窟后，被早已埋伏在此的魔教众人打散，陆雪琪和张小凡坠入死灵渊。死灵渊内阴灵极多，二人不离不弃，互生好感。异变突生，之前在客栈里见过的绿衣女孩一行人忽然来到死灵渊，好像在寻找什么。栖息在死灵渊下的黑水玄蛇将众人打散，小凡和绿衣女孩碧瑶一起被困在滴血洞中。绿衣女孩碧瑶乃魔教鬼王宗宗主独生女儿，此番下到死灵渊正是为寻找滴血洞。洞中，碧瑶意外收获魔教至宝——合欢铃和痴情咒，小凡则习得天书第一册。二人被困洞中月余，朝夕相处，共历生死，小凡无意中解开了碧瑶的心结，碧瑶已暗中倾心于他。

第二部

逃出滴血洞后，碧瑶一直暗中跟随小凡，两人在小池镇一同为百姓除妖。黑石洞下，三尾妖狐与六尾白狐共同殉情的场景，使小凡对师门教诲、正邪之分第一次产生了怀疑。白狐死前，将狐族神物——玄火鉴赠予小凡。

小池镇事毕，小凡追随师门踪迹前去东海流波山。流波山上，正派中人与魔教对峙已久，魔教百年式微，此番卷土重来，势头极猛，双方争斗不时发生。小凡看到师姐与齐昊终成眷属，内心产生妒意，再加上噬魂棒戾气的侵蚀，对同门师兄产生了强大的杀意，被师父责罚。夜里天降大雨，小凡在林中罚跪，牵挂小凡的碧瑶不顾危险跑到小凡身边为他挡雨，二人感情升华。

夔牛出世，鬼王宗布下"困龙阙"法阵，意欲捕获这头上古奇兽。田灵儿初生牛犊不畏虎，破坏阵法不成，眼看就要死在夔牛脚下，小凡为救田灵儿，再也顾不得掩饰，太极玄清道和大梵般若一一使出。当世各门诸派门户之见极重，极其忌讳偷师，小凡身为青云弟子，身上却负佛家重法，且他的烧火棍又被在场的魔教众人认出噬血珠来，他一下站在了世界的对立面。小凡被带回青云门，软禁在大竹峰，碧瑶担心小凡安危，偷偷跑到大竹峰，在后山与小凡相拥，二人确定恋人关系。

小凡受审之日，魔教中人大举攻上青云山，掌门道玄真人被叛变的苍松道人暗算，身受重伤。危急存亡之际，道玄真人去幻月洞府启动诛仙剑阵。诛仙剑威势极大，魔教中人不敌，纷纷逃走。局势稳定之后，众人再度逼问小凡，天音寺僧人却道出了一个困扰小凡多年的秘密。原来，当年犯下草庙村屠村惨案的正是天音寺的普智大师。普智大师油尽灯枯之时，受噬血珠邪力所侵，为让小凡顺利拜入青云，遂将全村村民杀光。小凡与普智大师虽只有短暂的师徒情谊，但他一向重情念旧，对普智大师十分敬重。受审之时，宁肯背上偷师的骂名，也不愿透露他的姓名。此番得知真相，小凡伤心悲愤至极，多年信仰一朝崩溃。

一直暗中关注小凡的碧瑶，此时不顾危险暴露于众人面前，要带小凡走，二人被正派诸人围攻。牵挂女儿的鬼王带魔教中人折返，正、魔双方再次争斗起来。道玄真人强撑着一口气，再度启动诛仙剑阵，直奔小凡、碧瑶而来。为了心爱之人，碧瑶催动痴情咒，以一身精血与诛仙之力抗衡，魂飞魄散。此次正、魔大战后，小凡叛出青云，加入魔教，更名鬼厉。

第三部

碧瑶当日魂飞魄散之时，身上异宝合欢铃从她飞散的三魂七魄中强行摄下一魂，使她肉身不灭。十年间，鬼厉为复活碧瑶，走遍大江南北寻找传说中的黑巫一族。鬼厉为鬼王四处征战，杀人无数，成了鬼王宗的副宗主，备受鬼王信任。他从鬼王手中习得天书第二册，佛、魔、道三家同修，修为精进神速。

西方死泽天生异相，有异宝出世，正、魔双方皆派出弟子前往死泽寻宝。进入沼泽后不久，鬼厉联手合欢派的金瓶儿、万毒门的秦无炎共同灭掉了魔教四大派中的长生堂。沼泽深处，毒瘴弥漫，一片朦胧中，鬼厉与陆雪琪阔别十年后再度重逢。正邪不两立，但两人谁都没有出手。天帝宝库前，多方势力博弈，黑水玄蛇将鬼厉、雪琪撞进天帝宝库的石门。宝库内，鬼厉习得天书第三册。

死泽事毕，鬼厉手下多人死于南疆鱼人之手，于是前往南疆寻找真相。南疆乃焚香谷镇守之地，在焚香谷祭坛中，鬼厉用玄火鉴救下了一只九尾天狐小白。小白存世千年，经多识广，为报答鬼厉，她答应带他找到能够还魂的黑巫一族。天水寨夜月下，雪琪、鬼厉再度相遇，在师门正道和爱情中苦苦挣扎的雪琪，在鬼厉面前为他舞剑。剑虽舞完，情丝却难斩断，二人伤心而去。

七里峒，鬼厉终于找到了苗族的大巫师。此时的苗族大巫师已日薄西山，但仍向鬼厉承诺会救碧瑶。

第四部

回到狐岐山后，大巫师成功追回碧瑶的魂魄，但终因伤势太重，未能成功给碧瑶还魂。鬼王一夜白头，鬼厉大醉不省人事。

南疆，兽神出世。兽神因所爱之人为世间苍生而死，心有情怨，发誓要杀尽世间一切生灵。兽神乃天生戾气，非人力可敌，他指挥着大批妖兽攻入中原，势不可当。爱女复活无望的鬼王，醉心于权谋，借着兽潮，用门下半数弟子作诱，将合欢派、万毒门一网打尽，鬼王宗统一魔教。

天下正派齐聚青云以抗兽神，道玄真人催动诛仙剑阵，仍旧无法杀伤兽神。无奈之下，道玄真人开启天机印，集青云七脉之戾气，终于重伤兽神。

兽神逃窜，道玄昏迷，诛仙剑落于幻月洞府。恰逢鬼厉在幻月洞府中一探究竟，鬼厉痛恨诛仙剑害死碧瑶，用噬魂将其击断，但诛仙剑戾气过重，反噬鬼厉精血，鬼厉身受重伤被青云门追杀。

第五部

鬼厉最终被天音寺僧人所救，在天音寺养伤。天音寺因普智大师当年所犯的错误一直对鬼厉心怀愧疚，此番派人营救，希望能助其化解身上戾气。伏魔阵法进行中，无字玉璧上现出天书第四册，鬼厉将其领悟，不料一身修为竟引发天雷。玉璧有感，将天雷尽数承接，玉璧碎而鬼厉无恙。天音寺里，鬼厉最终选择谅解普智大师，他将与他心意相通的小灰送回大竹峰些许时日，心结渐解。

辞别天音寺后，鬼厉奉鬼王之命前往南疆杀死重伤的兽神，并带回兽神身边的异兽饕餮。鬼厉一路寻到兽神的封印之处——镇魔古洞。古洞里，小白与兽神正在回忆往事。兽神本体乃是禀天地戾气所生，不死不灭，但他却爱上了将自己造出来的黑巫族巫女玲珑。为了与玲珑在一起，兽神甘愿化作人身。但生为人身的兽神，就不再是不死不灭。

鬼厉进洞后，遇到受师门之命前来扫除兽妖余孽的雪琪。二人并肩携手，兽神召出能焚尽世间万物的八荒火龙，在玄火鉴的帮助下，鬼厉与雪琪幸免于难，兽神也如愿以偿与爱人共死。二人落在无名山崖上，在月光下，紧紧相拥。

此时的青云门，平静的表象下暗潮汹涌。掌门道玄真人举止大异平常，带着诛仙断剑不知所终。大竹峰首座田不易知道诛仙剑戾气过重会反噬持剑者的秘密，他疑心道玄真人已经受诛仙戾气侵蚀入魔，遂下山追踪道玄踪迹。

第六部

草庙村义庄，鬼厉、雪琪、田不易与道玄对峙，田不易为道玄控制，重伤鬼厉。陆雪琪为救鬼厉，也为了让田不易解脱，一剑刺死田不易。道玄惊醒，痛苦离开。鬼厉将师父遗体送回大竹峰，师娘殉情自杀。鬼厉自幼在大竹峰长大，对师父师娘感情极深，师父师娘的离世令他悲痛万分。

狐岐山，鬼王宗总坛，鬼王与鬼先生一直在秘密布置四灵血阵。这种诡异阵法，需要吸噬黄鸟、夔牛、烛龙、饕餮四种奇兽灵力，法成则有毁天灭地之力。鬼王此时已鬼迷心窍，完全忘记了自己的女儿碧瑶。鬼厉回到狐岐山后不久，四灵血阵法引发狐岐山崩塌，碧瑶肉身不见，锁着她魂魄的合欢铃也被人趁乱偷走，只余下一片翠绿衣角。碧瑶复活再也无望，小凡伤心欲绝，彻底崩溃。雪琪抛下门规戒律，守在失魂落魄的小凡身边。二人心意相通却一直无缘相守，此刻，她只想紧紧地依偎着他，给他力量。

四灵血阵能够夺人心智，使人听凭差遣。鬼王凭借四灵血阵攻入青云门，青云门内掌门失踪，一派混乱，雪琪不得不与昏迷的小凡道别。雪琪走后，小凡从昏迷中醒来，受诛仙召唤，来到幻月洞府，原来诛仙古剑正是传说中的第五卷天书，只有真正经历了千难百劫，一颗心百炼成钢的人，才是诛仙之力的真正主人。

青云山上，正道中人几乎损失殆尽，回天无力。陆雪琪正要自尽，天空上忽然有人携诛仙而来，雪琪认出了小凡的身影。凭借着一颗千锤百炼、大彻大悟的心和拥有无上神力的古剑诛仙，小凡击败鬼王，拯救了天下苍生。

时光悠悠，一转眼又是多少光阴流逝。草庙村废墟中，一座新立的木屋前，雪琪与小凡相视一笑，渡尽劫波。一阵清风吹过，屋檐下的铃铛迎风而响，碧瑶留下的那片绿色衣角轻轻飘起，仿佛也带着几分笑意；清脆的铃声，随着风儿飘然而上，回荡在天地之间。

第四章

东方神韵下的架空世界

在我国网络文学中，《诛仙》可能是最早的一部具有东方神韵的仙侠类小说。要理解《诛仙》，首先需要从内容上厘清作者为我们构建的这个东方仙侠架空世界。

一、东方神韵，文化传承

《诛仙》的故事大量引用传统文化元素，有着浓郁的中国文化神韵和古典气息。

首先是对中国传统神话的借鉴。中国早期的神话大多收录在《淮南子》《山海经》《庄子》等古代典籍中，又以《山海经》收录最多。在《诛仙》里，我们能明显看到《山海经》的影子。萧鼎不仅大量吸纳《山海经》里面的元素，甚至自创了一部神秘古书《神魔志异》，而该书的内容也大多来自《山海经》。

《诛仙》序章的第一句便是：

> 时间：不明，应该在很早很早以前。
> 地点：神州浩土。

作者开章就介绍故事发生的时间与地点，但这个时间、地点却是模糊的。《山海经》也是如此，故事发生背景不明晰，年代不明，甚至作者亦不可考。这样的不确定性仿佛来自远古神秘力量的召唤，将我们带进了一个全然不同的世界。这个世界我们熟悉又陌生，而探寻这个世界，让我们既盼望与熟悉相遇，又期待到达从未见过的彼岸。

书中大量出现的地理位置和各种神兽明显受到《山海经》的影响，有的甚至是对《山海经》的直接引用。例如魔教重要据点"万蝠古窟"所在的"空桑山"，就出自《山海经》第四卷《东山经》："东次二经之首，曰空桑之山，北临食水，东望沮吴，南望沙陵，西望泯泽。"魔教鬼王宗的总堂所在的"狐岐山"在《诛仙》里位于青云山以南，是数千里之外的一个荒僻之地。虽然萧鼎对其具体位置有所改动，但狐岐山依旧能在《山海经》中找到影子，《山海经》第三卷《北山经》记载："又北二百里，曰狐岐之山，无草木，多青碧。胜水出焉，而东北流注于汾水，其中多苍玉。"除了地理位置，书中出现的各种神兽也多是出自《山海经》。例如鬼王用伏龙鼎收服的第一只神兽"夔牛"，《山海经·大荒东经》记载："东海中有流波山，入海七千里。其上有兽，状如牛，苍身而无角，一足，出入水则必风雨，其光如日月，其声如雷，其名曰夔。"

萧鼎在《神魔志异·灵兽篇》中也写了夔牛：

> 上古奇兽，状如青牛，三足无角，吼声如雷。久居深海，三千年乃一出世，出世则风雨起，雷电作，世谓之雷神坐骑。

显然，这里对夔牛的描述与《山海经》有摆不脱的干系。一方面填充了那个世界的细节，增强了诛仙世界的真实感；另一方面，打通了古今界限，传承了传统文化精神。

另外，小说中的一些动物描写借鉴了志怪小说中的形象。《诛仙》里有一个非常突出的人物：小白，她是一只修炼成人形的千年狐妖，长相妖媚，亦正亦邪。"狐妖"这个形象在志怪小说中非常常见，《搜神记》《玄中记》《太平广记》等典籍都对这类形象有所记载。蒲松龄在《聊斋志异》中更是将"狐妖"写得入木三分、栩栩如生。现如今我们对狐妖的认识与了解，大多都得益于蒲松龄对狐妖故事的搜集整理与书写。《聊斋志异》里的狐妖幻化成人形后大多是美若天仙的，不仅具有人的样貌，甚至比人类本身更懂得知恩图报，更善良，更具人性。《诛仙》里的九尾妖狐小白亦是如此，她化成人形之后的模样甚至让自负美貌的金瓶儿失神惊叹，美艳程度可见一斑。小白虽然不是绝对的正面形象，但她却是一个懂得知恩图报的妖精，被张小凡从玄火坛救出以后，她一路跟随张小凡到南疆，寻找唤醒碧瑶的方法，对张小凡仁至义尽。让人不禁感叹，张小凡是什么好运气哦，随便救一只狐狸，就获得了一个无数 buff 加身的好朋友，难道这就是传说中的主角光环吗？

再从语言表达看，《诛仙》描写的奇绝景象以及激烈的战斗用语磅礴大气，而涉及儿女情长时又会变得婉转绮丽，无论是哪一种风格，把握得都十分到位。玄幻小说中的场景大多是现实生活中不会出现的，但《诛仙》里的场景描写却如影像放映，一切都清晰自然，让人有身临其境之感。作品里的遣词造句，或是故事的各种元素、人物的种种设定等，都能找到传统文化、古典诗词的影子。例如碧瑶的武器名为"伤心花"，陆雪琪的剑名为"天琊"，这些名称不仅与人物贴合，形象也十分优美。又如，天音寺"大梵般若"的口诀直接引用了《道德经》的内容，作者还为书中的主要人物创作了相应的诗词。如《菩萨蛮·陆雪琪》：

白衣似雪冷若霜，天琊清光万丈鸣。伫立寒风中，芳心为谁属？

十年光阴过，恍惚如梦醒。噬魂天琊见，心却在悲鸣。

这首词以五七言组成，44 个字，以繁音促节表现深沉起伏的情感，并遵循了词牌名"菩萨蛮"的格律，一个白衣飘飘、冷若冰霜，心有所属却情感受阻的侠女形象如在眼前。

二、佛、道、魔三教，从分殊到合一

在文学作品中，佛家、道家的修炼讲求的都是跳出凡尘的清修，念的是无欲无求，修的是得道成仙。除了对自身的要求，佛道两家对于凡尘俗世中的百姓也是颇多照顾，救人济世，普度众生，因此这两派在文学作品中的形象大多是以正面形象出现的。与之相对的恶势力派别，便称为魔教。魔教中人通常长得奇形怪状、丑恶无比，修炼的武功也是血腥暴力、损人利己，他们以杀人为任，害人为乐，是正道的绝对对立面。自古以来，在绝大多数的文学作品中，佛、道、魔三教都呈现为分流或对立之势。佛、道与魔的对立自然不用说了，同样站在正面的佛与道却也因为宇宙观、人生观等方面的不同而各自占据一方，互不干涉。

《诛仙》对佛、道、魔的关系做出了不一样的解读。阅读《诛仙》，我们能明显感觉到萧鼎尝试突破传统三教分流观念所做出的努力。故事是从青云门开始的，青云一派属于道家，是诛仙世界里正派的"扛把子"，而能有实力与之一较短长并同样拥有很多百姓拥护的另一个名门正派便是天音寺，天音寺则属于佛教。道教与佛教都被称为"正教"，意在与魔教即"邪教"相区分，在为祸人间的魔教面前，青云门和天音寺常常联手抗敌，共同保护天下百姓的安危，维护诛仙世界的正义法则。除此之外，青云门和天音寺便没有什么来往了，甚至在争夺正派之首的位置上还隐隐有些竞争关系。在这一层面上，佛、道、魔三家的关系与以往文学作品中呈现出的样貌并无太大不同。

转折点出现在一个叫普智的得道高僧上。普智大师是天音寺的和尚，他心底一直埋藏着一个不为别人认可的想法——只有将佛家与道家的功法联袂修习，方能参破生死之谜、解开长生之法。

在小说开头的草庙村，普智临死之前将天音寺的心法传给了张小凡，命他日日偷偷练习，并创造机会让他被青云门收留，同时修炼青云门的道法。与此同时，张小凡没能舍得丢掉普智给他的嗜血珠子，并偶然拾到"烧火棍"，这使他与魔教结缘。种种机缘巧合之下，张小凡成为这世上第一个也是唯一一个同时修习佛、道、魔三家功法的人。当然，融合佛道魔并不是一件容易的事情，即使是有着主角光环、一步步得到"天书"指引的张小凡，也在佛道功法的矛盾中进步缓慢，他曾被当作资质很差的修道者，也因为魔教武器的邪门而经常遭受反噬，差点性命不保。幸而，张小凡的人设之一是坚忍，于是他能承受常人不能承受之痛，忍常人不能忍之苦，终于圆满完成了佛、道、魔合一的修炼。

贯穿全文的"天地不仁，以万物为刍狗"是解读《诛仙》的一把钥匙。源自老子《道德经》第五章的这句话，在天书几卷中数次出现，是书中人物几番追寻中的引标，也是作者在小说中反复渗透的主题。在这句话中，"刍狗"是指用草扎成的狗，古代祭祀时用草扎成的狗代替活狗作祭品，用完便丢了。一种理解是天地之间没有所谓的仁慈，只把万物当作没有生命的供品；另一种理解则是上天是公平的，天地看待万物是一样的，不会专门偏袒谁，也不会刻意地打压谁。主人公张小凡对这句话的理解经历了从第一种到第二种的漫长过程，世事皆苦使得他以为上苍没有怜爱，千帆阅尽才让他懂得我命由我不由天。至此，作为魔教的鬼厉与作为正教的张小凡终于达成和解，而作者想要表达的观点也力透纸背，传达出来。

张小凡聚佛、道、魔三教于一身，成为我们理解作者"三教观"的一面窗口。而张小凡由一个普通的农家少年变为青云弟子，再到成为鬼王宗的副宗主，最后手持诛仙，力挽狂澜，救苍生于水火，一路由正到反，再由反回正，就是三教合流的见证，也是萧鼎对传统三教关系的深入思考和超越。

三、仙侠千古谁断，善恶一念之间

萧鼎曾说过，《诛仙》的创作受到过《蜀山剑侠传》的影响。东方武侠仙侠打通了《诛仙》的"任督二脉"，使它开创了一个全新的仙侠世界。萧鼎在继承传统武侠小说特点的基础上，运用散文诗化的表现手法，下笔典雅优美，故事架构体现出令人惊叹的想象力。

例如，作者赋予许多兵器以人的生命意识，与使用它的主人建立起极为密切的联系，有时甚至会越过人的意志而控制持有者。张小凡的噬魂棒，拥有冰冷的身躯，当张小凡的情绪波动时，它便会随着主人的情绪而出现不同的状态。杀敌利器古剑诛仙，当它对阵兽神时，正气凛然，气势浩荡，而在无意伤害无辜生命后，它的戾气也会对持有者造成反噬，道玄真人就是因为拯救苍生而不幸遭到反噬，最后变成了一个可怖的魔头，伤及无辜。书中的生命意识不仅体现在武器一类的死物上，很多动物在书中都具有了人的意识。例如一直与张小凡相互陪伴的三眼灵猴小灰，它从一出场就体现出了非同一般的伶俐，感知到张小凡对它的善意之后，便跟随张小凡回到了大竹峰，在大竹峰上与大黄（狗）的周旋，也体现了它通人性的一面。之后张小凡叛出师门，化名鬼厉，小灰一直与张小凡不离不弃，对张小凡身边来来去去的人，均根据其与主人的关系而区别对待。后来遇见与大黄有几分相似的饕餮被伏龙鼎压制时，甚至不顾性命地去救它。在小说中，以小灰为代表的灵兽、半兽人、妖精等超自然生命体，都或多或少地具有人的意识、人的特性，展现了萧鼎奇崛的想象力。

不仅如此，萧鼎在《诛仙》中还突破了传统的"侠"的内涵，对"侠"进行了新的解构。"侠"的内涵精神在中国的文学史上早已出现，从《史记·游侠列传》到唐传奇，再到清代小说，以及 20 世纪 50 年代出现的新武侠小说，"侠"的发展可谓源远流长。以往的侠义精神在文本中的体现多表现为正面形象，一个人的武学境界往往与其道德修养是挂钩的，真正担得起"大侠"两个字的，除了有高超的武术，还必须心怀天下，善待生命，例如金庸笔下的郭靖和洪七公，他们不仅武功高强，还把家国情怀和百姓民生放在第一位。但萧鼎却对传统的"侠"精神作了不同的艺术表达。《诛仙》中的"侠"是"仙侠"，人们修道是为了问仙，跳脱俗世，飞升成神，这是武力形式上的变化。不止如此，萧鼎还将"侠"由单纯的人扩展到了生命万物，从而提升了侠的境界。《诛仙》中的动物与人一样，都有自己的道行修为，想通过修炼改变自己的道行，突破生命限制，幻化成人的形态，追求永生。

张小凡本是草庙村的一个普通少年，一场屠杀使他家破人亡，踏上修炼之路。在种种机缘巧合之下，他同时修习了佛、道、魔三种法术，成为诛仙世界中第一个也是唯一一个同时修习三种法术的人。除了修炼的法术相互矛盾之外，他一生坎坷，所遇之人正邪不定，所遇之事常常两难。例如普智大师，他可以为了素不相识的少年拼出性命，却也为了自己的武学执念而屠尽草庙村。由此，张小凡从一个名门正派的小弟子，叛出为魔教鬼王宗的副宗主鬼厉，进入魔教后，他心中却依然挂念大竹峰上的年少时光。张小凡就是《诛仙》里最大的矛盾体，而矛盾的根源便是让传统的侠义精神走下神坛，把人的原始欲望放在了第一位。所以张小凡所遇到的每一个难题、所做的每一个选择，都有人的本性的参与。

萧鼎打破了"侠"的传统观念，把红尘俗世中的种种欲望加诸在修仙问道的人的身上，他们不再清心寡欲，不再无欲无求，他们多了现实与理想的矛盾，多了道德与欲望的纠缠，他们更贴近现实生活中的人，使人物有了更富张力的人格力量。正与邪到底孰是孰非，不看身处何位，而在一念之间；善与恶不再二元对立，它们在人欲中翻转、反复，最终走向人格底线的坚守。也因此，他们做出的种种选择才更能打动读者的心弦，其中透露出作者对时代浪潮中不断更迭的社会与人性的思考。

可见，人们评价《诛仙》是"后金庸时代的武侠圣经"，是因为它没有像传统武侠小说那样，去写人物的"仗剑天涯，快意恩仇，笑傲江湖，浪迹天涯"，而是写凡人成长中的正邪之争，表现人物的内心世界和情感活动，打破了善恶二分的对立思维，转而描写个人欲求与道德准则之间的艰难选择。正是在这个意义上，我们说它是对传统"侠义"精神的突破。

第五章

正邪博弈中"情"为何物？

《诛仙》将正与邪、情与爱融入一个玄幻仙侠故事框架中，抓住传统武侠小说的命脉和精髓，在展现正邪博弈和温柔情爱之余，又在正魔较量中给予人性以足够的空间，借助"情"的张力，完成了张小凡的精神成长，并于情爱连绵中传达出人间至真至爱的滚烫理想。

一、正邪之辨新理念，反叛暴力道德化

1. 正邪较量，高手过招

《诛仙》中门派众多，正邪两立，青云门、天音寺、焚香谷成正派三足鼎立之势；魔教以狐岐山、空桑山等地为阵营形成以鬼王宗为首的"魔教天团"。正道大昌，邪魔亦蠢蠢欲动。双方审时度势，强攻、防守伺机而动，大战不绝，小战不断，今天正道血洗炼血堂，明天魔教强攻青云山，形成了秘宝交锋、异兽缠斗、言语揶揄的车轮战模式。

诸般秘宝兵器的雷霆之威，几乎是每场较量都着重刻画的"视觉盛宴"。正邪真正意义上的第一场战役，是普智大师和苍松道人的草庙村精魂之战，当时唤起阴风和鬼气的"毒血幡"，红芒大盛，狰狞鬼脸，瞬间将双方的较量推向了顶点。陆雪琪的天琊神剑，每一次出场都引起骚动，它拥有九天异铁、枯心上人、千年神器的高端配置，在数次交锋中开启"开挂"模式：空桑山上，硬生生将山河扇上势如万钧的巨山劈成两半，救下了差点沦为肉饼的齐昊等人；流波山一战，仅凭一道蓝光就将野狗和刘镐吓得屁滚尿流，保命要紧；兽妖群战时，

天琊傲立，所过之处碎骨累累。

斗法呼风唤雨，斗兽腥风血雨，招风惹雨的"斗嘴"同样不容错过。正道与魔教狭路相逢，总要在打斗之前说上几句。鬼王企图在流波山寻得夔牛，练就四灵血阵，正道听闻，几乎全员出动，双方见面，免不了一场唇枪舌剑。侏儒百毒子上来就狂傲不羁，指着苍松道人喊了一句"苍松狗道，还记得你家爷爷吗"？令人哭笑不得。苍松也毫不示弱，回了一句"妖孽，还记得当年那一剑吗"？淡淡一句，足以唤起百毒子屈辱的战败记忆。端木老祖眼见百毒子斗嘴输了，便叫嚣着"万剑一呢，万剑一那狗贼怎么没来"？面对这样的尖言利语，田不易冷冷道："万师兄道行精深，上通天道，早已经羽化登仙了，只有你这般妖魔小丑，兀自在此狂吠！"兵器法宝无眼，言语揶揄更是高手过招，招招致命。

2. 正道不仁，魔道不耻

打斗酣畅淋漓，令人拍案叫绝，但《诛仙》的魅力远不止此。更吸引我们的是，能够在正邪对抗中，反问何为正道。

小说虽然营造了正邪水火不容的氛围，但在开篇第一章，其实就埋下了解构传统正邪观念的种子，等待着我们去发掘，小说这样写道：

> 时至今日，人间修真炼道之人，多如过江之鲫，数不胜数。又以神州浩土之广阔，人间奇人异士之多，故修炼之法门林林总总，各不相同。长生之法还未找到，彼此间却逐渐有了门派之分，正邪之别。由此而起的门户之见、钩心斗角乃至征伐杀戮，多有所在。

可以看出，仅仅修炼方法相异，便产生门户之见，进而有了正邪之分。于是，被贴上"正道"标签的就一直是好人，贴上"魔道"标签的就一直是坏蛋，这种二元对立、亘古不变的正邪观念，是否有失偏颇？

我们知道，传统武侠小说中，杀伐暴力道德化的合理想象是建立在忠奸正邪、是非分明的话语结构中的。简单地说，就是打斗的双方必然是一方好人、一方坏人，这样的配置才能让人生发同理心，获得爽感，肯定杀伐的价值，乃至情不自禁说出"往死里打""跪求×××下线"的私心。但阅读《诛仙》时，不管是普智大师屠杀草庙村，还是鬼王趁机绝杀青云门，我们都很难义愤填膺地说出"××× 怎么还没死"的话，原因就在于，这里的正邪观念不是简单对立的，它以张小凡的人生三大疑惑为突破口，揭开了正魔人物、兵器秘宝错位的裂口，传达出"不分正邪，只分善恶"的正邪关系新理念。

在故事发展中，张小凡原先恪守的正邪观念一步步遭受侵蚀，"究竟什么才是对的？""人活在世上，究竟是为了什么？""什么才是真正的天道和正义？"苦苦挣扎还没来得及想明白，就被推向了舆论的风口——流波山一战，为救田灵儿，在众人眼皮子底下，他使用了青云道法和大梵般若真法。太极图、万字符和嗜血青光，将张小凡彻底暴露在正邪善恶的漩涡口，一个个疑问成为小说正邪悖论书写的突破口。

首先，揭开了正魔人物身份与行为悖反的裂口。正道中人有坏心思，魔教中人有真性情，是我们阅读过程中最直观的感受。青云门龙首峰首座苍松道人，正义威风，但因不满当年道玄真人对万剑一的所作所为而意图报复，投身魔教，在关乎青云存亡的第一次正魔大战中暗度陈仓，帮助魔教高手假扮成焚香谷的上官策，关起门来打自家人。还有天音寺的普智大师，一生慈悲为怀，临死之前却执念于佛道双修、参透生死，因而失了心智屠杀草庙村 42 户，共 244 人。正派焚香谷更是在南疆与妖兽珠胎暗结，不知所以。背叛与贪恋、血腥与欲望，隐晦幽深的善与灵光一现的恶相互纠缠，颠覆了我们对天下正道的想象。

同样，在正道君子背叛厮杀，脱下羊皮时，魔教妖孽也撕下刻板标签，让我们看到了真善美的一面。女主碧瑶是最不像魔教的魔女，虽说是鬼王之女，圣教第四十三代弟子，但不管是外在还是内心，都与"魔""邪"二字无缘。碧瑶初次登场，是这样的：

> 年纪不大，看去只有十六七岁，一身水绿衣衫，相貌秀美，细眉雪肤，一双明亮的大眼睛极是灵动，令人眼前一亮。

这哪是传统印象中心狠手辣的小魔女，分明是古灵精怪的小仙女。抛开外貌之美，碧瑶温婉善良、为爱奋不顾身的内在美更能打动我们。当遇到真心喜欢的小凡，她勇敢无畏，秉持着"喜欢你就要告诉你"的爱情观，时刻陪伴在小凡左右，甚至不惜牺牲自己，在正魔大战中使用痴情咒将一身精血散尽，舍命救下张小凡，成为"躺着"也能坐拥无数粉丝的痴情魔女。

其次，法器秘宝的命名与使用也出现了错位，再一次解构了"正邪对立"。在诸多武侠仙侠小说中，不管什么神器，正派使用的就叫宝物，魔教使用的就叫邪物，这样的命名逻辑实际上是戴了有色眼镜，没有理清宝物和邪物区分的终极标准是什么。

《诛仙》中法器繁多，大多数的命名是中规中矩的，没有背离传统的创作规律。如青云门的天琊剑、七星剑，圣洁剔透，象征青云乃名门正派；而魔教法宝多凶残暴虐，如血骷髅、毒血幡等骇人之名。但也有不少"特立独行"的神器，如魔教的斩相思、合欢铃、伤心花，清新脱俗，光听名字很难与魔教联系起来。其中，诛仙剑是反套路取名中最为成功的。诛仙剑是青云门镇派之宝，为一千三百年前青叶祖师得自幻月洞府。正派神器，却有着强大的嗜血和毁人心智的魔力，在正魔大战中击退魔教，却取名诛仙，而不是诛魔，种种悖论暗含着作者对正邪观念的独到领悟：不能简单地以门派标签、杀人多少、煞气强弱来评判神器的属性，也不能简单地以修炼之法、活动领域等表层信息来划分正邪。所谓狮子山羊，猛虎兔子，彼此杀戮，都是生灵，并无正邪之分。

张小凡是故事里混得最惨，也是全书最有大智慧的人。面对万人往的步步紧逼，他一语道破天机：决定一件兵器是否为邪物，不是看它是否冒黑烟煞气，而是取决于使用者用它干了什么。鬼先生的血骨玉片，血腥至极，激发鬼道异术，却救活了为救小环牺牲的野狗道人，纵然它操作起来阴风习习，也不能盖棺定论说它是邪物；金铃夫人的合欢铃，唤起九幽阴灵，诸天神魔，碧瑶用此物以痴情咒为小凡挡下诛仙剑阵，三魂七魄只剩一魂，我们还能狠心地说，合欢铃因为是魔教圣物，所以是邪物吗？当然不能！

《诛仙》在正邪博弈的较量中，反复追问何为正道，反叛了传统武侠小说中正邪二元对立的暴力道德化观念，更多地以现代人的思维，给予真情、欲望等人性以足够的空间，在正邪边界模糊的世界里，思考杀伐暴力背后的逻辑——表面的修炼之法、门派之别、神器之用，都无以定义正邪，真正的正邪、善恶自在人心，这正是作品立意的深刻之处。

二、敢问"情"为何物，动人贵在深情

《诛仙》不是一部只有斗法、只谈正邪的玄幻传奇，阅读时会发现，在正邪和修道的根源性情节中，"情"始终存在。矢志不渝的爱情，情逾骨肉的师徒情，滚烫热烈的兄弟情，不管是正是邪，不管修炼如何，"情"都在这里，都在人物心里，不死不灭。这也是为什么《诛仙》能够透过光怪陆离的表象，获得"情撼九天"美誉的原因。

1.真情暗涌，此情可鉴

首先是爱情。不同于一见钟情、两情相悦、三角虐恋的戏码，《诛仙》中的爱情意味深长。小凡、碧瑶和雪琪虽然表现出三角恋的形式，但小说却摒弃了俗套的情感纠葛设定，从未出现情敌相见、拔刀相向的情节，而是以细腻的笔触游走在各自的性格中，抽丝剥茧般地道出了三人因何而爱，又因何不能爱。碧瑶机敏精怪，实则心中缺爱，深知身边人是因为圣女的身份对她卑躬屈膝，所以遇到真实、执拗、善良的张小凡后，卸下心防，一只椒盐兔子腿，成功俘获碧瑶心。小凡暗恋师姐田灵儿无果，自卑敏感，滴血洞和碧瑶同生共死，埋下了情的种子。碧瑶赴死是他们爱情的开始，但也是爱情的休止，此后十年，愧疚、责任和痛苦渐渐侵蚀了小凡的内心。雪琪与小凡的爱情不知所起，却一往而深，可能是七脉会武时的手下留情，也可能是死灵渊不顾一切地救她护她，但因两人之间相隔的是荒诞的正邪派别，是七魂只剩一魄的碧瑶，这样的爱情注定咫尺天涯，进退两难。碧瑶的义无反顾，雪琪的左右徘徊，都真实地贴合人物的身份和性格，既有笃定的爱，也有难以明言的爱，不狗血，不心机，不刻意。此外，《诛仙》

还突出万物有灵亦有情的理念：爱情不仅仅是人的权利，三尾妖狐和六尾魔狐不求同生、但求同死的爱，无形之物兽妖和玲珑互相成全的情，同样具有震撼心神的感染力。

其次是师徒兄弟情。《诛仙》以闲散的笔法，从容但却坚定地描摹了师徒情和兄弟情，不同于侧重心理刻画的爱情书写，作品的师徒情和兄弟情更多地体现在细节上——一场相逢，满腔期许，三两闲时语，渐渐晕染出滚烫热烈的真情。田不易高傲火气大，矮胖的身子却掩饰不了一颗柔软的心，虽然是被迫收下稍显愚笨的张小凡为徒，但在他的一言一行中，期待、心疼和爱护是日渐日深，直至情逾骨肉。

以张小凡为枢纽的青云兄弟情，看似平淡，其实热烈。每每看到大竹峰的师兄弟们相互玩闹打赌，曾书书油嘴滑舌欺负小凡，林惊羽不讲道理一味偏爱小凡时，作者就会感叹，有兄弟真好！顺意时互相贬损，打打闹闹；逆境时彼此信任，愿意为你留好回家的路。

还有故乡之情。从孩童张小凡处延宕开来，回忆和眷念历久弥新，润物无声，这就是故乡情。某种程度上，张小凡一直处在返乡、离乡的循环中。与此同时，不变的是他对故乡的依恋，草庙村是第一故乡，是惦念父母的记忆原点，每次见到林惊羽和王二叔，张小凡都会触景生情，精神崩溃，对故乡的情已经深入骨髓。大竹峰是第二故乡，师父的期待、师娘师兄的偏爱，青涩的初恋，都成为磨不去的记忆。就算变成鬼厉，也忍不住偷偷返回草庙村和大竹峰，甚至在第二次回去时，将小灰带走，在之后同生死共患难的经历中，小灰早已成为故乡情的象征，是小凡无数煎熬苦痛时的情感伴侣。故乡情渲染不多，但贵在一以贯之，读完惊觉诗意乍现。

《诛仙》写情之高明处，在于轻盈而不轻浮，沉重而不浊重，林林总总，任何年龄段的读者都能找到最打动自己的故事与真情。

2. 一生成长，步步皆情

"情"之所以能够成为小说的一条暗线，不仅在于其动人的阅读体验，更因为"情"是小凡成长中不可或缺的因素。《诛仙》反叛暴力道德化，主要是通过小凡的成长来体现的，从疑惑到解惑，从绝望到重生，每一步成长，"情"都是他背后的一股无形的力量。

张小凡挣扎在正邪的风口，倔强寻找出口是《诛仙》的明线，由正入邪，再由邪归正，完成了自我的精神救赎，明白世上本无正邪，有的只是人的偏见罢了，而"情"则是波涛暗涌的另一条线，是这一切的基础。没有"情"的浸润和加持，整个故事就会停留在打打杀杀、凄凄惨惨的层面，少年张小凡可能醒来的第一件事不是念着普智大师的师徒情，而是找个悬崖，把嗜血珠扔下去，从此不受折磨，世界和平。

往后看，更是"情"的存在将小凡一步步推向"天道无私，不分正邪"的风暴中心。正是因为张小凡对大竹峰情有独钟，所以一卷天书、几句言谈就使他的价值观崩塌了。虽然年少愚笨，但在大竹峰，他就是那一个明里暗里被大家偏爱的老七。田不易表面严厉，实则"恨铁不成钢，关键时刻帮一帮"；师兄们纯真无邪，从不嘲笑冷落；小师妹更不必说，是小凡心中永远的白月光。这样的少年时光养成了小凡重情重义的性格，他心中有情，才会坚信大竹峰乃至青云门所秉持的正邪两立的观念；他心中有情，才会在发现正魔修炼之法相通的秘密后，如此煎熬，因为他不愿意相信"正道不仁"，那些温柔了整个少年时期的人，怎么会不仁不义呢？

碧瑶为爱赴死，是小说至情至真的一个顶点，也是小凡心灰意冷、堕入魔教的最大原因。在无法接受"正道不仁，魔教不耻"的事实，将死于诛仙剑下时，碧瑶奋然不顾，以己血躯，奉为牺牲。只为情故、虽死不悔的真情，成为小凡最后一根稻草，他必须活着，寻找复活碧瑶的方法。对正邪的追问，在碧瑶赴死的那一刻，被彻底封闭在了心中。

撕裂、自省、绝望、释然的成长背后，都有一个"情"字，有小凡自己的，也有别人的，或细水长流，或荡气回肠。如果没有"情"，就没有千难万劫、百炼成钢的小凡，也就没有"不分正邪，只有善恶"的沉沉深意。

三、情之所至，道之所归

长生是修道之人理想的最高境界，飘飘乎如遗世独立，飞离尘世，羽化登仙最好不过。印象中，修道和"情"从来不是双选题，放弃情爱不一定得道，但贪恋情爱一定不能得道，这几乎成为定律。那么"情"到底是修道的羁绊，还是生命更高的境界呢？《诛仙》结尾的一句话，似乎给出了答案：

> 那一片深邃的黑暗，千万年来都是如此，而人的一生与之相比，如萤火比之日月，不过是转瞬即逝的弹指间。或许，正是因为古人明白了这些，才去孜孜不倦地追求长生吧！只是，若只是一个空壳，纵然长生了又怎样呢？

是啊，人若没有真情，纵使长生又如何呢？《诛仙》中的"情"与万物追寻的"道"相抵触、相矛盾，但小说在百转千回的爱恨情仇中，却始终保持了统一的价值判断——"情"，才是生命的终极境界。

田不易悲壮死去，苏茹放弃修道自杀殉情，所有人都在悲痛时，小说借周一仙的话道出：田不易死得其所，苏茹殉情是伉俪情深，两人相继死去实则达到了至情至真的生命境界；张小凡、陆雪琪和碧瑶的爱情，在种种制约中裹挟挣扎，但他们始终没有向"情"字低头，碧瑶为了心爱之人牺牲，就算时光倒转，相信她还是宁愿自己死，也不愿独守没有小凡的世界；雪琪煎熬万分，就算遭受唾骂，也要与小凡厮守相伴，正如水月大师所说：

> 一世修行，修行一世，修得了道，却修没了人性，这却又是何苦？

兽神为了跨越人与非人的界限，执着变成人类，成人后因为没有了不死不生的能力，最终追随玲珑而死，为了体验人间情爱而放弃了超自然的生命力，不禁让人慨然一叹。

这是萧鼎眼中的"情"，我们亦是如此。读完《诛仙》后会发现，喜欢的人物皆有情之人，修道与否并不重要。野狗道人小心翼翼地给小环撑伞，情意懵懂，笨拙可爱；碧瑶活了两部，躺了四部，仍能成为和雪琪媲美的白月光，原因就在于她有情，有情就能永远活在读者心中；道玄和万剑一道法高深，但抵不上一个田不易，他对老七的爱远远超越了师徒情，当他问雪琪"你可是喜欢我家老七？"时，分明是一个为孩子操心的老父亲形象；碧瑶母亲没有姓名，却让人为之动容，因为她割肉救子的深情至今读来仍让人心旌摇曳。

于是，关于"情为何物"的答案，就藏在了每个人物的故事里，也藏在了读者的私心中，正邪博弈，热血纵横，漫漫修道，寻觅长生，总抵不过人世间的至真至情，是那份情，搅动起最持久的涟漪，撬动了最深刻的回响。

第六章

张小凡和他的"朋友圈"

《诛仙》的成功，除了前面所讲到的故事精彩、内容新颖、意义深邃外，成功的人物形象塑造也是它重要的得分项。男主张小凡是一个不断成长的角色，他不是通过"打怪升级""换地图"的方式，而是在介入的门派和交往的朋友中，日渐被"塑造"成为作品中的样子。

一、张小凡：我命由我不由天

从草庙村的一个普通少年，到成长为一个融佛、道、魔于一身的集大成者，张小凡在命运的诡手中书写了一段"我命由我不由天"的传奇人生。

初入青云的张小凡是一个十八线的菜鸟青铜，孤独又自卑的他只能画地为牢，躲在自己的小小世界中。风雨交加的夜晚，莫名其妙的老和尚、从天而降的"大梵般若"和噬血珠一起袭来。从此，张小凡"一跃"入青云，拜入大竹峰门下。修道之路走得颇为坎坷的小凡，只能通过发展副业——煮饭来消解心中的苦闷。悠闲的黄狗、调皮的猴子和平凡的小凡正式在大竹峰C位出道，张小凡也成功打入大竹峰的"后勤集团"。

从倔强青铜到荣耀黄金的晋升，源于张小凡在七脉会武上阴差阳错地成为第四名。段位虽有提升，但小凡还是那个纯粹的少年——坚定、真诚、善良，一直在心中坚守自己信仰的正义与爱。作为青云门中一颗冉冉升起的新星，张小凡被外派历练：探秘万蝠古窟、坠入死灵深渊、黑石洞除妖，在九死一生中意外获得天书第一卷和焚香谷至宝"玄火鉴"。流波山一战，张小凡为救师姐田灵儿，不惜暴露自己誓死守护的秘密，受到正道的质疑，将自己推至风口浪尖。青云受审时，张小凡始终记得自己曾许下的誓言，一句辩解也没有。

第一次正魔大战中，张小凡平生的信仰碎了一地，碧瑶为挡诛仙剑阵而丧生更是令他悲恸欲绝。从此，魔教"血公子"——鬼厉横空出世。数十年来，鬼厉（张小凡）为复活碧瑶殚精竭虑，终日奔波。死亡沼泽寻宝时，他与青云门众人不期而遇，数次与陆雪琪发生打斗却总在紧要关头停下来。在天音寺见到坐化的普智，鬼厉终是选择放下心结，原谅了普智大师。作为鬼王宗副宗主的鬼厉，表面上冷酷嗜血，被视为异类，但却一直默默地坚守着内心的真与善。

张小凡在诡谲的命运中，洞察人生，坚守初心，实现最强逆袭。恩师田不易的离世、师娘的殉情、乾坤轮回盘复活碧瑶失败，让张小凡深陷绝望。幻月洞府的涅槃，让张小凡成为诛仙剑真正的主人。鬼王攻打青云时，为了天下苍生，张小凡发动诛仙剑阵。孰正孰邪，兼修佛、道、魔被视为异类又如何，"命由我作，福自己求"。小说结尾又回到草庙村，一人、一猴、一狗，"一阵清风吹过，屋檐下的铃铛迎风而响，绿色的衣角轻轻飘起，仿佛也带着几分笑意；清脆的铃声，随着风儿飘然而上，回荡在天地之间"。张小凡的形象已深深印刻在万千读者心中。

二、张小凡的"情人圈"

从青铜开挂到成就王者，张小凡不仅段位节节攀升，他的情感之路亦是桃花朵朵开。对于这个情窦初开却又情路艰难的年轻人来说，最重要的红颜莫过于陆雪琪、碧瑶和田灵儿。

白衣翩跹舞风华——陆雪琪

在很多人眼里，陆雪琪永远是一个不善言辞的高冷美女，只要一出场就自带强大的BGM。殊不知，这样一位性子清冷的女子，也有一颗热忱的心，兜兜转转数十载，终是温暖了张小凡晦暗的人生。

陆雪琪是青云门新一代之翘楚，天资高、修为深。七脉会武前四名的荣耀，开启了陆雪琪修道的新征程，在能力的拓荒道路上她像打了鸡血似的，无时无刻不在要求自己刻苦修炼，修为可谓日进千里，潜力直逼当年的青叶祖师，成为青云门年轻一辈里的第一人。用"没有最强，只有更强"来形容陆雪琪一点儿也不为过。在师父水月大师逝世后，陆雪琪当之无愧地成了小竹峰一脉的首座。

陆雪琪与张小凡之间的爱情不仅仅是情感的纠缠，还有正邪对立的因素。小凡堕入魔教，陆雪琪在她做人的价值准则和爱情之间痛苦徘徊，她不能背叛她的人生信仰，在小凡要毁掉诛仙剑的时候与他对峙，而在"八荒火龙"面前，她又毅然决然与所爱的人共赴生死。

左手事业，右手爱情，师姐陆雪琪也是个痴情的女子。就像郭襄一见杨过误终身，陆雪琪在七脉会武初次邂逅张小凡，少年的懵懂、倔强与羞涩便在她心中拂过一圈圈的涟漪，从此便种下了一生"爱根"。无论是青云门的张小凡还是魔教的鬼厉，都无法撼动陆雪琪心中那份执着的爱意，这个冷若冰霜的女子用炽热的爱温暖着张小凡，也打动了每一个读者。

轻云出岫灵眸羞——碧瑶

在张小凡的一生中，碧瑶就是那惊鸿一瞥的绿光。碧瑶是魔教鬼王宗宗主和狐女小痴之女，一个古灵精怪、活泼清澈、敢爱敢恨、伶牙俐齿的可爱小公主。张小凡在人生的高光时刻与碧瑶相遇，也在人生的谷底与其携手，奈何命运弄人，她为了救张小凡只留下一缕残魄和一具肉身。后来，张小凡回到草庙村，将她留下的一片衣角挂在屋檐下以示终生铭记。

与阴险的魔教之人不同，碧瑶的出现如一股拂面而来的清风。她性情率真洒脱，善良而不做作。河阳城初遇张小凡，碧瑶便因折花一事与其开杠，让张小凡悻悻而归。堂堂魔教小公主竟被江湖骗子周一仙戏弄，这口气碧瑶可咽不下去，但碧瑶也只是象征性地吓吓周一仙他们，并没有对他们赶尽杀绝。从这点儿来看，这个小公主的气量还是非常大的。每个人都无法选择自己的出身，但可以选择自己成为什么样的人，碧瑶亦是如此。

洒脱的碧瑶像一只自由的小精灵，她敢爱敢恨，勇敢地追求自己心仪之人。死灵渊下，碧瑶与张小凡的生死之交令碧瑶情窦初开。陪伴是最长情的告白：黑石洞中，碧瑶陪小凡升级打怪；她不顾危险潜入青云门看小凡；流波山，默默陪伴受罚的小凡；等等。为了保护所爱之人，她用痴情咒挡下诛仙剑，只留得一缕残魂守在合欢铃中。自此，碧瑶成为张小凡心中永远无法割舍的心结。

巧笑倩兮若惊鸿——田灵儿

田灵儿是张小凡的嫡系师姐，也是第一个打开张小凡心房的女子，她成了张小凡一生中永远无法忘记的白月光。田灵儿是青云门大竹峰首座田不易与苏茹的爱女，自小集万千宠爱于一身。田灵儿从小便是个美人坯子，眉清目秀，明眸灵动，一笑起来脸颊上就露出两个小酒窝，长大后的田灵儿亦是秀美绝伦，灵气逼人。

作为名门之后，田灵儿不仅颜值高，而且性格非常讨喜，妥妥一个名副其实的女侠客。在偌大的青云，田灵儿是唯一一个与张小凡亲近的人，她的美丽与善良让小凡备受温暖与感动。大竹峰上，田灵儿就像小凡的"守护神"，主动找小凡一起去后山砍竹子；张小凡被师兄戏弄，她站出来为小凡伸张正义；还有替张小凡教训猴子，为了小凡和林惊羽大打出手；等等。在朝夕相处中，师姐田灵儿一点点地温暖着张小凡那颗孤单而又自卑的心，也让张小凡坚定不移地成为师姐的小迷弟。奈何落花有意，流水无情，朝夕相伴的张小凡并不是师姐的菜。机缘巧合下，田灵儿与龙首峰的齐昊一见倾心，互订终身。

田灵儿在张小凡的心中播下一粒情种，却也亲手将它扼杀在摇篮中。若干年后，张小凡再回青云之时，美丽活泼的师姐早已嫁作他人妇。回想当年的朝夕相伴、情根深种，张小凡只有无限感慨，初恋情结在心中萦绕不去。

三、张小凡的"师友圈"

在成长与抗争的路上，张小凡从来不是一个人在战斗。正也好，魔也罢，张小凡的身边永远有一群志同道合的小伙伴。

刀光剑影赋经年——林惊羽

林惊羽是张小凡的发小兼同门，因惨遭屠村之祸和张小凡一同被送入青云。玉清殿上，林惊羽因其出色表现成为各大首座争抢的香饽饽，最终拜在龙首峰的苍松道人门下。从此，林惊羽"平步"青云，迅速跻身青云门新秀之列。正如天才是百分之九十九的汗水加上百分之一的天分，林惊羽平坦的求道之路不仅得益于自身资质奇佳，更要感谢他人生路上的两位导师——苍松道人和万剑一。林惊羽在苍松道人的教导下进入修道之门，成为了青云门新一代中的佼佼者；后又得到万剑一的真传，学会了斩鬼神这一必杀技，修为更是登峰造极。

此去经年，昔日身处十八线的张小凡一跃成为"顶流巨星"，而林惊羽也褪去了曾经的桀骜与不羁，成为一个心境平和的"圈外人"。张小凡加入魔教后，林惊羽一直期盼张小凡能够回头是岸。然而，纵使兄弟情深，依旧没能扛住"风吹雨打"，尤其是张小凡（鬼厉）失手杀了万剑一后，二人之间的罅隙上升到白热化阶段——生死相搏。幻月洞府，与张小凡（鬼厉）一战之后，林惊羽斩断过往，心无旁骛地成为了祖师祠堂的守门人。从此，一人、一祠堂，便是余生。

寒冰六合男儿色——齐昊

齐昊是龙首峰门下首席大弟子，青云门年轻新一代中颜值与才华并存的领军人物。他道行深厚，一举夺得七脉会武的冠军。齐昊与张小凡等人外出历练时，对师弟师妹们照顾有加，是当之无愧的大师哥。他与田灵儿相互爱慕，无意中也成为张小凡的"假想情敌"，使得张小凡魔性显现，频频暴走。正魔一战后，苍松叛变，齐昊晋升龙首峰首座。年轻有为的齐昊家庭、事业两手抓，可谓春风得意。

七星斗转化剑芒——萧逸才

萧逸才，青云门通天峰门下大弟子，师承道玄真人，是青云门众多弟子中最成功的一位"金领"。他的仙法道术卓尔不群，堪称青云门下第一大弟子，颇受众人敬重。萧逸才不仅自身修为精湛，业务能力也堪称一流。他身处抗魔第一线——卧底炼血堂，为青云门掌握魔教的最新动态。道玄失踪、青云门群龙无首时，他挺身而出，挑起"代理掌门"的担子，将青云门上下打理得井井有条。"始于颜值，陷于才华"说的大概就是萧逸才这样的青年才俊吧！

四海逍遥葫芦甜——小环

小环是江湖散仙周一仙收养的孙女，活泼可爱、美丽善良，是冰糖葫芦的死忠粉。十年前初遇张小凡，小环手举冰糖葫芦笑得纯真无邪；十年后再见张小凡，出落得亭亭玉立的少女心头多了一缕淡淡的惆怅。在相术技能上，小环天赋惊人，后来遇到了一个送上门的师父（鬼先生）传其鬼道之术。心地善良是小环最大的"保护色"，正因如此，魔教金萍儿与她亲如姐妹，野狗道人陪她浪迹天涯。跟随手举"仙人指路"招牌游走江湖的爷爷，金子般的小环，历经世道坎坷，览尽人间纷繁，依旧笑得纯洁无瑕。

四、张小凡的"师长圈"

"我命由我不由天"的张小凡稳居正魔两道的 C 位，这不仅仅是张小凡自我逆袭出圈的结果，更离不开其背后诸位师长的强力助攻。

琴瑟调和爱漪起——田不易夫妇

张小凡从青铜逆袭到最强王者，最欣慰的莫过于田不易夫妇。

田不易是青云门大竹峰一脉的首座，一个道法高深的灵巧胖子。爱面子、护短是田不易众所周知的性格标签。田不易的"虎爸"属性，在张小凡身上展现得淋漓尽致，各种"体罚"让张小凡应接不暇，罚过以后又抹不开面子播撒自己的关爱，只能让妻子苏茹帮自己"善后"，于是，张小凡打心儿眼里对这个师父又怕又敬。第一次正魔大战，张小凡堕入魔道，田不易不仅没把小凡逐出大竹峰，反而在心中百般挂念；道玄真人被诛仙反噬，作为为数不多的知情者，田不易坚持前去劝说；被道玄控制的田不易，为了避免祸害天下苍生，宁愿献出自己的生命。人不可貌相，看似严厉的田不易，内心却是一片炽热，是一个充满爱与正义感的人。

苏茹与水月大师同出小竹峰，年轻时是青云门中一位响当当的辣妹子，后嫁入大竹峰，成为田不易的妻子，从此踏上了温柔得体的贤妻之路。虽为人妻、为人母，但苏茹骨子里的要强劲儿依旧灼灼其华。

她身上的慈母光辉总能在无形中抚平张小凡心中的伤痛。田不易逝去后，苏茹用她的殉情奏响了一曲凄美的爱情挽歌。

古剑诛仙埋祸殃——道玄真人

道玄真人是天下正派青云门的第十八代掌门，也是长门通天峰的首座。他功参造化，超凡入圣，背负着天下芸芸众生，是当世一等一的绝世人物。第一次正魔大战中，道玄真人抱着宁可错过不可放过的心态，启动诛仙剑阵欲除去张小凡，终使得碧瑶魂飞魄散，张小凡堕入魔教。道玄启动的诛仙剑阵成为张小凡人生命运的重要转折点，此后十年，张小凡销声匿迹，魔教则多了一个"血公子"鬼厉。在道玄眼中，所有的事情非白即黑，他要做的就是维护世间正道，守护他理想中的人间正道。因此，在兽神之祸中，道玄再次挺身而出，虽大败兽神，却终遭诛仙剑灵反噬，杀死了田不易。正道的守护者为了拯救苍生，堕入魔道，孰正孰邪又如何泾渭分明呢？幻月洞府中，在万剑一的点化下，道玄真人终于放下心中执念，羽化而去。

老骥伏枥少年狂——普智大师

普智是天音寺四大神僧之一，是当时天音寺道行最高之人，亦是推动张小凡 C 位出圈的"经纪人"，他为救一孩童而不惜牺牲性命，在临死之前却执着于破解长生秘密的贪念而屠杀了一个村子的百姓。普智老头儿虽看起来慈眉善目，但实际上装了一肚子雄心壮志。他没事就琢磨怎么开辟修真新世界，怎么实现长生之道，期待着和青云门合作，把青云门的太极玄清道和天音寺的大梵般若结合起来。普智老僧兴致勃勃上青云，奈何青云门的一把手根本不搭理他，只得悻悻而归。下山后的普智在草庙村被苍松道人袭击，命不久矣，为了实现自己的伟大愿景，他选中了草庙村的普通少年张小凡作为自己佛道双修的事业继承人，又传大梵般若、又送噬血珠，甚至不惜以屠村的方法把张小凡送入青云门。普智的这一系列操作又最终成为张小凡离开青云门加入魔教的直接导火索，他为了成就臆想中的事业乌托邦，置人命于不顾，造成了一个少年一生的悲剧。退去狂热后的普智亦是后悔不已，死后终得张小凡的原谅。

晨钟暮鼓续佛缘——普泓大师

普泓大师，天音寺住持方丈，四大神僧之首，一位鼎鼎有名的正道巨擘。为了守护天下苍生，普泓多次率领天音寺众人与青云门强强联手，共御外敌。数年前，普智一时"任性"让张小凡走上了不凡之路；数年后，念及过往种种，普泓苦度鬼厉（张小凡），并无意中帮助鬼厉（张小凡）习得第四部天书。在普泓眼中，天音寺可度一切回头之人。大师就是大师，这份胸怀与气量世间又有几人能及？

五、张小凡的"对手圈"

变身鬼厉的张小凡虽身处魔教，但他"出淤泥而不染"，数十年间一直坚持做自己而不干坏事。殊不知，"树欲静而风不止"，魔教中的谍影早已将张小凡重重包围。

覆雨翻云一场空——鬼王

鬼王，自称万人往，魔教四大宗派之一的鬼王宗宗主，亦是鬼厉（张小凡）在鬼王宗的"学术导师"，一个全身心浇灌事业之花的"四有"中年男人——有爱、有慧眼、有野心、有城府。青云山上，一句"谁敢害我女儿"宣誓着他作为父亲的霸主地位；对鬼厉（张小凡）一对一教学，倾心培养；修炼四灵血阵，欲与诛仙剑阵一较高下；用计吞并其他三派，使鬼王宗一家独大。四灵血阵大成之日，鬼王再攻青云，终是败在张小凡的诛仙剑下。作为魔教的一号种子选手，鬼王绝对是一个里程碑式的人物，他不仅气质非凡，心中充满雄才大略，并且道行高深、工于心计。但其所谓统一魔教的事业巅峰，终化为一场泡沫，而曾经雄心万丈的鬼王也最终老死在残墟般的狐岐山。

万劫不复魅影殇——鬼先生

鬼先生又称鬼医，是鬼王宗的供奉，与普智大师、万剑一渊源颇深。他每次出场都是一身黑衣且用黑纱遮面，像一个深不可测的黑洞，没人知道他的真实面貌，也没有人知道他从哪里来，浑身上下散发着一股"他人勿近"的恐怖气场。所谓的同门之谊，在鬼先生和鬼厉身上荡然无存，数十年间，两人也一直是见面就"掐"。不同于鬼厉的

"散漫"，鬼先生作为鬼王的头号心腹大臣一直兢兢业业。他像个幽灵一样跟在鬼王身边，为鬼王的事业狂想默默耕耘——破解伏龙鼎上的铭文、主持修炼四灵血阵。偷袭万剑一、破例收小环为徒并赠送超级拜师大礼包，让鬼先生这个神秘人物多了一丝生活气息。最终，鬼先生成为四灵血阵的第一个祭品。百因必有果，有果终有因，鬼先生的报应就是四灵血阵。

黑化走位血槽空——苍松道人

苍松道人是青云门龙首峰首座，掌管着青云门的刑罚，是张小凡一生跌宕命运的缔造者。他道法高深，悉心教导弟子，培育了齐昊、林惊羽等新一代青云翘楚。但此人有一个最大的软肋——师兄控，这也成为他后期黑化的直接导火索。黑化的苍松道人，一心只想为师兄万剑一讨个说法，他的黑化走位在不经意间改变了所有人的命运，也葬送了自己的性命。苍松偷袭普智大师，导致张小凡和林惊羽拜入青云；第一次正魔大战，他偷袭道玄，正式与青云门决裂，成为万毒门的座上客；毒神逝世，他又转投鬼王宗；在兽神浩劫中，为鬼王出谋划策灭了万毒门和合欢派；破坏天机锁回狐岐山复明之时，成为鬼王四灵血阵下的一缕亡魂。与张小凡、道玄真人由外物反噬造成的入魔不同，苍松是在自己的心魔中日渐沉沦，最终迷失自我，明明一手好牌却打得稀烂，活生生地说明了什么是"NO ZUO NO DIE"！

一曲玲珑千秋醉——兽神

兽神乃万兽之神，是南疆的巫女娘娘——玲珑为求长生，集天地间至凶戾气所化的盖世妖物，他神机暗结，功夫了得，身体虽可灭，魂魄却能不散。兽神凭借原生技能令十万大山发生异变、重创巫族，被玲珑用"八凶玄火法阵"镇于十万大山的镇魔古洞之中，后冲破封印，为心中挚爱——玲珑发动天下浩劫。修罗般的兽神终究也没能逃脱一个"情"字！被困于十万大山时，兽神只能一边吸饕餮，一边无限感慨：天下之大，有谁配和我做朋友，又有谁敢和我做朋友？或许，兽神也不曾想到，有一天自己可以像正常人一样撸串饮酒。荒山野岭中，孤寂的兽神与失意的鬼厉相遇了，虽是两个陌生的人却似曾相识一般，而鬼厉也成为这世间唯一能与兽神交心之人。所向披靡的兽神大人在青云门被道玄真人重创后，果断跑路。人倒霉喝凉水都塞牙，在老巢静静养伤的兽神大大，又碰上了直捣黄龙的鬼厉和陆雪琪，最终殒身于一场浩浩荡荡的天崩地裂中。

第七章

网状结构下的艺术风姿

从艺术结构上看，《诛仙》为我们设置了主辅交织、正邪互渗、情理融合的故事架构。其中的矛盾冲突、情感纠葛、法宝兵器等构成了紧张的悬念，精彩的细节描写栩栩如生，生动而不失典雅的语言成为整个故事架构的传神写照。主要人物之间构置的多重关系线相互交叉，交叉的关系线形成复杂有力的关系网，这些脉络在巨大而有力的关系网中纠缠在一起，使矛盾冲突复杂化、多重化，从而极大地丰富了故事容量。《诛仙》的庞大体系就是借助这种网状结构的框架模式得以有序而清晰地展开的。

一、主线、分支、法宝兵器

《诛仙》有主线，有分支，主线抢眼，支线清晰。不同于传统武侠小说的线性结构，《诛仙》在以张小凡为核心人物和中心主线外，还穿插了佛、道、魔三大门派人物之间的纠葛与纷争，江湖相士周一仙与捡来的孙女小环、兽神与玲珑不伦之情等各种游离主线外的小故事。

1. 几大门派撑起仙侠天空

《诛仙》的作品设定主要分两方面，其一是教派，其二是法宝兵器。先说教派。小说以张小凡为中心，从他由正到邪再回正的过程，串联出正道的青云门、天音寺、焚香谷和魔道的魔教。这些门派个个都有自己的历史传统和师门传承。由男主张小凡的活动踪迹，牵引出了南疆、东海流波山、西方死亡沼泽、狐族，它们充满神秘气息，与主要门派建立起复杂关系。这些门派分别引申出不同人物谱系，每个派别都众星云集。

比如青云门下有通天峰、龙首峰、大竹峰、小竹峰、风回峰、朝阳峰和落霞峰等七个地理脉系，其中通天峰主要有道玄真人、万剑一、萧逸才；龙首峰主要有苍松道人、林惊羽和齐昊；大竹峰是张小凡主要出现场所，涉及人物众多，主要有张小凡、田不易、苏茹、田灵儿、宋大仁、杜必书、吴大义、郑大礼、何大智，还有吕大信（不重要的人物名字起得也比较草率）；小竹峰主要有陆雪琪、水月大师、文敏、小诗；风回峰主要是曾书书、曾叔常；而朝阳峰和落霞峰几乎没怎么提到，朝阳峰的首座商正梁在正邪大战中战死，而两个弟子楚誉宏和申天斗只是作为服务主角的群演出现——在七脉会武中出现了一次；还有，落霞峰的天云道人和天日道长和读者也都只有"一面之缘"。

正道的天音寺和焚香谷相对次要，天音寺的普智是使张小凡进入正道的关键人物，也是让张小凡反入魔道的关键人物，而普泓则起到让张小凡得到乾坤轮回盘的作用，都是为主要人物服务。焚香谷的几个人物与中心人物张小凡关系较淡，在文中更加次要。

魔教门派有鬼王宗、万毒门、长生堂、合欢派和炼血堂。其中，鬼王宗是主要门派，有贯穿第二部到第六部的鬼王，从正道的张小凡变邪道的鬼厉，还有鬼先生、青龙、幽姬等。当然还有在整个故事中处于非常重要地位的碧瑶——虽然碧瑶从第三部开始就一直是躺在冰床上没动过，但她是影响张小凡变成"鬼厉"的重要人物，也是推动情节发展的重要引导线。正因为碧瑶，张小凡在发现自己被正道欺骗后，在绝望痛苦中最终选择入了鬼王宗，变成了鬼厉。鬼厉为救碧瑶叛入魔教、死泽寻宝、大战兽神，最后在正魔大战中战败鬼王，回归正道。其他门派中，合欢派的金瓶儿和炼血堂的野狗道人一直贯穿在后几部中，但基本也是用来推动情节、调节气氛、衬托主角的。此外，南疆的兽神和玲珑有一段可歌可泣的不伦之情，游荡于江湖的周一仙、小环也时常出现在文中，不过他们只是起到了花絮、点缀和创造笑点的作用。

2.异世界的"法宝兵器"

小说中各派的法宝均是切合门派性质特点设置的，不同门派各有不同。青云门以神剑居多，圣洁剔透，象征青云乃名门正派，文中出现的有诛仙剑、天琊剑、斩龙剑、七星剑、定神珠、墨绿道袍、寒冰、六合镜、赤焰、墨雪、琥珀朱绫、清凉珠、十虎、江山笔、神木骰、轩辕剑、五钩剑和少阳剑，等等。其中，出现频率最高的是青云门的镇派之宝——诛仙剑。此剑是一千三百年前青叶祖师于幻月洞府所得，非金非石的特殊材质，有强大的噬血功能，并蕴藏着第五卷《天书》，只有达到太极玄清道太清境界且心智坚忍的人才可以使用。青云两任掌门都因境界不够反而被剑控制，走火入魔，这也反映出作者对正邪模糊关系的反思。

天音寺乃佛门大家，故兵器法宝多为僧人使用的日常物品化名而来，小说中出现的有星盘、翡翠念珠、浮屠金钵、大悲金轮、玉冰盘、轮回珠、金刚降魔杖、黄金木鱼和破煞法杖等。其中，星盘在小说第六部中起到极其重要的作用——此乃上古神器，又叫乾坤轮回盘，有转阴阳、定魂魄之异能，材质温润，呈青白色，玉质非凡，白光柔和，纯而不散。普智在西北蛮荒处发现了星盘，死后交给普德保存，后来张小凡将其要去，希望能救碧瑶，虽然后来没能救活碧瑶，却解开了乾坤阵，将修罗放出，直接导向故事的大结局。

焚香谷也是正派之一，其门下最重要的法宝就是玄火鉴。玄火鉴乃是上古开天神器，万火之精，碧绿玉环中镶嵌一片似镜非镜的赤红薄片，刻有火焰图腾。它是世间仅有的几件可以与噬血珠抗衡的法宝之一，配合八凶玄火法阵，则有毁天灭地的威力。此镜原本是南疆巫女娘娘玲珑的法宝，后成为焚香谷的镇谷之宝，再后来被狐族夺走，六尾魔狐死前将其交托于鬼厉（张小凡），帮助鬼厉压制噬魂邪气，在最后围杀兽神时，配合八凶玄火法阵召唤出八荒火龙。

魔教法宝则多属凶残暴虐之物，其四大神器分别是噬血珠、伏龙鼎、合欢铃和万毒归宗袋，此外还有斩相思、紫芒刃、摄魂、血骷髅、毒血幡、伤心花、乾坤青光戒、五月神戟、观月索、赤魔眼、吸血叉、獠牙、控妖笛、缠绵丝、阴阳镜、离人锥和缚仙索等。神器之一的噬血珠来历不明，千余年前被魔教长老黑心老人所得，属至凶之物，嗜食生灵精血，若有生灵活物接近它，一时三刻便被这"噬血珠"吸食精血而亡。黑心老人因其吸精噬血的异能而将之炼成法宝，天音寺的普智神僧于30年前在西方大沼泽中无意间发现了此凶珠，以佛门大法将之收起，将佛家降魔秘术施行于上，并以佛门至宝"翡翠念珠"并行串挂，以其清净之气抵挡噬血邪念，终于将这股凶灵压了下来。普智临死前将噬血珠托付给张小凡，机缘之下，摄魂棒吸收张小凡与噬血珠经血炼成了噬魂。伏龙鼎是上古神器，鬼王宗历代相传的宝物。形状古拙，鼎畔双环上刻有龙首浮雕，神秘的困龙阙法阵以伏龙鼎灵力为媒方能施法，激发天地肃杀之气。鼎身刻有四灵血阵的秘密，最上方刻有修罗面貌。在第六部中，鬼王用伏龙鼎吸收四灵血阵的灵兽之力，又通过星盘解开乾坤锁，打开了修罗之门，拥有了控制人心的能力。合欢铃本是合欢派始祖金铃夫人的法宝，后来碧瑶在滴血洞中偶得此宝，魔教中一直传闻，合欢派里的许多奇法异术，都要以这合欢铃为媒，才能发挥最大的奇效。在第二部结尾，碧瑶为保护张小凡使用痴情咒致使魂飞魄散，合欢铃生生将她逼出的三魂七魄强行摄了残余一魂下来，守在铃身之中，肉身才得以不灭。万毒归宗袋是万毒门镇派之宝，也是魔教四大神器之一，但没有在小说中发挥什么功用，作者也没有多做描述。

其他门派的还有鬼先生传给入室弟子小环的血玉骨片、南疆的五圣器、风月老祖的山河图，等等，也是各有特色，均符合对应派别的"气质"。

二、细节描写，丰盈与精微

小说的细节描写就像人的微表情，虽微妙却有巨大的信息容量。作者善用细节展现人物性格，表达人物情绪，以此使笔下人物的情感更加饱满。

比如碧瑶第一次正面出场：

路旁，一朵小花儿在夜风中轻颤，有晶莹的露珠，附在粉白花瓣之上，玲珑别透……那一刻张小凡脑中"轰"的一声响，仿佛满天月华都失去了光彩，整个花园中顿时陷入黑暗一般。他转头，看了过去，带着一点儿莫名的恨意。一个水绿衣衫的年轻少女，站在那儿……见她依然身着一套水绿衣裳，月光下肌肤如雪，清丽无双，恍如仙女一般。那少女把刚折下的花朵放到鼻端，深深吸气，脸上浮现出陶醉的表情，更有一股惊心动魄的美丽。那花朵在她秀美的脸庞前，竟也似更加绚烂。

这段描写让景与人相互映衬，花是"轻颤""晶莹"且"玲珑剔透"的，与花相映的人则更是美丽非凡——"幽清""月华星光""如雪"……这些美好绚烂的词都是用来表现碧瑶的清丽绝美。张小凡"痴痴看得呆了"，却又"带着莫名的恨意"，暗示了两人必将产生一段"孽缘"，正邪的冲突与深沉的爱意在作者细腻的笔尖跃然而出。

再如主角张小凡的出场：

张小凡一抿嘴，头一歪，一副坚决不投降、不屈服的样子。林惊羽气从心头起，一手扼住他的脖子，怒道："说好了抓住就认输的，你服不服？"张小凡理也不理。林惊羽脸色通红，手上用力，大声道："服不服？"张小凡气管被他扼住，呼吸逐渐困难，慢慢地脸也开始涨红，但他小小年纪，性子竟是极犟，硬是一声不吭。林惊羽却是越来越怒，手上的力气越来越大，口中一迭声道："服不服，服不服，服不服？"

这段描写非常重要，类似的情景在小说中不止一次出现。作者通过描写张小凡一连串动作细节："一抿嘴""头一歪"，以及被林惊羽扼住脖子时"硬是一声不吭"的状态，将张小凡极其倔强的性格和内心坚定不服输的特点表现了出来，也为后面张小凡能死守秘密，同时修炼太极玄清道和大梵般若，忍常人所不能忍之苦并终有大成就的结果做了铺垫。而对林惊羽的描写如"气从心头起""一手扼住""脸色通红"以及反复质问张小凡"服不服"的强势话语，也可告诉读者，林惊羽性子非常要强，就算他将张小凡视为自己最亲的兄弟，也不允许资质一般且相貌普通的张小凡比自己强。

文中类似的细节描写时有所见，且这些细节的背后都有着丰厚的思想底蕴，包括对人性的思考、对道的理解、对能力的追求，还有在玄幻外衣下至情至性的爱情与武侠精神的表现……

三、"字立纸上"，文情并茂

1. 散文诗化，韵味沛然

《诛仙》的语言生动传神而富有韵味，如清人袁枚所称道的"字立纸上"，生气四溢，其韵味来源之一便是散文诗化的古典特质。金庸小说气势磅礴而结构精巧，古龙小说采用散文手法且风格唯美，深受这些武侠大家影响的萧鼎，在《诛仙》中也非常注意语言表达的艺术性，常用富有散文诗一般的语言来讲述故事。例如，在故事开头作者写道：

> 自太古以来，人类眼见周遭世界，诸般奇异之事，电闪雷鸣，狂风暴雨，又有天灾人祸，伤亡无数，哀鸿遍野，绝非人力所能为，所能抵挡。遂以为九天之上，有诸般神灵；九幽之下，亦是阴魂归处，阎罗殿堂……相比某些生灵物种，人类或许在体质上处于劣势，但万物灵长，却是绝无虚言。在追求长生的原动力下，一代代聪明才智之士前赴后继，投入毕生精力，苦苦钻研……这个故事，便是从"青云门"开始的。

这样的叙述简洁而富有韵味，很像是在写散文诗。

2. 诙谐有趣，生动传神

《诛仙》语言还有一个特点是简洁诙谐。作者常在小说中采用谐音和戏谑的手法调节气氛，尽可能让语言生动传神。比如张小凡经历失去亲人之大悲后，与大师兄发生了一段因为谐音而产生的有趣对话：

张小凡用心记着："哦，大义师兄、大礼师兄、大智师兄、大信师兄、大书师兄……"宋大仁笑道："是杜必书师兄。"张小凡怔了一下，这才醒悟，不禁问道："怎么就这位六师兄不一样呢？"宋大仁道："本来他的确是叫大书的，不过你多叫两声听听。"张小凡喃喃道："杜大书、杜大书、杜大叔……"心中会意，登时笑了出来……"后来师娘便替他取了'杜必书'这个名字。你再把这个名字好好念几遍。"

　　这样的诙谐表达，不仅帮助张小凡冲淡愁苦，也让读者会心一笑，轻松不少。作者还经常通过描写猴子小灰或者"搞笑担当"的曾书书来调节紧张气氛，增添幽默趣味：

　　当下只见小灰摇了两下，便把这肉骨头扔到大黄面前，大黄早就流了口水，立刻张嘴把肉骨头咬在口中，"喷喷喷"啃个不停。小灰看着大黄那副样子，"吱吱"叫了两声，小心翼翼地接近大黄，犹豫了一下，伸出爪子向大黄头上摸去。张小凡看着曾书书的模样，笑容中七分欢喜，却还有三分莫名其妙的猥琐之意，皱眉向手中书看去，随手翻开一看……纵图画中尽是赤裸男女。却是十年之前他们还年少时候，在通天峰上曾书书想用来换小灰的那本春宫书。"你……"张小凡一时哑然，说不出话来。

　　作者对武侠的传承，对古典诗词的借鉴，还有对现代文学技巧的学习，不仅丰富了作品的语言文化底蕴，也有对小说人物性格和文章内容做补充的作用，达到了"字立纸上"、文情并茂的艺术效果。

第八章

《诛仙》改编及其产业链

《诛仙》自 2003 年在台湾出版以来，一直受到大批读者热捧，逐步成长为高 IP 值的仙侠神作，掀起了各种形式的改编热潮，游戏、动漫、电视剧、电影层出不穷，此起彼伏，让这个超级 IP 由一部网络小说跨界分发为一个枝繁叶茂的 IP 产业。

一、《诛仙》产业链的形成：IP 价值的"长尾效应"

小说《诛仙》以险象环生的故事情节、个性鲜明的人物形象、细腻优美的语言风格，在充满东方韵味和奇幻色彩的架空世界里展现惊心动魄的正邪之争，再现了纷乱世事中的情与义，自推出以来引得无数粉丝熬夜追捧。作为"后金庸时代的武侠圣经"，《诛仙》在完结后的十多年后仍热度不减，全网点击量过亿，QQ 阅读平台上的收藏量超过 231 万，打赏超过 10 万次，起点读书 APP 上的原著推荐票数高达 237 万，是当之无愧的网络仙侠小说大 IP。

在《诛仙》的无限魅力下，各类改编作品纷纷涌现，由小说 IP 价值催生的产业链延展到游戏、漫画、影视各个领域，规模浩大，业绩亮眼，以 IP 价值不断增值的"长尾效应"，创造了一个又一个的"诛仙奇迹"。

《诛仙》产业链的开端始于 2007 年。那年北京完美时空网络技术有限公司在小说完结后即推出了同名 IP 改编端游《诛仙》。在网络还不那么普及的年代里，这款端游一周的注册人数就超过 100 万，玩家数量曾多达8000万，火爆程度几乎可以用"全民诛仙"来形容。该游戏凭着美观的角色设计、高度的轻松性，点亮了"80后""90后"们的青春记忆，目前已经发展到第三代。2018年3月，当红小鲜肉王俊凯成为《诛仙3》的代言人，为这款在激烈市场竞争中渐渐式微的老牌网游重新注入生机与活力。

继游戏之后，2009年，漫画版《诛仙》面世，作者是马来西亚知名漫画家黄雄豪。由于涉及侵权，漫画在151集时停更了，后更名为《碧月帆雪》。更名后的漫画内容也趋于恶俗，这对于一直望眼欲穿的粉丝们来说无疑是一种打击。151集的漫画版《诛仙》虽未完结，但却因尊重原著、画风独特而受到大批《诛仙》忠粉的喜爱，侵权可耻，但佳作难得。

2016年，根据小说《诛仙》改编的电视剧《诛仙·青云志》（以下简称《青云志》）于7月29日在湖南卫视"超级独播剧场"开播，首播就取得了不凡的成绩，网播量超过3亿，52城收视率1.352，市场份额7.075%，全国网收视率1.37，市场份额9.11%，双网收视率全国第一，播出期间话题度始终居高不下。不论改编效果如何，这样的成绩足以证明《诛仙》这个超级IP的受欢迎程度，而近50亿的衍生品开发产值也给制片方带来了可观的经济收益。在《青云志》播出三年后，2019年9月13日，由阅文集团旗下的影视制作与发行平台新丽传媒出品的电影《诛仙1》上映，不仅在国内取得了4亿的票房，成为中秋档票房冠军，在越南、泰国、韩国、日本居然都超乎想象地火爆，而电影的总投资还不到1亿，可谓赚得盆满钵满。在这种强劲的势头下，电影的续集《诛仙2》可能很快就会和观众见面。相比游戏和漫画的改编，电视剧《青云志》和电影《诛仙1》更大力度地激发了小说《诛仙》的IP活力。《诛仙1》的上映在观众间掀起了一阵重温原著的热潮，QQ阅读上《诛仙》原著的阅读量增长11.7倍，平台总收入增加11.7倍，起点阅读上《诛仙》的阅读量增长8倍，总收入增长10倍以上，红袖读书的《诛仙》点击量比之前提升300%，实现了改编作品对IP的"反哺"，真正做到了"吸粉""吸金"两不误。

除去上述游戏、漫画、电视剧、电影这几种主要的改编形式，《诛仙》产业链还衍生出一些小众的改编产品，例如"北冥有声"出品的3D有声剧《诛仙》，在"懒人听书""喜马拉雅听书"等听书 APP 上分别获得 9.5 和四星半的评分，是《诛仙》好评度最高的听书版本。2016 年，根据网游《诛仙》改编的同名手游上架，到目前为止已经推出了 2 款同系列作品，分别是《新诛仙》和《梦幻诛仙》……改编形式的多样性不仅使"诛仙"产业链日趋壮大，也促使了《诛仙》小说 IP 价值的持续再生，《青云志》这样的电视剧吸引大众目光的同时，作为改编"原型"的小说《诛仙》也会因此被读者"再发现"，从而催生更多的新鲜作品。总的来说，《诛仙》产业链是 IP 价值的产物，它的发展与完善离不开原著与改编作品间相互作用的良性循环。

二、从《诛仙》到《青云志》："神作"与"顶流"的碰撞

小说《诛仙》的改编剧是 IP 与"顶流"强强联合的产物，高起点的《青云志》自播出以来就一直受到热议。

1. 流量明星，制作精良

《青云志》于 2016 年 7 月 31 日在湖南卫视开播，共 55 集（TV 剪辑版 58 集），从首播 1.37% 的收视率和各视频 APP 上密密麻麻的弹幕，可以看出大家对这部 IP 改编大作的期待。虽然两集之后，收视率就逐渐滑坡，但依旧有观众不离不弃。截至播完，《青云志》在各大视频软件的评分虽然不高，但大部分仍在及格线以上。如果怀着宽容与客观的心态去评价，虽然《青云志》存在着许多改编"黑洞"，无法与同是IP 剧的《甄嬛传》《琅琊榜》媲美，但在明星阵容、特效制作、服装道具、后期配乐等方面也确实用心良苦。并且，部分情节的改动、戏份的增删，以及一些人物的塑造也都可谓独具匠心。

高人气演员阵容是《青云志》收视率飘过及格线的主要原因。当红明星和经典 IP 的组合让该剧从一开始就赚足了眼球，上微博热搜是家常便饭。李易峰、赵丽颖、杨紫、秦俊杰、熊乃瑾、任嘉伦……全剧从主角到配角，不论什么年龄，几乎都是清一色的高颜值，在看脸的世界里大大满足了"颜控"观众们的舔屏欲。在五毛钱特效称霸影

视剧仙侠界的当下，《青云志》的特效制作几乎可以用优秀来形容，总投入超过 5000 万，甩开同时期的《幻城》《九州天空城》几条街，其宏大的场面、清爽的色彩，将仙侠世界打造得如梦如幻。特效猴子"小灰"萌化了观众们的心，修真界的超凡脱俗与魔教的黑暗阴沉，也都在演员的服饰、妆容及场景设计上完美体现出来。

碧瑶和陆雪琪都是小说《诛仙》的女主角，陆雪琪是典型的冰山美人，而碧瑶则是活泼热烈的"魔教妖女"。《青云志》对这二人的人设和戏份做了较大幅度的调整，以巧妙的构思加强了剧情的因果联系。剧中的陆雪琪并不是小说中那种天生的冰冷性格，她的冷漠源于童年时期被父亲抛弃、被马匪绑架的不幸遭遇，这样的改编有助于增强人物命运的悲剧色彩，激起观众的同情心。原著中作者对陆雪琪的描写主要集中在外貌和心理方面，这让陆雪琪成了一个很难表现的人物，电视剧增加了陆雪琪的台词，使她的性格在冷漠之余多出了一份活力，虽然与原著有些不符，但这样一个会笑、会哭的陆雪琪确实比成天板着脸的冷美人更真实讨喜。与陆雪琪相比，《青云志》对碧瑶的塑造更显成功，编剧增加了碧瑶的戏份，第 2 集就让她惊艳亮相，随后便与张小凡纠缠在一起，到最后一集才下线，其间还以回忆的方式为他们增加了年少时相遇的情节，种下了他俩爱情的小树苗。纵观原著，碧瑶是张小凡入魔的原因之一，也是他后来寻找黑巫族最主要的动力，对小说情节发展起如此重要作用的角色，为碧瑶加戏是十分必要的。

2. 偶像仙侠创新难，收视口碑两极化

虽然演员阵容强大，宣传造势也猛，但过度偶像化的人物形象和过气老套的剧情，让《青云志》最多只能算是披着《诛仙》外衣的普通武侠剧，甚至是偶像剧，尽管有着 275 亿的网播量，但口碑却与收视率呈现出两极分化的状态。

剧中的人物虽然颜值高，却失掉了原著人物的饱满性格，许多人物都浮在表面，显得既分裂又怪异。男主张小凡主角光环秒天秒地，遇事冷静不说，还在一起下山历练的几个同门中当了主心骨，事事出谋划策，不在话下，全然不是资质普通的小师弟。原著中的陆雪琪是无数读者心目中的冷艳"女神"，剧里的陆雪琪虽然也爱板着脸看似冷漠，却常常把正邪之分挂在嘴边，显得啰唆又古板，更让人哭笑不得的是，面对曾书书的调笑，她刚开始冷眼相对，后来竟然态度暧昧，任由曾书书喊她"亲亲雪琪"或者"小琪琪"，失去了小说中那种清冷绝美的气质。

除了人物塑造与某些细节上的粗糙，《青云志》的剧情创意也显得有些匮乏，用的都是很多年前《仙剑奇侠传》中就有的"老梗"，无穷无尽的救与被救，动不动就下毒吐血，从七脉会武之前就开始出现，下山历练的主角们一路上几乎都在忙着救人，从田灵儿到渝州城主，从碧瑶到陆雪琪，几乎是挨个儿等着张小凡去救，偶尔也救一救张小凡。如此情节新意渐失，口碑不佳在所难免。

三、观众评价：星粉疯狂，书迷无奈

《青云志》的观众大体上可以分为两类，一类是冲着自家爱豆去的爱豆粉，另一类则是钟爱原著的原著党。自《青云志》开播以来，从弹幕到评论，各家粉丝们围绕剧情的"纷争"就从未停止过，成了电视剧外的又一场精彩纷呈的大戏。

1. 爱豆粉：颜值演技双在线，青云神剧很"开胃"

对于沉迷爱豆无法自拔的粉丝们来说，《青云志》无疑是给他们发了个大福利，扮演张小凡的李易峰颜值爆表，是无数少女心目中的"峰峰老公"。扮演碧瑶的赵丽颖因《花千骨》红透内地，从早年的龙套一步一个脚印成当今的女一号专属。扮演陆雪琪的杨紫从《家有儿女》走出，近几年凭借《欢乐颂》成了演技与颜值齐飞的"90后"小花旦。不仅主角阵容了得，《青云志》里随便拉出来的一个配角都是拥有无数粉丝的大咖，TFboys 三人组一齐加入，更是吸引了一大批的"00后"观众。粉丝们无一不是从开播前就自发地为自家爱豆的新剧宣传造势、打卡签到，乐此不疲，演员们也是积极呼应，连原著的作者萧鼎，都多次在微博表达对《青云志》的期待。对粉丝们来说，爱豆的吸引力大大盖过了剧情本身，没看过原著的年轻观众反而比沉迷原著的观众更能放平看剧的心态，沉浸到剧情当中，体会到看剧的乐趣。不少观众因为偶像的存在而变得宽容了许多，认为电视剧与原著不能混为一谈，既然是改编剧那就必然会有不同，原著党们不应该在看剧的时候只想着和原著做对比，其实只要不去刻意地参照原著，单纯地把《青云志》当武侠剧看，也还是很好看的，剧情虽然老套但是也不乏轻松愉快；台词虽然啰唆冗长，但偶尔也幽默细致；广告植入虽然雷人却也是笑料不断；吐槽穿帮镜头更是乐趣多多。从正派到反派都是养眼的高颜值，特效五光十色十分亮眼，主角张小凡的撩妹技能更是教科书级别。在巨大的经济效益和强烈的市场需求推动下，《青云志》播完后很快就又出了一部18集的续集《青云志2》，电影版的第二部、第三部目前也纷纷在路上，"诛仙热"有望一直持续下去。

2. 原著党：爱之愈深，责之愈切

《青云志》观众中的原著党，大多集中在豆瓣，因此《青云志》在豆瓣的评分只有5.5，是所有平台中最低的。大部分原著党都不为美色所动，只为剧情痛心疾首，巴不得找编剧聊聊人生，一边看剧一边怒吼"还我《诛仙》"。尽管剧的内容只涉及前两部小说，但还是让原著党看到了理想与现实间的差距。

原著党怒斥剧情的雷人与拖沓，两部小说的内容啰啰唆唆拍了快60集，却没有拍出小说的精髓所在。情是《诛仙》在"天地不仁，以万物为刍狗"以外最突出的思想之一，小说中碧瑶甘愿为情毁灭，张小凡在绝望中因情入魔，六尾狐妖为情而死，陆雪琪则为情十年守候，情可以冲破一切黑暗，化解一切冤孽，是世间最伟大而美好的力量。但是这种感天动地的情到了《青云志》里变成了帅哥美女们的打闹与斗嘴，各种武侠剧、爱情剧里的常用桥段，都被一股脑地堆到了一起，把仙侠剧差不多改成了偶像剧。

除了剧情狗血，《青云志》还将许多人物形象改得亲妈不认，这一点更让原著党们捶胸顿足。萧逸才在原著中是青云门最优秀的弟子，也是青云门在道玄真人之后的新任掌门，他光明磊落、行事谨慎、机敏过人，可到了剧里却变成了两面三刀、道貌岸然的叛徒和野心家，尽管饰演萧逸才的演员长得挺帅，但还是让人提不起好感。在原著党看来，《青云志》最擅长的就是捡芝麻丢西瓜，小说里明明有那么值得采用的笑点，比如刚入青云门时，傻里傻气的张小凡没见过世面，说田灵儿的法宝"琥珀朱绫"是红布条，让众人笑弯了腰；杜大书因为名字读起来奇怪，改名杜必书，结果就成了"赌必输"……精彩之处数不胜数，可都被编剧完美地避开，取而代之的是各种无厘头搞怪，原著的正邪势不两立也变成了主角们互相帮助、喝茶聊天。全剧最贴近原著的情节可能就是众人审问张小凡时，苍松显露真面目那部分，但这并不足以撑起大局，《青云志》在原著党们眼里最终还是难逃烂片厄运。

总的来说，《青云志》是一部"形式完好，内核尚缺"的改编剧，离大部分观众心目中的经典标准相差甚远，连原著作者萧鼎都曾发微博表示不能接受这样的改编，充分说明了一部仅仅拥有光鲜外表的剧或许能够获得高收视率，产生巨大的经济效益，但却无法真正走进观众心里。

经典网络小说文本的魅力在于经得起与时俱进的解读、阐释与重现。尽管在商业浪潮的冲击下，《诛仙》改编作品的经典之路十分坎坷，但时代的脚步还在继续，相信作为超级 IP 的《诛仙》，今后还会被继续改编下去。身为"《诛仙》迷"的我们，时刻都保持着对《诛仙》的热爱与信心，热切地期盼着有朝一日，《诛仙》的改编能够突破现有的桎梏，在利益与质量的共存中让大众看到一个更具艺术魅力的"诛仙"世界。

第九章
专家有评，粉丝有爱

2003 年，萧鼎的《诛仙》一俟现身网络，便以每天 200 万人次的点击率向前推进。由此，凡是喜欢在网上读小说的网友，无人不知《诛仙》；凡是玄幻小说的书迷，无人不知《诛仙》；凡是痴爱仙侠武侠小说的书迷，更是无人不在说《诛仙》。2005 年 6 月出版的《诛仙 1》《诛仙 2》发行两个月就突破 12 万册，而 8 月新上市的《诛仙 3》《诛仙 4》，在短短几周内便跃上了各大书店的畅销书榜。该小说连续出版了 8 本，让无数书迷欲罢不能。《诛仙》的风靡带动了其他玄幻小说的走红，2005 年被称为"玄幻小说年"，《诛仙》可谓是功不可没。对《诛仙》的评说，有两拨"人马"是主力军，即专家评价与粉丝评论。

一、专家评说，高屋建瓴

在众多文学评论家眼中，《诛仙》堪称网络小说代表作，它为仙侠、武侠、玄幻、奇幻小说世界打开了一扇新的窗户。对于《诛仙》的评论很多，有代表性的评价主要有：

其一，后金庸时代的武侠圣经。

李昀男以《侠·情·传统：〈诛仙〉的三个关键词》为题，给了作品一个总体评价：

> 赋予《诛仙》独特魅力在于，作者结合时代流行元素与现代人的心理、性格，将普通人的成长经历、爱恨情仇揉捏到中国传

统文化和"玄幻"的框架中去，使读者在获得阅读快感的同时，也在字里行间找寻到当代人成长的轨迹。小说文本所展现的对于中国传统"侠"之内涵的新阐释、对于"情"的纷繁描写，以及对于传统文化意蕴的承载，是小说的重要内蕴，也体现了小说整体的精神特征。①

网络文学研究专家马季在评论"网络小说十年十部佳作"时给《诛仙》的评价是：

　　《诛仙》是网络玄幻武侠小说代表作品，在网络类型小说中具有开创性。《诛仙》讲述少年张小凡历尽艰辛战胜魔道的曲折经历——正道与魔道的道德对立、强烈的悬疑色彩和魔法氛围、千奇百怪的武功、似是而非的传统文化，夹杂着动人心弦的爱情故事，使它具备了一个网络文本成功的要素。《诛仙》很好地继承并开发了传统文化资源，以老子《道德经》"天地不仁，以万物为刍狗"的思想贯穿全文，同时糅合西方魔幻表现手法。从思想内容到表现形式，既有传承也有创新，深得读者喜爱，因此获得"新民间文学"美誉。②

化名为"小说先生"的评论家在"简书"发文说：

　　萧鼎，在写完一本不出名的小说后，完成了这部被新浪誉为"后金庸时代武侠圣经"的《诛仙》。一举打破网络小说是垃圾文学的印象，为网络小说正名！

　　本文一直在探讨，何为正，何为邪？天地不仁，以万物为刍狗。

---

① 李昫男：《侠·情·传统：〈诛仙〉的三个关键词》，《重庆三峡学院学报》2012年第4期。

② 马季：《话语方式转变中的网络写作——兼评网络小说十年十部佳作》，《文艺争鸣》2010年第19期。

武侠小说长期以来表现光怪陆离的世界和复杂的人性——《诛仙》都很好地传承和发展。不同于还珠楼主《蜀山剑侠传》人物脸谱化，《诛仙》重点用笔墨描绘了张小凡由道入魔的心路。也不同于传统武侠把"侠义"作为精神信仰。而是重点突出人性。所有的正邪之分不过是人性的表现。手持烧火棍拥有噬血珠的张小凡难道就是魔？拥有核武器"诛仙"剑阵的青云门，道玄长老宁可错杀不可放过，难道就是正？

2006年，胡燕在《奇诡荒诞 至情至性——评玄幻武侠小说〈诛仙〉》一文中说：

> 《诛仙》的特别之处在于，它把奇幻与爱情、暴力与温婉、残酷与仁义、正直与邪恶等水乳交融般地糅合在一起。它借鉴并吸收了黄易小说的神秘，李凉小说的搞笑，温瑞安小说的恐怖，金庸小说的细腻，形成了独特的风格。[1]

有网友将《诛仙》与《飘渺之旅》《小兵传奇》并称"网络三大奇书"，《诛仙》作为三大奇书中唯一的仙侠小说，被视为和金庸、古龙、还珠楼主作品具有同样等级，被誉为"后金庸时代的武侠圣经"。《诛仙》作为新兴网络小说大军中的一员，何以具备如此魅力，能够与众多经典传统武侠小说相媲美呢？这大多归功于《诛仙》对传统武侠小说因子的继承与突破：一方面它不同于传统武侠小说"仗剑行侠、快意恩仇、笑傲江湖、浪迹天涯"的套路，对人物的刻画避免了简单的平面化的善恶二元区分；另一方面，它在传承传统武侠小说"见义勇为、除暴安良、以正克邪"的基础上又有所突破，最集中地表现在对"正邪"的诠释上——它打破了传统武侠小说善恶对立的二元模式，正与邪不再泾渭分明，而是认为它们只有修炼方式上的不同，没有本质上的区别。

---

[1] 胡燕：《奇诡荒诞 至情至性——评玄幻武侠小说〈诛仙〉》，《当代文坛》2006年第5期。

小说主人公张小凡出身农家，长相普通，资质平庸，几乎被所有人认为是"朽木不可雕"。但出人意料的是，这根"朽木"却最终成为融会魔、道、佛三家的非凡人物。张小凡似乎成为尝尽"感情快餐"之后空虚与孤独、感情极度贫瘠、渴望被理解的现代人的"代言人"。最后张小凡的真诚质朴与善良宽容，赢得了大竹峰众人、天音寺群僧以及小白等的心，在满足了读者的阅读期待的同时，也赢得了读者的喜爱。

其二，对中国传统文化的传承与弘扬。

《光明日报》刊发的《传统是网络文学的"精神血脉"》一文中说：

> 近年出现的优秀网络文学作品，都注意汲取传统文化滋养，让民族文化精髓成为这些作品的价值基因。入选中国网络文学20年20部的小说《诛仙》是一部东方玄幻仙侠小说，作家以道家文化"天地不仁，以万物为刍狗"为基本立意，采用蕴含东方文化神韵的故事架构，在人物描写、氛围酝酿和语言表达上吸收和化用《山海经》等古代文化典籍元素，并受到《蜀山奇侠传》《鹿鼎记》等现代武侠仙侠小说影响，得其神韵，并将其融入作品血脉，使作品有着对传统文化的独到理解和艺术阐释。[1]

陈为兵在《谈〈诛仙〉对中国古典文学的借鉴》一文中评价说：

> 萧鼎创作的《诛仙》以其天马行空的想象力赢得了诸多读者的青睐，随着《诛仙》的热销和不断再版，相信这部极具中国特色的东方玄幻小说，将会使读者在感受小说起伏跌宕的情节的同时，也看到了中国古典小说所具有的魅力。除了作者奇异诡谲的想象力之外，还与作品中浓厚的中国古典文学气息分不开。[2]

李昫男用"对传统文化意蕴的再想象"来评价《诛仙》，他说：

---

[1] 欧阳友权：《传统是网络文学的"精神血脉"》，《光明日报》2020年1月8日。
[2] 陈为兵：《谈〈诛仙〉对中国古典文学的借鉴》，《辽宁师专学报》2019年第1期。

《诛仙》把传统文化融入小说文本，这是非专业作家对"玄幻"小说创作的有益的实践和探索，在同类的作品中，《诛仙》显现了自己的个性特征。作者萧鼎经常在小说中引经据典，《山海经》《道德经》《金刚经》《坛经》《晋书·纪瞻传》《周易复卦象传注》等作品的内涵或风物在小说中均有体现，如《诛仙》第一部第二十章《魔踪》中的"空桑山"出自《山海经》第四卷《东山经》；《天书》中的修行之法则是作者参考《道德经》《金刚经》《坛经》《晋书·纪瞻传》《周易复卦象传注》等书。从小说自身来说，传统文化在小说中的再想象与价值判断不是错位的关系，而是把传统文化意蕴内化在文本中，小说的主旨从传统文化的道德伦理中衍生，"诛仙"剑的传说对于小说的题旨来说本身就是一个隐喻。①

　　《诛仙》继古龙和金庸构建的武侠世界之后，开辟了一个全新的仙侠世界。能够取得如此瞩目成就的一个重要原因，是《诛仙》吸收了大量的中国古典文学因素，借鉴了大量中国古代文化素材，包括对古典诗词的借鉴、对中国神话传说中形象的借鉴和对古代小说母题的借鉴三个方面。小说中借鉴了大量的古诗词的词牌名，如《减字木兰花·林惊羽》《菩萨蛮·陆雪琪》《西江月·金瓶儿》《卜算子·田灵儿》等，并借鉴了古代诗词形式（"痴情咒""斩相思"）、志怪小说中人物形象（九尾天狐、三尾妖狐）、古代小说母题（"动物报恩""归隐""降妖""历险""人妖之恋"），等等。

　　《诛仙》对于中国古典文学的借鉴，借助天马行空的想象力将其发扬光大，使读者在感受玄幻小说起伏跌宕的情节的同时，也看到了中国传统文化和古典小说的魅力，同时赋予了《诛仙》一个独特的定位——中国特色的东方玄幻仙侠小说。《诛仙》的成功再次证明，现代与传统、网络小说与传统文化的创新性融合，能够焕发出新的魅力。

① 李昫男：《侠·情·传统：〈诛仙〉的三个关键词》，《重庆三峡学院学报》2012年第4期。

其三，对《诛仙》的艺术地位和价值的评价。

邵燕君在她主持的国家社科基金项目《网络文学的经典化与"主流文学"的重建研究》的结项成果中认为：

> 萧鼎的《诛仙》就是介于武侠与修仙之间的作品，是传统武侠在网络时代最后的辉煌之一，也是古典仙侠最重要的早期代表作。作者自述"天地不仁，以万物为刍狗"是小说的主题思想，但书中表现出的也并非是仙侠世界的残酷法则与对命运的不屈反抗，故事仍以"江湖险恶"与"世事难料"为根基，支撑《诛仙》的是"仙"与"情"——少年惨遭家门不幸，为异人所救，而后历经磨难险阻，修行得宝，征服上古神兽、异禽，游历各种奇异之地，并与几位人间奇女子演绎出动人、凄美的爱情故事——其中，"侠"或者说"修行"只是一种点缀。
>
> ——邵燕君国家社科基金项目结项鉴定成果

另有这样的评价：

> 《诛仙》这部小说记述的人物很让人感动，尤其是对人物性格的细节描写相当到位。比如对主角张小凡感情与性格的变化的描写，让人真正感觉到张小凡的喜悦与悲伤。还有对大竹峰众人的描写，每个人都各具特色，而且都相当搞笑。我们读到张小凡在大竹峰的生活能够感受到其中的快乐与幸福，这也是《诛仙》这部小说高超的写作水平才让我们有这样强的代入感。
>
> 《诛仙》的两条线索写得相当到位。在《诛仙》小说中有人物命运变化和人物感情变化两条线索。这其中有张小凡、碧瑶和陆雪琪等主要人物的命运和感情变化，他们的这些变化相互交织在一起，才让《诛仙》这部小说精彩至极，耐人寻味。而且尤其是其中的人物感情线索更加体现这部小说的写作水平。因为《诛仙》这部小说的感情线埋藏非常深，如果不细细揣度是不可能发现的。
>
> ——趣读 net

从这些评论可以看出，网络创作要出精品力作，首先要有丰富的文化含量，必须立足于中国传统文化的深厚土壤。《诛仙》正是因为较好地处理了继承与创新的关系，才能在浩如烟海的网络小说作品中脱颖而出。其次，幻想类小说创作不仅要在玄怪、奇幻上下功夫，更要在人物刻画、思想底蕴上做深度挖掘。《诛仙》的魅力正在于，在玄幻的外衣下，包裹着一个至情至性的传统爱情故事，做到了"理"出新、"情"感人。

二、粉丝有爱，热议满屏

在《诛仙》续更过程中，以及在小说相关论坛、社区一些自媒体中，有关该小说评论很多，粉丝们排山倒海般的评论可谓众声喧哗，热议满屏，赞美之声不绝于耳，当然也有少许的批评。我们看到，在豆瓣评分中，有12396人参与评价，得分为8.0分，其中5星评价为43.7%，4星评价为39.6%，3星为16.1%，2星为2.5%，1星0.8%，这个评分在那个年代的网络小说中是一个很高的数字。

《诛仙》的粉丝众多，因而网络上的长评、短评都很多，代表性的观点有：

一是对作品人物形象的赞美。

《诛仙》中人物众多，在人物塑造上展现出高超的把控能力，其笔下的每个人物个性都十分鲜明，因此几乎每一个人物都有属于自己的粉丝军团。首先当然是主角张小凡：

> 张小凡是个神奇的人。虽然他身边经常会有让他不幸的痛苦事情发生，但是每当看到他我总会有种奇特的安全感。因为好像无论何时，这个男人都在付出自己全部的力量在守护自己重要的人和事。他一次次被打击，却一次次地重新站起来。在这艰难的成长的路上，无论经历多少挫折磨难，他一直葆有的初心却从未改变。
>
> ——不可错过浅水鱼

《诛仙》中的爱情线索一直是我们关注的焦点，在这之中，碧瑶与陆雪琪二人到底谁才是真正的女主，在粉丝之间引起不小的纷争，由此形成"碧瑶党"与"雪琪党"相对峙的局面：

特别喜欢陆雪琪，十几年的等待，十几年的孤独，十几年的坚忍，特别凄美的一个角色！在陆雪琪身上可以看到真正爱一个人是多么坚强啊！陆雪琪的美丽、孤高，给人一种可望而不可即的感觉，想到陆雪琪就会有点哀伤，总之就是凄美，那么惹人喜欢的一个角色！

——小明的朋友

也许我肤浅，我爱那一抹绿衣，衬着斜阳的余晖，回眸一笑，浅笑间清脆的铃声响彻山谷，从开始到最后，我始终喜欢碧瑶，一个从开始到最后，对自己的爱都没有任何犹豫的女子，世间少有。

——魔魔公主

心系《诛仙》，为两位痴情女子感动神伤，遂诌诗两首，以寄碧瑶、陆雪琪。

碧瑶：滴血洞，托衷情，一袭绿衣画廊中。
　　　青云山，痴情咒，魂魄脉脉伴君行。
　　　寒冰床，雪霜结，十载沉眠寄冷月。
　　　芳魂去已远，尘缘亦断绝，勿让新红颜，心系千千结。
　　　前方路漫长，冬去瑶花香，浮生梦一场，痴情赴黄粱。

雪琪：瑶花凋零情堪惜，君心冷暖妾自知。
　　　望月亭台山风紧，诛仙剑阵庚气疾。
　　　杀戮云涌皆因恨，丹血化碧泪湿衣。
　　　苦待他年鏖战息，荒村结庐长相依。

——烟然一哮

《诛仙》在张小凡与碧瑶、陆雪琪三人情感纠葛的线索设定上，不难让我们联想到金庸的武侠经典《笑傲江湖》：

> 张小凡＝令狐冲，碧瑶＝任盈盈，陆雪琪＝仪琳，田灵儿＝
> 岳灵珊。
>
> ——朝诗暮棋

除却主要人物，《诛仙》中其他人物生动细腻的塑造，也为小说增色不少，自然收获一波粉丝的好评：

> 第一个让我喜欢上的女性角色，却是小白。小白有女性的成
> 熟与智慧，有独特的温柔与妩媚。那句挑逗般的"你，可喜欢我
> 吗"真是让人的心都化了。除此之外，周一仙，小环，田不易，
> 田灵儿，鬼王，兽神，野狗道人，幽姬……每一个人物都有血有
> 肉，在小说中都不是为了主角而存在的，都有自己独一无二的灵
> 魂。甚至在青龙回忆中的万剑一——摘下幽姬面纱称赞其美貌的
> 豪情万丈让我周身汗毛竖立——都是如此鲜明的人物。
>
> ——南山

《诛仙》中的每一个人物都向我们展示着独属于他的那份魅力，可能正是因为这些环环相扣的人物设定与细腻独到的形象塑造，《诛仙》才能收获如此众多粉丝的喜爱。

二是对故事情节的喜爱。

《诛仙》在续更过程中，某些关键或画面唯美的情节会给粉丝们留下深刻的印象：

> 诛仙剑阵第一次启动的时候掀起了全书第一个高潮。田不易
> 后来也说，那一剑，是劈还是不劈？没劈死老七，反而劈死了碧瑶，
> 这样老七不反也得反。除了碧瑶之死，这个情节最重要的一点就
> 是揭露了草庙村全村惨死之谜，也活生生激起了张小凡的戾气。
>
> ——落叶

里面有一个很难忘的情节，碧瑶母女在狐岐山被正道围攻不幸压在乱石下，年幼的碧瑶饿得奄奄一息，母亲便从自己身上割下血肉给碧瑶充腹，等到鬼王赶到，母亲早已死去，鬼王差点一掌劈了碧瑶。看到这里的时候，当时还在上课的我失控流泪，很心疼碧瑶，也很喜欢鬼王这个人物。

——胡先生的太太

除去对部分细节的关注，更多的粉丝称赞作者对故事情节的整体把握能力：

青云山下，小小一少年，经历了家人的离去，机缘巧合之下得到了噬血珠和天音功法，从此走上了一条从未有人走过的道路。

——爱看电影的少年

青云为家篇，空桑历练篇，流波颠覆篇，死泽夺宝篇，南疆为马篇，旷世危机篇，乱世沉浮篇，天地不仁篇，万物刍狗篇。

——马书书

少年双双入青云，一下后厨一在天。
在天偏偏无妹子，入庖连结桃花缘。
先有灵儿朱绫展，后逢雪琪天瑯蓝，
左闻碧瑶金铃摇，右见白狐醉眼酣。
可惜少年不姓韦，青云倒似华山巅。
齐人之福未尝享，师姐双手不得牵。
惊世一声诛仙斩，少年身世重见天。
恩公原不共戴天，美人自此隔云端。
十年光阴逝如箭，少年变作冰块脸。
不做庖厨仍带盐，月老依旧常牵线。
上有叔公万人往，下有忠犬野狗道。
更有金瓶常添笑，幽姬欲语却还休。
十年苦将道法参，斩龙一鸣再出山。
丰神俊逸一少年，廿载单身为哪般？

未曾想自花间过，朝露从来不沾衫。

冲冠一怒为蓝颜，手指心来剑指天。

昔日青梅立眼前，草庙旧事成云烟。

少年心下自凄然，惊羽只爱张小凡！

—— cm

三是对小说内涵的评说。

对于《诛仙》所要传达的深层内涵，粉丝们也是众说纷纭，但大多围绕着"天地不仁，以万物为刍狗"、正邪、人性等来展开：

在我个人看来《诛仙》此书的主线就是"天地不仁，以万物为刍狗"。此句摘自老子的《道德经》中的第五章"天地不仁，以万物为刍狗；圣人不仁，以百姓为刍狗"。作者以其自身对生活、万物的感悟，以张小凡这个平凡的角色历经种种磨难最终成为圣人的经历，向广大读者阐述了："天地平等对待每一物，圣人也应该平等对待每一百姓，对其中任何一员无所偏爱无所袒护（不是'当用则用，当弃则弃'，或者'任由自生自灭'）"，更是说明了"大道无形、万物平等"的道理。

——秋水共长天一色

一个平凡的人，走出了不平凡之路。人生是要经历一个怎样的过程呢？他们的执着或者甘愿是否值得？这都已经不再重要了吧。因为他们的经历让我知道，一个人并不需要做到完美，只要我坚信自己的信念，而执着不移地走下去。

——以梦为马

人物形象的鲜明，情节的生动，内涵的深刻，三者缺一不可，如此《诛仙》才能在众多粉丝心目中树立起无可撼动的地位，但在粉丝的评论中除去褒奖，《诛仙》也收获了粉丝们的吐槽，集中于对作者众多"坑"未填上的抱怨：

《诛仙》悬而未决的问题：1.周一仙的身世，以及他与青云门的关系。2.小白与兽神有什么渊源？3.幽姬消失去哪儿了？后来怎么忽然出现。4.小环的身世。5.苍松道长与魔教勾结的原因。6.碧瑶最终的下落。

——中国娃娃

　　可以说，萧鼎的《诛仙》以其天马行空的想象、异彩纷呈的人物设定和以情感人的艺术性表达，赢得了诸多专家与读者的青睐。《诛仙》的成功使我们对网络文学的未来充满期待。

选文

第一卷

序 章

时间：不明，应该在很早很早以前。

地点：神州浩土。

自太古以来，人类眼见周遭世界，诸般奇异之事，电闪雷鸣，狂风暴雨，又有天灾人祸，伤亡无数，哀鸿遍野，绝非人力所能为，所能抵挡。遂以为九天之上，有诸般神灵；九幽之下，亦是阴魂归处，阎罗殿堂。

于是神仙之说，流传于世。无数人类子民，诚心叩拜，向着自己臆想创造出的各种神明顶礼膜拜，祈福诉苦，香火鼎盛。

自古以来，凡人无不有一死。但世人皆恶死爱生，更有地府阎罗之说，平添了几分恐惧，在此之下，遂有长生不死之说。

相比某些生灵物种，人类或许在体质上处于劣势，但万物灵长，却是绝无虚言。在追求长生的原动力下，一代代聪明才智之士前赴后继，投入毕生精力，苦苦钻研。

迄今为止，虽然真正意义上的长生不死之法仍未找到，却有一些修真炼道之士，参透些天地造化，以凡人之身，掌握强横力量，借助诸般秘宝、法器之力，竟可震撼天地，有雷霆之威。

而一些得道高深的前辈，更传说已活上千年之久而不死。世上之人以为得道成仙，便有更多人投入修真炼道之路。

神州浩土，广袤无边，唯有中原大地，最是丰美肥沃，天下人口十之八九聚居于此。而东南西北边荒之地，山险水恶，多凶兽猛禽，多恶瘴毒物，亦多蛮族夷民，茹毛饮血，是以人迹罕至。而人间自古相传，有洪荒遗种，残存人世，藏于深山密谷，寿逾万年，却是无人得见。

时至今日，人间修真炼道之人，多如过江之鲫，数不胜数。又以神州浩土之广阔，人间奇人异士之多，故修炼之法门林林总总，各不相同。长生之法还未找到，彼此间却逐渐有了门派之分，正邪之别。由此而起的门户之见、钩心斗角乃至征伐杀戮，多有所在。

当长生不死看起来那般遥远而不可捉摸时，修炼中所带来的力量，便逐渐成了许多人的目标。

方今之世，正道大昌，邪魔退避。中原大地山灵水秀，人气鼎盛，物产丰富，为正派诸家牢牢占据。其中尤以"青云门""天音寺"和"焚香谷"实力最雄厚，为三大支柱，是为领袖。

这个故事，便是从"青云门"开始的。

第一章
青 云

青云山脉巍峨高耸，虎踞中原，山阴处有大河"洪川"，山阳乃重镇"河阳城"，扼天下咽喉，地理位置十分重要。

青云山连绵百里，峰峦起伏，最高有七峰，高耸入云，平日里只见白云环绕山腰，不识山顶真容。青云山山林密布，飞瀑奇岩，珍禽异兽，多有所在，景色幽险奇峻，天下闻名。

只是更有名的，却是在这山上的修真门派——"青云门"。

青云一脉历史悠久，创派至今已有两千余年，为当今正邪两道之首。据说开派祖师本是一个江湖相师，半生潦倒，郁郁不得志。在其四十九岁那年，云游四方，路经青云山，一眼便看出此山钟灵毓秀，聚天地灵气，是一绝好之地。当下立刻登山，风餐露宿，修真炼道，未几，竟于青云山深处一密洞内，得到一本无名古卷，上载诸般法门妙术，艰深枯涩，却是妙用无穷，威力巨大。

相师得此奇遇，潜心修习。忽忽二十年，小有所成，乃出。几番江湖风雨，虽不能独霸天下，倒也成了一方之雄。遂在青云山上，开宗立派，名曰"青云"。因为古卷所载，近于道家，他便做道人打扮，自号"青云子"，后世子弟多尊称为"青云真人"。

青云子寿三百六十七岁，生前收了十个弟子，临终前叮嘱道："我半生所学，尽在相术，尤精于风水之相。这青云山乃是人间罕有灵地，我青云一门占有此山，日后必定兴盛，尔等绝不可放弃。切记，切记！"

当时十位弟子纷纷点头，深信不疑，青云子方才溘然而逝。不料其后百年间，不知是天意弄人，或根本是青云子相术不精，青云门非但没有发达，反而日渐式微。

十位弟子中，两人早夭，四人死于江湖仇杀对决，剩下的，一人残疾，一人失踪，只传下两脉。如此过了五十年，青云山方圆百里发生了从未有过的天灾地震，山洪暴发，地动山摇，死伤无数，竟是又绝了一脉。而仅剩独苗，却限于资质，本领低微，早不复青云子当年风光，反因那本古卷，惹来外敌争夺，几番血战，若不是青云子留下的几道厉害禁制法宝，只怕青云门早已被人灭了。

这种情况一直持续了整整四百年，青云门毫无起色，几乎可以用苟延残喘来形容了。到了最后，甚至被人欺负到了家门口，青云七峰中，除了主峰"通天峰"，其余六座均被外敌占了，其中还有强盗悍匪，以作据点，四处抢掠，横行不法。不知情的人多有误解，以为青云门已堕落如斯，青云子弟虽诸般辩解，亦有心杀敌正名，却是有心无力，可怜可叹。至今想起，那实在是青云一脉最悲苦的一段日子。

直到距今一千三百年前，情况才有了改变。

大概是青云子的相术终于显灵了，或是上天累了，不想再捉弄青云门了，在这个时候，从青云门第十一代传人中，竟出了一位惊才绝艳、领袖群伦的绝世人物——青叶道人。青叶俗家本姓叶，原是一贫苦书生，天资聪颖过人，却屡试不中，后机缘巧合，为青云门第十代掌门无方子收为关门弟子，年仅二十二岁。

青叶入门之后，只一年间便将无方子所传的所有剑术道法融会贯通，在众弟子中独占鳌头。又过一年，便连无方子也只能凭借深厚的修行与他勉强打个平手。无方子又惊又喜，断然将祖师传下的那本古卷拿出，传于青叶自行参悟。青叶便就此在通天峰后山的"幻月洞"闭关，这一闭便是十三年。

据说他破关之时，正是月圆之夜。那夜冷月高悬，整座青云山通天峰便如白昼一般。忽而狂风大作，后山竟有龙吟长啸，声震百里，听者无不变色。后有淡紫祥光，冲天而起，一声巨响，幻月洞府豁然而开，青叶须发尽白，面带微笑，身有清光，缓步而出，众人骇然，以为成仙。

其后，青叶正式出家，以本家姓叶，取青云之青字，故名"青叶"。他当日笑别恩师无方子，道："师尊稍待，弟子出去办事，一日即回。"

众人不明所以，一日夜后青叶御剑而回，青云山六峰外敌，竟已尽数伏诛。青叶道人道法之强，手段之狠，一时间名动天下，青云门声势大盛。

又过一年，无方子即将掌门之位传于青叶，自己清修去了，不再理门中琐事。青叶掌权之后，励精图治，大力扶助同门，严格挑选传人，加之他从那本无名古卷上领会所得，有神鬼不测之威。青云门从此蒸蒸日上，五十年间，已是正道支柱，而到了两百年后，便已领袖正道各门诸派。

青叶道人五百五十岁而逝，他一生收徒严谨，仅传七人，遂将青云七峰分置七人，令七脉共传香火。其中长门居于主峰通天峰青云观中，是一门重心所在。

及至今日，青云门下弟子已近千人，高手如云，声威显赫，与"天音寺""焚香谷"并列为当世三大门派。而掌门道玄真人，功参造化，超凡入圣，更是当世一等一的绝世人物。

青云山麓下，离大城"河阳"还有五十里的西北方，有个小村落叫"草庙村"。这里住着四十多户人家，民风淳朴，村中百姓多以上山打柴交与青云门换些银两生活。平日里村民常见青云弟子高来高去，有诸般神奇，对青云门是崇拜不已，以为得道仙家。而青云门一向照顾周遭百姓，对这里的村民也着实不错。

这一日，天空阴沉，乌云低垂，让人感觉喘不过气来。

从草庙村处看去，那巍峨的青云山直插天际，奇峰怪岩，隐隐带了一丝狰狞。

只是，村民们世代居住于此，这般景象见过不知多少次了，毫不在意，更不要说无知小孩了。

"臭小子，你往哪儿跑？"一声喝骂，带了几分笑意，出自一半大小孩之口，他看上去十二三岁，眉目清秀，领着四五个男女孩童，追着前方另一个小孩。前头那小孩比他小了两岁，个子也矮些，此刻脸上满是笑容，拼力向前跑去，其间还回头做了个鬼脸。

"张小凡，有种你就站住！"后头那小孩高声叫道。

前头那叫张小凡的孩子呸了一声，边跑边道："你当我白痴啊！"说着反而跑得更快了。

一路追跑，这些小孩逐渐跑进了村子东头的那间破旧草庙。从外面看去，这座小草庙破旧不堪，也不知经历了多少人世风雨。

张小凡第一个冲了进去，不料一不留神，居然被门板绊了一下，"扑通"一声，摔了个跟头。后面几个小孩大喜，一拥而上，将他压在身下，那清秀男孩面有得意，笑道："被我抓住了，这下你没话说了吧？"

谁知张小凡怪眼一翻，道："不算不算，你暗算了我，怎么能算？"

那男孩一愣，奇道："我什么时候暗算你了？"

张小凡道："好你个林惊羽，你敢说这个门板不是你放在这儿的？"

那叫林惊羽的小孩大声道："哪有此事！"

张小凡一抿嘴，头一歪，一副坚决不投降、不屈服的样子。林惊羽气从心头起，一手扼住他的脖子，怒道："说好了抓住就认输的，你服不服？"

张小凡理也不理。

林惊羽脸色通红，手上用力，大声道："服不服？"

张小凡气管被他扼住，呼吸逐渐困难，慢慢地脸也开始涨红，但他小小年纪，性子竟是极犟，硬是一声不吭。

林惊羽却是越来越怒，手上的力气越来越大，口中一迭声道："服不服，服不服，服不服？"

这时其他小孩眼看不对，都悄悄缩了回去，只剩下这两个无知孩童，为了意气之争，由着各自偏激性子，这般彼此坚持下去。

眼看着一场大祸便无端生出，忽听这草庙深处一声佛号，有人道："阿弥陀佛，快快住手。"

一只干瘦手掌，横空而出，伸出二指，在林惊羽双手上弹了一弹。林惊羽如遭电击，全身大震，双手自然而然地松开了。

张小凡大口喘气，显是憋得狠了。他二人怔在原地，回过神来，想起了刚才情景，对看一眼，彼此都越想越后怕。

林惊羽怔怔道："小凡，对不住了。我也不知道怎么……"

张小凡摇了摇头，呼吸渐渐平稳，道："没事。咦，你是谁？"

众小孩顺着他眼光看去，在这庙中，正站着一个年老和尚，脸上皱纹横生，一身破旧袈裟，全身上下脏兮兮的。只有手中持着一串碧玉念珠，竟是晶莹剔透，耀人眼目，发出淡淡青光。奇怪的是，在这十几颗大小一致、光洁剔透的青玉念珠中，偏偏还夹杂着一颗非玉非石、颜色深紫、暗淡无光的圆珠。

第二章

迷　局

那老僧不答，只用目光在这两个小孩身上细细看了看，忍不住便多看了林惊羽几眼，心道："好资质，只是性子怎么如此偏激？"

这时张小凡踏上一步，道："喂，你是谁啊，怎么从没见过你？"

草庙村在青云门附近，这里道教为尊，佛家弟子极为少见，故张小凡有此一问。

老僧看了他一眼，嘴角露出一丝笑意，反问道："小施主，刚才性命攸关，你只要认个输便是了，为何却要苦苦支撑，若非老衲出手，你只怕已白白送了性命！"

张小凡呆了一呆，心里觉得这老和尚说的未尝没有道理，只是事到临头，他却还是说不出所以然来，只得怔在那里。

林惊羽瞪了老僧一眼，拉了张小凡的手，道："小凡，这老和尚古里古怪，我们别理他。"说完便拉着他向外边走去，几个孩子都跟了过去，显然一向以他马首是瞻。

张小凡下意识地也迈开脚步，只是他走出庙门一段路后，忍不住又回头向庙里看去，只见天色渐暗，依稀可以看见那老和尚依然站在那里，只是面容已模糊不清了。

夜深。

一声雷鸣，风卷残云，天边黑云翻滚。

风雨欲来，一片肃杀之意。

老僧仍在草庙之中，席地打坐。抬眼看去，远方青云山只剩下了一片朦胧，四野静无人声，只有漫天漫地的疾风响雷。

好一场大风！

一道闪电裂空而过，这座在风中孤独伫立的小草庙亮了一亮，只见那老僧在这片刻间已站在了庙门口，一脸严肃，抬眼看天，双眉越皱越紧。

西边村子中，不知何时已起了一股黑气，浓如黑墨，翻涌不止。老僧站在草庙之中，死死盯着这股黑气。

忽然，那股黑气一卷，盘旋而起，径直便往村外而去，正向着草庙方向而来。它速度极快，转眼即至。老僧眼尖，一眼便看见其中竟夹带着一个小孩，正是白天见过的林惊羽。

老僧脸色一沉，再不迟疑，也不见他如何作势，枯瘦身子霍地拔地而起，直插入黑气之中。

黑暗中不知名处，传来了一声微带讶异的声音："咦？"

几声闷响，黑气霍然止住，在草庙上空盘旋不去。老僧肋下夹着林惊羽，缓缓落下，但身后袈裟已被撕去了一块。

借着微弱光线，只见林惊羽双目紧闭，呼吸平稳，也不知是睡了还是晕了过去。

老僧没有放下他，抬头看着空中那团黑气，道："阁下道法高深，为何对无知孩童下手，只怕失了身份吧？"

黑气中传来一个沙哑声音，道："你又是谁，敢管我的闲事？"

老僧不答，却道："此处乃青云山下，若为青云门知道阁下在此地胡作非为，只怕阁下日后就不好过了。"

那人"呸"了一声，语带不屑，道："青云门算什么，就仗着人多而已。老秃驴莫要多说，识相的就快快把那小孩给我。"

老僧双手合十道："阿弥陀佛，出家人慈悲为怀，老衲断不能眼睁睁看着这小孩遭你毒手。"

那人怒道："好贼秃，你是找死。"

随着他的话语，原来一直盘旋的黑气中，一道深红异芒在其中闪了一闪，刹那间这小小草庙周围，阴风大作，鬼气大盛。

"毒血幡！"老僧脸上突现怒容，"孽障，你竟然敢修炼此等丧尽天良、祸害人间的邪物，今日绝饶不了你！"

那沙哑声音一声冷笑，却不答话，只听一声呼啸，红芒大盛，从半空之中，腥臭之气大作，一面两丈红幡缓缓祭起。这时，鬼哭之声越发凄厉，似有无数怨灵夜哭，其间还隐隐有骨骼作响声，闻之惊心。

"贼秃，受死！"那黑气中人一声断喝，只见从那血色红幡之上，突现狰狞鬼脸，有三角四眼、尖齿獠牙，"咔咔咔咔"，骨骼乱响处，鬼脸上的四只眼睛突然全部睁开，"吼"的一声，竟化为实体，从幡上冲出，带着无比血腥之气，击向老僧。

老僧脸上怒色更重，知道这毒血幡威力越大，修炼过程中害死的无辜之人越多。要炼成眼前这般威势，只怕要以三百人以上的精血祭幡方才可以。

这邪人实在是丧尽天良！

眼看那鬼物就要冲到眼前，老僧却并不放下肋下小孩林惊羽，只用持着碧玉念珠的左手在身前虚空画圆，单手结佛门狮子印，五指屈起，指尖隐隐发出金光，片刻间已在身前唤出一面金色法轮，金光闪闪，与那鬼物抵持在半空中。

"小小伎俩，也来卖……"那老僧一个"弄"字还未说完，突然全身大震，只觉得抱着林惊羽的右手手腕被异物咬了一口，一股麻痒感立时行遍半身，眼前一黑，身前法轮登时摇摇欲坠。

就在此时，前方那个鬼物又有诡异变化，在它左右四眼正中额头上，"咔咔"两声，竟又开了一只血红巨目，腥风大起，威势更重，只听一声鬼嚎，血色红光闪过，那鬼物将金色法轮击得粉碎，重重地打在老僧的胸口上。

老僧整个人被打得向后飞了起来，途中几声闷响，怕是肋骨已尽数断了，肋下的林惊羽也掉在地上。片刻之后，他枯瘦的身子砸在草庙壁上，"轰"的一声，尘土飞扬，一整面墙都塌了下来。

"哈哈哈哈……"黑气中人一阵狂笑，得意无比。

老僧颤巍巍地站起，喉咙一热，忍不住一口热血喷了出来，把身前僧衣都染红了。他只觉得眼前金星乱闪，全身剧痛，那股麻痒感觉也越来越逼近心脏。

他强自镇定心神，眼角扫过倒在地上兀自昏迷的林惊羽，却见在他衣襟之中，缓缓爬出只分叉彩色蜈蚣，个大如掌，最奇异的是它尾部分了七叉，看去仿佛有七条尾巴似的。而且每支分叉各呈一色，各不相同，色彩绚丽，只是美丽中却带了几分可怖。

"七尾蜈蚣！"老僧的话听起来像是一声呻吟。

他脸上黑气越来越重，嘴角也不断流出血来，似乎已是难以支撑，但仍然强撑着不愿倒下。他看着半空中那团黑气，道："你将这天下奇毒之物放在那孩子身上，又故意隐藏实力，看准机会一击伤我，你是冲着我来的吧？"

黑气中人"嘿嘿"冷笑一声，道："不错，我便是专门冲着你普智秃驴来的。若非如此，凭你一身天音寺佛门修行，倒也不好对付。好了，现在快快把'噬血珠'交出来，我便给你七尾蜈蚣的解药，饶你不死！"

普智惨笑一声，道："枉我名中还有一个'智'字，竟想不到你炼这毒血幡邪物，岂有不贪图噬血珠的道理。"他脸色一肃，断然道，"要我将这世间至凶之物给你，却是妄想。"

那黑气中人大怒："那你便去见你的佛祖吧。"红芒一闪，毒血幡迎风招摇，鬼哭声声，巨大鬼物再现，在空中微一盘旋，再次冲向普智。

普智一声大喝，全身衣袍无风自鼓，原本瘦小的身躯似乎胀大了许多。他左手用力处，只听一声脆响，那串碧玉念珠已为他捏断，十几颗晶莹剔透的念珠竟不下坠，反而滴溜溜转个不停，一个个发出青光，浮在普智身前，只有那一颗深紫圆珠，却径直掉下。

普智手掌一翻，将那深紫珠子一把抓在手中，双手即结左右水瓶印，两目圆睁，全身上下隐有金光，口中一字一字念道："唵嘛呢呗咪吽！"

"六字大明咒。"黑气中人的口气立时多了几分凝重。

随着普智"吽"字声落，刹那间所有碧玉念珠一起大放光芒，同一时刻，那邪人祭起的鬼物已冲到跟前，血腥之气扑面而来。但一接触到碧玉青光，顿时化为无形，不能近前，就此僵持在半空中。

饶是如此，普智的身子又是一阵摇晃，七尾蜈蚣是天下绝毒之物，以他数百年的修行，仍然难以抵挡。只是他隐泛黑气的脸上，却露出一丝淡淡笑容，带了几分凛然。

"哒！"

普智一声大喝，如作狮子吼，声震四野，身前碧玉念珠受佛力驱驰，光芒更盛，忽地一颗念珠"噗"的一声碎裂，在半空中幻作一个"佛"字，疾冲向前，打在那鬼物脸上。

"哇……呀！"那鬼物一声凄厉号叫，登时退了几步，周身红芒大为衰退，显然已受了伤。黑气中人怒道："好你个秃驴！"

他正要动作，只是为时已晚。说时迟那时快，片刻间七八颗念珠都幻作佛家真言打中鬼物。那鬼物号叫不止，连连退避，做恐惧状，在被第九颗碧玉念珠击中时，终于一声长嚎，五目齐齐迸裂，骨骼乱响，轰然一声跌落在地，挣扎了几下，便僵直不动了，缓缓化作血水，腥臭无比。

与此同时，普智却"哇"的一声，又喷出一大口血，而血的颜色，已成了黑的。

"啊"的一声尖叫，在这两大高人斗法的紧要关头，从草庙门口传来。

普智和那邪人都吃了一惊，天上黑气一动，普智也同时向门口看去，只见日间见到的小孩张小凡，不知为何来到了这草庙前，站在门口，目瞪口呆地看着庙中这奇异景象。

黑气中人一声冷哼，也不见他如何动作，那只原来爬在林惊羽身上的七尾蜈蚣忽然振尾，借势飞起，疾如闪电，向那张小凡飞去。

普智双眉一竖，右手一指，一颗碧玉念珠疾冲而至。那七尾蜈蚣竟似通灵，知道厉害，不敢抵挡，尾巴一振，便如有飞翅般蹿起，投入黑气之中，再无声息。

黑气中人阴森森地道："嘿嘿，果然不愧是天音寺四大神僧，重伤之下，还能破了我的'毒血尸王'，但你受尸王一击，又中七尾蜈蚣之毒，还能撑多久？还是乖乖地把'噬血珠'给我吧。"

普智此刻便连眼角也开始流出黑血，惨笑一声，嘶声道："老衲就算今日毙命于此，也要先除了你这个妖人。"

话音一落，他身前所有碧玉念珠同时亮了起来，空中那人立刻戒备，忽然间一声呼啸，一物闪着青光从后面撞入黑气，却是刚才击向七尾蜈蚣的那颗碧玉念珠，在空中飞出了一段，被普智暗中操控，折到黑气后边，猝起发难。

只听黑气中一声怒吼，显然那人猝不及防，"砰砰砰"几声乱响，青芒闪处，黑气散乱，最终四处散开，化于无形。从半空中缓缓落下一个高瘦之人，全身上下用黑袍紧紧包住，看不清容貌岁数，只有一双眼睛，凶光闪闪，在他背后，还绑着一柄长剑。

普智低声道："阁下如此道行，怎的却不敢见人吗？"

黑衣人眼中凶光闪动，厉声道："秃驴，今日让你死无葬身之地！"

说罢，他反手"唰"的一声拔出背后长剑，只见此剑清如秋水，亮不刺目，有淡淡青光，附于其上。

"好剑！"普智忍不住叫了一声。

那黑衣人一声低哼，手握剑诀，脚踏七星，连行七步，长剑霍然刺天，口中念念有词：

"九天玄刹，化为神雷。煌煌天威，以剑引之！"

天际乌云顿时翻涌不止，雷声隆隆，黑云边缘不断有电光闪动，天地间一片肃杀，狂风大作。

"神剑御雷真诀！"普智刹那间面如死灰，随之而起的是一阵惊讶、一丝绝望和一点点莫名的狂热。

"你竟是青云门下！"

第三章

宏　愿

在张小凡眼中，天上的云，不管是白云、乌云，都没有见过像今晚的黑云这般接近地面，雷声从未这般震耳欲聋，闪电从未如此刺目，几乎令他难以直视。

仿佛，这个天就要塌了下来。

他呆呆地站在那儿，看着草庙中黑衣人和老和尚彼此怒目而视，作势斗法。

忽然间，一声炸雷响过，震得他的耳朵嗡嗡作响。他看到天际一道炫目闪电横空出现，竟打入人间大地，落在了那黑衣人的长剑上。

片刻间黑衣人全身的衣服高高鼓起，双目圆睁，便如将要迸裂一般。这时，这个草庙之内，在电光强烈的照耀之下，已如白昼。

那在夜晚中盛开在剑尖上的闪电，竟是如此美丽，以至于张小凡屏住了呼吸，而在普智的眼中，也再度出现了奇异的狂热。

"这便是道家真法的大能大力吗？"

只听黑衣人一声大喝，左手剑诀引处，用尽全力一振手腕，惊雷响过，剑上电芒向普智疾射而至。一路之上，草木砖石，无不激震飞扬，只有当中道路，留下深深一道炽痕。

普智连退三步，撤去手印，双掌合十，面露庄严，全身散发隐隐金光，低低念道："我佛慈悲！"

"啪"的一声，只见他身前仅剩下的七颗碧玉念珠尽数碎裂，在身前三尺处幻成一个巨大的"佛"字，金光耀目，不可逼视。

这一刻，电光与那"佛"字，撞到了一起。

张小凡突然感觉自己的心脏猛地跳动了一下，仿佛全身血液在刹那间全部倒流。他手足皆软，不能呼吸，只觉得那一瞬间，风止了，雷歇了，整个世界停了下来。

然后，他不由自主地向后飞去，在他甚至还来不及感到害怕时，只见白光金芒，绚丽无比，远胜过天上的太阳。整座草庙，四分五裂，以那斗法两人为中心，向四面八方包括天上震飞出去。

他一颗心里，空荡荡的，只觉得凌厉风声，不断从耳边掠过。

他觉得害怕，下意识地想蜷起身子，但有心无力，只得任由自己向未知的地方飘去。

他的脑中，泛起了一个想法：我要死了吗？

剧烈的恐惧，猝然袭上心头，他全身冷汗，微微颤抖。

当死亡站在面前，该如何面对？

他晕了过去，不省人事。

普智缓缓走了过来，步履蹒跚，肋下夹着张小凡和林惊羽，到了一块稍微干净之地，将两个小孩轻轻放下，顿觉全身剧痛，几乎要裂开一般，再也支持不住，颓然坐倒。

他向胸口看去，透过焦烟的僧衣，依稀可以看见，一股黑气已在胸口渐渐合围，只剩下心口一处小小的地方，未被侵袭。

他苦笑一声，伸手向怀中摸索。他的手抖得厉害，过了好一会儿，才慢慢摸出了一颗红色药丸，约莫有指头大小，平淡无奇。

普智叹了一口气，低声道："想不到还是让鬼医给说中了，我到底还是要服他这一颗'三日必死丸'。"

他犹豫了一下，终于还是一点头，将这药丸吞了进去。

然后，他抬起头，看向远山。

天空中终于飘下了雨。

青云山耸立在风雨之中，朦胧神秘。

"道家术法，当真神妙，竟能役使诸天神力。若与我佛家互相印证，取长补短，必能参破长生不死之谜。只可惜道玄真人修行远胜于我，却终究和我那三个师兄一般，放不开门户之见，放不下身份地位。唉！"

普智长叹一声，收回目光，落到两个小孩身上。这时雨势渐大，淋湿了他们的头。草庙已在刚才的斗法中四分五裂，附近也没有什么可完全遮挡风雨的地方。

他心中忽地一紧，不由得为这两个孩子担忧。他刚才强运真元，以天音寺"大梵般若"奇功，借佛门至宝"翡翠念珠"之力，生出降魔大力，方才挡下了那邪人威力无比的神剑御雷真诀，并反挫重创于他，令他惊而遁逃。但他重伤之身，又生生受了道家奇术一击，已是油尽灯枯，连最后一线生机也绝了。眼下他不过是靠鬼医给的奇药"三日必死丸"苟延残喘，延长寿命三日而已。

"那妖人受创虽重，却未伤根本。我走之后，他必折返杀人灭口。到时不仅这两个小孩，只怕全村人的性命都有危险。这、这、这如何是好？"

普智心乱如麻，他修为道行极高，但一来知道自己必死，心神先乱了几分；二来担忧无辜百姓的性命，偏偏那妖人似是青云门中极有身份、地位之人，若贸然上山求援，只怕成事不足，败事有余。

但他心中最遗憾的，却还有一事，便是他平生大愿，竟不能完成了。他身为天音寺四大神僧，天下景仰，尊荣至极。但对他而言，更重要的却是参破生死之谜，解开长生死结。只是他早在五十年前，便已醒悟纵然自己再如何勤加修炼佛门道法，也只能增强功力修行，而不能解开生死之谜。

他苦苦思索，数十年后，竟真的被他想到一个前所未有的方法。方今天下，佛、道、魔三教最为鼎盛，术法造诣最高最深。魔教名声恶劣，邪术残忍无道，人所不取；而道家奇术，精深神妙，与佛门各擅疆场，若能联袂研习，必能突破僵局。

只是他万万没有想到，一向心胸开阔的三个师兄却异口同声地反对，以为邪说异想，反苦口婆心地劝告不止。他心有不甘，乃几度拜访道家名门，光是青云山就上了数次，却无一不为青云门掌门道玄真人婉拒。

想到这里，他苦笑一声，颇有自嘲之意，心道：都只有三日性命了，却还想什么长生不死，岂非庸人自扰？

只是他虽放开心胸，但看到那两个兀自躺在地上的小孩，心中却实在是放不下，一时又想不出什么良策，向左右看了看，见远处还有一棵松树，尚可遮挡一二风雨，聊胜于无，当下强打精神，抱起两个孩子，勉力向那里走去。

好不容易走到树下，小心放下二人，普智已是筋疲力尽，一下子跌坐在地，背靠树干，不停地喘息。

天地不仁，以万物为刍狗！

这一句道家名言，带了几分凄厉激愤，从普智口中，缓缓念了出来。

苍穹如墨，环盖大地。无边乌云压顶，雨丝从天空落下，细细密密，冷风吹来，点点滴滴，打在脸上，寒到了心里。

他仰望苍穹，半晌，才慢慢收回目光，看着身前这两个小孩，低声道："二位小施主，老衲有心相救，无奈有心无力。事情本由我而起，反倒害了二位，真是罪孽啊！唉，你二人若是青云弟子，在那青云山上，众人之中，只怕还安全些，现在却……"

忽然，普智全身一震，口中喃喃道："青云弟子，青云弟子……"他心念急转，似乎想到了什么，却又眨眼间将要失去。片刻间，他竟已出了一身冷汗。

然后，他的眼中，不知为何，又再度出现了那莫名的狂热。

他仰天大笑，笑声中却带了一丝疯狂！

"妙极，妙极！我虽命不久矣，但若传授一人佛家神功，再令他投入青云门下，修习道家术法，岂非一举两得，既可救他二人性命，又能替我完成心愿！

"佛、道两家自古隔阂，老死不相往来。青云门绝想不到，一个年幼少年，又自小生活在青云山下，会身怀佛门大法。只要有人身兼两家之学，必可突破万年来长生不死的迷局。嘿嘿，若如此，我死有何憾？"

他心念既决，整个人竟是亢奋无比，两腮涨红，眼有血丝，下意识地看到了林惊羽的身上，手伸了出去。但伸到一半，却又停下，心中思索：此事关系重大，当今各门诸派门户之见极重，极其忌讳偷师，若为人知晓，事情败露，必死无疑。林惊羽这小孩资质极好，若为青云门收入门下，必定备受师长注目。他小小年纪，只怕藏不住这天大的秘密！

想到这里，他心中一动，目光转而落到了张小凡的身上，想起了白天他临死而不低头的倔强性子，点了点头，道："资质差些，也不打紧，以后就看你自己的造化了。"

说完，再不迟疑，伸手在张小凡身上拍了几下，以残余佛力，将之救醒。

张小凡悠悠醒来，眼前模糊，耳朵里兀自嗡嗡作响。过了好一会儿，才恢复正常，看清了眼前事物，顿时吓了一跳，张大了嘴合不拢来。

只见那个老和尚全身伤痕累累，坐在他的跟前，左边身子像是被什么焚烧过一般，枯焦难看，脸上黑气重重，一脸死气。但不知为何，老和尚却神情兴奋，满脸笑意。另外，他还看到了玩伴林惊羽躺在一旁，昏迷不醒。

"你、你干什么？"张小凡愣了半响，才讷讷问道。

普智不答，细细端详于他，反问道："小施主，这风大雨大，你一个小孩子家，为何来此偏僻之地？"

张小凡怔了一下，道："我傍晚时看到你还站在庙中，后来看天要下雨了，这里破烂得很，我想会很冷，就给你送点儿吃的来。"

普智嘴角一动，双手合十道："善哉，善哉。万物皆是缘，命中早注定，我佛慈悲。"

张小凡奇道："你说什么？"

普智微笑道："老衲是说，小施主与我有缘。既如此，老衲有一套修行法门，小施主可愿意学吗？"

张小凡道："法门是什么东西？"

普智呆了一下，随即大笑，伸出枯瘦手掌，摸了摸他的小脑袋，道："也不是什么东西，就是教你一些呼吸吐纳的方法。你学了之后，要答应我几件事，好吗？"

张小凡似懂非懂，但还是道："你说吧。"

普智道："你绝不可对旁人说起此事，就算是至亲之人也不能说，你办得到吗？"

张小凡点了点头，道："知道了，我死也不说。"

普智心中一震，见他小小年纪，脸上竟是一片坚忍，漫天雨丝如刀如剑如霜，打湿了他的小小脸庞，有几分憔悴。

普智忽然深深吸气，垂下眼帘，不再看他，口中却继续道："另外，你每日一定要修习这法门一次，但不可在人前修炼，只可在夜深人静时方可修行。最后，非到生死关头，切切不可施展此术，否则必有大祸。"

说到这里，他重新睁开眼睛，盯着张小凡，道："你做得到吗？"

张小凡犹豫了一下，歪了歪头，又抓了抓头，一脸迷惑，但最终还是重重地点了点头。

普智微微一笑，再不多话，便开始传他一套口诀。

这套口诀说长不长，只千字左右，但枯涩艰深，张小凡用尽心力，足足过了三个时辰，方才尽数背下。

普智待他完全熟记，才松了口气，神情间疲惫至极。他看着张小凡，眼中忍不住有慈爱之色，道："老衲一生修行，从未动过收徒之念，想不到将死之际，倒与你有了师徒之缘。说来你也应该知道我的名号。"他顿了一下，道"我法名普智，是天音寺僧人。呃，孩子，你知道天音寺吗？"

张小凡想了想，摇了摇头。

普智哑然失笑，道："真是个孩子。"然后又想起了什么，伸手到怀中摸索出一颗深紫珠子，细细看了好几眼，递给张小凡，道，"你且把这个珠子好好收起，不可让外人看到。待日后安定下来，你找个深谷悬崖，将它扔下去，也就是了。还有，我刚才告诉你的名号，你也绝不可对外人说起。"

张小凡接过珠子，道："知道了。"

普智摸着他的头，道："你我有这般宿缘，也不知来生可会相见否？孩子，你就跪下给我磕三个头，叫我一声师父吧！"

张小凡看了看普智，却见他已收起笑容，脸色庄重，当下点头称是，叫了一声："师父。"便跪倒在地，重重磕了三个头。他刚刚磕完，还未抬头，便听普智低低笑了一声，但笑声中却颇有悲苦之意。

张小凡正要抬头看他，却突觉后背被人一拍，登时眼前一黑，又再度不省人事。

第四章

惊 变

清晨，这一场雨终于停了。

树上的水珠晶莹剔透，从树叶边缘静静滑落，跌落下来，因为有风，在空中划过美丽的弧线，打在张小凡的脸上。

冰冷的凉意把张小凡从梦中唤醒，他睁开眼睛，下意识地叫道："师父……"但四野无人，只有林惊羽躺在身旁，好梦正酣。

似乎做了一场梦。

但远处破碎的草庙，身旁酣睡的玩伴，都告诉他，这一切是真的。

他怔怔地想了一会儿，甩了甩头，走到林惊羽身旁，用力推了推，林惊羽口中嘟囔几句，慢慢地醒来，揉了揉眼睛，还未说话，便觉得一阵寒意袭来，忍不住打了个冷战。他睁眼看去，却见自己和张小凡全身湿透，躺在野外一棵松树下，不由得目瞪口呆，道："我不是在家里睡觉吗，怎么到了这里？"

张小凡耸了耸肩，道："我也不知道，不过我冷得很，还是快点儿回去吧。"

林惊羽脑中有诸般疑问，但身上的确寒冷，当下点了点头，爬起来与张小凡一起向村里跑去。

还未到村前，他二人已发觉不大对劲，往常这个时候，村民都已起床，但今天却安静无比，连人影也不见一个，而且随着晨风吹来，还隐隐有股血腥味。

他们对视一眼，都看到对方眼中的惊疑，同时加快了脚步，向村里跑去。没用多久，二人便到了村口，从村口大路看进去，却见村子中间平地上，草庙村四十余户人家，二百多人，大大小小，男男女女，都躺在空地上，身体僵硬，成了尸体，血流成河，苍蝇乱飞，血腥之气，扑面而来。

林惊羽和张小凡二人赫然见此恐怖景象，惊吓之余，大叫一声，晕了过去。

也不知过了多久，张小凡霍然惊醒，一下子坐了起来，大口喘气，双手微微颤抖。适才昏睡过去时，他脑中满是凶恶鬼脸，鲜血白骨，端的是噩梦连连。

他定了定神，向四周看去，只见一间普通厢房，两扇小窗，房中摆设简单干净，只有几张松木桌椅，上有水壶、水杯。在房间里占了一半地方的，是连在一起的一铺大炕，上有四个铺位。除了他现在躺着的，身旁的位置被褥也有些凌乱，像是刚被人睡过。至于其他两个铺位，被子则叠得整整齐齐，一丝不苟。

在四个铺位的正上方墙壁上，挂着一张横幅，上书一个大字：

道！

看这样子，倒像是一间客栈的普通客房，抑或几个拜师学艺的弟子共居一室的偏房。

张小凡坐了一会儿，心里忽然升起一个念头：昨晚的一切或许都是噩梦吧？也许我一直都睡在这里吧？也许走出这个房间，母亲便会如往常一样，笑着骂他："你这个小懒虫！"

他缓缓下了炕，穿上鞋子，一步一步向房门走去。

门，虚掩着。从门缝中，若有若无地有风吹进，凉丝丝的。

他一步步走着，两只小手却越握越紧。他的心跳得厉害，屏住呼吸，很快地，他走到了门口，把手搭在了门扉上。

那一瞬间，这扇木门竟是重如山、沉似铁。

他咬了咬牙，一狠心，"吱呀"一声，拉开了房门。

户外明亮的光线一下子照了进来，令他眯起了眼睛。温暖和煦的阳光落在他身上，有淡淡的暖意。

只是，他的心，却一下子落到了冰窖。

门外是个小小的庭院，有松柏几棵，草木几丛，其中还有几朵清香小花，怡然开放。门前是个走廊，通往院外。在门前四尺处，有几层台阶，连着院子和走廊。

台阶一角，孤单单坐着一个小孩，手托脸腮，怔怔地坐在那里，一动不动。

或许是开门声惊动了他，那小孩迟疑了一下，慢慢地转过头来。

林惊羽。

张小凡张大了嘴，心中有千百个疑问，但话到嘴边，却化为无声。

他又想放声大喊，只是心口郁闷，竟是喊不出来。

两行眼泪，就这么，悄无声息地，滑落。

两个小孩，就这么，默默无语地，对视。

远方不知名处，有清幽鸟鸣传来，天空蔚蓝，白云朵朵。

张小凡坐在了台阶的另一侧，低着头，看着小院中石头铺成的小道。

小院中，一片寂静。

就这样也不知过了多久，林惊羽缓缓道："我比你早些醒来，那时屋里还有几人，我问了他们，这里是青云山通天峰。"

张小凡低声道："青云山……"

林惊羽道："听他们说，是几个路过的青云门下弟子，看到村中、村中……"说到这里，他的声音不由得哽咽了起来。他伸手用力揉了揉眼睛，深吸了一口气，接着道，"后来他们在村后头找到了我们两人，便把我们带上山来了。"

张小凡嘴角一动，却没有抬头，道："我们以后怎么办，惊羽？"

林惊羽摇了摇头，凄然道："我不知道。"

张小凡还要再说什么，忽听身后走廊上传来一个陌生声音道："啊，你们都醒过来了？"

二人同时向后看去，只见一个青年道士站在那里，一身蓝色道袍，颇有英气。只见他快步走了过来，道："正好几位师尊也想见见你们，问你们一些问题。你们这就随我来吧。"

张小凡与林惊羽对看了一眼，站起身来，林惊羽道："是，请这位大哥领我们去吧。"

那青年道士看了林惊羽一眼，点了点头，道："你们随我来。"

跟着这个道士，二人走出了这座庭院，呈现在眼前的是一条更长更大的环形回廊，边缘每隔两丈，便有一根红色柱子。每两根柱子中间，就有一个拱门。

他们顺着回廊向前走去，经过一个个拱门和柱子，这才发现，每一个拱门里，都是和刚才几乎相同的小庭院，看来这里是青云门弟子生活起居之处。

不说别的，单从这规模来说，这样的小院怕不下百间，可见青云弟子之多。

走了好一会儿，才到这条走廊的尽头，却是一堵高耸入云的白墙，下面开了一扇大门，两扇厚厚的大木门板，高达数丈，几需抬头仰望，也不知当初是如何找到如此巨大的木料的。

那青年道士熟视无睹，大概平日里进进出出，看得都麻木了，脸上丝毫没有像两个小孩那般动容之色，面无表情地径直从这门中走了出去。张小凡和林惊羽连忙跟上。

甫一踏出这扇大门，两个孩子同时屏住了呼吸，不敢置信地看着眼前的一切。

这里，几乎就是传说中的仙境。

一片极巨大的广场，地面全用汉白玉铺砌，亮光闪闪，一眼望去，使人生出渺小之感。远方白云朵朵，恍如轻纱，竟都在脚下飘浮。广场中央，每隔数十丈便放置一座铜制巨鼎，分作三排，每排三座，共有九座，规矩摆放。鼎中不时有轻烟飘起，其味清而不散。

"往这里走。"似是明白这两个小孩的心思，那青年道士面上露出一丝笑容，让他们看了好一会儿，才提醒二人，继续向前走去。

"这里是青云六景中的'云海'，前头还有更好的呢！"青年道士边走边道。

林惊羽忍不住问道："是什么？"

青年道士手一指，道："虹桥。"

二人极目远眺，只见前方远处，广场尽头，在雾一般朦胧的云气后，似乎有什么东西闪闪发光，他们加快步伐，向前走去。

渐渐地，有水声传来，间或还有一两声雷鸣般的怪声，不知从何而来。

他们越走越近，云气如温柔的仙女，轻轻地围绕在他们身旁，逐渐拉开隐约的面纱，露出清晰的面目。

广场尽头，一座石桥，无座无墩，横空而起，一头搭在广场，径直斜伸向上，入白云深处，如蛟龙跃天，气势孤傲。有细细水声传来，阳光照下，整座桥散发出七彩颜色，如天际彩虹，落入人间，绚丽缤纷，美奂绝伦。

张小凡与林惊羽看得目瞪口呆。

青年道士笑了笑，道："随我来吧。"说着，当先走上了石桥。

踏上石桥，二人这才发觉，桥的两侧不断有水流流下，清澈无比，但中间部分却滴水不沾。阳光透过云彩照在桥上，又为水流所折射，遂成绚丽彩虹。

那道士看着他们心醉神迷的样子，道："你们小心了，这桥下可是无底深渊，不小心掉了下去，那便死无葬身之地了。"

张小凡与林惊羽都吓了一跳，连忙镇定心神，小心走路。

这座虹桥极高、极长，三人走在其上，只觉得左右白云渐渐都沉到脚下，想来越上越高了。而前方那古怪的声音，仍是不断传来。

三人又走了一会儿，白云渐薄，竟是走出了云海，眼前霍然一亮，只见长空如洗，蓝得如透明一般。四面天空，广无边际；下有茫茫云海，轻轻浮沉，一眼望去，心胸顿时为之一宽。

而在正前方，便是通天峰峰顶青云观主殿"玉清殿"所在。

青山含翠，殿宇雄峙，"玉清殿"坐落峰顶，云气环绕，时有仙鹤几只，长鸣飞过，在空中盘旋不去，如仙家灵境，令人心生敬仰。

此时虹桥不再上升，在空中作个拱形，落在了殿前一湾碧水潭边。与此同时，玉清殿里隐隐传出道家歌诀，一派仙家气势。还有那个怪声，也是越发响亮。

三人走下虹桥，来到潭边，一条宽敞石阶，从水潭边向上直通到玉清殿大门。潭水碧绿，清宁如镜，人影、山影都清晰可见。

他们走上石阶，正要向上方大门走去，忽听水潭深处一声咆哮，声若惊雷，正是先前怪声。放眼看去，只见水潭中心突然起了一个巨大漩涡，片刻之后，只见巨浪卷起，一条巨大身影跃然而出，漫天水花扑面而来。

那青年道士却似早有防备，左手一引，身子凌空飞起，疾向后飘出两丈多远，停在半空。两个小孩哪里逃得掉，登时被淋得如落汤鸡一般。

他二人却浑然不觉，只呆呆地望着前方出现的那个庞然大物，高逾五丈，龙首狮身，遍体鳞甲，巨目大嘴，两颗锋利的獠牙在阳光下闪闪发光，面貌狰狞，望之生畏。

那怪兽抖了抖身子，呼啦……又是一阵水花扑来，然后像是忽然发现了什么，巨首向台阶处伸了过来。

张小凡和林惊羽见那怪物一个头比他们两个人还大了许多，阳光下，锋利的牙齿清晰可见，看着它越靠越近，心中着实害怕，忍不住紧紧靠在一起，心怦怦直跳。

这时，那青年道士不知什么时候又飘了回来，单掌竖在胸前，恭恭敬敬地道："灵尊，他们是诸位师尊特意召见的。"

那怪兽瞪了他一眼，"唳"的一声，打了个响鼻，一双大眼珠居然转了转，倒像是人在动脑子一般。然后不再理会三人，摇摇晃晃地走到一边，在水潭边干地上趴了下来，打个哈欠，懒洋洋地把头低下，晒着太阳，睡了过去。

青年道士示意惊魂未定的两人继续走，道："灵尊是千年前我派青叶祖师收服的上古异兽，名叫'水麒麟'。当年青叶祖师光大青云，降妖除魔，它是出过大力的。如今是我们青云门的镇山灵兽，敬称为'灵尊'。"

说完，他又向那水麒麟卧处行了一礼，张小凡正看得出神，却被林惊羽拉了一下，见他使个眼色，便也一起恭恭敬敬地向水麒麟行礼。只是水麒麟头也不回，动也不动，倒是鼾声大作，怕是未曾看到。

三人行完礼后，继续前行。走过高高石阶，远远便看到金色牌匾，上书"玉清殿"三字。来到雄伟大殿之前，只见门扉大开，里边光线充足，供奉着元始天尊、灵宝天尊和道德天尊三清神位，气度庄严。

　　而在神位之前，大殿之上，站着数十人，有道有俗，看来都是青云门下。众人之前，摆着七张檀木大椅，左右各三，居中最前方又有一张，上边却只坐着六人，只有右排最后一张椅子处，空无人坐。

第五章
入　门

　　这时，殿内众人正在谈话，似乎在谈论着什么。带领张小凡和林惊羽来的青年道士在门外一整衣袍，恭声道："掌门、各位师叔，弟子常箭，奉命将两位小——"

　　他话未说完，突然间在这神圣肃穆的大殿之上，竟传出一声凄厉的呼喊，打断了他："鬼，恶鬼！鬼啊！……"

　　常箭吃了一惊，但张小凡和林惊羽吃惊更甚，这声音虽然尖厉难听，却是耳熟至极。张小凡顾不得那么多，一下子冲进殿去，大声喊道："王二叔，王二叔，是你吗？"

　　他心急之下，喊声中带了几分焦急，几分哭腔，众人看在眼里，心里都有些不忍。只见人群背后，大殿一侧墙角，一个樵夫打扮的中年男子，双手抱头，紧紧蜷缩在角落之中，全身发抖，从手指缝隙间，兀自传来"鬼、鬼……"的声音。

　　张小凡与跟着进来的林惊羽立即认出此人正是草庙村的一名樵夫，姓王，排行老二，为人善良，整日笑呵呵的，对他们一班小孩也是极好，平日上山打柴之余，都会带些山间野果分给众小孩。

　　张小凡想也不想，冲了过去，跑到王二叔身边，用力抓住他的肩膀，大声道："王二叔，究竟发生了什么事？为什么村里的人都……都死了？还有，我娘呢，我爹呢，他们怎么样了？你说啊！"

　　王二叔听到张小凡一迭声地追问，似是有所触动，暂时不再说那"鬼、鬼"的话，缓缓地抬起头来，看着面前的张小凡。

　　大殿之上众人登时悚然动容，一个个全都安静下来，就连坐在椅子上的人也有几位忍不住站了起来，看着这里。

只是王二叔眼眶赤红，尽是恐惧迷惑之色。他端详了张小凡半晌，却一言不发，紧皱眉头，似在极力思索着什么。

这时，青云门中有人忍不住踏上前一步，正要说话，却被身旁之人悄悄拉住。

张小凡见王二叔半天没有反应，只是死气沉沉地看着自己，心中大是着急，大声道："王二叔，你怎么了？"

不料王二叔被他大声一喊，全身一抖，面上惧色大作，整个人突然连滚带爬地窜到一边，又是双手抱头，缩成一团，口中不停地哀号："鬼，鬼，鬼啊！……"

大殿内叹息之声顿时四起，青云门众人脸上都有失望之色，刚刚站起的人也颓然坐了回去。张小凡还待追问，却被一旁的林惊羽一把抓住。

张小凡不解地回头，却见林惊羽眼角有泪，凄然道："没用的，他已经疯了！"

张小凡脑中"轰"的一响，愣在原地，作声不得。

林惊羽比他大了一岁，心思较为细密，向大殿中人看了一眼，见场中众人都身着青云门衣着，有男有女，有道有俗。多数人身有兵刃，以长剑居多。其中在椅子上坐着的六个人，更是气度出众，卓尔不群。这六人中有三道三俗，坐在正中那位身着墨绿道袍，鹤骨仙风，双眼温润明亮，自然是大名鼎鼎的青云门掌门道玄真人了。

林惊羽当下更不多话，拉上张小凡，跑到那六人跟前，对着道玄真人跪了下去，"砰砰砰"磕头不止。

道玄真人细细地看了他二人一眼，微叹一声，道："可怜的孩子，你们起来吧。"

林惊羽却并不起身，抬头看着这神仙一样的人物，悲声道："真人，我二人年幼无知，突然遭此大变，实在是不知如何是好。您老人家神通广大，能知过去、将来，请一定要为我们做主啊！"

张小凡没他那么会讲话，况且此刻脑中乱成一团，也跟着道："是啊，神仙爷爷，你要做主啊！"

众人听了，脸上都不禁露出微笑。张小凡自是童言无忌，但随后众人的眼光都落在了林惊羽身上。

林惊羽小小年纪，身处大变，又面对道玄真人这般名动天下的高人，说话仍是井井有条，条理清楚，这份冷静远胜过寻常孩童，更不用说那一无所知，还把道玄看作神仙的张小凡了。

草庙村惨案，是青云门千年来未曾有过甚至闻所未闻之事，事情就发生在青云门脚下，青云门举派震动。道玄真人接到报告后惊怒交集，立即召来其余六脉首座商量。此刻除去"小竹峰"一脉首座水月大师未来，其他五脉首座都在座中。

能担当青云七脉首座的人物，自然是青云门中的顶尖人物；而青云门中的顶尖人物，自然也是这世间修真炼道之士中的绝顶人物。在座之人，个个都是目光如炬，此时都在心下说了一句："好一块美玉。"

道玄真人微微一笑，道："这将来、过去我是不知道的，但你们居住在青云山下，我青云门自然不会置之不理。只是我有几个问题想要问你，希望你好好回答。"

林惊羽点头道："是，弟子知无不言。请真人问话吧。"

道玄真人点了点头，道："你是怎么逃过这一劫的？"

林惊羽一呆，道："回禀真人，我昨晚只记得在家里床上睡觉，但早上醒来却和小凡一起躺在野外一棵松树下，我也不知道发生了什么事。后来小凡叫醒了我，我们一起跑回村去，便见到那、那、那个景象，就吓晕过去了。"

道玄真人一皱眉头，看向张小凡，道："是你叫醒他的，那你又是如何呢？"

张小凡想了想，道："我也不知道怎么搞的就到那里去了，醒过来看见惊羽在我旁边，我就叫醒他了。"

道玄真人和其他各位首座对看一眼，眼中都有迷惑之意。若有高人搭救，却为何只救这两个小孩，若不是，却无论如何也说不过去！

道玄真人沉吟了一下，道："那就是说，你们对昨晚之事一无所知了？"

二人同声道："是。"

道玄真人叹了口气，叫了一声："宋大仁。"

"弟子在。"一个青云弟子应声而出，高大魁梧，做俗家打扮。刚才他所站的位置处在一位坐着的矮胖之人身后，看来是那人门下弟子。

道玄真人道："是你最先发现草庙村一事的，你便把当日情况再说一遍吧。"

宋大仁声音洪亮，道："是。今日一早，弟子和几位同门师兄弟办事归来，御空而回。在经过草庙村上空时，弟子无意间低头，竟发现村里有两百多具死尸堆在一起，惨不忍睹。弟子等人连忙下去查看，只在村后找到这两个小孩，见他们昏迷不醒，便先让一位师弟送了回来。后来又在村边茅厕之内，"他手一指缩在墙角的王二叔，道，"发现了此人。只是他目光呆滞，精神恍惚，无论弟子如何询问，他都不答，只反复说着'鬼、鬼、恶鬼'这些话。"

林惊羽身子抖了一下，颤声道："这位大哥，请问你们清点过人数了吗？"

宋大仁眼有同情之意，道："我找到了一位平日与你们村里交易柴火的师弟，他对你们村村民的情况很是熟悉。经他辨认，再经过我们点数，草庙村四十二户人家共二百四十七人，除了你们三人，尽数死了。"

尽管心里早有预感，但听到宋大仁明白肯定的话后，林惊羽与张小凡仍是禁不住眼前一黑，几乎又要晕过去。

道玄真人轻轻地叹了口气，左手轻拂，袍袖内飞出一颗红色小珠，飞到张、林二人身前，在他们额上、心口滚了几滚，顿时有一股清凉之气透体而入。不知怎的，他们心中原来紧绷绷的神经似乎也松了松，顿觉心力交瘁，忍不住便躺在这大殿之上，睡了过去。

道玄真人挥了挥手，站着的众弟子纷纷行礼，然后依次退了出去。大殿之内，只剩下了他们六人。

这时，那矮胖之人道："掌门师兄，你现下用'定神珠'暂时安定了他们，但他们醒来之后，你准备如何处置？"

道玄真人沉吟了一下，转头向坐在左首第一位的道人，问道："苍松师弟，你意下如何？"

苍松道人身材高大,面貌庄严,是青云门"龙首峰"一脉的首座。在青云门中,除了道玄真人的长门,便以他龙首峰一脉声势最盛。苍松生性严峻,除了管理本脉弟子之外,还兼管整个青云门中刑罚之事。青云弟子平日里对掌门道玄真人固然敬仰万分,但最害怕的,却是这个不苟言笑的苍松首座。

当下苍松道人两道浓眉皱起,过了一会儿,才道:"此事疑点甚多,一时间怕是查不清楚。但草庙村村民一向质朴,我们不可对他们的遗孤置之不理。我看还是把他们二人收归门下吧。"

道玄真人点了点头,道:"不错,我也是这个意思。这两个孩子身世孤苦,我们是要照顾他们。只是我已多年不收徒了,不知哪位师弟可将他们收到门下?"

这时,那矮胖之人,即青云门"大竹峰"一脉首座田不易,道:"掌门师兄,依我看来,最好不要让他们二人同归于一人门下。他们身世相近,若待在一起,每见对方,都会想起往事,如此戾气不绝,只怕日后不好!"

道玄真人想了想,道:"田师弟言之有理。他二人小小年纪,遭此大变,我们当要好好化解他们心中的怨恨,如此的确不宜让他们共居一处。那就需要两位师弟来收留他们了。"说着,他向众人看去。

只见其他五脉首座,以苍松为首,田不易等人的目光几乎同时都落在了林惊羽的身上,溜溜打转,不肯离去,却无人去理会一旁的张小凡。

修真之道,资质极其重要,世间常有所谓天才一朝悟道,即胜过百年修行一说。而青云门人,对此更是深有体会。当年青云门穷途末路之时,只靠一个惊才绝艳的青叶祖师,虽年纪轻轻,但天资过人,参破前人古卷,修行远胜于历代先人。把一个小小青云门,搞得生气勃勃,兴旺无比,到如今更是天下正道领袖。

此外,名师固然难求,但资质上佳的弟子同样难得,林惊羽天资过人,根骨奇佳,这青云门各脉首座自是一眼便看上了。

安静了一会儿之后,那田不易咳嗽一声,道:"嘿嘿,掌门师兄,你知道我大竹峰一脉一向人丁单薄,那我这次就替你解决了一个吧。"

说罢，手正要指向林惊羽，却被身旁的"朝阳峰"首座商正梁抢先起身，挡在了身前，对道玄真人道："掌门师兄，今日我一见这孩子便觉得与他极是投缘，想是与他有宿缘在，不如便让他投入我的门下吧。"

青云门历史悠久，各脉表面和气，但内部都有互相较劲的意思，眼看着这林惊羽资质过人，谁也说不准会不会是下一个青叶祖师，何况收入门下最不济也只是多个弟子，却不可让其他各脉得到机会。本来以道玄真人的威望修行，谁都是不敢争的，偏偏道玄自己说了不收，这种好事哪里可以错过？

当下商正梁话音刚落，便有"落霞峰"首座天云道人在一旁道："商师兄，你门下已有的两百弟子，个个都与你有宿缘的话，你的缘分未免也太多了。"

商正梁脸一红，正要说话，田不易却抢先道："天云师兄说得对啊，说到弟子人数，你们最少的也在百人以上，我大竹峰一脉却只有七人，也太不像样子。不如——"

这时苍松道人却打断了他，道："田师弟，这两个孩子身世如此可怜，我们要给他们的是最好的照顾，而不是顾及我们自己什么人数多少。"说完，他转头向道玄真人一拱手，道，"掌门师兄，这孩子的确是块好材料，请让我将他收入门下，我必悉心教导于他，令他成才，以告慰草庙村诸位亡灵。"

道玄真人沉吟了一下，田不易、商正梁等人心里都暗呼不妙，果然过了一会儿，道玄真人道："苍松师弟说得也有道理，那就让他投入你的门下吧。"

苍松微微一笑，道："多谢掌门师兄。"

众人看在眼里，他们与苍松同门已久，知道苍松平日不苟言笑，今日微笑已是内心极为欢喜，都不由得暗暗气恼。只是道玄真人说了话，而苍松的龙首峰一脉实力又大，只得把这口气咽了下去。

道玄停了一下，又道："那这一位……"

商正梁咳嗽一声，闭上眼睛；天云眼望大殿的天花板，似乎突然发现那里的图案特别美丽；田不易嘿嘿干笑了一声，忽然睡意来袭，便要沉沉睡去；而刚才还没插上嘴便已被人抢走的另一脉"风回峰"首座曾叔常干脆便入了定，似乎从一开始便没理会这里的事。

只有大获全胜的苍松道人冷冷地看了众人一眼，但却掩不住心里的笑意。

道玄真人不禁也有些尴尬，但他是何等人物，自然不会说什么这个资质差你们难道就不要的话，只是心念一动，立时便找到了一个替死鬼。

"田师弟。"道玄真人的笑容此刻看来如此和蔼。

田不易心头一跳，立刻跳起，正要说话，却被道玄真人抢先道："草庙村之事是你门下弟子宋大仁首先发现的，看来这孩子和你大竹峰一脉还是很有缘分的。嘿嘿，还是你收到门下吧。"

田不易大急，张小凡资质一般，一眼便可看得出来，收到门下只是个累赘，他自然不喜。他正要分辩，但道玄如何肯让他有说话的机会，抢道："好了，此事就此告一段落，诸位师弟也要注意调查此事，明白了吗？"

苍松等人一齐站起，齐声道："是。"

道玄真人点了点头，咳嗽几声，不去看田不易的样子，快步走进了后殿。待他的身影在大殿中消失后，青云门玉清殿上，突然有大笑声透了出来。

大竹峰门下弟子宋大仁一直在玉清殿门外等候，好不容易等到诸位师长出来，迎了上去，却见师父田不易手上抱着张小凡，不禁一愣，道："师父，怎么了？"

田不易一见是他，心头一阵气恼，怒道："什么怎么了？是傻了不是！还不快接过去？"

宋大仁连忙把仍在沉睡的张小凡接了过去，田不易怒气冲冲，眼角却偏偏瞄到同时走出的商正梁、天云等人兀自偷笑不已，心下更是恼火，对宋大仁大声道："快走啦，在那里发什么呆？"

说罢，再也不理会其他，右手虚空一划，赤色光芒闪过，一柄赤色长剑被他祭起，也不见他如何动作，便飘到剑上，破空疾驰而去。

宋大仁一时摸不着头脑，但至少已明白自己多了个师弟。他看了看怀中的张小凡，忍不住道："小师弟，我还不知道你叫什么名字呢。"

张小凡却兀自沉睡不醒，浑然不知自己的命运，已在不知不觉间转过了一个大弯。

第六章
拜 师

　　张小凡悠悠醒来，怔了半晌，缓缓坐起，往事如潮水，一时涌上心头。

　　恍如噩梦！

　　"你醒来了啊，这就好了。"门口传来一个声音，走进一人。

　　张小凡抬眼看去，认得是当时在通天峰上见过的宋大仁，身形高大，相貌粗豪，以他现在的心境，不知怎的，看到这认识的人，却有几分亲切。

　　"宋大哥。"张小凡叫了一声。

　　宋大仁虽是个大汉，此刻心下也不禁有些怜惜，他走到床前，伸手摸了摸张小凡的头，柔声道："小师弟，不必难过，以后我们就是一家人了。"

　　张小凡呆了一下，道："什么一家人？"

　　宋大仁微笑着把田不易已收他为徒一事说了一遍，当然那日在通天峰玉清殿里，青云门各位长辈之间发生的小小争执，他是不知道的。

　　张小凡听了，一时茫然，青云门人在他这般农家子弟心目中，当真是和神仙一样的人物，他自己绝没有妄想有朝一日，也会有机会入青云一门。只是，这代价却不是他所愿意付出的。

　　他咬了咬牙，终究知道多想无益，张口叫了一声："宋师兄。"

　　宋大仁微笑点头，道："好好，小师弟，你这一睡可一下睡过了一天一夜，大概也饿了吧？"

　　张小凡本来还不觉得，被他一说，肚子登时"咕咕"叫了两声。

宋大仁笑道："来，小师弟，我们先去吃些东西，顺便我与你说些本门情况，然后再一同去拜见师父师娘，见过其他各位师兄。"

张小凡点了点头，下了床，这才注意到自己所处的这个房间，与通天峰上青云弟子起居之处颇为相似，但似乎还要宽敞一些。

宋大仁一边带着他往外走，一边道："我们大竹峰不比其他各脉同门，人丁很是单薄，就算现在加了你，总人数也不过十人，所以屋子都宽敞些。"说着走到门外，也是个相似的小院，再走几步，出了院子，是个回廊，不过这里一目了然，只有十几间屋子，远逊于通天峰上的规模。

张小凡跟着宋大仁向厨房走去，从他口中得知，大竹峰一脉自从青叶祖师座下四弟子郑通开始，传到现在田不易手中共六代，情况一直如此，人丁不旺。现在师长一辈，除了首座田不易，只有另一位师叔苏茹，也就是田不易的妻子。他们生有一女田灵儿，今年十三，比张小凡大了两岁，所以张小凡在这里是名副其实的小师弟。

而在田不易众弟子中，宋大仁是大师兄，依次往下有吴大义、郑大礼、何大智、吕大信、杜必书。

张小凡用心记着："哦，大义师兄、大礼师兄、大智师兄、大信师兄、大书师兄……"

宋大仁笑道："是杜必书师兄。"

张小凡怔了一下，这才醒悟，不禁问道："怎么就这位六师兄不一样呢？"

宋大仁道："本来他的确是叫大书的，不过你多叫两声听听。"

张小凡喃喃道："杜大书、杜大书、杜大叔……"心中会意，登时笑了出来。

宋大仁也笑道："你知道了。其实师父倒不是十分在乎，但师娘却很是恼火，叫了几次便说杜师弟不尊师敬道，要出手教训一番，把杜师弟吓得半死，连忙请师父师娘为他改名，后来师娘便替他取了'杜必书'这个名字。你再把这个名字好好念几遍。"

张小凡小声道："杜必书、杜必书、赌必输……"扑哧一声笑弯了腰。

宋大仁本就有心引他发笑，稍减他悲痛之情，眼见张小凡高兴，他心里也颇为欢喜，笑道："六师弟入门前本有好赌恶习，后来机缘巧合，被师父度化上山，虽不再赌钱，但平常倒爱与人打赌过瘾，师娘此举，也有警醒之意。"

张小凡小孩心性，笑颜遂开，悲切心情便淡了许多，又看大师兄如此亲切，本来对将来害怕恐惧之心，也慢慢地安定了下来。

在厨房吃过东西，宋大仁便带着张小凡来到大竹峰主殿"守静堂"。青云门大竹峰一脉上下人等，此刻都集中到了守静堂中，这里红砖铺地，红瓦石柱，大堂正中地上刻着一个大大的"太极"图形，总的来说很是简朴。

堂前摆了两张椅子，坐着二人，一人是田不易，另一人是个安静端庄的美妇，看上去三十多岁，风姿绰约，在她身旁站着个小女孩，眉目清秀，一双明眸水汪汪的，极是灵动，惹人怜爱。

至于其他五名男弟子，一字排开，站在下首，或高或矮，或壮或瘦，此刻的目光都落到了张小凡的身上。

宋大仁走到堂前，恭声道："师父、师娘，弟子把小师弟带过来了。"

田不易哼了一声，颇有些不耐烦，倒是那美妇苏茹多看了张小凡两眼，道："大仁，他睡了一天一夜，怕是早就饿了，你先带他去吃些东西吧。"

宋大仁道："回禀师娘，我刚才已经带小师弟去厨房吃过了。"

苏茹点了点头，看了田不易一眼，不再说话。田不易又是冷哼一声，道："开始吧。"

张小凡不明所以，只听宋大仁在身后悄声道："小师弟，快跪下磕头拜师。"

张小凡立刻跪了下来，"咚咚咚"连磕了十几个头，又重又响。

"呵呵。"却是那小女孩田灵儿忍不住笑了起来。苏茹微笑道："好孩子，磕九个就可以了。"

张小凡"哦"了一声，这才停下，抬起头来，众人见他额上红了一片，忍不住都笑了起来，田不易看在眼中，更觉他愚不可耐，一想到以后要教这等白痴，他原本颇大的头似乎又大了一圈。

"好了，就这样吧。"田不易心情极糟，挥手道，"大仁，他就由你先带着，本派门规戒条，还有些入门道法，就由你先传授。"

宋大仁应了一声："是。"随后有些迟疑，又道："不过师父，小师弟年纪尚小，这入门弟子的功课……"

田不易白眼一翻，道："照做。"说完站起身，头也不回，便向后堂走去，众弟子一齐躬身，道："恭送师父。"

田不易一走，还没等众人开口，小女孩田灵儿已然闪到张小凡跟前，盯着他细细看了两眼，张小凡见她芙蓉一般的可爱脸庞在眼前晃动，年纪虽小，但已是个美人坯子，他在草庙村时，从未见过如此美丽的同龄女孩，不由得脸上一红。

"哈。"田灵儿如发现珍宝一般，指着张小凡大声笑道："师兄，你们看啊，他见了我会脸红呢。"

堂上哄然大笑，张小凡脸色更红，苏茹走了过来，笑骂："灵儿，不许欺负师弟。"

田灵儿做了个鬼脸，但丝毫不把母亲的话放在心上，站直身子，对张小凡道："喂，快叫我师姐。"

张小凡心中一气，但眼前飘过田灵儿明眸皓齿，动人身姿，心中一阵迷茫，忍不住便叫了出来："师姐。"

田灵儿在大竹峰上一向排名最末，如今居然有了个比自己还小的师弟，心中极是欢喜，当下做老气横秋状，道："乖，小师弟，以后要听师姐的话哦。"

张小凡讷讷应了一声，道："是。"

苏茹拉过女儿，道："不许胡闹。"又向宋大仁道："大仁，小师弟年纪还小，那功课怕是有些吃力，你多照顾他一点。"

宋大仁恭声道："是。"

旁边另外五个弟子站在一起，嘻嘻哈哈，眼光瞄来瞄去，大有幸灾乐祸的意思。

正在这时，苏茹忽然做了个很怪的动作，像是活动筋骨一般把头转了一圈，大异她一直以来端庄的气质。片刻之间，大竹峰众弟子自宋大仁以下，嬉笑声顿止，个个张口结舌，大祸临头的表情。

苏茹清了清嗓子，道："你们……"

"师娘!"一声呼喊,却是宋大仁额头有汗,急喊而出。

苏茹眉头一皱,道:"怎么?"

其余五个师弟亦异口同声道:"大师兄,你要干什么?"

宋大仁急道:"师娘,小师弟刚刚入门,弟子奉师父命,要传他门规、戒条以及入门功课,这就忙去了。"

苏茹沉吟了一下,点头道:"说得也是,你去吧。"

"什么?"剩下的五个师弟齐声喊道。

宋大仁干笑两声,二话不说,上前抱起张小凡,不待他开口询问,立即便往外走,口中道:"小师弟,让师兄我找个僻静所在,先教你本门门规……"

田灵儿笑着跟了上去,大感有趣,只听身后有人大声骂道:"大师兄你怎地无耻!"

"懦夫!"

……

张小凡听在耳中,大惑不解,心想大师兄教我门规怎么却被人骂作懦夫了?

他心中正想着,忽听苏茹一声断喝,声音清冷悦耳,如断冰切雪:"住口!"

堂上登时一片安静。

只听苏茹道:"你们这些个不成器的家伙,一看到我要考校你们修行便怕成这副德行。再过五年就是青云门一甲子一次的'七脉会武',上一次你们已经把我和你们的师父气得半死,这一次再不努力,我二人还不得被同门羞死!快来,五个齐上吧……"

宋大仁越跑越快,大步流星,出了堂口便直往后山而去。张小凡伏在他的肩头,两旁树木"呼呼呼"向后退去,速度极快。在他们身后的田灵儿不知何时祭起了一条朱红玉绫,通体呈淡淡琥珀色,几似透明,散发道道红霞,显然是仙家法宝。此刻田灵儿便优哉游哉地站在红绫之上,手中随便做了个引诀,那朱红玉绫便载着她飞到半空,紧跟在宋大仁的身后。

张小凡何曾见过这等神异之事,惊奇之余,只见田灵儿御风而行,潇洒至极，眼中登时流露出无比羡慕之色。

田灵儿把他的神情看在眼中，得意无比，驱绫上前来到张小凡身旁与他并肩而行，道："怎么样，我很厉害吧？"

张小凡拼命点头，道："是，师姐你真厉害，居然骑着红布条也跑得这么快！"

田灵儿一呆，随即醒悟他所说的红布条意所何指，气得"呸"了一声，却又忍不住笑了出来："大笨蛋！"

张小凡莫名其妙，只听宋大仁在前头笑道："小师弟你胡说什么，那'琥珀朱绫'乃是师娘年轻时修炼的成名法宝，妙用无方，威力巨大，便是在我们青云门中，也是鼎鼎有名的仙家法宝，又怎是什么、什么红布条了？"说完哈哈大笑。

张小凡脸色通红，偷偷抬眼向田灵儿看去，只见她笑嘻嘻地看着自己，脸颊上露出了两个小酒窝。

这般奔走了一会儿，三人来到后山一座小山坡前，宋大仁停了下来，放下张小凡。田灵儿也落下地，手诀一收，"琥珀朱绫"如有灵性一般，自动卷起，盘在她的腰上，看去好似一条好看的红色腰带。

这片山坡上长满竹子，有粗有细，成片成林，很是茂盛。不过细看之下，这里的竹子却与寻常不同，竹节处都呈现黑色。

宋大仁指着这片竹林，对张小凡道："小师弟，我们大竹峰一脉的规矩，初入门的弟子，每日都要到此处砍伐竹子。你年纪尚小，头三个月里每日就砍上一棵吧，至于粗细随你好了。"

张小凡初听说入门功课时，苏茹还要宋大仁照顾一下，他心中还以为是何等难事，不料竟是普通的砍柴。他生于草庙村，长于农家，也随大人上过几次山，砍过几次柴，当下心中大宽，露出笑容，道："大师兄，我砍过柴的，不必担心。"

宋大仁看他那样子，欲言又止，笑道："那就好了。我们慢慢走回去，我指给你看来时路径，以后你自个儿来，顺便也与你说一下门规戒条。"

田灵儿在旁边笑道："大师兄，你干吗跑这么远来却说些无关痛痒的话，还要慢慢走回去，是怕被我娘打吧？"

宋大仁脸色一红，不去理她，只对张小凡道："小师弟，你记好了，本门门规第一条首重尊师……"

原来青云门大竹峰一脉，首座田不易生性懒散，虽要面子却一向懒得管教弟子，一般都只传授道术法门之后便不理不睬，任凭弟子自行修习。

但他妻子苏茹却生性要强，性喜动武，年轻时名头颇响，风光无比，与田不易成婚后，性子已大为收敛，但一来时常手痒难耐，二来座下弟子不太争气，青云门每过一甲子照例举办的"七脉会武"大试，连着几届下来，大竹峰弟子屡战屡败，除了大师兄宋大仁偶尔胜上一场，其余人等都以失败告终，遂成青云门内上下笑柄。

苏茹一生好强，如何咽得下这口气，便时常出手替夫君田不易"教诲"这帮弟子。她外表虽然柔美，性子却是颇急，修为又是极高，一不小心便把这帮弟子打得抱头鼠窜，遍体鳞伤，以致众人惧怕这位美艳师娘远胜过那矮胖师父了。

此时天色已迟，太阳落到西边，天际晚霞灿烂。夕阳照在大竹峰上，这一大二小缓步向山前走去，远处峰前屋宇处，不知从哪里传来一声长长犬吠，中间还夹杂着几声某些可怜人的尖声痛呼。

第七章

初　始

晚饭时分，天色已暗了下来。

大竹峰上，后山是整片整片的竹林，众人的建筑房屋都在前峰，最大也是最重要的是主殿守静堂，田不易夫妻和女儿三人便住在其中的后堂。守静堂旁边就是众弟子起居的回廊小院，不过因为人数太少，屋比人多，每人独居一室，就连新来的张小凡也有了一间。单论居住条件，大竹峰却是难得地胜过了同门各脉。

剩下的就只有练功的太极洞和厨房及用膳厅了。这时众弟子都聚集到用膳厅里，负责膳食的老六杜必书一盘盘将饭菜端上桌来，多为素菜，少有荤腥。众弟子依次落座厅中长桌的右边，宋大仁坐在最前头，张小凡恭陪末座。在桌头和对面各放着一张大椅和两张小一些的椅子，看来是为了田不易一家人准备的。

张小凡看了看身边还空着的位子，那是正在忙碌的老六杜必书的座位，过了一会儿，杜必书终于端完了饭菜，洗净了手，坐回位子，与众人一起等待师父。

杜必书看上去颇为年轻，脸瘦而尖，眼大三角，贼溜溜的好动的样子，很是机灵。他坐下之后，看了看张小凡，微笑道："小师弟，你叫什么名字？"

张小凡老老实实地道："张小凡。"

杜必书点了点头，一指自己，道："我是你六师兄杜必书。"

张小凡恭恭敬敬地喊了一声："六师兄。"

杜必书轻咳一声，拍了拍他的肩膀，笑道："等一会儿你来尝尝师兄的手艺。"

张小凡见这满桌饭菜香气袭人，忍不住咽了口唾沫，用力点头。

杜必书忽然笑了一下，大有暧昧之意，一指大厅门口处，道："小师弟，等一会儿师父、师娘还有小师妹会从那里进来，我们来打个赌好不好？"

张小凡一呆，座上其他人都纷纷转过头来，脸上都有笑意，坐在杜必书上头的老五吕大信笑道："老六，你的赌瘾又犯了啊！"

旁边面容瘦削精干的何大智笑道："他是太久没赢过，现在要骗小孩子了？"

"去、去、去！"杜必书连连挥手，不理众人，满脸笑容，对张小凡道，"小师弟，你猜待会儿师父一家三口，会是谁第一个踏进这道门呢？嗯，你刚刚入门，让你先猜，别说做师兄的欺负你。"

坐在远处的老二吴大义高声叫道："小师弟，既是打赌，你便先问他输了怎样，赢了又怎样。"

杜必书哼了一声，道："你们怕我赖账啊？我杜必书行走天下，靠的就是赌品好闻名江湖，（众人大笑：你就没赢过！）小师弟，你若是猜中了，我便帮你砍十日的竹子，你若输了，就帮我洗十天的碗，如何？"

各人又是大笑，宋大仁笑骂："没出息。"

张小凡见各位师兄笑容和蔼，态度亲切，全没把自己当作外人，心里一阵温暖，道："好。"

杜必书一拍大腿，整个人顿时神采奕奕，容光焕发，道："小师弟，那你说师父、师娘还有小师妹，到底会是谁先进来？"

众人眼光都落到张小凡身上，张小凡心里盘算，青云门首重尊师，想必是田不易师父第一个进来的。当下大声道："我猜一定是师父先进来。"

众人大笑，吕大信摇头道："想不到今天真的被老六给骗赢了一次。"

杜必书乐不可支，看着一脸困惑的张小凡，乐呵呵地道："小师弟，告诉你，其实每次师父一家人中，都是小师妹第一个冲进来的。

哈哈，你待会儿就来帮我洗碗吧。”

张小凡摸了摸脑袋，忍不住也笑了出来，点头道：“是，六师兄。”

排行老三、样子矮矮壮壮的郑大礼笑道：“老六，你也好意思？”

杜必书怪眼一翻，道：“老三你说什么，我又没逼没迫，大家愿赌服输，是不是，小师弟？”

张小凡点了点头，忽听宋大仁道：“师父来了。”

众人脸色一怔，都站了起来，面向门口，迎接师长。片刻之后，田不易矮胖的身子出现在门口，然后在他身后的是……

空无一物。

他竟是一个人来的。

众人齐齐一呆，杜必书忍不住抢道：“师父，师娘和小师妹呢？”

田不易瞄了他一眼，淡淡道：“你师娘带着小师妹回娘家了。”

众人愕然，但片刻后已有人忍不住笑了出来，眼看着田不易晃悠悠地走了进来，张小凡一脸尴尬，欲笑又不敢笑，杜必书则目瞪口呆。

田不易坐在自己那张大椅子上，挥了挥手道：“吃饭吧。”

众弟子这才坐了下来，一个个似笑非笑地看着杜必书。田不易看了张小凡一眼，对宋大仁道：“你把门规和戒条对他说了吗？”

宋大仁点头道：“是，十二门规、二十戒条，我都告诉小师弟了。至于那些基础的修炼道法，弟子看小师弟今日初来有些疲倦，打算明天再正式传授。”

田不易点了点头，表示同意，对着张小凡道：“老七。”

张小凡还没会过意来，身边杜必书推了他一下，这才醒悟师父在叫自己，连忙站起道：“弟子在。”

田不易摇了摇头，对这个反应迟钝的弟子信心又去了几分，道：“你就先跟着大师兄，记着要用心学，道海无涯，勤励为舟，纵然资质差些，但只要你坚忍刻苦，未必便不能学成了，知道了吗？”

张小凡如奉圣旨，恭恭敬敬地道：“是。”

田不易一摆手：“吃饭。”

张小凡年小身矮，捧着个大碗坐在椅子上，稍远些的菜便夹不到了，不过他身旁的杜必书倒是颇为好心，为他夹了好几次，低声笑道：

"小师弟，多吃些。"看他的样子全然不在意打赌输了，赌品果然不差。

张小凡心里感激，连连点头，吃了一会儿，偷偷问道："六师兄？"

杜必书转过头来，道："什么？"

张小凡道："怎么师娘还有娘家吗？"在他小小的心中，青云门人都是神仙一样，哪有世俗牵挂。

杜必书啐道："当然有了，师娘也是人。不过师父说师娘回娘家，倒不是说真的娘家，而是说她回本门小竹峰水月师叔那里去了。"

张小凡讶异道："什么？"

杜必书压低声音，道："师娘年轻时本是出身于小竹峰一脉，与小竹峰首座水月大师是师姐妹，感情是极好的。后来不知道怎么回事，师娘她花一般的人儿，居然嫁给了师父，听说那时候青云门各位男师叔们很多人想不开……"

"啪！"一根筷子打在了杜必书的额头上，力道不轻，红了一片。两人吓了一跳，却见是田不易一脸怒容，手中筷子少了一根。杜必书转头对张小凡吐了吐舌头，两人不敢再说，低头拼命吃饭。

这时，宋大仁对田不易道："师父，这次掌门真人召集七脉聚会，怎么只有水月师叔没有来？"

田不易哼了一声，拿起另一双筷子，道："还不是那个老道姑装病，派人对掌门师兄说什么头疼发热来不了了，掌门师兄也是的，居然也就信了。哼，今天要是她也来了，我就算抢不到好的，也不一定摊下……"

座下的四弟子何大智干咳两声，悄声道："师父，水月师叔那一脉是从不收男弟子的。"

田不易一滞，摇了摇头，道："还有你们的师娘，一听说水月有什么毛病，立刻便带了灵儿过去看她，搞得像是天塌了一般，真是的。"

众弟子对看一眼，都面有喜色，宋大仁迟疑了一下，才试探地问道："师父，那不知师娘在水月师叔那儿会待多少时日啊？"

田不易瞪了他一眼，没好气地道："什么多少时日，今日去，今晚便回。"

"唉！"众弟子叹声四起，个个面有失望之色。田不易看来看去，哼了一声，对宋大仁道："今天师娘又指导你们修行了？"

宋大仁还未说话，老二吴大义已然抢道："师父莫要问他，大师兄今日临阵脱逃，好不要脸。"

宋大仁怒道："胡说，我乃奉师命帮小师弟……"

众人嘘声四起。

这一顿饭吃了半个时辰，众人走后，张小凡本欲留下来帮杜必书洗碗，杜必书却笑道："小师弟，多谢你了，不过这里的事我做就可以了。你打赌赢了我，放心，明天我就帮你砍竹子去。"

张小凡颇有些不好意思，正想说些什么，却听宋大仁的声音道："老六，你别帮他。"话音刚落，便见宋大仁从门外走了进来，对张小凡道，"小师弟，来，我带你到你房间去。"

张小凡点了点头，杜必书却在一旁道："大师兄，你说什么？"

宋大仁道："小师弟刚刚入门，正要打好基础，还不到偷懒的时候。"

杜必书抓了抓头，道："说的也是，这样吧，小师弟，这次就当我欠你一次，日后你有什么事叫我代劳，开口就是，好不好？"

张小凡道："六师兄，要不我们算了，反正……"

杜必书脸色一肃，大义凛然道："什么话，我岂是那种是非不分、忠奸不辨的人，答应了你自然便是要做到，不然落下话柄，白白被诸位师兄耻笑。"

张小凡点了点头，不过心里还是不明白这与是非不分、忠奸不辨有什么干系。

宋大仁拉起张小凡的手，道："小师弟，来，我带你到你的新房间去。"

两人走出厨房，天色已然黑了下来，一轮明月缓缓升起，挂在东天。他们走过守静堂口，张小凡向里看去，只见灯火全熄，漆黑一片，只有月光洒在堂前，颇有些阴森森的味道。

又走了片刻，他们回到了众弟子住的那个回廊，宋大仁将他带到了右首最后边的一间屋子，道："小师弟，白天你醒来时的那间屋子是我住的，其他各位师弟都依次而居，都在右侧，左边那七间房没人住的。"顿了一下，他看着张小凡道："你一个人住，怕不怕呀？"

张小凡摇了摇头。

宋大仁微笑道："这就是了，我们男子汉大丈夫怎么能怕孤单呢！来，进去吧。"说着带着张小凡走了进去。

张小凡看着这个陌生但以后将要长久相伴的地方，一座小院落，左边一棵青松，右边五六根修竹，有两三人高。院中小卵石铺砌成小径，两旁都是草坪，夜风吹来，树叶竹枝轻轻摇动，一阵青草幽香传来，很是清静。

宋大仁打开房门，进去点上了灯，道："小师弟，进来吧。"

张小凡走了进去，只见屋中摆设一如宋大仁房里一样简单朴素，桌椅床铺，旁的也没什么了。

宋大仁道："今天我已把这里打扫了一下，你就暂时住下吧。山居清苦，你年纪又小，或许会感觉孤单，但我们学道之人，本就要忍受各种磨砺，往后生活起居之事，你都要自己做了。"

张小凡道："知道了，大师兄。"

宋大仁点了点头，又向左右看了看，道："那没什么事我就回去了。你累了一天，也早点儿休息吧。"

张小凡应了一声，送大师兄走到门口，忽然想起什么，道："大师兄，怎么现在刚刚入黑，诸位师兄都没出来走动一下啊？"

宋大仁笑道："你不知道，我们最少的也在这大竹峰上学道数十年了，平日里难得外出，这大竹峰早就逛得烂熟，所以都懒得走动，像老四爱看书，老二爱哼曲，勤奋些的如老三便在屋里修行，一般都不出来的。"

张小凡这才明白过来，宋大仁笑着摸了摸他的头，又叮嘱了两句，转身走了。

张小凡回到屋中，关上房门，刹那间顿觉整个世界突然静了下来，没有一点儿人声。他默默地走到桌前，呆呆地坐了一会儿，无事可做，便吹灭了灯火，脱下外衣，躺到床上，翻来覆去，也不知过了多久，才迷迷糊糊地睡了过去。

"啊！"

黑暗中，张小凡一声低喊，翻身坐起，喘息不止。刚才他梦见回到草庙村中，又见到爹娘，又见到各位孩童玩伴，还有其他的叔伯大婶，其乐融融，可是突然间他们都变成了死尸，血流成河，恐怖至极。他全身一抖，便这般惊醒过来。

　　他在床上坐了好一会儿，呼吸渐渐平稳，眼睛也慢慢地适应了黑暗，只见窗扉微斜，有一束淡淡的月光，斜斜地照进来，洒在青砖地面上，如霜雪一般。

　　张小凡没了睡意，坐起来走到门前，"吱呀"一声，拉开门走了出去。

　　四周寂静无声，不知名处隐隐有虫鸣声传来，一声、两声，低低切切，月华如水，洒在他的身上。

　　他昂首看天，只见繁星点点，月正当空，皎洁明亮。

　　"不知惊羽他现在怎么样了，是不是也睡不着呢？"他低低地念了一句，叹了口气，便要转身进房，忽地胸口一松，一物从贴身小衣中滚了出来，掉在地上。

　　张小凡吓了一跳，俯身拾起，却是那颗深紫色、暗淡无光的圆珠，珠子的中间有一个细孔，看来是当日普智穿在翡翠念珠上的。这些天来他遭逢大变，早已忘了此物，现在才想起普智当时交代要把此珠丢掉。

　　想到这里，心中忽然间一苦，他爹娘没留什么给他，普智与他缘浅，但一夜相聚，却也如亲人一般，而这颗难看的珠子，便是普智留给他唯一的东西。

　　张小凡抬起手，把这珠子举到半空，对着月光，衬着月华清辉，只见这珠子颜色居然变浅了些，化作淡紫色，呈半透明状，隐约看见里边有一股淡淡青气旋转不停，似有灵性一般，欲破壳而出。只是他每次接近珠子表面，该处都会亮起一个小小的"卍"字，将他挡了回去。

　　张小凡看了半天，心中不觉倒有几分喜爱，又念及这是普智唯一留念的东西，心中实在是舍不得丢掉。想了半天，从脖子上解下一条红绳，那是他爹娘给他系上保佑长命平安的。一般人家都会挂些金牌、银锁，但他家里贫苦，只得以一条红绳代替。

当下他用红绳将这珠子穿上绑好，挂在胸前贴肉处，不觉冰凉，倒还有些温暖之意。他自顾自地笑了一下，又抬头看了看天上的明月，转身走回房间，又去睡了。

他在青云门的第一天，就这么结束了。

第八章

传　艺

"张小凡！"

一声大喊，声音甜美，却是震耳欲聋。张小凡从梦中惊醒，睁开双眼，突然间只见一张大口，两排尖牙，横在眼前，吓得大叫一声："啊！"

"咯咯咯咯……"一阵笑声从后边传了过来。

张小凡好不容易定下神来，这才看清原来是一条大黄狗，足足有半人来高，一身光泽鲜亮的黄毛，趴在自己床上，而在黄狗后边，田灵儿一身红衣，紧身打扮，在那里笑弯了腰。

张小凡偷偷地瞄了那条大狗一眼，见它身躯庞大、尖牙锋利，一条老长的舌头吐在外边，很是凶恶的样子。他从未见过这么大的狗，心中有些害怕，又看田灵儿笑容可掬，喃喃问了一句："师姐，什么事啊？"

"什么事？"田灵儿微笑着说了一句，忽然面色一肃，皱眉大声道，"天都亮了，你还问我什么事？快点儿起床，我与你一道上山砍竹子去。"

张小凡一呆，奇道："你也要去？"

田灵儿道："废话，本脉弟子入门头三年都要上山砍'黑节竹'，我十岁开始，今年是最后一年了。喂，你还赖在床上？"

张小凡连忙应了一声，小心翼翼地绕过那条大狗，从床的另一角下来，七手八脚地穿上衣服。

田灵儿喊了一声："接着。"扔了一把柴刀过来。

张小凡双手接住，见是一把普通柴刀，入手还颇为沉重。准备妥当，他向田灵儿道："师姐，要不要叫大师兄一起去啊？"

　　田灵儿白了他一眼，道："你没听我说吗，只有入门弟子才要做功课的，现在只有我和你去砍竹子了，走吧。"

　　说完手一招，张小凡还没有动作，只见床上那只大黄狗霍然站起，跳下床来，摇摇尾巴，向张小凡"汪汪"吠了两声，龇牙做凶恶状，然后跑了出去。

　　张小凡听着耳熟，记起昨天随大师兄回来时曾听到两声犬吠，看来就是这只大黄狗了，心中不由得暗暗道："青云门就是厉害，就连随便养条狗都比我们村里的大得多了。"

　　他随着田灵儿走出房去，只见天色尚早，还是清晨时分，走出回廊看向后山，远处还有朦朦胧胧的雾飘荡在山间。

　　这两人一狗，就这么走向大竹峰的后山。

　　昨日张小凡被宋大仁抱着走到那个山坡，只觉得走不多久即到，路也好走，不料今天自己走来，才走了一半，便发觉坡度越来越大，路程也比自己想象的要远得多了。

　　反观身边的田灵儿，今天没用那条"琥珀朱绫"，依然走得轻松无比，红色娇小的身影在山道间晃动着，轻快至极。那条大黄狗更不用说了，跑前跑后，一会儿蹿前，一会儿溜后，间或还钻进路旁林间，也不知干些什么，过了一会儿，草木声响，居然又从另一处钻了出来，很是活泼兴奋的样子。

　　又走了小半个时辰，张小凡已累得呼呼直喘粗气，两腿酸疼，疲惫不堪。

　　田灵儿走在前头，看他这副模样，哼了一声，道："真没用，停下歇歇吧。"

　　张小凡连忙点头，一屁股坐了下来，拼命喘气，那条大黄狗此刻却不见了身影，也不知又钻到哪儿去了。

　　张小凡喘了好一会儿，才渐渐缓过气来。他坐在山道上，向下看去，只见大竹峰挺拔耸立，附近群山都矮了一头，颇有傲然之意。

　　"师姐，我有件事想问问你，不知道……"

田灵儿听他有些怯生生的话，一双眼睛看了过来，心中一阵得意，下意识地用手理了理头发，一脸肃然，正色道："你问吧。"

"为什么我们要把砍竹当作功课呢？我以为功课都是修行道法呢。"

田灵儿一撇嘴，道："你懂什么，修真之人，身子是最要紧的。我娘说了，若是身子不好，便有无上妙法，也是难以修习。我们青云门源于道教，极重养生健体，道法修习到了深处，身子便更是重要。就拿我们青云门中至高奇术之一的'神剑御雷真诀'来说吧……"

张小凡身子一抖，脸色大变。

田灵儿奇道："你怎么了？"

张小凡回过神来，脸色阴晴不定，讷讷道："没、没什么，我听着这个名字好长、好厉害的样子。"

田灵儿瞪了他一眼，道："当然厉害了，这可是我们青云门镇山绝技之一，没几个人能修得的。听我爹说，施展这个真诀，必须要以自身为引，辅以神兵利刃，引下九天神雷，煌煌天威神力，真是所向披靡，威力绝伦。"

张小凡叹了口气，道："是啊。"

田灵儿又道："那你想啊，虽然有真诀护身，但天神雷何等威势，常人一旦接触，立时就会化为灰烬，施术者固然修行极深，但若身体不好，一时半会儿只怕自己先被神雷劈死了，还说什么所向披靡？"她看了张小凡一眼，接着道，"所以我爹叫你做这功课可都是为了你好，看你还一副不情愿的样子。"

张小凡吓了一跳，连忙跳起来急道："没这回事，我绝、绝不敢对师父有任何不敬的意思，更没有什么不情愿的。啊，我现在已经休息够了，这就走，就走！"

说完拿起柴刀，噔噔噔地迈开脚步，向山上跑去，居然速度不慢。田灵儿看着他的背影，轻轻一笑，跟了上去。

好不容易爬到那个小山坡前，张小凡已是上气不接下气，只见竹林前，那条大黄狗不知何时居然已趴在那儿，看见他们二人上来，冲这里"汪汪"叫了几声，也不起身，又把头转了过去。

张小凡呆了一下，道："好快啊！"

"你是说大黄吗？"田灵儿脸不红、气不喘地从后边走了上来。

张小凡一指那条大狗，道："它叫大黄？"

田灵儿道："是，你可不要小看它，厉害得很呢。"

张小凡喃喃道："那是，看它那么大的个子，就知道起码养了二十年。"

田灵儿哂道："哪有！"

张小凡奇道："它还不到二十年啊，大黄可真会长个子。"

这时候大黄在前头狠狠地向张小凡吠了一声。

田灵儿道："我是说哪有这么少的年头。呃，我来算算看，好像四师兄来的时候就有了，那就是七十年，不对，三师兄说过他来的时候也在了，那就是有九十七年了。啊！"她突然叫了一声，把张小凡吓了一跳，连忙道："怎么了？"

田灵儿喜滋滋地道："我想起来了，小时候有一次娘和爹吵架，说了狠话，说是要把爹从小养到大的那只黄狗宰了炖狗肉汤喝，把爹气了个半死，大黄也吓得好多天不敢回家呢！"

张小凡大奇，道："大黄不敢回家？"

田灵儿道："是啊，大黄活了好多好多年，通人性了，知道我娘厉害，怕真的遭她毒手，就溜之大吉了。怎么样，厉害吧？"

"厉害！"张小凡由衷地道，也不知是说大黄，还是敬佩师娘的手段。他多看了那条大黄狗两眼，谁知大黄理都不理，喷了个响鼻，自顾自摇了摇尾巴，侧过头去，懒洋洋地躺在地上。

二人这时已走到竹林前，张小凡对田灵儿道："师姐，我刚到通天峰上时，还看到了一只比大黄大好多倍的大怪兽，听大师兄说那叫'水麒麟'，大黄也是和它一样的灵兽吗？"

田灵儿走进了竹林，摇头道："不是，灵尊是上古异兽，洪荒灵种，远远胜过了大黄，不能比的。"

说话间，她带着张小凡穿梭林间，走了一会儿，来到一处细竹较多的地方，此处的黑节竹一般都只有手指粗细，纤细得很。

"就是这里了，你往后三个月里每天砍一根就可以了。"田灵儿一本正经地道。

"这么细的只砍一根？"张小凡讶异道。

田灵儿哼了一声，道："你砍着试试看。"

张小凡点头，拿起柴刀走到一根细竹前，上下打量了一番，挥刀砍了下去。只听一声脆响，柴刀竟然如中顽石，震得张小凡手心发麻。那根细竹被他一砍，向前倾斜，片刻后又弹了回来，张小凡躲闪不及，头上被竹枝狠狠打了一下，疼痛不已，留下了一道红印。

"咯咯……"田灵儿笑弯了腰，好一会儿才道："你就在这儿砍吧，我要去做自己的功课了。"说完，笑着转身离去。

张小凡摸了摸脸上被打疼的地方，只见那竹子被砍的地方竟然只留下了一道淡淡的白印，不由得倒吸了一口凉气。这天早上，张小凡一个人在此面对着那根黑节竹，砍、劈、锯、磨、压、折，无所不用其极，过了两个时辰，日头升到了半空，他全身大汗淋漓，手足也酸软无力，也只是把这根黑节竹弄出一个小口子来。

这时候一阵歌声传来，田灵儿哼着不知名的曲儿，蹦蹦跳跳地走了回来，看到张小凡狼狈的样子，又看了看那根黑节竹，摇了摇头，举起柴刀，作势欲砍。

张小凡连忙道："师姐，你做什么？"

田灵儿不耐烦地道："帮你砍啊。"

张小凡用力摇头，喘着粗气道："不用了，多谢师姐。不过这是我的功课，我自己做完它。"

田灵儿哼了一声，指了指日头，道："你知道现在什么时候了？"

张小凡性子本倔，咬了咬牙，道："我就是砍到天黑也要……"

"白痴！"田灵儿忽地叉腰大骂了一句，张小凡大吃一惊，一时说不出话来，只愣愣地看着这个师姐。

田灵儿威风凛凛，颇有乃母风范，怒道："你也不看看时间，也不想想别人。你砍到天黑，莫非要我也陪你到天黑吗？若你真的想争口气，就应该以后每天拼命努力，想尽办法在两个时辰里做好功课，而不是自顾自地说什么砍到天黑的浑话！"

话一说完，她手起刀落，刀声破空，"噼噼噼噼"四声，那竹子应声而倒，看得张小凡眼都直了。

田灵儿看了他一眼，淡淡道："回去吧。"说着就向林外走去。张小凡心中又羞又愧，暗下决心，来日必将用十二分努力，做好功课。

拖着疲惫的身子回到大竹峰起居之所时，已是正午时分，田灵儿一声不吭地向守静堂后边走去。张小凡怔了一下，艰难地移动着步伐，走向自己的房间，在回廊门口，却见大师兄宋大仁站在那儿。

宋大仁嘴角露出一丝笑容，道："怎么样，小师弟，累了吧？"

宋大仁见他小小年纪，性子却是颇偏，不由得失笑，陪着他先往房间走去，道："厨房里一般都有热水，你以后回来可以自己先去打水洗洗，再过一会儿就要吃饭了，你先休息一下，我会过来叫你，等饭吃完了我们还要做功课呢。"

张小凡吓了一跳，道："下午还有功课？"

宋大仁见他这么大反应，怔了一下，随即醒悟，笑道："哦，是我说错了，下午是本脉弟子修习道法的时候，我从今日起就传你一些入门道法。"

张小凡这才松了口气，心中又惊又喜，悄声问道："大师兄，那些道法很厉害、很难学吗？"

宋大仁微笑道："修行到了深处，自然便是厉害无比。至于难不难学，便看各人的资质悟性了。不过便是资质差些也并不打紧，你也听师父昨晚说了：'道海无涯，勤励为舟。'只要你肯坚持不懈，刻苦修行，便是再难，也修得成的。"

张小凡用力点头。

这一日午饭时分，田不易问了几句张小凡功课情况，田灵儿添油加醋地大大数落了张小凡一番，说得张小凡脸色通红，不敢抬头。

田不易听着女儿的话，连连摇头，末了手一摆，只说了两个字："吃饭。"

田不易是懒得去骂张小凡，但在张小凡看来，却觉得师父很关心自己，偏偏自己做得不好，师父也不责骂，宽宏大量至极，真是世间难得一见的恩师。他心中自觉惭愧，又不敢多说什么，只在心中暗暗发誓，日后必定刻苦修行，以报师恩。

饭后，田不易照例迈着他的八字步，大摇大摆地晃了两下，便又回他的守静堂去了。其他弟子则纷纷向太极洞走去，只有宋大仁与张小凡一起来到房间，道："小师弟，本派道法极重根基，你初入门，我先传你基础道术，你记牢之后，自行修炼，若有不明之处即来问我，知道了吗？"

张小凡连连点头，心中一阵激动。

宋大仁脸色一整，正色道："另有一事，我不得不正告于你：本门奇术，精深神妙，邪魔妖人，多有窥探。你需立下重誓，学成之后，若非本门弟子，绝不传与外人。"

张小凡心中一动，忽有些恍惚，但随即清醒，小小脸庞上有坚决之色，道："是。苍天在上，弟子张小凡日后若泄露青云门道法秘密，必遭五雷轰顶，死无葬身之地。"

宋大仁微笑点头，让他在桌前坐下，先教他如何打坐、冥思，再粗略说了一下人体经脉和精气运行，最后便传了他"太极玄清道"第一层的修行法门。

"太极玄清道"便是青云门诸般奇术妙法的根本，乃是两千年前青云子于那无名古卷上领悟而出，经历代青云门宗师精研，时至今日，已是夺天地造化、玄妙无比的无上道法。

太极玄清道共有玉清、上清、太清三个境界，青云门下弟子，包括许多聪明才智之士，终其一生，也突破不了玉清境，不过饶是如此，只是玉清境顶层的修行，亦已是世间罕有。

青云门中，人数接近千人，但能突破玉清境进习上清境界的，以掌门道玄真人为首，也不过十人出头而已。但只这十数人，青云门便是当今修真中实力最强、最深的门派之一。至于传说中无上之境的太清境界，相传只有当年不世出的奇才青叶祖师修到过。

第九章

佛与道

宋大仁初为人师，见张小凡手托脸腮，听得入迷，不由得谈兴大发，侃侃而谈：

"太极玄清道修习过程从易而难，玉清境第一层境界大多数人在第一年即可修成，但自此往后，艰深困难处便显现出来。第二层一般人便要修习五年。第三层更是个分水岭，资质稍差的便一生都停滞于此，好一些的修习个五六十年也不稀奇。"

张小凡听得瞠目结舌，宋大仁微微一笑，又说了下去——

原来太极玄清道的主要修行法门，到第三层就大致传授完毕，往后更多的便是靠自行修为和资质高低，修行高深的师长或会指点一二，那也是经验之谈，让弟子少走一些弯路而已。当然了，这里所谓的"弯路"，多是以百年计的。

而把太极玄清道修炼到玉清境第四层的，便是有了万法根本，可以开始同时修习其他奇术妙法以及修炼属于自己的法宝。法宝、秘器一说，源远流长，神话传说中诸天神灵大都有各自神器，威力绝伦。而人世间，修真炼道之士以之初掌天地造化，亦有莫大威力，小的可以御空而行，风驰电掣，大的更能震天撼地，毁山断流。

而法宝材质也是五花八门，千奇百怪，但有一点，法宝材质如何便决定了法宝修炼后威力的大小，若以凡铁施展"神剑御雷真诀"，还未等攻敌，那剑已与主人一起成了灰烬。

至于青云门下，因为当年青叶祖师在"幻月洞府"中得到古剑"诛仙"，仗之横行天下，几无敌手。众后辈仰慕之余，多半都是修炼仙剑的，千年之后，剑侠辈出，几乎成了青云门不成文的规矩，便是改名叫青云剑派也无不可。

不过说到这里，倒要提一下大竹峰首座田不易了。他自己是修剑的，护身法器"赤灵"更是青云门中名剑之一，但他对座下各弟子，不知怎的，却丝毫没有鼓励他们修炼仙剑的意思。非但如此，他还时常"怂恿"众人修炼些另类法宝。这一点在青云门中颇有非议，但一来并无这个规矩说不行；二来田不易弟子资质平庸，人数又少，众人也就由他去了。

大竹峰一脉众弟子中，大师兄入门较早，已将太极玄清道修炼到玉清境第五层，紧接着是老四何大智，修到了第四层。虽然他入门时间短于吴大义、郑大礼，但在众弟子中最聪明，所以反而后学先至。

至于老二吴大义、老三郑大礼、老五吕大信、老六杜必书，都在玉清境第三层上苦苦挣扎，倒是小师妹田灵儿聪慧过人，自小得父母悉心教诲，虽然在十岁时才开始做砍竹功课，但修习太极玄清道却已有多年，小小年纪，居然在十三岁那年也修习到了玉清境第四层，可以驱用法宝，是青云门中有名的早慧孩童之一，极得父母宠爱和各位师长的关心爱护，苏茹更是把自己那件著名的"琥珀朱绫"送给她做防身法宝。

"师姐这么厉害啊！"张小凡听到此处，情不自禁地感叹道。

宋大仁微笑道："不错，小师妹极是聪慧，对修真一道更有天赋，师父、师娘传她什么，一听就会，资质远远胜过了我们这些师兄，现下她只是修道日浅，火候不足，假以时日，她的成就必定不可限量，远胜我们。大竹峰一脉发扬光大，都在她身上了。"

说罢他眼中满是期望之色，显然很是疼爱这个娇俏可人的小师妹。

接着，宋大仁又与张小凡说了些修行过程中要注意的地方，最后正色道："小师弟，最后有一件事，我一定要告诉你：本门修行贵在循序渐进，脚踏实地。若贪功冒进，只怕贪心不足，反有大祸。成与不成，原是命定，不必强求。如妖魔外道，异端邪术，欲求不满皆欲速成，最后多半反遭天谴，可怜可悲。你要小心了。"

张小凡悚然心惊，忙道："是，大师兄，我知晓了。"

宋大仁点了点头，站起身来，道："那就先这样吧，太极洞在后山，要把太极玄清道修炼到三层以上的弟子才能进去修炼。在这之前，你就先在自己房里修习吧。这里很是清静，师父、师娘一般也不来，你自己要努力了。"

张小凡站起身，道："多谢你了，大师兄。"

宋大仁哂然一笑，拍了拍他的头，转身走了。

张小凡送走了宋大仁，反身回到屋里，关好房门，心下说不出地兴奋，连早上砍竹的疲劳也不知丢到哪儿去了。

他深深呼吸，静下来，慢慢走到床上，按宋大仁传授的姿势打坐，闭上眼睛，在心中把宋大仁传授的太极玄清道玉清境第一层的法门从头到尾想了一遍，正要按之修习，忽然心中一动，猛地睁开双眼，失声道："不对啊！"

宋大仁传授给他的玉清境第一层在太极玄清道中本是最粗浅的修习法门，功用只在两个字：练气。修炼之人，静坐之下，放开心念禁制诸般烦恼，引天地灵气入体行大周天运转，借此与天地一息，进而感悟天地造化。若能引入灵气在体内连行三十六大周天，则自身经脉已然稳固，可修炼更高境界。

这种修习法门，本是道教数千年来千锤百炼之法，绝无任何差错疑义，但此刻张小凡心中，却如急风暴雨，摇摆不停。这一切都是因为他今日所听到的，与当日普智和尚传给他的那套口诀、修行方式竟是截然相反。

在草庙村惨案的前一夜，普智传他口诀时，明明白白地告诉他，修真炼气之时，务必要斩断自身与外界的一切联系，体悟自性，即所谓："诸法空相，不生不灭，不垢不净，不增不减，是故空中无色，无受想行识，无眼、耳、鼻、舌、身意，无色、声、香、味、触法，无眼界，乃至无意识界，无无明，亦无无明尽，乃至无老死，亦无老死尽，无苦集灭道，无智亦无得。"（语出《般若心经》）

这般艰深枯涩的道理，张小凡此时自是不能理解得清楚，但两般修习法门根本不同，他却是分辨得出的，当下心乱如麻，不知如何是好。

其实张小凡不知道，太极玄清道固然是道家的无上妙法，但普智在他身上发大宏愿，寄予一生期望，所传的那套口诀，却也是佛门的至高法道——大梵般若。

两种大法，两种截然不同的修习方式，却要从根源说起。

佛道两家，历史悠久，老死不相往来，修真之术也各自起源于其思想流派。以道家为例，其主旨在于一个"道"字，所谓："道生一，一生二，二生三，三生万物。万物负阴而抱阳，中气以为和。"（语出《道德经·德经》第五章）道教源于道家思想，便连太极玄清道的三层境界，也是以道家神话中元始天尊、灵宝天尊和道德天尊的玉清、上清、太清，也就是俗称的"三清"说法而命名。道教修真，讲究共天地一息，身同自然，以身御自然造化，化为大威力。

而反观佛门，主旨却在"事应无所住而生其心，一切万法，不离自性"。又云："何期自性，本自清净；何期自性，本无生灭；何期自性，本自具足；何期自性，本无动摇；何期自性，能生万法！"（语出《坛经·行由品第一》）佛家修真，注重体悟自身，照见五蕴，"能以般若而生八万四千智慧"，就是这个道理。

佛道思想迥然而异，修习法门自然也是背道而驰，只是数千年来各自守秘，不为人知。而此刻青云门大竹峰上一个小小弟子张小凡，却被此事搞得头大无比。

"究竟哪样是对的呢？"

张小凡跳下床来，在房内来回走个不停，只觉得脑中一片混乱，胡思乱想，又不敢问人，最后只得呆呆地坐在床边，长叹一声，作声不得。

他本不是聪慧之人，出身农家，年纪又小，更无什么见识决断，这等大事他想来想去，徒劳半天，却仍是想不出一个所以然来。到了最后，张小凡在心中对自己道："算了，反正当初普智师父也没说过这种情况，我两样一起修炼也就是了。"当下不再多想，心中反而一阵轻松，重新上床，打坐冥想，先行修炼太极玄清道去了。

只是他想得容易，做起来却完全是另一番光景。太极玄清道炼气，要张开全身七窍毛孔，引天地灵气入体沿经脉运行，以此锻炼稳固身体元气和内络经脉；大梵般若却要求入寂灭境界，闭塞全身意想行识，以己身为一世界，独见自性，以深心真元，固本培元。

两套法门截然相反，却弄得张小凡苦不堪言，在接下来的三个月中，他除了每日风雨无阻地上山砍竹外，便用心修炼这两大法门。只是他练太极玄清道刚有小成，全身孔窍初开，灵气入体，接下来的大梵般若却又要强关上各处孔窍，入寂灭之境，不由得前头努力，几乎尽付流水。

三月之后，田不易一日忽来兴致，前来探察张小凡修道情况，不料一问一试，生生把他气个半死。以常识论，普通人修习太极玄清道，以第一层之粗浅，三个月后都当有小成，可以初步引天地灵气入体，运行三到五个周天。不料张小凡资质之差，当真罕见罕闻。修炼足足三个月，居然连全身孔窍也不能控制自如，至于引灵气入体更是勉强，更不用说什么运行几个周天了。

田不易瞪大眼睛，满脸怒容盯着张小凡，旁边众弟子都有同情之色，却不敢出声，本来宋大仁还想替张小凡说上两句，但看自己教出的师弟居然练到如此地步，脸上无光，也不敢说话，至于田灵儿，则是笑嘻嘻地在一旁看着笑话。

张小凡满脸羞愧，跪在田不易面前，无地自容，心想不论师父如何责骂，都是应该的。不料等了半天，周围师兄一声不吭，连田不易也没说一句话，他心中奇怪，偷偷抬眼看去，却见田不易满脸的怒气，不知何时都化作失望之色，真是应了一句话：哀莫大于心死！

只见田不易拂袖而起，摇了摇头，移动他矮胖的身子，居然什么也没说，向着后堂走去。众弟子面面相觑，不明所以。

宋大仁跟随田不易最久，隐约知道田不易心中所想，猜到师父怕是放弃了这个小师弟。这三个月来，张小凡除了修行功课，闲暇时忙前忙后，乐于助人，人也老实，众人都很是喜欢他。山居寂寞，便是一向骄纵的田灵儿，突然间多了一个和自己年岁相近的玩伴，纵然表面上时常呵斥，心里却也是有几分欢喜的。

宋大仁紧皱眉头，上前扶起张小凡，道："小师弟，师父只是一时气恼，不打紧的。只要你勤加修习，迟早会得他老人家认可的。"

张小凡心中羞愧，连连点头，自此越发努力。

他每日清晨与田灵儿一道上山砍竹，寻常弟子修习太极玄清道后三个月已可砍断黑节竹，张小凡居然到半年之后才砍断了第一根黑节竹。不过每日里风雨无阻，他身子倒练得颇为壮实，至少上山再也不会气喘如牛了。

而从那次开始，田不易便对张小凡不闻不问，宋大仁开头还问了他几次修习情况，只是时日越久，张小凡的进境却是慢无可慢，到最后连宋大仁也灰了心，不再问他了。

张小凡自己倒不在意，自知资质不好，虽然有时也会想会不会是两种法门一起修炼所致，但每念及此事，都会想起普智和尚的音容，心中一热，便又坚持了下去。虽然这一路上练得是艰难无比，但他性子执着倔强，还是撑了下来。

他居处僻静，白天修行太极玄清道，深夜再练大梵般若，如此时光悠悠，忽忽而过，不觉已过了三年。

而在这期间，张小凡也创下了青云门建派以来的一项最差纪录：他足足用了三年，也就是说花了三倍于普通人的时间，终于将太极玄清道玉清境的第一层修炼完成，可以将全身孔窍控制自如，引天地灵气入体运行三十六周天。但为众人所不知的是，他同时也经由修习大梵般若，在内气控制上也是初窥门径，打下了坚实基础。

当张小凡怯生生地在一日晚饭时对众人宣布时，青云门大竹峰一脉众弟子目瞪口呆，如见千年铁树开花，随即众人放声大笑，宋大仁更把已长大不少的张小凡抱起抛到空中，连抛几下，欢喜不已。

而坐在前头的田不易冷眼相看，哼了一声，低声骂了一句："大白痴！"

这三年中，张小凡长成十四岁，因着每日砍竹的缘故，身子倒也壮实，虽比师姐田灵儿小了两岁，个头却已是一般高。田灵儿则从十三岁的小女孩，长成了十六岁的女儿家，容貌更是艳丽，笑语之间，清丽不可方物。

田灵儿从来都觉得其他六位师兄大自己太多，老气横秋，所以一向喜欢和这傻头傻脑的师弟待在一块，三年下来，倒是亲密无间。不过一向都是田灵儿占了上风，张小凡自感师姐的确比自己强上许多，虽然平日里对自己指使呼喝，但自己偶尔被师兄戏弄，她却都是第一个站出来打抱不平，为自己撑腰。

山居寂寞，却也清静，张小凡也曾问过几次田不易和宋大仁关于草庙村惨案之事，但那事至今也毫无头绪，时日一久，张小凡心中终于也慢慢淡了下来。

这日清晨，张小凡照例带上柴刀，独自一人走出屋子，向着后山走去。田灵儿在两年前就已完成了砍竹功课，不再去了，所以这两年来张小凡大都一人上山，不过田灵儿有时闲来无事，也跑上山来与他一起玩乐。

今天张小凡没看见田灵儿的身影，也不在意，独自上了山路，再过一个多月，他便也要结束这砍竹功课了。他现在每日已能砍断两根黑节竹，但仍是远逊于田灵儿，当初田灵儿快结束时一日便可砍上十数根黑节竹。

一个月前，他终于修成了太极玄清道玉清境的第一层，随之宋大仁传了他第二层的诀窍。他修习了一个月，虽然比第一层深奥了许多，但不知怎的，他隐隐觉得，反而比第一层容易。比如，第一层要求控制全身孔窍，他足足练了三年才有小成，而第二层要求"化气为精"，令引入体内的天地灵气在经脉中化作精气。按大师兄的说法，这比第一层难了不止十倍，但张小凡自觉竟是出乎意料地轻松。

究其根源，似乎与那套"大梵般若"有些关系，这三年来他每日修习大梵般若，从不间断，内气运行已然颇有火候，而精气便属内气，有了那三年基础，张小凡进步竟是极快。

只是他却不相信自己，当初旁人练了一年自己却要练上三年，这次多半便是错觉了。所以他也不在意，反正每日按时修习，也无人前来打扰过问。

第十章

幽　谷

张小凡上得山来，来到那熟悉无比的竹林，但见满山青翠，层层叠叠，山风过处，竹海起伏，如大海波涛，极为壮观，心胸顿时为之一宽。

他深深地吸了一口山间清新的空气，活动一下身子，拿着柴刀走进了竹林。他此时去的地方已与三年前初来时不同，是在竹林最深处，那里大竹林立，竹质也更是坚硬。

清晨淡淡的薄雾飘荡在林间，宛若轻纱，小径两旁绿色的竹叶上，有晶莹的露珠，美丽剔透。

走了一会儿，他便置身于绿色海洋中，这里的黑节竹大都高耸，枝叶繁茂，直插云天，光亮从枝叶缝隙间透了下来，在地上映出一片一片的阴影。张小凡左看右看，挑了一根大黑节竹，比画一下，便举刀欲砍。

"噗"的一声闷响，张小凡只觉得脑门一阵疼痛，是被一物砸中了额头。他低头一看，地上滚动着一枚松果。这里前后左右都是黑节竹，竹笋倒有许多，但松果是决然没有的。

他想了一下，嘴角露出一丝笑意，向四周看去，大声道："师姐，是你吗？"

他的声音在竹林间远远传了开去，半晌却无人回答。张小凡知道师姐一向调皮爱捉弄人，正要再喊，忽然间脑门又是一痛，疼痛至极，居然又被一枚松果扔中，而头顶上方，也传来了"吱吱吱吱"的尖叫声。

张小凡忍痛抬头看去，只见在这棵黑节竹上，不知何时趴着一只灰毛猴子，手中抓着几枚松果，尾巴倒悬在竹枝上，"吱吱吱吱"尖声笑着，大有幸灾乐祸的样子。

张小凡呆了一下，这三年来他从未在竹林中见过猴子，而且大竹峰上几乎都是竹林，只有山阴处深谷里有一片松柏野林，看来这猴子是在那里生活的，今日不知怎么跑上山来了。

大竹峰挺拔险峻，虽没有通天峰高过云天，却也直入云海，从山脚往上攀登，几乎无路可行，青云门中弟子多是御空来去。

张小凡修为粗浅，除了每日砍竹，日常也曾听师兄们谈论过，大竹峰后山深谷中松柏野树成林，幽深难测，人迹罕至。当年大竹峰一脉的祖师也曾有人御剑去深谷探查过，但那里只是原始森林，无甚奇异之处，倒是猛兽、毒虫多了些，但也从不出谷，所以这些年来也相安无事。

他正想着，忽见那猴子手一抬，他心中一跳，连忙移开，果然又是一枚松果砸了下来，若不躲闪，又要遭罪。

那灰猴见他闪了开去，尖叫两声，面有怒容，倒似乎责怪张小凡躲开一样。

张小凡冲着那猴子做了个鬼脸，不去理它，走了开去，心想这猴子居然以砸人为乐，倒也少见，真是无知畜生。他走了两步，忽听耳后风声响起，躲闪不及，"噗"的一声，后脑勺又被坚硬松果砸中，这一下力道不轻，张小凡只觉得眼前一黑，忍不住叫了一声。

只见那猴子在竹枝上拍掌大笑，晃来晃去，大是欢喜。张小凡心中大怒，冲过去猛摇竹子，偌大一根黑节竹被他摇得左右乱摆，但那灰猴只用尾巴缠在竹竿上，任他摆来摆去，全然不惧，反而"吱吱吱"笑个不停。

张小凡见奈何不了那只猴子，心中更是恼火，拔出柴刀狠砍竹子。那猴子也不害怕，只在竹子上饶有兴趣地看着他。

张小凡砍得满头是汗，好不容易砍了七八分，眼看成功在即，忽听竹上一声尖叫，抬头看去，只见那只灰猴尾巴一荡，身子飞起，居然跳到了旁边另一棵黑节竹上，然后"啪"的一声，又扔了一枚松果下来。

张小凡大怒，也不管那猴子听不听得明白，指着它大声道："有种你就下来！"

灰猴抓了抓脑袋，歪着头想了半天，估计还是不明白什么是有种没种，只是放声大笑，冲着张小凡大做鬼脸。

张小凡被它气得半死，却又无可奈何。这一日他勉勉强强完成了功课，但脑袋上却被那猴子砸了七八下，疼痛不已。

张小凡满心怒火，恨恨地下山，不去理那猴子。不料猴子玩上了瘾，连着几日清晨都在竹林中相候，一旦张小凡前来砍竹，便以松果砸他为乐，看着张小凡恼火的样子，极是高兴。

这一日晚饭前，田灵儿把张小凡拉到一边，偷偷问道："小凡，你头怎么了？"

张小凡连日来被那灰猴欺负，头上被砸得青一块紫一块，疼痛不已，只是他自觉被一只猴子戏耍很是丢脸，便对谁也没说，这时听师姐问起，迟疑了一下，终于还是告诉了她。

田灵儿红唇一扁，不由得笑了出来，脸颊现出两个小小酒窝，当真是秀美逼人。张小凡似是被她取笑，又似其他什么，脸上莫名一热，低下头去。

田灵儿大大咧咧地拍了一下张小凡的肩膀，道："放心吧，小师弟，这些天娘要我多入太极洞中修习，准备两年后的七脉会武，没想到却让你被一只猴子欺负了。你别担心，明日我就陪你上山，教训教训那只坏猴子。"

她口吻老气横秋，倒有几分哄小孩的意思，不过张小凡自小听惯了，苦笑一声，也不在意。

第二天清晨，田灵儿果然早起，与张小凡一道上了后山。

山间凉风，徐徐吹来，田灵儿身上一袭红衣，一如当年她初次与张小凡上山砍竹的模样，在前头蹦跳着走路。张小凡跟在后头，看前方那个美丽女孩，便如一朵红云一般，在山间轻轻飘动，随着山风，似乎还隐隐有淡淡幽香传来。

他心中一阵恍惚，忽然间生出了一种如果就这般永远走下去的感觉。

他正想得出神，田灵儿却已走得远了，回头一望，大声喊道："小凡，你怎么那么慢啊！"

张小凡惊醒，脸上一红，不敢再多想，连忙快步追了上去。

他二人来到竹林前，田灵儿对张小凡道："小凡，你先一个人进去，我在后头跟着。"

张小凡点了点头，拿着柴刀走了进去，走了几步，忽然想起要对田灵儿叮嘱两句小心，转身看去，却已不见了她的踪影。

他呆了一下，心中莫名其妙泛起一阵惘然，随即甩了甩头，抛开那些无聊的念头，向着竹林深处走去。到了目的地，林间一片寂静。张小凡举目四望，居然找不到那只灰毛猴子。他心下嘀咕：怕不是那只猴子通了灵性，料到他今日找来了帮手，不敢来了。

他心中想着，向四处张望，但找不到那只猴子的踪影，也是枉然，只得走到一棵黑节竹旁，作势欲砍。

"吱吱吱"，突然，头顶响起了熟悉的尖叫声。

张小凡立即条件反射般地跳开，但觉头顶一疼，却是来不及了，被一枚松果砸了个正着，好不疼痛。张小凡抬头看去，只见那只灰猴如往常一样，倒挂在竹枝上，笑个不停。

他心中一阵欣喜，跳起来指着猴子大笑道："哈哈，你终于来了！"

他声音不响，那猴子却被他吓了一大跳，心想这人平日里被砸了总是暴跳如雷，火冒三丈，怎么今日反而欢喜不已，难道被我砸了几日，居然上瘾了，不砸便不舒服，砸疼了反而高兴？

正在此时，竹林间忽然红影一闪，田灵儿踏在"琥珀朱绫"之上，御空而来，疾如闪电，五指成爪，向那猴子抓去。

不料那猴子极是机灵，眼角一瞄，立刻反应过来，缠在竹枝上的尾巴立刻松开，整个身子掉了下去。田灵儿将它前后左右逃窜的方位都算好了方才追击，却没料到灰猴居然掉了下去，不禁怔了一下，抓了个空。

张小凡在地下作势欲动，却见半空中那猴子轻舒猴臂，抓着竹竿，立即攀了上去，然后毫不停留，似是知道上方那红衣女子厉害，立刻摇摆跳动，从一根竹子晃到另一根竹子再到下一根竹子，意图逃之天天。

田灵儿好胜心起，在半空中喊了一声："追！"左手一引，"琥珀朱绫"破空而去，张小凡在地上迈开脚步就跑，大步追去。

若在空地之上，以"琥珀朱绫"之快，不消片刻田灵儿便能捉住那只灰猴，但如今在密林中，却大是碍事。那灰猴极是聪明，从不直线逃跑，在林间左荡右晃，弯来折去，向前奔逃。田灵儿一边要注意猴子踪迹，一边还得提防迎面而来无处不在的黑节竹，大是麻烦。至于张小凡则只有在地上追着干着急，帮不上忙。

两人一猴这么疾疾追跑，在那灰猴"吱吱吱吱"的尖叫声中，也不知追了多久，张小凡呼吸渐重，已感疲乏，料想已追出了很远。

但见眼前青翠竹林，却似无穷无尽，一层一层迎面而来。张小凡口干舌燥，忽见前面灰影一闪，竟直直掉了下来。他大喜过望，顿时来了精神，一股劲冲了上去，便在此刻，上方田灵儿忽然一声急喊："小心！"

在张小凡面前，霍然出现了一道悬崖，张小凡连忙收脚，险些摔了下去。他定了定神，却见悬崖下一个深谷，谷中远处有浓雾弥漫，看不清楚，而近处谷壁上便不再是黑节竹，而是各种杂木野树，松柏居多，原来他们竟已追到了后山极远处的那个幽谷。

张小凡眼见灰猴落了下去，在空中故技重施，抓着树枝，身子一荡一飘，便化去下坠之力，向前逃去。

他正着急时，忽听破空之声传来，抬头只见田灵儿红衣飘飘，御空而来，向他伸出一只玉也似的手，叫道："上来。"

张小凡来不及多想，伸出手便抓住田灵儿，田灵儿用力一拉，将他拉到朱绫之上，"琥珀朱绫"顿时沉了一下，但马上恢复原状。

张小凡头一次有此经历，手足无措，田灵儿把他拉到身后，嗔道："抱住我的腰，快。"

张小凡依言抱住，田灵儿便急不可待引绫飞去，红影掠过，两人御着"琥珀朱绫"，直冲入深谷，向着那只灰猴身影追去。

风声凛冽，张小凡但觉呼呼直响，几乎连眼睛都睁不开了，偏偏脚下那"琥珀朱绫"似软非软，让人觉得不小心就要掉下去一般，提心吊胆，他心中有些害怕，不由得又抱田灵儿紧了些，只觉红衣如云，飘在眼前，师姐背影也如九天仙子一般，清丽无比，更有淡淡幽香，飘入鼻中，他心中一阵欢喜，当真希望这时光不再流逝最好。

田灵儿哪里想到身后那小男孩诸般怪想，全副心思都在前头那只灰猴身上。她平日深受父母和各位师兄宠爱夸奖，性子颇傲，如今追不上一只猴子，那是断断不可接受的。

于是深谷之中，树影之间，但见灰影在前，红影紧追，绕来晃去，追逐奔跑。

如此又追了小半个时辰，那只灰猴不知是什么异种，竟然全无疲惫之意，依然逃得飞快。而田灵儿经过这么长一路追逐，也渐渐熟悉了林间穿梭的方法，眼看便越追越近。

灰猴一路逃向幽谷深处，张小凡从田灵儿身后向前望去，但见前头树木渐稀，光亮透了进来，隐约是片空地，似乎还有水声。这时灰猴的尖叫声越发急促，似是想不到这两人追了半天仍不放弃，但后无退路，只得拼命向前逃去。

过不多久，眼前霍然一亮，果然是一片开阔空地，地上俱是碎石，中间有一小小碧潭，水波荡漾，向西流去。那灰猴逃到这里，显然犹豫了一下，但身后破空之声眨眼即至，不得已只得落到地上，又向前跑去。但不知为何，它步伐却变得极慢，哪里像是逃命，说是散步还差不多。饶是如此，它仍是一步一步向前挪去。

张小凡看在眼里，心中奇怪，但田灵儿一边要快速躲避障碍，一边要注意猴子的踪迹，全副心思都高度集中，哪里想得了这许多，眼见灰猴就在眼前，大喜过望，一声呵斥，驱绫直入，冲入空地之中，向那灰猴扑去。

眼看便要抓到猴子，张小凡忽然脑中"轰"的一声，身子不由自主地摇晃了两下，一股恶心欲吐的感觉从五脏泛起，直冲脑门，片刻间全身都抖了起来。张小凡大吃一惊，不知所措，正在这时，他胸口忽然一热，一股暖气散发开来，护住心脉，随即抵消了那股恶心之感。

张小凡下意识地向胸口看去，觉出那股暖气出自普智送他的那颗深紫色的珠子。与此同时，前头的田灵儿身体忽然抖了两下，身子一软，竟是跌了下去。

他二人本在半空中，田灵儿一旦失控，"琥珀朱绫"立刻停下，两人登时便从半空摔了下来。

张小凡在地下滚了几滚，大是疼痛，但他顾不上这么多，还没站起就连忙大声喊道："师姐，师姐，你没事吧？"

但见田灵儿扑倒前方，一动不动，脸色煞白，冷汗满额，已经昏了过去。

张小凡大惊失色，猜到多半和刚才那个古怪感觉有关系，当下强忍疼痛，爬起跑到田灵儿身旁，推着她叫了好几声，田灵儿仍是没有反应。

张小凡又向四周看了看，只见以那一潭碧水为中心，三丈之内，寸草不生，但在三丈之外，却是林木茂盛。他咬了咬牙，强忍住心头不时泛起的恶心感觉，背起田灵儿，同时捡起丢在一旁的"琥珀朱绫"，向外走去。

这一两丈的距离，放在平时简直不值一提，但在那恶心感觉不时侵袭之下，居然走得艰难无比。好不容易才走出三丈，来到一棵大松树下，那股恶心感觉果然立刻消失无踪。

张小凡放下田灵儿，呼呼直喘粗气，眼光向水潭那边望去，只见那只灰猴兀自留在那儿，不再走动，满脸痛苦之色，看向这里，眼中大有求救之意。

张小凡皱了皱眉，终究不忍心，站起身又向那里走去。才走几步，那恶心感觉又复出现，同时胸口那股暖气也重新泛起，抵住不适感觉。

张小凡缓缓走到猴子身旁，已然是满头大汗，那灰猴见他来到身边，一动不动，看来是被压得喘不过气来了。张小凡深深吸气，俯身将那灰猴抱起，转过身子向外走去。那灰猴此时甚为听话，安安静静地伏在他的怀中。

好不容易又走了出来，走到依旧昏迷的田灵儿身旁，那股恶心感觉随之消失。张小凡把灰猴放下，一屁股坐倒在地，大口喘气，那灰猴也松了口气，趴在地上，眼睛滴溜溜乱转，却不逃走，只是看着张小凡。

张小凡解开衣襟，拿出那颗用红绳系住的珠子细细查看，只见原本深紫色的外表已化作淡紫色，内里那股青气似乎受了什么刺激，盘旋速度竟是快了十倍，转个不停，四处冲撞那珠子外表。与以前一样，青气每撞一次，都会有佛家真言"卍"字出来挡住。而刚才救了张小凡的那股暖意，也正是从这真言上传出来的。

只是张小凡却分明看到，与自己三年前初次发现时相比，那些佛家"卍"字真言无论在大小还是亮度上，都已逊色了许多。

第十一章
异 变

张小凡看了那珠子半晌，呼吸逐渐平稳了下来，除了看到颜色亮度差了些，其他倒也没有看出什么来，只得又放回胸前。他向身旁的田灵儿看去，见她仍是昏迷，但脸上已渐有血色，情况好多了。

他拿起那条"琥珀朱绫"，仔细看了一下，这是他第一次这么近地看着这件宝物，但觉触手柔软，很是舒服，回想起刚才田灵儿御空而行的优美身姿，心中一阵羡慕。

他看了一会儿，手也学田灵儿那般比画了一下，叫了一声："起！"

"琥珀朱绫"如死蛇一般，理也不理，动也不动。

"吱吱吱"，却是一旁那只灰猴手捂着肚皮，跌倒在地，大笑不止。

张小凡瞪了它一眼，但刚才与这猴子共患难，不觉有了几分亲切，先前的一点儿敌意也化为乌有。他冲着猴子吐出舌头做了个鬼脸，不去理它，把"琥珀朱绫"放到田灵儿身旁，目光随之看向了那片空地中的水潭。

那是个小水潭，面积不大，不见源头，估计是地下泉水喷涌而成。水潭里水质碧绿，从这里看去不知深浅，水潭西边有个缺口，潭水从那里流出，汇成一条小溪，蜿蜒而去。

在水潭中央，堆着一堆乱石，大小不等，形状各异，露出了少部分在水面上。乱石之中，斜插着一根黑色短棒，露出水面一尺，其余的浸在水中，通体乌黑，看不出是什么材料，很是难看。

张小凡不以为意，只觉得此地古怪异常，还是早走为妙，但身旁的田灵儿虽已平静下来，却依然昏迷，怎么叫也叫不醒。相比之下，那只灰猴却极是精神，抓耳挠腮，抓痒捉虱，一刻也静不下来，其间还蹿进树林，不知从哪里摘了几个野果，丢了两个给张小凡，然后自己一屁股坐到地上，津津有味地吃了起来。

张小凡拿起野果咬了一口，但觉入口甘甜多汁，不由得食指大动。他自清晨上山，一路追逐，到现在已近正午，滴水未进，早已饿了。当下三口两口就吃了一个，正想再拿起第二个，忽然又摇了摇头，轻轻地把它放在田灵儿身旁。

野果下肚，张小凡腹中饥饿感稍减，精神也好了许多。他站起来伸了个懒腰，向四周看去，但见古木森森，小溪淙淙，景色倒是颇为幽美，谁知道竟会有这般古怪。

便在此时，张小凡忽觉胸口一热，片刻间只听"咔咔咔"几声闷响，似是有什么东西碎裂一般。他大吃一惊，连忙从胸口掏出那颗珠子，顿时吓了一跳，只见整颗珠子青光大盛，内里青气如狼似虎，拼命撞击珠壁，而阻止它的"卍"字真言越发脆弱，越来越暗淡无光，眼看就要抵挡不住。

张小凡哪里知道，这看似平凡无奇的珠子，其实却是名动天下的至凶之物——"噬血珠"。此珠来历不明，却有奇异特性，嗜食生灵精血，若有生灵活物接近它，一时三刻便被这"噬血珠"吸食精血而亡，只剩一具皮囊，实在是恐怖至极的邪物。

千余年前，此珠曾被魔教长老黑心老人所得，因其吸精噬血的异能而将之炼成法宝，一时间所向披靡，不知杀死了多少正道人士，名声大振，随后成为魔教四宝之一。黑心老人死后，此珠不翼而飞，从此不知所终。

天音寺普智神僧机缘巧合，于三十年前在西方大沼泽中无意间发现了此凶珠，那时方圆十里之内，白骨累累，已无活物，可谓是生灵涂炭，怨气冲天。

普智慈悲之心大动，遂以佛门大法将之收起，之后日夜以佛家降魔秘法施行于上，震慑邪力，三十年间从不间断，并以佛门至宝"翡翠念珠"并行串挂，以其清净之气抵挡噬血邪念，终于将这股凶灵压了下来，紧紧缚于珠中，在层层佛力之下不得见天日。

不料草庙村一战，普智为神秘黑衣人连番重创，几近油尽灯枯，虽然黑衣人亦负伤遁逃，但普智知他未伤根本，又料其对"噬血珠"志在必得，自己服下"三日必死丸"后只能强延三日寿命，一念之下，他兵行险招，将这"噬血珠"交与张小凡，并叮嘱他不可示于人前，得空便丢下深谷悬崖，虽可能再伤些无辜生灵，但比起落到那妖人手中却是好得太多了。

只是普智万万没有想到，张小凡念及他的恩情，居然将此大凶之物留了下来以作纪念。这"噬血珠"失去了普智的佛家大法压制，又无翡翠念珠清净之气抵挡，那凶灵之气便逐渐突破禁制。

但天音寺降魔大法岂是等闲，那重重禁制虽然失去了主人，却一直忠于职守，将这股凶灵之气震慑了整整三年。只是时间久了，终究是抵挡不住，渐渐力所不及，便在今日，眼看便要被那噬血凶珠破禁而出，为祸人间。

张小凡虽不知道这许多曲折，但心中已隐隐觉得不妙。当年草庙村一战，普智与黑衣人斗法时"卍"字真言出现多次，他年纪虽小却记得极深。此刻见珠上真言状况越来越危急，心中焦虑，一狠心，握紧手掌抓住珠子，运起了他那一点点粗浅的"大梵般若"，注入珠子之中。

两者本是同源，"噬血珠"上的"卍"字真言居然亮了不少，但还没等张小凡露出笑容，瞬间后又呈暗淡，同时一股冰凉之气更是顺势侵入他的体内，片刻间张小凡半边身子都麻木了起来。

旁边那只灰猴忽见张小凡面露痛苦之色，脸上青气大盛，"吱吱"叫了两声，颇为焦急。但张小凡已然顾不上那么多了，只觉得全身精血尽数逆流，全往右手珠子方向流去。而自己体内的"大梵般若"一触即溃，根本不是那冰凉之气的对手，此时他全身经脉痉挛，苦不堪言。

他再也忍耐不住，踉跄几步，向后退去，忽地全身又是一抖，一股熟悉的恶心感觉竟又泛起，直冲五脏，却是他不小心间又误入那片空地之中，只是此刻，却再也没有那股暖气起而抵挡了。

那只灰猴大急，"吱吱吱"叫个不停，却无论如何都不敢再踏入空地一步。

张小凡身魂大动，不知所措，但觉体内阵寒阵热，如万蚁啃噬，恶心欲吐，却又无物可呕，当真是生不如死。他神志渐渐模糊，跌跌撞撞地向前走去，却浑然不知自己已走错了方向，只觉得浑身力气一分分地在消失。

他全身颤抖，手足无力，脚下一软，已瘫坐于地。此时已走到了那水潭边上，他用尽最后一分心力，运起太极玄清道，勉强引些天地灵气入体，到了体内再化作"大梵般若"，居然稍解痛楚，但只在片刻之后，又化为乌有，张小凡此时也顾不上那么多了，勉力施为，能舒一分是一分。

只是那股冰凉之气实在太过强大，又有奇异的恶心感觉，几乎将他五脏六腑都翻了过来，直冲脑门。他眼前金星乱迸，呼吸紊乱，忽地喉间一甜，"哇"的一声，一大口鲜血喷了出来，险些晕了过去。

就在此时，只听一声闷响，刹那间，仿佛天空都暗了下来，"噬血珠"上青光大放，整个珠子都呈青色，一阵暗淡金光闪过，佛门的"卍"字真言被彻底震碎，张小凡全身立时被青气笼罩，如嗜血恶魔，再度重生。

然而怪事仍未完结，几乎就在青气重得自由的同时，一声巨响，起自水潭正中，顿时风起云涌，潭中碎石向四周激射而出，砰砰作响。碧绿潭水顿起波涛，围着中心处急转不停，成了一个大大的漩涡。而自漩涡之中，水花缝隙，缓缓升起一物，黑气腾腾，正是那一根玄黑短棒，两尺来长，非金非铁，一股凶煞之气，扑面而来。

张小凡大叫一声，向后倒去，那"噬血珠"似粘在他手心一般，甩脱不掉，其中还隐隐看到，有淡淡血色从张小凡体内缓缓注入珠中。

一声呼啸，在波浪声中，那玄黑短棒突地疾射而出，冲向那青光闪烁的"噬血珠"，片刻后一声巨响，两件大凶煞之物撞到一起，张小凡身受巨震，整个人被向上弹起了一丈多高，他身下空地，竟也被这股大力击出了一个大坑。

张小凡落回地上，七窍流血，头晕目眩，但体内痛苦却似乎轻了一些。他只觉得眼前一片血红，却是双目流血，忙用手擦了擦眼睛，只见那支奇异黑棒砸在"噬血珠"上，黑气如缕绵绵不绝，向前攻去。"噬血珠"也似有灵性，知是大敌，聚青气全力抵抗，两边相持不下，张小凡身上的冰凉之气与恶心感觉倒是渐渐退了去。

张小凡呼呼喘气，惊魂未定，下意识地甩了甩手，但那两个怪东西却如他手掌一部分似的，甩之不去，黑气青光，依旧争斗不休。

张小凡心中害怕，只想离这两个怪东西越远越好，他用尽全力爬了起来，还未走出一步，便觉脑中一晕，整个人摇摇晃晃，脚下软弱无力，身子一歪，又跌倒在地。眼前那青珠、黑棒两气交缠，斗得不亦乐乎，但黑气蒸腾，似乎是占了上风。

只过了片刻，果然见黑气大举侵入，青光节节败退，似是无力抵抗，正在此时，张小凡忽觉手心一阵剧痛，一看之下，心几乎要从嘴里跳了出来。但见他手掌中，在"噬血珠"附着的周围一圈，殷红鲜血竟渗肤而出，源源不绝，逐渐汇成了一个大血滴。

张小凡全身发抖，脸上血色尽失，与此相应的，"噬血珠"沐浴在血滴中，顿时青光大盛，大举反击，非但将局面扳回，还逐渐压倒了黑气。

随着手上渗出的血液越来越多，张小凡逐渐失去了知觉。鲜红的血倒漫上来，逐渐流到玄黑短棒与"噬血珠"接口处，便不再流动，任凭青光、黑气斗个不停，过了片刻，便在此处渗了进去，渐渐将棒顶和珠子相触的一部分缓缓染成了红色。

一股淡淡的血腥气味，飘荡在空气中。

随着时间的流逝，那片红色越来越深，到后来几乎鲜艳欲滴，而不知怎的，原本缠斗的青光黑气都暗淡了下来，从原来排斥争斗的样子，渐渐竟化出了融合之势。

也不知过了多久，这奇异变化终于到了尽头，黑棒、青珠完全失去了光彩，彼此融合，"咔"的一声，从昏迷中的张小凡手上掉了下来，落到地上。

"小凡！小凡！小师弟！……"一迭声焦急的呼唤，回响在张小凡的耳边。

他脑中一片混乱，只觉得头脑剧痛无比，似乎连睁开眼睛都用尽了他一身的气力。田灵儿焦急中带着一丝慌乱的脸庞，似远还近，慢慢地在眼前变得清晰，他动了动嘴唇，低低叫了一声："师姐。"

田灵儿大喜，道："小凡，你醒了？"

张小凡强笑一下，道："我没事的，师姐。"

田灵儿扶着他坐了起来，张小凡第一眼便向自己手心看去，却见右手掌心皮肤丝毫无损，除了有些苍白之外没有一点儿异样。他呆了一下，心中分明记得刚才掌心曾涌出大片鲜血，怎么却连一点儿痕迹都没有了？

难道那是一场噩梦？

"小凡。"田灵儿见他坐起之后就怔怔出神、魂不守舍的样子，心中有些担忧，推了他一下。

张小凡惊醒，正想对她说刚才的怪事，一时却不知从何说起，心中又觉得此事太过怪诞，便是自己也惊疑不定，愣了一下，终于还是道："没、没什么，师姐。"

田灵儿这才放下心来，她醒来之后，却见天色已晚，自己躺在一棵大松树下，师弟却倒在远处空地上，不省人事。她心中害怕，连忙跑到张小凡身旁，幸好片刻后就叫醒了他。

此时田灵儿向四周看了看，对张小凡道："师弟，这里似乎大有古怪，我们还是尽早离开此处吧，等明日我叫娘过来看看再说。"

张小凡点了点头，正要爬起，忽然间全身剧痛，头晕目眩，若不是田灵儿手快扶住，几乎又要摔倒。

田灵儿见他脸色苍白至极，连一丝血色都没有，心中着实担心，当下小心将他扶起，张小凡定了定神，又看了看身上，不见有什么伤口，便道："师姐，我只是有点儿头晕，没什么大事。"

田灵儿又细看了一下，确是如此，点了点头道："那我们就快些回去吧，天都黑了，只怕爹和娘还有各位师兄们都在担心呢。"

张小凡道："是。"

田灵儿深吸一口气，遍查周身并无异常，心里嘀咕自己怎么会无缘无故晕了过去。随之手势一引，红光闪处，"琥珀朱绫"呼啸一声，蹿了出来。

田灵儿带着张小凡刚要上去，忽听"吱吱"声在一旁响起，二人转头看去，却是那只灰毛猴子不知何时站在旁边，冲他们咧嘴笑着，手中还拖着一根黑乎乎、一尺来长、不知什么材质的短棒。

大竹峰守静堂前，田不易来回踱步，眉头紧皱，脸上微有焦急之色。今日一早女儿与那不成器的七徒弟上了后山砍竹玩耍，到现在天黑了还不见人影。苏茹是一早就出去寻找了，如今各弟子也相继被他派出，但大竹峰上不见踪影，周围又是山势起伏，丛林密布，要找两个人真如大海捞针一般。

他正焦急处，空中忽有破空之声传来，田不易抬头看去，却是苏茹带着两个小鬼回来了。看田灵儿二人样子倒没什么大碍，而在张小凡肩头居然还趴着一只灰毛猴子，也不知从哪里来的。

田不易这才放下心来，但脸上怒色丝毫不退。张小凡看了师父两眼，心中发毛，不敢动弹，把头直低到胸口，偏偏那只灰猴甚是调皮，有一下没一下地伸手到张小凡的头发中抓弄，似乎想从那里找出几只虱子来。

田灵儿收起"琥珀朱绫"，眼角余光瞥见父亲一脸怒气站在堂前，眼珠转了几下，笑靥如花，可爱至极，蹦蹦跳跳地跑到田不易身旁，拉着他的手道："爹，我们回来了。"

田不易哼了一声，道："去哪儿了？"

田灵儿笑嘻嘻地道："小凡砍竹子的时候被一只猴子欺负，我去抓它帮小凡出气，喏，就是那只猴子。"说着，手一指张小凡的方向。

张小凡肩头那只灰猴吓了一跳，冲这边"吱吱"叫了两声，做愤怒状，然后抓了抓头，又把注意力放到张小凡的头发中去了。

田灵儿冲它做了个鬼脸，当下把一路追逐大概说了一遍，又道："……后来追到谷中，我突然觉得一阵恶心，不知怎么就晕了过去，醒来时看见小凡也倒在地上，昏迷不醒。不过还好我们都没有受伤，到我们要回来的时候，我看那只猴子好像很依恋小凡的样子，就把它也带回来了。"

田不易眉头一皱，转向妻子，道："怎么回事？"

苏茹摇头道："我在后山找到他们二人时，便下去查看过了，并无异常之处。我看多半是灵儿修行不够，又强要带小凡两人同乘'琥珀朱绫'御空而行，到最后脱力了。"

田灵儿撒娇道："娘，你乱说什么，我哪里会修行不够了。小凡，你说是不是？"

张小凡连忙道："是，是，是！"

田不易白了张小凡一眼，冷冷道："身为青云门弟子，居然被一只猴子欺负，传了出去，我的脸都要被你丢尽了。"

张小凡涨红了脸，一声不敢吭，低垂着头。

苏茹走过去，拉起田灵儿的手，柔声道："一天都没吃东西，饿了吧？"

田灵儿吐了吐舌头，笑道："好饿呢，娘！"

苏茹瞪了她一眼，拉着她向厨房走去，口中道："人小鬼大！"

张小凡此刻也觉得腹中饥饿，但在田不易面前，哪敢动上一动，耳听着苏茹与田灵儿去得远了，师父却再无动静，偷偷抬眼，却见堂前已空无一人，田不易不知何时走了，估计在他心里，连骂上这白痴徒弟一句也觉得是浪费气力了。

张小凡一时茫然，呆立许久，直到腹中雷鸣，这才转身，却下意识地不愿走向厨房，而是向自己房间走去。

回到房间，关好房门，那只灰猴在他肩头左顾右盼，"吱"的一声，似是知道到了家，从他肩头跳下，三步两步蹿到床上，扑腾跳跃，又抓起枕头乱抛，大是欢喜。

张小凡看着那灰猴，嘴角也露出一点儿笑意，但立刻又被饥饿给压了下去，他在桌旁坐下，从茶壶中倒出一杯早已凉透的隔夜冷水，喝了下去。

一股凉意，直透心间。

他呆坐了一会儿，伸手从怀中掏出一物，正是那根难看的短棒。此刻普智给他的那颗珠子已与那根不知名的短棒紧紧连在一起，连颜色都一起变作玄青色，黑乎乎的，而在接口处一片暗红，仿佛是凝固了的血污，非但难看，简直还有点儿恶心。

他看了半晌，忽地苦笑一声，用力一甩手，将这短棒扔向墙壁，短棒打在墙上，一声大响，又掉了下来，落在屋边一个角落。

那灰猴吓了一跳，抬头望着张小凡，不知他为何发脾气。张小凡叹了口气，脱鞋上床，盖上被子蒙头便睡。那猴子摸了摸头，不明所以。

这一夜，张小凡辗转反侧，肚饿难耐，直到深夜，方才迷迷糊糊地睡了过去。

第十二章

重 逢

　　从幽谷回来后，又过了半个月，张小凡入青云门已整整三年，同时也结束了他的砍竹生涯，只是在临结束的时候他所交出的成绩，连自己也为之脸红。

　　因为那一次莫名其妙的幽谷之行，在接下来的半个月中，张小凡时常感觉头晕目眩，气亏血乏，整个人特别容易疲劳。他自己心中悄悄猜测，也许是那日神志不清时隐约看见的大出血造成的。但他遍查全身却无一伤口，心中忐忑不安又不敢去问师父，只得埋在心间。

　　只是他不说话，身体却做出了反应。往常差归差，至少也能砍断两根大黑节竹，如今没砍几下就气喘吁吁，冷汗直冒，半天下来连一根黑节竹也砍不了了。其实这也难怪，那日在幽谷之中，"噬血珠"几乎吸去了他体内一半精血，若不是他身子一向壮实，只怕早就卧床不起了。不过张小凡想要再和从前一样砍竹，也是妄想了。

　　这种情况一直持续着，到半个月后张小凡才感觉身子微有好转，精神气力都好了些。不过砍竹功课也在这时结束了。最后一天，在前来验收的大师兄宋大仁等人的注视下，张小凡竭尽全力，终于在时辰结束前砍断了一根黑节竹。

　　宋大仁等人面面相觑，哑口无言，只有田灵儿走了上来，笑嘻嘻地拍着他的肩膀道："小凡，没关系，你有师姐我十几分之一的本事，已经很不错了。"

　　张小凡苦笑不已。

　　晚饭时分，大竹峰一干众人围坐在用膳厅中。待田不易夫妇坐下后，宋大仁首先禀告了张小凡的情况，田不易冷笑一声，连看也不看张小凡一眼，倒是苏茹微笑道："啊，小凡你来我们大竹峰已经三年了呀。"

张小凡连忙道："是，师娘。"

苏茹轻叹一声，道："唉，时间过得真快，一晃都三年过去了。"说着，她忽然顿了一下，提高声音，对其他六位弟子道，"你们有没有这个感觉啊？"

大竹峰众弟子齐齐一震，立即坐直身子，道："是！"

苏茹哼了一声，道："现在你们的小师弟都长大了，可是你们这三年来还是一点儿进步都没有，是不是要把我和你们师父给气死啊！"

众人都不敢说话，但是都把目光投向宋大仁。宋大仁在其他师弟的催逼下，硬着头皮道："师娘放心，我们这一次一定争气！"

苏茹脸上摆明了"不信"两个字，刚要说话，田不易忽然插口道："老六。"

杜必书全身一激灵，抬头讶异道："师父，您叫我？"

田不易淡淡道："这几日我看你闲暇时在厨房里对着锅碗瓢盆手舞足蹈，怎么回事？"

杜必书脸上一红，张口结舌，讷讷道："师父，你、你怎么看见了？"

苏茹"咦"了一声，道："必书，怎么了？"

杜必书犹豫了半晌，低声道："弟子想看看能否让那些东西动起来……"

众人登时动容，"驱物"这个境界是青云门道法中修炼法宝的根本基础，非达到太极玄清道玉清境第四层不可想象。

田不易点了点头，面上虽没什么，但眼中还是掠过了一丝欢喜，道："怎样？"

杜必书低声道："好像、好像动了一下。"

"轰。"众人哗然，皆惊喜，坐在他身旁的老五吕大信用力拍着他的肩膀，面上全是笑容。对面的苏茹也是眉开眼笑，道："好小子，想不到你倒争气，什么时候的事？"

杜必书受众人感染，也放松下来，道："就在最近，前几日我在房里修行，忽然发觉在念力之下，桌上的水杯动了一下，我就猜会不会是我突破了第三层。"说到这里，他颇为不好意思地笑了一下，又道，"不过弟子心中没底，不敢相信，就时常试探，没想到被师父发现了。"

田不易微笑道："是这样的，玉清境四层与三层之间，虽然功效有天壤之别，但初修成却并无明显异样。你性子机灵，入门虽迟，想不到倒后来居上。"

众人都笑，纷纷祝贺，其间田灵儿插口道："六师兄，那你决定了修炼什么法宝没有？"

杜必书呆了一下，道："没有，我也是刚刚才从师父口里确定了自己修到了第四层，还没来得及想呢。"

苏茹微笑道："不急，这几日你且慢慢想，不过你师父的脾气你们是知道的，从来都不逼你们一定要修炼仙剑，你自己喜欢什么，想好了就去找材料吧。"

张小凡在一旁羡慕至极，眼见六师兄笑得满脸是牙，又听田不易道："老六。"

杜必书连忙道："师父。"

田不易道："按我们青云门旧例，修行到太极玄清道第四层的弟子，便要下山游历天下，同时寻找良材灵物修炼法宝，至于能否得到聚天地灵气的神物，就看你自己的造化机缘了。你准备一下，这几日就下山去吧。"

杜必书怔了一下，眼中有几分不舍，又有几分欢喜，低声道："是。"说完又想起什么，道，"不过师父，这里的膳食一向都是由弟子负责，可是弟子走了以后……"

他身旁的吕大信呵呵笑道："你怕什么，你入门以前不是还有我吗？放心，饿不死人的。"

杜必书与众人都笑了起来，只有田灵儿在一旁笑道："五师兄你还好意思说，就你煮的饭菜，我小时候吃了可直做噩梦呢！"

吕大信脸上一红，众人哄堂大笑，待笑声稍止，田不易淡淡道："以后厨房的事就叫老七做吧。"

众人都是一怔，吕大信讶异道："师父，师弟他还小……"

田不易目光一斜，看了张小凡一眼，张小凡连忙道："师父放心，我时常跟着六师兄在厨房帮忙，会做了。"

田不易点了点头，也不多说，手一挥："吃饭！"

三日之后，杜必书收拾停当，把厨房中一应事务交代清楚，就下山去了。三年来在众位师兄之中，杜必书年纪最轻，性子又活泼，张小凡与他最是亲近。如今他这一走，张小凡心中颇为不舍，只觉得大竹峰上，顿时又寂寞了几分。

随后，张小凡便开始了他在青云门的第二份"功课"——煮饭。

那一天是他第一次正式煮饭、炒菜，他独自一人在厨房里忙了一个早上，淘米、洗菜忙得不亦乐乎，不知不觉到了中午，田不易等人走进膳厅，但见桌上和往常一样摆好了饭菜，张小凡坐在桌尾，双手互握，战战兢兢，任谁都感觉得出那份紧张。

众人坐了下来，田不易没有说话，倒是苏茹看了张小凡一眼，脸上露出了几分笑容，道："小凡，第一次做饭感觉如何啊？"

张小凡张了张嘴，却想不出该说什么，田不易哼了一声，道："吃饭。"众弟子应了一声，举筷攫食，放进口中。

用膳厅中，一片寂静。

张小凡紧张得心都跳到嗓子眼上了，额上冷汗涔涔而下，低声道："师父、师兄，我、我做得不好，你、你们……"

"哇，真是太好吃了！"田灵儿忽地一声欢叫，忍不住又攫了一片笋片放进口中。张小凡一呆，只见众位师兄个个眉开眼笑，点头不迭，出筷如风，赞不绝口。

"想不到小师弟居然还有这一手，厉害，厉害！"

"嗯，比老五，不，比老五和老六加起来做得都好吃，呵呵！"

这时便是连田不易也多攫了几筷子，点了点头，眼中多了几分笑意。张小凡看在眼底，一阵满足。

自此之后，张小凡便在厨房中做了下去。他在道法修习上还没有显露什么才华，但于煮食一道居然颇有天赋，技艺无师自通，煮出来的饭菜味道鲜美，远远胜过了旁人。而在他的心中，只要田不易微微点头赞许，便已是最大的欢喜了。

时光匆匆，又过了半年，眼见青云门一甲子一次的"七脉会武"日见临近，不只是苏茹，就连田不易也开始督促座下弟子。众人专心修道，只是无人来打扰张小凡，反正众人对他也没抱什么希望。

张小凡也不在意，每日在厨房中忙碌，倒也从这锅碗瓢盆中领悟到几分快乐，闲暇时便自顾自修炼道法，每到深夜再修习"大梵般若"，日子倒也过得太平。

这段时间里，当初他从幽谷中带回来的那只灰猴与他同住了半年，人猴之间已经很是亲密，张小凡还给它取了个名字——小灰。这名字便与他自己的名字一样，平平淡淡，毫不起眼。

自从他开始到厨房做事后，小灰便近水楼台先得月，时常跟着他跑来厨房，东抓一片笋片，西拿一块水果，整日偷吃，半年下来居然胖了一圈，不过在这大竹峰上，猴子小灰却仍有一个对头，那就是田不易从小养大的大黄狗——大黄。

不知怎么回事，大黄眼里总是瞧着这只猴子不甚顺眼，最初它每次见到小灰总是狂吠不止，吓得小灰总往高处躲，到后来时日久了，终于算是勉强默认了小灰是大竹峰上的一员，但每一见面，都龇牙咧嘴做凶恶状，每每到小灰被吓得"吱吱"尖叫，大黄才"汪汪汪"叫几声，高昂狗头，摇摇尾巴，走到一边去了。

秋去冬来，大竹峰上天气也渐渐寒冷，除了田不易夫妇两人修行高深，早不惧这普通寒暖，其余弟子都慢慢加上了衣服。

这一日，大竹峰上难得地阳光和煦，张小凡忙完厨房里的事，走了出来，伸了个懒腰，在屋外一棵松树旁坐了下来，靠着树干，眯上眼睛，舒服地享受着阳光。

坐了一会儿，正在昏昏沉沉将欲睡去的时候，张小凡忽然听见前方传来几声犬吠，睁眼一看，却是大黄也趴在前头地上懒洋洋地晒着太阳，而小灰却从后边一步一步地向大黄挪了过去。

张小凡心中大奇，大黄平日里也经常跑到厨房里吃东西，与他也混得熟了，所以对这猴狗之间的关系他再清楚不过了，不想今日太阳像是打西边出来了，小灰居然会主动接近大黄！张小凡顿时来了精神，紧紧盯着前方。

只见小灰很快接近了大黄，大黄虽然看不见身后事物，但鼻子一动，立刻就闻到身后异样，回头一看，登时张开大嘴，露出尖牙，"汪汪汪"连叫几声。

小灰身子一缩，看样子还是有些害怕，但猴子眼睛骨碌骨碌转了几下，右手抬起，在大黄面前晃了晃。

大黄起先还不在意，冲着小灰叫个不停，不料稍后鼻子抽动了几下，似是闻到了什么，两只狗眼登时盯在小灰手上，眨也不眨，动也不动，也不再叫，张开嘴，伸出老长舌头，就连狗尾巴也开始摇个不停，以示友好。

张小凡惊讶至极，放眼看去，不觉哑然失笑，原来小灰手中握着一块肉骨头，香味四溢，隔了老远他能隐隐闻到。这本是他用来熬汤的，因为知道大黄最喜爱吃这东西，所以煮好后特地封好放在高处，不料小灰不知何时偷了一块，跑来和大黄套近乎。

当下只见小灰摇了两下，便把这肉骨头扔到大黄面前，大黄早就流了口水，立刻张嘴把肉骨头咬在口中，"啧啧啧"啃个不停。小灰看着大黄那副样子，"吱吱"叫了两声，小心翼翼地接近大黄，犹豫了一下，伸出爪子向大黄头上摸去。

大黄忽然低叫了一声，小灰连忙把爪子缩了回去，但隔不多久，忍不住又伸出爪子向大黄头上摸去。这一次大黄却没有反应，只忙着啃肉骨头，小灰把爪子放到大黄头上，轻轻抚摩大黄鲜亮柔软的黄毛，大黄居然感觉很舒服的样子，缩了一下，低低叫了一声，不过已全无敌意。

小灰胆子变大了一些，笑着叫了两声，开始翻弄大黄毛皮，似乎在找虱子，其间大黄回头，居然也用舌头舔了小灰一下，这一猴一狗之间亲密无比，变得比什么都快。

张小凡直看得目瞪口呆，心道这小灰可当真聪明，不过看样子以后的肉骨头要藏得更隐秘些了。

他心里正这般想着，忽然头顶传来了一阵破空之声，两道白光从西边疾驰而来，大黄似是吓了一跳，对着白光大声吠了起来，小灰伸出爪子在它头顶摸了两下，似在安慰，想不到倒是很有效果，大黄居然立刻安静了下来。

张小凡眼看着那两道白光落在主殿"守静堂"前，一阵光芒闪烁过后，现出两人，一人长身玉立，潇洒不群，白衣飘飘，极是俊逸。另一人是个少年，比他矮了些，十五六岁的样子。

张小凡忽然屏住了呼吸，一缕曾经淡忘的悲伤从内心深处缓缓泛起，因为那一个看上去有些孤单的背影！

"惊羽？"他站起身，声音变得嘶哑，叫了出来。

那少年身子一震，立刻转过身来，双眼圆睁，张大了口，似是想说什么，可是到了最终，千言万语终究只化成了两个字：

"小凡！"

第十三章
奇　才

"龙首峰苍松真人座下弟子齐昊、林惊羽，拜见田师叔、苏师叔。"

守静堂中，田不易与苏茹坐在上位，其余弟子都排在旁边，场中两个白衣人，也就是林惊羽和另一个名叫齐昊的俊逸青年，正向田不易见礼。张小凡站在弟子列最末，看着场中的林惊羽。

数年不见，大家都已经长大了。

正在此时，林惊羽也转过头来看向张小凡，两人目光相接，林惊羽微微一笑，张小凡心头一热，感慨万千，点了点头。

田不易目光在齐昊身上转了转，又瞄了瞄林惊羽，脸色沉了下来，他见这二人丰神俊朗，以他的眼力，片刻间已然看出这两人资质均远在自己门下弟子之上。齐昊是不用说了，在青云门年轻一代中他早享盛名，倒是年纪轻轻的林惊羽，从刚才他已可以御剑而来便知他至少已修到了太极玄清道的第四层以上，以他入门不过三年半时间，这份资质当真惊人。

想到这里，田不易下意识地看向站在最后的张小凡，两相比较，田不易心情大坏，冷冷道："你师父让你们来做什么？"

齐昊拱手道："禀田师叔，家师苍松真人受掌门道玄真人所托，着手打理两年后'七脉会武'大试诸般事宜。因为有少许变动，故特命我与林师弟一同前来通报。"

田不易哼了一声，上上下下打量了林惊羽一番，道："他是故意想向我示威的吧！"

齐昊与林惊羽脸色都是一变，林惊羽当时就欲发作，但齐昊一伸手拦住了他，微笑道："田师叔真会开玩笑，我们同属青云门下，田师叔又德高望重，家师绝无任何不敬之意。"

田不易脸色阴沉，丝毫不见好转，倒是他身边的苏茹笑容和蔼，温和地道："你们不必在意，田师叔是和你们说笑的。对了，你刚才说是有变动，是怎么回事？"

齐昊恭敬地道："回禀苏师叔，事情是这样的，往年'七脉会武'，青云门下诸脉各出四人，此外长门通天峰再多出四人，共成三十二之数，抽签对决，胜者进阶，如此五轮，最后胜者即为青云门年轻一代之翘楚，能得各位师长悉心栽培。"

苏茹抿嘴一笑，风姿楚楚，道："说起来上次大试之中，你可是大出风头的人物，我记得你最后是榜眼吧，若不是长门中出了那个萧逸才，保不定就是你夺了这青云门的武状元了。"

齐昊脸色不变，笑道："苏师叔过奖了，上次大试中长门萧逸才萧师兄天赋奇才，修为精深，我远远不及，败得心服口服，无话可说。不过关于两年后的这一次'七脉会武'，家师与掌门真人商量之后，在规则上做了些改动，特命我来向二位师叔通报。"

田不易与苏茹同时动容，道："怎么回事？"

齐昊道："家师苍松真人以为，'七脉会武'大试本意在于发现各脉弟子中可造之材，加以栽培。而青云门时至今日，门下弟子已近千人，其中年轻一代新进弟子尤多，其中不乏许多天赋出众的人物。以此思之，六十年方才一次的机会，各脉不过出寥寥四人，实在太少。所以家师提议，七脉各出弟子九人，其中长门人数最多，再多出一人，成六十四人数，在此基础上一如既往，抽签对决，共行六轮，决出胜者。这样也可免去沧海遗珠之憾。"

田不易与苏茹对望一眼，面色更是难看。他大竹峰一脉弟子人数少资质差，乍一看似乎占了便宜，但实际上却是对人数、人才最多的长门通天峰和苍松的龙首峰大大有利。

苏茹见丈夫神色难堪，微微摇头，以目示之。田不易心中何尝不知道妻子的意思，此事既然由掌门师兄与苍松商议过了，便成了定局，争也无益，当下冷冷道："如此甚好，我没什么意见。"

齐昊哂然一笑，道："这样就最好了。另外，临行前家师曾吩咐一事，那就是我这位林师弟与田师叔座下一位张师弟是老友旧识，还盼田师叔让他们二人叙叙旧。"

　　田不易心中有气，手一挥，不耐烦地道："准了，准了。"

　　林惊羽老早就等得不耐烦了，只是碍着他是前辈长老，不敢发作，此时听得他准了，头一转就向张小凡走去，张小凡心中激动，也走了出来。

　　林惊羽走到他的跟前，细细打量了他一番，眼眶忽然一红，涩声道："你长大了，小凡。"

　　张小凡心中百感交集，一个劲儿地点头，道："你也是。对了，村子里那件惨案你有没有什么消息？"

　　林惊羽摇头道："我这几年问了师父许多次了，可是都没有什么进展，你呢？"

　　张小凡苦笑道："我也是一样。"

　　林惊羽拉住他的手，道："我们上外头说话。"

　　张小凡犹豫了一下，转头看了看田不易与苏茹，田不易没理他，苏茹却微笑道："去吧。"

　　张小凡大喜，向她一点头，赶忙和林惊羽出去了。大堂之上，此时便只剩下齐昊一个客人。他一身白衣，潇洒出众，丝毫无异样神色，逐一看过大竹峰众弟子，最后目光落到宋大仁身上，拱手笑道："这位是宋大仁宋师兄吧，我们在上次大试中也曾见过面的。"

　　宋大仁连忙回礼，道："齐师兄好记性，居然还记得我这个手下败将。"

　　此言一出，众弟子悚然动容，田灵儿站在母亲身旁，悄悄问道："娘，怎么大师兄是败在他的手里的吗？"

　　苏茹点了点头，压低声音道："是。当年你大师兄好不容易连胜了两场，我和你爹都极是欢喜，不料在第三轮遇到此人，几个回合下来便败了。"

　　田灵儿一吐舌头，道："那他岂不是很厉害？"

　　苏茹没有马上回答她，而是转头看了看丈夫，只见田不易脸色铁青，坐着一动不动，只得摇了摇头，道："齐昊的资质的确远胜过你大师兄，那日在比试中并无虚假花招，尤其是他修炼的那柄仙剑'寒冰'，是用北极万载冰晶修炼而成，威力极大，你大师兄是比不上他的。"

这时，田不易忽然像是感觉到了什么，也转过头向苏茹看来，二人目光相接，都看出了深藏在对方心里却没有说出的话，那便是如果大竹峰门下有这般人才，那该多好！

堂下齐昊正与众弟子聊到一块，他修行有成，又得师长信重，常行走天下，见多识广，加上口齿伶俐，妙语如珠，一时间众人都起了亲近之心，便是连曾败在他手下的宋大仁，也早没了敌意。

一阵笑声过处，齐昊不管说什么恶劣笑话，众人都是大笑，随后齐昊目光无意中落到一直站在苏茹身后的田灵儿身上，随即又看到缠在她腰间的那条"琥珀朱绫"，目光一亮，微笑道："这位姑娘莫不就是鼎鼎大名的田灵儿田师妹？"

田灵儿一扬眉，道："你怎么会知道我的？"

齐昊微微一笑，走上几步，看着她道："田师妹年方十六，在太极玄清道上的造诣已然非同小可，这是本门皆知的事情，我是仰慕已久了。今日一见，果然名不虚传。"

田灵儿脸上一红，嗔道："你又不曾见我动手，怎知道我名不虚传了？"

齐昊呆了一下，随即笑道："田师妹不但貌美如花，而且心思敏锐，倒叫我这做师兄的惭愧了。"

田灵儿见他一个英俊高大的身影站在身前，又听他口中赞扬自己美貌，心中忽地一阵甜蜜，但面上仍不作色道："就会乱说，像什么师兄，不害臊！"

田不易眉头一皱，苏茹已然道："灵儿，不许胡说。"

齐昊连忙向苏茹道："苏师叔千万莫要责怪师妹，都是我口不择言，冒犯了她。"说到这里，他略一沉吟，伸手从怀里取出一个小锦盒，递给田灵儿，笑道，"田师妹，这小盒中的'清凉珠'乃是数年前我随家师苍松真人行侠道，剿灭一派魔教凶徒时偶然所得，虽然并不是什么奇珍异宝，但带在身上倒也能祛暑降热，另外据说对女子养颜护肤也有些好处。今天就送与师妹，权当我赔罪了。"

田灵儿脸上又是一红，还没说话，苏茹已道："齐师侄，这'清凉珠'也算是一件宝物，灵儿受不起，你还是快快收起来吧。"

齐昊微笑道："苏师叔有所不知，这'清凉珠'于我并无大用，犹如鸡肋一般。但田师妹青春美貌，正好适用，也算是我一点儿小小心意，还望田师妹不要嫌弃。"

田灵儿看了看齐昊，神色间已是大为和缓，伸手接过了小盒，低声道："多谢齐师兄。"

齐昊似是极为高兴，笑容满面，道："不用谢，不用谢，师妹你天资聪慧，将来前途不可限量。说起来青云门中人才虽然众多，但能有你这般资质的却少之又少，我也是甘拜下风的。"

田不易听在耳中，脸上第一次露出了笑容。田灵儿道："师兄过奖了。"

齐昊摇头道："不然，我也是自小就被恩师度化上山，但像你这般年纪时修行就比你差了许多。不过……"

田灵儿少女心性，听着齐昊夸奖心中便对他极有好感，但听他跟了一句"不过"，忍不住追问道："不过怎样？"

这时连田不易和苏茹也转过头来，想听听齐昊口中的"不过"到底是什么意思，只听齐昊说道："不过若是单论资质，倒有可以与田师妹媲美之人。"

田灵儿愣了一下，道："谁啊？"

齐昊微笑地指了一下守静堂外，道："便是我这位林师弟了。自三年前他被家师苍松真人收归门下，短短几年间进境惊人，在修真一道更是天赋奇才，本脉弟子中无人可及，以三年时间便突破玉清境第四层，千年来还未曾听说有如此人物。"说到这里，齐昊满是爱护之情，道，"家师对林师弟赞不绝口，称为千年一见的奇才，几乎可与当年的青叶祖师相比呢！"

"啪"的一声脆响，众人都是一惊，转头向声响处看去，却见是田不易一脸铁青，面色难看至极，手畔坚硬的檀木扶手，竟硬生生地被他拗了一截下来。

齐昊愣了一下，向苏茹低声道："苏师叔，是不是我说错什么了？"

苏茹强笑一声，正欲开口，忽然间堂外一声大喊："哎呀！"声音未落，只见一个人影从堂外摔了进来，"扑通"一声摔在地上，余势未歇，居然还向后滚了几下，灰头土脸，狼狈至极。众人细看，不是张小凡是谁？

大竹峰一脉众人都变了脸色，田灵儿与张小凡最是要好，当先冲了上去，扶起了他，急问道："小凡，你怎么了？"

张小凡这一跤摔得不轻，头脑中还兀自有些晕眩，但口中还是道："没、没什么，我没事。"

正在这时，林惊羽也从门外跑了进来，面上有焦急之色，道："小凡，你没事吧，我一时失手……"

田灵儿一听便知是此人欺负了师弟，气往上冲，加上刚才齐昊当面夸奖林惊羽，隐隐中还有自己比不上他的意思，心里更是老大地不舒服。此刻更不多想，站起身怒道："你凭什么欺负人？"说着手诀一指，顿见霞光闪闪，"琥珀朱绫"已然祭起，"嗖"的一声便向林惊羽冲了过去。

苏茹与齐昊同时喊了出来："住手！"

但"琥珀朱绫"快如闪电，片刻间已冲到了林惊羽的面前。林惊羽虽惊不乱，只觉得眼前五彩缤纷，知是仙家法宝，立刻连退三步，左手指天，右手向地，手握剑诀，大喝一声："起！"

"咙唥"龙吟，顿时响彻守静堂中，只见林惊羽全身被青光笼罩，一柄光芒万丈的青色仙剑祭起，剑刃清清如秋水，瑞气蒸腾，一时间非但抵住了"琥珀朱绫"来势汹汹的道道霞光，还把守静堂中每一个人的脸都映成了碧色。

田不易突然哼了一声，冷冷道："苍松可真是舍得，居然把'斩龙剑'也传了给他。"

齐昊看见林惊羽没有受伤，放下心来，在一旁微笑道："家师曾言，师弟天资过人，日后必成大器，所以着力栽培，也是应该的。"

田不易面色更是难看。

这时场中"琥珀朱绫"与"斩龙剑"正相持不下，但见田灵儿美目圆睁，双臂一振，红衣飘飘，身子竟缓缓升到半空，左右手交叉在胸口，做兰花指，喝道："缚神！"

话音才落，只见霞光顿长，原本身前一条三尺来长的"琥珀朱绫"，忽地退后，飞到田灵儿身前停住，一声脆响之后，霞光大盛，见风就长，迅疾无匹，刹那间不知长了多少倍出来，把整个守静堂上空填得满满当当，立刻把"斩龙剑"的青光压了下去，片刻之后，化作千万绫绳冲向林惊羽，把他围在中间，密不透风。

苏茹站起身，向空中喊道："灵儿，不得放肆！"

但只在她说话间，万丈红绫已把林惊羽围得严严实实，众人非但看不到林惊羽，便连在半空中的田灵儿身影，也被一层层、一道道的红绫给遮住了。

张小凡只看得目瞪口呆，神乎其神，忽听身后有人赞道："'琥珀朱绫'，当真名不虚传！"

他转头一看，却是齐昊正目不转睛地看着场内，口中念念有词，却无丝毫担心神色。

眼看田灵儿胜局已定，众人忽听见一声刺耳的"刺啦"声，层层红绫中突然出现了一个缺口，透出一点儿青光。

田不易与苏茹同时变色。

"轰！"一声巨响，如怒龙狂嘶，声动九天，刹那间那个缺口放大百倍，青光又复大盛，裂绫而出，林惊羽人剑合一，全身隐隐现出龙形，如离弦之箭，势不可当地冲向田灵儿。

众人无不失色，倒是田灵儿虽惊却不慌乱，双手护在胸前疾做太极图，虚空划下，片刻间层层红绫归位身前，化作无数屏障。只听碎裂之声不绝于耳，林惊羽的"斩龙剑"刺破一层又一层的红绫，去势虽然稍缓，但一往无前的气势竟不消减，眼看二人便要分出个"生死"胜负。

"铮！"

一阵寒意过处，"斩龙剑"如中败絮，反震回来。林惊羽大惊失色，举目看去，但见片刻间，在他与田灵儿之间又结了一道冰墙，寒气袭人，"斩龙剑"威势惊人，却冲不过这道冰墙。而齐昊不知何时已抢到他的跟前，把他向后拉开退出一丈之远。

在另一边，田灵儿面色苍白，却是苏茹在眨眼间抢上将她拉在怀中，退到了田不易的身旁。

场中两件仙家法宝没了控制，逐渐失去了光芒，各自飞回到主人手中。

守静堂中，一片寂静。

第十四章
神 通

　　田不易站起身来，上下打量着林惊羽，面色难看至极，口中冷冷道："好本事！好杀气！"

　　齐昊低声对林惊羽道："师弟，快赔个不是。"

　　林惊羽年轻气盛，双眉紧皱，踏上一步，却是对站在一旁的张小凡道："小凡，刚才是我的不对，说是试一下各自修行，但出手没有分寸，对不起了。"

　　张小凡心中着实为好友担心，但口中只得道："没……没什么。"

　　大竹峰众人都变了脸色，田不易心中怒火更甚，忽地踏上一步，脸上赤气一掠而过。

　　齐昊脸色大变，他与林惊羽不一样，入青云门时日已久，深知大竹峰一脉实力虽然远不及其他六脉，但首座田不易与他妻子苏茹却实有惊人神通，各脉向来无人敢于轻视。一向眼高于顶的苍松道人临行前也叮嘱了他：田不易气量不大但修行极高，加上他夫人苏茹也是青云门中有名的才女，便是掌门道玄真人也敬他夫妇三分，所以不到万不得已别去招惹他。

　　只是林惊羽对此却全然不知，不过看他的样子，就算知道了只怕也不放在心上，小小年纪，傲气却是极重，想来多半是苍松道人宠爱有加给惯出来的。

　　田不易看着他的样子更是恼怒，正要有所动作，忽地人影一闪，苏茹已站到丈夫身旁，伸手拉住了他，嘴边有淡淡笑意，口中低声道："一大把年纪了，跟同门后辈闹起来，像个什么样子？"

田不易愣了一下，停下身子，齐昊连忙挡在师弟面前，赔笑道："田师叔大人有大量，就请看在家师的分儿上，不要与我们这些晚辈一般见识了。"

张小凡眼见林惊羽惹恼了师父，心中焦急，在他眼中，同样是草庙村遗孤的林惊羽便像是自己的亲兄弟一般。这时看到齐昊为林惊羽求情，心头一热，忍不住也跑出来跪在田不易面前，道："师父，都是弟子不好，看见惊羽，不，是林师兄御剑而来，便想看看他的修行，这才动手，一切都是弟子——"

田不易心中本来就郁闷，一股怒气无法发泄，强压了下来。齐昊倒还罢了，却见这张小凡也跪在面前，多嘴多舌，看上去愚不可耐，心中无名火起，怒道："闭嘴，没用的东西！"

说着袍袖一挥，张小凡只觉得疾风扑面，突然间身子一轻，前后左右上下狂风大作，周围空气竟似乎全部消失了一样，头重脚轻。随即一股大力排山倒海般涌来，整个身子不由自主地向后飞去，直直地冲向守静堂一侧的墙壁，"砰"的一声巨响，结结实实地撞在墙上，跌了下来，当时张小凡便觉得头晕目眩，喉咙一甜，"哇"的一声喷了一口鲜血出来。

守静堂中，所有人都愣住了。

"爹！"田灵儿首先大叫起来，冲上去扶起张小凡，林惊羽几乎也是同时冲了过去，一看张小凡胸口的血迹，气就往上冲，若是他自己受伤也未必会如此气恼，但他眼见张小凡为自己求情却落得如此下场，林惊羽不管不顾，反身对田不易大声道："矮胖子，你做什么？"

说话间，"斩龙剑"似是感应到了主人的心事，青光又复大盛。

田不易双眉倒竖，让这一句"矮胖子"给气得七窍生烟，袖子一挥，"嗖"的一声消失在众人眼前。

齐昊疾叫道："师弟，小心！"

林惊羽心中早已加以提防，此时一见田不易人影如鬼魅一般，立刻将"斩龙剑"祭起身前，以剑气青光护住全身。

只是他眼前一花，田不易矮胖身子竟视道道凌厉青光如无物，霍然现身在他的面前，所有的青光剑气离他身子尚有三尺之远便不得再进半分。林惊羽心头一惊，但见田不易怒目圆睁，几乎就与自己紧贴着脸，心中一慌，"噔噔噔"向后退去，饶是如此，"斩龙剑"依然不乱，凌空横在身前护主。

田不易冷笑一声，右手疾伸，硬生生地插入剑气之中，手掌上泛起一层赤芒，抵住青光，眨眼间竟把"斩龙剑"抓到手中。

齐昊立刻向场中抢去，大声喊道："田师叔，手下留情！"

田不易却不追击，任由齐昊把林惊羽护在身后，只看着手中这柄"斩龙剑"。此时所有青光都已消散，但"斩龙剑"似有灵性，在田不易的胖手中剑芒闪烁，挣扎不止，映得他半边身子都绿了，却还是无法挣脱。

田不易抬眼看向前方，冷冷道："'斩龙剑'固然是九天神兵，但也未必就天下无敌了！"话音一落，他五指突然用力，"斩龙剑"如受重击，顿时乖乖不再动弹，片刻之后，整柄剑忽然重新泛起青光剑气，灿烂夺目，不知比刚才在林惊羽手中亮了多少倍。

齐昊失声道："田师叔……"

田不易面如寒霜，再不多话，右手紧握"斩龙剑"，自上而下向齐昊与林惊羽方向用力凌空一斩，尖锐的破空之声响起，刹那间锐声尖啸，绿芒狂盛如山，高达两人的绿色气柱如怒涛穿空，激射而出。

齐昊紧咬牙关，双手齐握剑诀，"铮"的一声，一柄白色仙剑迅速祭起，正是他那柄久负盛名的"寒冰剑"。

说时迟那时快，只眨眼工夫，田不易发出的绿芒剑气破空而至，齐昊护着林惊羽连退几步，右手剑诀连引，"寒冰剑"白光疾闪，寒气大盛，片刻间在他二人身前联结了七道冰壁。

只听"砰、砰"声连续响起，绿芒剑气已然撞到了冰壁，但与之前林惊羽御剑撞上冰壁迥然不同，这一次"斩龙剑"竟是势如破竹，声响冰破，片刻间将七道冰壁击得粉碎，冰凌四溅，而绿芒剑气竟无消减半分，声势反而更厉，如怒龙狂吼，张牙舞爪地冲向齐昊。

齐昊脸色苍白，避无可避，只得竭尽全力，十指连动，"寒冰剑"发出万道白光，凝结成盾挡在身前。

"轰"的一声巨响，绿芒剑气打在白光之上，虽然没有立刻打得粉碎，但登时把白芒向后压去，齐昊双目圆睁，使尽全身气力，终于勉强把那看来势不可当的绿芒剑气挡在身前一尺处。此时他只觉得眼前绿芒闪烁耀眼，风声凛冽，近在咫尺，仿佛在与一只狰狞凶兽面对面对峙一般，令人心惊。

还未等他定下神来，那汹涌澎湃的绿芒压力却一重重压了过来，齐昊拼尽全力维持白光不散，脚下却已支撑不住，被莫大之力向后直推了出去。

从开始动手到现在，田不易一直站在原地，动也没动，但他手上"斩龙剑"激发的绿芒剑气竟然越来越强，齐昊二人被这股大力直推到守静堂门外，仍是不住地向后退去，尤其是出了守静堂到了空地之上，绿芒更是大盛，所过之处，空地上如被巨大利刃斩过，划出深达一尺的大沟壑，触目惊心。

这股惊人的绿芒剑气从守静堂中源源不断地射出，将齐昊二人又向后逼退了整整三丈。此时齐昊身前的白光已被压缩得离身子不到半尺，而他自己也是呼吸急促，脸色由红转青，双脚不知何时亦深陷土中。片刻之后，齐昊终于大叫一声，支撑不住，白光消散，"寒冰剑"被莫大之力打得冲天而起，失去控制。

齐昊与林惊羽面无血色，但见来势汹汹的绿芒剑气眨眼间冲到眼前，真个生死之间，却忽然顿住，停在半空。

齐昊手心冒汗，一动也不敢动。

过了一小会儿，那绿芒似是失去了控制，缓缓散了开去。

"铮！"

锐声响处，却是"寒冰剑"重新落下，倒插在二人身前。齐昊惊魂稍定，连忙向守静堂方向恭声道："多谢田师叔手下留情。"

一旁的林惊羽眼见这貌不惊人的田不易竟然有如此神通，也不由得低下头来。

"嗖！"破空之声再次响起，二人吓了一大跳，却见绿芒闪处，从守静堂里飞出一物，青光闪烁，正是"斩龙剑"，凌空激射，不偏不倚地落到二人身前，插在地上，正好在"寒冰剑"旁，两剑呈交叉状，颤抖不已。

"你们去吧！"田不易的声音恢复了平静，远远地从堂中传出，冷淡之意清楚地显露出来。

齐昊赶忙应了一声，拉了一下还向堂中张望的林惊羽，二人收起各自仙剑，不敢多待，御空去了。

守静堂中，众弟子见田不易动了雷霆之怒，依次大气也不敢喘，尤其是张小凡，初次见识到田不易妙法神通，敬佩至极，几乎忘了胸口伤势，一失神间牵动伤口，登时疼得"哎呀"一声叫了出来，龇牙咧嘴。

田不易听到张小凡的叫痛声，向他看了过去，张小凡一咬牙，强忍了下来，低下了头。田不易看了他两眼，却没有再说什么，他又向站在一旁一字排开的弟子们看了过去，只见众人都低下了头，不敢与他目光对视。

田不易深深叹了口气，微微摇头，背负双手，走向后堂。站在一旁的苏茹看了看丈夫的背影，对众人温声道："你们先下去吧。"

众弟子应了一声，田灵儿扶起张小凡，和众人一起走了出去。当所有人都走出守静堂，苏茹独自走进后堂，一过堂门，便看见田不易站在回廊上怔怔看着院中的青竹。

苏茹走了过去，来到丈夫身旁，轻声道："今天怎么发这么大的火啊？"

田不易微微摇头，不答反问："适才灵儿与林惊羽动手时，齐昊凝冰成墙挡住'斩龙剑'，你可看清楚了？"

苏茹叹了一口气，道："他没有祭出'寒冰剑'。"

田不易哼了一声，道："上届七脉大试时，齐昊尚要凭借仙剑法宝之力才能凝结冰墙，想不到只过了短短几十年他就已经修炼到了如此境界。"说到这里，他转头看着苏茹，又道，"你刚才在旁边观看，觉得他修行到了什么地步？"

苏茹淡淡道："他施法时从容不迫且有余力，至少已修到了玉清境第八层。"

田不易嘴角一动，欲言又止，苏茹却替他说了下去："大竹峰门下，绝无一人是他的对手。"

田不易深深地看了妻子一眼，缓缓转过头，看着满园青竹，随着冬日临近，都渐渐枯萎变黄，不觉怔怔出神。

过了半晌，他忽然道："老七怎么样了？"

苏茹看着他，嘴角露出一丝微笑，道："还能怎么样，被你这位大仙人打得吐血了呗！"

田不易似是滞了一下，矮胖身子一动，却没有回头，淡淡道："今晚你拿一颗'大黄丹'去看看他，免得他明日装死，搞得我们没饭吃了。"

苏茹微笑不语。

入夜，天色黑了下来。

张小凡慢慢走回住处，推开了门，一直跟在他身后的猴子小灰第一个冲进房间，随后是只一天工夫已和小灰亲热无比的大黄也跟了进来。一猴一狗在房间里打闹不休，"汪汪汪"和"吱吱吱"声此起彼伏。

张小凡嘴角露出一点儿笑容，走到桌边坐了下来。他胸口仍在隐隐作痛，但脑袋里全是田不易等人斗法时的诸般奇术妙法，心中向往不已，忍不住叹了口气。

"怎么好好的叹气了？"一个温柔平和的声音从门口处响了起来。

张小凡吃了一惊，回头一看，却是师娘苏茹站在门口，夜风习习，吹动她衣裳轻舞，发梢微动，看上去犹如仙子一般。他连忙站起，道："师娘。"

苏茹走到他的身前，把手放到他的肩上，微笑道："没事的，你坐吧。"

张小凡受宠若惊，不敢违命，坐了下来，苏茹细细地看了看他的脸色，又伸手到他的胸口探了探，点了点头，道："还好，没什么大碍。"说着伸手从怀中拿出一个白色小瓶，从中间倒出一颗指头大小、黄澄澄的药丸来，递给张小凡，道，"服下吧。"

张小凡犹豫了一下，接过吞下，片刻后就觉一股暖气首先从丹田泛起，随即散往四肢、头顶，全身暖烘烘的，很是舒服，连胸口那隐约的痛感也消失不见了。

张小凡又惊又喜，站起身活动一下身子，果然一切如常，灵药神效，匪夷所思。他心中欢喜，连忙向苏茹道："多谢师娘。"

苏茹笑着点了点头，收起小瓶，在另一张椅子上坐了下来，道："不必谢我，是你师父叫我拿'大黄丹'给你的。"

张小凡一怔，道："师父他不怪我了吗？"

苏茹看了他一眼，微笑道："他叫我来看你，自然是不怪你了。不过我倒不知道你有没有怪他？"

张小凡吓了一跳，连忙道："没有的事，师娘，我绝不敢——"

苏茹一抬手，拦住了张小凡的话头，柔声道："小凡，你听我说几句，好吗？"

张小凡心里忽地没来由地一跳，低声道："是，师娘。"

苏茹道："白天你师父动手打你，的确是他的不对。我在一旁看得清楚，他动手后心里就后悔了。只是他的性子……"她温柔的脸庞上有一层淡淡的怜惜，接着道，"只是他这个人一向好强，面子是看得极重的，所以纵然心中有了悔意，也是不会说出的，你可不要怨恨他啊。"

张小凡摇了摇头，道："师娘，我不敢怪师父，我只怪自己太笨，惹师父生气了。"

苏茹看了他一眼，轻叹道："其实也不关你什么事，修真炼道，本就要看各人资质，虽然说勤能补拙，但终究是差了一些。这一点你师父他心里是明白的，他烦心的也不是这个。"

张小凡讶异道："那师父他烦恼什么？"

苏茹淡淡一笑，眉宇间有一丝无奈，道："像齐昊和林惊羽这般的人才，一向是可遇而不可求，但如今青云门中，大竹峰一脉日渐式微。你师父修行虽高，却时常因为门下弟子被各位师伯、师叔讥笑。他性子好强，心里是极难受的，又担心自己羽化仙去之后，大竹峰一脉只怕永无翻身之日，这就更对不起列位祖师了。这沉沉的重担都压在他一人肩上，他心里其实是很苦的。"

张小凡默然无语，苏茹随即醒悟，摇头苦笑道："真是的，我对你一个十四岁的小孩说这些做什么？"说着站起身来，拍了拍他的肩膀，道，"早些歇息吧。"

张小凡应了一声，道："是，师娘，您慢走。"

苏茹点了点头，走了出去。张小凡一直送到门口，看着苏茹背影消失，这才回房。

只是他刚进房门，忽地眼前一亮，只见屋中桌旁，灯火摇曳中，俏立着一个红衣女子，面若芙蓉，艳若桃李，不可方物。

他怔怔地看着，心跳忽然加快，口中低低地叫了一声："师姐！"

第十五章
私 传

　　这美丽的女子自然就是田灵儿了，她见张小凡受了伤，心中担忧，悄悄地跑过来探望，没想到母亲也在这儿，便藏在门外，直到苏茹走了才现身。

　　这时她看着张小凡好像呆住了一样，不由得嗔道："你站在那里做什么？"

　　张小凡惊醒，脸上一红，正想找个借口分辩一下，却见田灵儿低下头去，原来是大黄跑了过来，极亲热地用头去蹭她的腿。

　　田灵儿弯下腰，摸了摸大黄的头，大黄伸出舌头，舔了一下她如玉一般的手。

　　"吱吱吱"，猴子小灰的声音响了起来，两人一狗同时看去，只见小灰跑到大黄身后，拉住它那条大尾巴向后拔着，似乎想把大黄从田灵儿身边拉开。感觉到田灵儿惊讶的目光，小灰抬头，忽然间龇牙咧嘴地向田灵儿做凶恶状。

　　田灵儿也不生气，还冲着猴子做了个鬼脸。自从小灰跟着张小凡回来后，与其他人都相处得可以，唯独对她十分记恨，不过当她看见一向与小灰不和的大黄转过头居然没有发火，反而很亲热地与小灰玩耍打闹时，却是吃了一惊。

　　"这是怎么回事？"田灵儿指着打闹在一起的一猴一狗向张小凡问道。

　　张小凡把小灰用肉骨头套近乎的事说了一遍，田灵儿失声笑了出来，骂道："想不到这死猴子还会这一手！"说着明眸一转，目光落到张小凡身上上下打量了一番，道："对了，今天我爹打了你，有没有什么不舒服？"

张小凡摇头道："没事了，师姐。"

田灵儿颇有些愤愤不平地道："爹也真是的，心里不舒服干吗拿你出气！"

张小凡连忙道："不是的，是我笨才惹师父生气……"

田灵儿一瞪他，张小凡登时说不下去，半张着口，田灵儿哼了一声，道："其实根本不关你的事，还不是我爹见了那两人的资质好，心里不舒服，所以才……"话说了一半，她看了一眼张小凡，心想如此岂不是在说师弟很笨，便改口不说，岔开话题，道："刚才我娘过来有什么事？"

张小凡老老实实道："师娘也是来看望我的，还赐了我一颗'大黄丹'，灵得很，我吃了就全好了。"

"大黄丹？"田灵儿似是吃了一惊。

"是啊。"张小凡抬头看着她，道："怎么了？"

田灵儿多看了这个小师弟两眼，道："这可是我爹的宝贝，听娘说是采了二十三种灵药炼制而成，功用神妙，各位师兄包括我在内都没福气服用过呢。"

张小凡张大了嘴，田灵儿眼珠转了转，自言自语道："难不成爹实际上对你另眼相看？不过怎么看也不像啊。"

张小凡道："一定是师父慈悲，见我受了伤，便恩赐我灵药。他老人家真是胸襟宽广！"

田灵儿失笑："我爹他胸襟宽广……嘿嘿，算了，不和你说了。咦，怎么会有雨声？"

张小凡侧耳听去，果然听见屋外隐隐传来淅淅沥沥的雨声。田灵儿走到窗前，推开窗子，一股清冷山风顿时吹进，带着冰凉雨珠，拂过脸畔，凉丝丝的。

张小凡也走了过去，站在她的身旁向外看去。

寂静而黑暗的夜里，天空下着雨。整个天地一片黑沉沉的，目光所及，只有屋外小院中，青松、修竹的模糊影子。雨丝从夜空里落了下来，在黑暗的夜色中，在少年张小凡的眼里，仿佛带了几分温柔，甚至于他忽然觉得，这夜是美丽的，这雨是缠绵的，就连雨水打在竹叶上，也是清脆动听的，响在了他灵魂深处。

只因为在他身旁，有那样一个美丽女子，抬着头，带着七分青春、二分欢喜乃至一分凄凉的美，怔怔出神地看着：

这一场雨！

身后，大黄与小灰不知何时安静下来，大黄懒洋洋地趴在床上，一双狗眼半开半合，小灰也难得地平静下来，坐在大黄身边，一双手在大黄浓密柔软的毛皮中翻弄着。

烛火摇曳，在山风中忽明忽灭，偶尔发出"噼啪"的声音。

"下雨了啊。"田灵儿忽然幽幽地道。

张小凡应了一声："是啊。"

田灵儿又凝视了这夜色一会儿，缓缓转过身子，回到桌旁，低声道："小凡，把窗子关上吧，有些冷了。"

张小凡点了点头，把窗子关上，回过头便看见田灵儿似乎有些心不在焉地坐在桌旁，从怀里拿出一个小盒，在灯火下打开，细细地看。

烛火倒映在她妩媚而明亮的眼眸中，就像两团温柔而炽热的火焰。

"你说，这'清凉珠'漂亮吗？"田灵儿目光停留在散发着柔和光泽的小珠上，仿佛连声音听起来也飘忽不定，一如张小凡的心，空空荡荡，慢慢地沉了下去。

他走了过去，鼓起了全部勇气，用尽了一身气力，才让自己看起来这般从容。田灵儿抬起头看了看他，忽然发觉这个平凡的师弟此刻的眼睛，竟是这般明亮，甚至带了一丝狂热与痛楚。

"啪"，她轻轻合上小盒，柔声问道："小凡，你怎么了？"

张小凡低下头，沉默了一下，低声道："我没事，师姐。"

田灵儿心中奇怪，但也没有多想，站起身道："好了，夜深了，我也该回去了。"

张小凡木然站起，田灵儿走了几步，忽然停住，反身一笑，刹那间那美丽扑面而来，打在张小凡的心上："你看我这记性，连今晚来做什么都忘了。"说着，她从怀里拿出一张薄纸，上边密密麻麻地写着蝇头小字，递给了张小凡。

张小凡接过看了几眼，登时变了脸色，失声道："'太极玄清道'法诀！师姐，这……"

田灵儿白了他一眼，嗔道："你喊那么大声做什么？"

张小凡急忙压低声音，道："师姐，这可是第三层的法诀啊，你……"

"我……"田灵儿哼了一声，道，"我自然是要传给你了。"

张小凡大吃一惊，道："什么？"

田灵儿道："我知道爹一向看不起你，今天对你动怒更莫名其妙。哼，他自己教不好徒弟还反过来责骂你，我就看不下去。你拿着这份法诀，自己偷偷修习，什么时候练出个名堂来给我爹看看，再也别像今天这么丢脸了。"

张小凡紧皱眉头，道："可是师姐，万一被师父、师娘知道了，他们岂不是要责骂你？"

田灵儿不耐烦地道："你也说是责骂了，他们顶多骂我几句，关我一段日子禁闭，那又怎样？反正我可不能让你受人欺负！"

张小凡全身一震，心头突地一热，看着田灵儿俏丽的身影，一句话都说不出口。这一刻他心中热血澎湃，便是让他为眼前这女子去死，也是绝不迟疑的。

田灵儿又道："你自己记住要多用点儿功，争取早日和那个臭屁林惊羽打个平手，不过你再练也是比不上齐昊师兄的，那就不用想了吧。"说到这里，她手一挥，叮嘱一句，"要保密哦。"说完走出房门，快步消失在黑暗中。

"你再练也是比不上齐昊师兄的！"

一句话十三个字，每一个字都重重地击在张小凡的心头，他的脸突然失去血色，下意识地抓紧了手中的那张白纸。

山雨潇潇，天地肃然，有谁望见夜色里那一个少年，走进雨中，仰望苍穹！

清晨，雨后，潮湿的山风带着凉意，吹过大竹峰峰顶。张小凡来到熟悉的厨房，生火烧水。

柴火噼啪噼啪地在灶间响着，明黄的火焰像在木头上狂舞的妖灵，映红了他的脸庞。张小凡拿着一根细柴做烧火棍，有一下没一下地拨弄着灶间柴火，怔怔出神。

"你再练也是比不上齐昊师兄的！"

这一句话，他在心间默诵了千遍万遍，每读一次就伤心一次。他知道这样很傻，师姐其实没有恶意，只是说出了大家公认的事实而已。

可是他还是忍不住去想，拼命地想，就像心间有那么一团狂野燃烧的火焰，无止境地焚烧心灵，直到火焰烧痛了他的手。

"哎呀！"张小凡惊叫一声，向后跃开，原来他出神时灶火烧着了他手中的细柴，沿路而上灼伤了他的手。

他抱着手向痛处连连吹气，跑到水缸边把手浸到凉水中，一片冰凉寒意倒灌上来，张小凡低低苦笑，他现在最需要的不是其他什么，仅是一根烧火棍。

"呜、呜、呜。"几声叫唤在门口处响起，张小凡听出那是大黄的叫声，只是搞不明白平日的"汪汪汪"怎么会变成了"呜呜呜"。他走出门口看去，不觉失笑，原来大黄与小灰打闹，口中咬着一根黑色短棒，短棒的另一头被小灰抓在手中，用力拉扯，双方争执不下，大黄口中叫唤，但咬着短棒含混不清，便成了奇怪的"呜呜呜"。

张小凡走上前，伸手抓着短棒，挥手赶开了小灰与大黄。不料它们还不大愿意，"汪汪汪""吱吱吱吱"，叫个不停。张小凡挥手恐吓道："去去去，别在这儿闹，不然中午不给你们饭吃。"

大黄与小灰对看一眼，一个咆哮一声，一个大做鬼脸，然后小灰跳上狗背，大黄背着它从张小凡面前大摇大摆地走开了，大有蔑视之意，张小凡为之气急。

冲着那两只畜生骂了一句，张小凡转过身进了厨房，这才惊觉，手中这短棒赫然便是半年前幽谷之行中那支奇异的黑色短棒，想来是小灰调皮，不知什么时候又从角落里翻出此物，拿来与大黄玩耍。

张小凡叹了口气，忽地心中一动，快步走到灶边，把这黑色短棒当作烧火棍拨弄了几下，居然极是称手，而且这短棒不知是什么材质，火烧不着，也不传热，烤了半天还是凉丝丝的。张小凡连连点头，心想这个正好使用。

可怜那已过世的魔教长老黑心老人，若是知道他费尽一生心血炼造的"噬血珠"，纵横天下的魔教至宝，居然落到了做烧火棍的地步，想必会从坟墓里气得活过来又抓狂而死吧。

这一日午间，大竹峰众人坐在用膳厅中，田不易最迟走了进来，坐到位子上，抬眼向众弟子看去，当目光落到张小凡身上时，他停了一下，张小凡低下了头，田不易随即移开了目光。

"昨天的事，你们都看到了？"田不易淡淡地道。

众人默然，只有宋大仁赔笑道："是，师父大展神威，出手惩戒那两——"

"放屁！"田不易忽然一声大喝，声震全场，众人噤若寒蝉，只听田不易怒道，"昨日之事，你们该当看到的是别脉师兄弟的深厚修行，不说那个齐昊了，就连刚入门三年的小家伙，居然也胜过了你们大多数人，跑到大竹峰上来撒野了。你们知不知道？"

众人一片沉默，只有张小凡突然抬起了头。

田不易冷冷道："'七脉会武'转眼即至，你们这些不成器的家伙，从今日起全部闭关，不修到一个样子出来，看我不剥了你们的皮！"

众人面有苦色，却一个字也不敢说，田灵儿小心翼翼地问道："爹，那我就……"

"你也一样！"田不易断然道。

田灵儿嘴一噘，正要说话，却被母亲暗中扯了一下。她转头看了看苏茹眼色，原本到口边的话又缩了回去。

田不易的话声在守静堂中回响："以后除了老七负责饮食，你们在这一年半中，全部不得外出，闭关修习，知道了吗？"

就这样，时光匆匆，大竹峰平静的氛围下，又笼罩着一层前所未有的紧张，所有的弟子都专心地修习道法，除了一条悠闲的黄狗、一只调皮的灰猴和一个无聊的厨师。

第十六章

驱 物

"汪汪汪!"

"吱吱吱吱!"

……

犬吠声与猴子的尖叫声交织在一起,回荡在青云山大竹峰上,打破了这里的宁静。张小凡手拿着根黑色烧火棍,冲出厨房的门,大怒:"死狗!死猴子!有种你们别跑!"

猴子小灰"嗖"的一下跳到大黄狗的背上,早已蓄势的大黄撒开四条腿就跑,张小凡追之不及,眼睁睁地看着小灰做着鬼脸,把一块香喷喷的肉骨头放到大黄的嘴里。大黄兴奋得狗颜大悦,若不是两排牙齿要咬着肉骨头,只怕早就笑得狗牙也掉下来了。

"呼!呼!……"

张小凡一脸沮丧,愤愤不平地走回厨房。自他十四岁那年掌管厨房,手艺令所有人刮目相看,而大黄以其"得道老狗"的道行,也忍不住垂涎张小凡手中美味,尤其是张小凡用来熬汤的肉骨头,喷香鲜美,更是大黄梦寐以求的大餐。

不过张小凡熬汤是给人喝的,大黄"年龄"虽大(田不易从小养大),资格更老,却得不到应有的待遇,往往垂涎三尺却不可得。直到它与猴子小灰熟悉之后,大竹峰上便时常出现了上面的一幕,一直持续了两年,任凭张小凡把肉骨头藏得多么隐秘,只要有大黄的鼻子加上小灰的灵活,这一场肉骨头之争便往往以张小凡的失利而告终。

两年时光,匆匆而过,实际上也就是一年半的时间,张小凡已长成了十六岁的少年，个子更高，如今已比师姐田灵儿高出半个头了。这段时间里，因为田不易当初的严令，大竹峰上所有的弟子都闭门苦修，除了下山游历的老六杜必书，便只有张小凡这个厨师最是清闲了。

两年来，在无人注意的情况下，张小凡一直独自修习，只是让他自己也不敢相信的是，按照大师兄宋大仁传授给他的法诀，他只用了一年的时间，似乎就修习完成了玉清境第二层——炼气。

他心中疑虑，但终究没有去问田不易，而宋大仁、田灵儿等人一直专心闭门修习，无暇顾及他事，和他最要好的杜必书又下山去了，所以他只把这个问题藏在心间。可是接下来却有一件大大的难事摆在他的面前，田灵儿私下给了他第三层的法诀，他很清楚这是大犯门规的事，可是，每当夜深，他独自一人站在小院中仰望夜空时，都会想起一句话：

"你再练也是比不上齐昊师兄的！"

十个夜晚之后，他开始修习第三层的法诀！

太极玄清道中，玉清境一到三层是所有术法的根基，难度也是渐深，与前两层"引气""炼气"不一样的是，第三层的法诀"元气"，已着重于修炼太极元气。法诀云："太极元气，函三为一。极，中也；元，始也，行于十二辰。……此阴阳合德，气钟于子，化生万物者也。"（语出《汉书·律历志》）

青云门中弟子，修习到这个境界时，都会明显地呈现出一个分水岭，资质高低一目了然：聪慧之人往往势如破竹，一举突破进入更高的"驱物"境界，从此打下修炼仙道的坚实基础，而稍差的弟子往往便停滞不前，荒废一生的也大有人在。

张小凡入门至今也有五年了，这些事自然在与师兄们谈话间听了无数次，但是很明显地，所有的师兄都把他划在了"稍差"的那一类。

他重新走回厨房，来到灶边，加满了水，然后往灶间继续加上柴火，准备烧些开水。明黄的火焰重新旺盛起来，张小凡拿着他那根已经用了两年的可怜的黑色的"烧火棍"，拨弄着灶间木柴，待火势稳定燃烧后，他的目光便慢慢落到了手中的这根烧火棍上。

不过这绝不是他发现了什么，而是一件很平常的事——他在发呆。

通体玄黑色的烧火棍除了头上的那颗圆珠外，只有一尺来长，唯一有些异常的是在烧火棍的黑色之下，隐隐有着如血丝一般的脉络，尤其是在短棒与圆珠相接处更是明显，有时候看起来几乎让人觉得这两个东西似乎是用人血融接在一起的。

张小凡全身忽地一抖，刚才脑中闪过人血融接的念头令他自己都觉得恶心。这些年来，他已慢慢地淡忘了当年那一次幽谷之行，只是偶尔深夜梦回，却会突然梦见那次古怪经历，醒来后一身大汗。

那个时候他觉得自己很是孤单，一个人面对着未知的狰狞，一个人面对着黑暗的死亡。每每此刻，他总是难以抑制自己莫名的情绪激动，带着一丝狂热冲动，忍不住竟会有杀戮的感觉。甚至于，他在黑暗中，重又回想起多年前，普智和尚在那个破碎的草庙边上，看着他时眼中那种异样的狂热！

张小凡根本不知道为什么自己竟会有这样奇怪的感觉，但是幸好他还有一个方法能够平静自己悚然的心："大梵般若！"

这套佛门无上法诀有着震慑邪灵、涤清心境的妙用，他修习了五年，最大的用处便是用来压下这两年来莫名其妙出现的奇怪情绪。

"啪！"

张小凡头上一痛，一物落到地上，却是一枚松果，张小凡怒气上冲，反身大怒道："死猴子，你别让我抓到……咦，你是……啊！六师兄！"

张小凡一跃而起，只见在门口处站着一个人，中等身材，精干相貌，笑容满面，背着一个小包袱，不是许久不见的老六杜必书又是谁？

杜必书上上下下地打量着张小凡，口中啧啧道："厉害啊，才几年时间，你这小子就长得和我一样高了。"

张小凡快步走了上去，用力抓住杜必书的肩膀，笑道："六师兄，怎么去了这么久，我们大家都很想你呢。"

杜必书笑道："我这不是回来了吗？"

张小凡随即问道："师父、师娘知道你回来了吗？"

杜必书道："没有，我刚回来，看见厨房中有烟，就先过来看看，呵呵，我就知道你小子在这里干活。几年不见，有没有想我啊？"

张小凡心里高兴，连连点头。杜必书摸了一下他的头，忽然悄声道："走，陪我去见师父。"

张小凡愣了一下，道："为什么还要我陪你去？"

杜必书苦着脸，道："师父当初让我下山，说好了一年为限，可是我多玩了，呃，不是，我多寻找了半年时间，才找到好的材料炼制法宝，只怕要被师父骂了。你陪我去吧。"

张小凡瞪了他一眼，道："那你还说是先来看我，对了，六师兄，你炼的是什么法宝啊？"

杜必书干笑道："呵呵，我当然是先来看你的，小师弟，走吧，走吧。"说着拉着张小凡就走。

过了一会儿，正躲在某个角落大啃肉骨头的大黄与靠在它背上抓虱子的小灰，同时都听见守静堂那里传来了一声怒吼："不肖之人，气死我了！"

晚饭时分，大竹峰众人这两年首次大团圆，坐在一张桌子上吃饭。待众人坐定，田不易仍是一脸怒气，众弟子在与杜必书打完招呼后，都忍不住悄悄地问他："老六，怎么师父见了你就生这么大的气？"

杜必书面色尴尬，顾左右而言他，而坐在他身旁的张小凡，却是一脸笑意，只是不敢笑出来，样子颇为古怪。

这时，坐在对面的田灵儿终于忍不住了，第一个向田不易问道："爹，六师兄好不容易回来，你怎么还生这么大的气啊？"

杜必书悄悄抬眼看了看田不易，田不易一瞪他，吓得杜必书连忙低下了头。田不易哼了一声，道："老六，把你炼的法宝摆出来给大家看看？"

杜必书张了张嘴，讷讷说不出来，举目向师娘苏茹看去，却见苏茹微笑道："必书，你就拿出来给大家看看吧，也让大家知道一下你师父为什么生气。"

杜必书眼见推托不掉，磨磨蹭蹭地拿过自己的小包袱，抖了两下，从中间拿出几件物事，放到桌上。

众人个个眼睛也不眨，直直盯着，生怕漏掉什么一样，用膳厅中，一时安静至极。只见在饭桌之上，放着三个用不知名的坚硬木料做成的有半个拳头大小的东西，呈六面正方形，通体白色，上边还雕刻着各种点数，却是三个骰子。

众人呆若木鸡，哑口无言，片刻之后哗然大笑。

杜必书满脸通红，田不易看着他，一脸怒气，口中怒道："朽木不可雕！"

苏茹笑着摇了摇头，道："算了，这也不是什么大事，骰子就骰子吧，反正这法宝也是他自己用的。"

田不易瞪了徒弟一眼，对苏茹道："你怎么知道他不是用这个去行骗？"

杜必书吓了一跳，连忙道："师父、师娘，徒儿绝不敢做这下流无耻之事。只是年前在南方赤水之畔找到一棵千年三珠树，极有灵气，取其精华雕刻了这三颗骰子，完全是一时兴起，绝没有想到其他……"

田不易怒气兀自不止，道："你高兴了，哼，你修炼其他的倒也罢了，如今炼出了一副赌具出来，等到一个月后的'七脉会武'比试，你这上台一亮相，我还有脸吗？"

杜必书不敢再说，苏茹摇了摇头，低声道："不易，这是他自己喜爱的东西，别去逼他。你还记得万师兄……"

田不易忽然一震，转过头来看着苏茹，苏茹轻叹了一口气，对杜必书道："必书，你是知道的，我与你师父从来也没有强迫你们一定要像其他各脉师兄弟一样修炼仙剑，但法宝往往关系甚大，你们自己要小心行事。"

杜必书偷偷看了一眼田不易，却见师父脸色不悦，正在生着闷气，哪还敢多话，连连点头道："是，是。"

苏茹又看了一眼丈夫，然后对众人道："时间过得真快，下个月就是'七脉会武'大试了。到时候我们会一起去长门所在的通天峰，你们早些做准备吧。"说到这里，她美丽温柔的脸上忽地一肃，疾言道，"这一次可不要再让我和你们的师父失望了，知道了没？"

众弟子心头一震，齐声道："是！"

"师……师娘。"夹杂在众人响亮的回答声中，一个不协调的微弱声音冒了出来，苏茹看去，见是最末的老七张小凡，皱了皱眉，道："怎么了，小凡？"

张小凡小心翼翼地道："那您刚才的意思是不是说我也去啊？"

苏茹一怔，瞄了田不易一眼，脸上浮起了笑容，微笑道："是啊，你不也是大竹峰一脉的弟子吗？"

张小凡大喜，欢呼跳起，与旁边的杜必书击掌相庆，浑然不管田不易在远处冷言冷语道："反正有九个名额，就算给白痴一个，还是浪费了一个，不用白不用。"

入夜，张小凡回到屋中，便看见大黄与小灰老早就跑到自己床上休息了。从一年半前，大黄就因为和小灰要好，也搬到了张小凡房里睡觉，刚开始时还吓了田不易一跳，到处找不到爱狗，最后知道了原委哼了一声，不说什么就走开了，张小凡见师父没有责怪，也就没赶大黄出去（实际上是赶不出去，一张床大黄占了一半，小灰占了一半的一半，便可以知道这个屋子主人的心情了）。

不过时间久了，不知是挤得习惯了还是混熟了，张小凡也不再对大黄和小灰与自己同睡发牢骚。这夜，他心情极好，走进屋子，坐到桌旁，眼睛一瞄，却见大黄懒洋洋地趴着，小灰却不知什么时候又去过厨房，把他那根黑色的烧火棍偷了来，在大黄身上磨蹭着。

他心中一动，隐隐觉得小灰似乎对这根烧火棍很感兴趣，不过他现在可没心情去想那么多，他心中完全被师父意外地允许他去参加"七脉会武"的喜悦充满了。

如果大黄与小灰此时看向张小凡，便会见到一个两眼发光的人类了。张小凡看着这一猴一狗，但口中却似乎是对着空气说话："你看，我竟然有机会去参加'七脉会武'，真是太好了。师父他老人家真是宽宏大量，就算我笨还是带我去长长见识，呃，到时说不定就能见到惊羽了。"

说到这里，他像是想起了什么，又低声自言自语道："不过真的上台比试，只怕会给师父他丢脸吧。算了，该怎样就怎样吧。大黄、小灰，你们说是不是？"

"吱吱吱吱！"

张小凡抬眼看去，却见小灰心思都在大黄的皮毛里，细心地抓寻虱子，只叫了几声来应付他，而大黄更干脆，连两只狗耳朵都耷拉下来，看都不看他一眼。

　　"死狗！"张小凡愤愤不平地骂道，忽地眼前一黑，却是小灰突然把手中的烧火棍砸了过来。他吓了一跳，连忙闪开，烧火棍砸到桌子，跳了两下，掉在了地上。

　　"吱吱吱吱、汪汪汪！"这一次大黄狗和小灰猴的声音倒是成了交响乐，张小凡冲着那两只畜生做了个鬼脸，恨恨地坐下，不知怎的，脑中忽又浮现出两年前齐昊在大竹峰上的英姿。

　　"凝冰成墙啊！"张小凡低低地念了一句，他没有修炼时还好，但这些日子他修行渐深，却更是深深地体会到要达到齐昊那个境界的艰难与高不可攀。

　　他又想起了那个夜晚，田灵儿在这个房间的灯火旁，那温柔却炽热的眼眸！

　　他的心那一刻像是被尖锐的针刺了一下。

　　地上的烧火棍安静地躺在那儿，旁边传来了猴子与黄狗的嬉闹声，张小凡忽然觉得，自己与这烧火棍竟是这般相像，就连烧火棍倒在地上，在他眼中，仿佛也带了几分孤独。

　　"唉！"他叹了口气，试图想象着自己能够到达那种境界的情形，然后以一种完全放松的、丝毫没有在意的姿势，平生第一次做出了青云门弟子做了无数次的"驱物"动作：向地上的烧火棍招了招手。

　　那一个瞬间，仿佛就是永远。

　　张小凡很正常地，甚至没有一点儿伤心、理所当然地准备接受自己的失败，然后，他看见地上的那根烧火棍动了一下。

　　就那么轻轻地、微微地，像是沉眠许久方才醒来一般，动了一下！

第十七章
赴 会

这天早上，青云门大竹峰上人人兴高采烈，尤其是众弟子，个个面带笑容，虽然也不乏些紧张，不过也多半淹没在兴奋中了。

众人之中，参加过上次青云门"七脉会武"的只有大师兄宋大仁以及老二吴大义、老三郑大礼、老四何大智，至于老五吕大信、老六杜必书都是田不易这几十年间新收的弟子，还有就是年纪轻轻的田灵儿和张小凡，就更没有见识过青云门这一甲子一次的盛事了。

田灵儿此刻最是高兴，趁着田不易夫妇在做最后准备，缠着经验最丰富的宋大仁，叽叽喳喳问个不停："大师兄，'七脉会武'真的有那么多同门去吗？"

宋大仁面带笑容，显然心情也是极好，道："不错，七脉会武乃我门最大的盛事，同门各脉无不视之为头等大事。而且能够入选代表各脉出战的各位同门师兄、师弟，无不是佼佼出众的人物，那个场面的壮观刺激就不用说了。"

这时老四何大智在一旁听到，走了过来，对着田灵儿偷偷眨了眨眼，笑道："小师妹，你有所不知，其实大师兄还有话没有说出口呢。"

田灵儿"呀"了一声，不理宋大仁一脸讶然，追问道："什么呀，四师兄？"

何大智微笑道："会武大试现场，同门中数以百计之人围观，胜者站在台上掌声雷动，那份得意是跑不了了，但若是有些美貌新进的别脉年轻师妹为大师兄的风采折服，尖叫欢呼，那岂不更是人生一大快事？"说到这里，他一脸正经地转向宋大仁，道，"大师兄，你说是不是？"

宋大仁脸上突然一红。

田灵儿看在眼中，着实奇怪，道："大师兄，你干吗突然脸红了？"

宋大仁把头摇得像拨浪鼓一般，连连道："没有，没有，我哪有红……"

何大智咳嗽一声，却见周围其他的师兄、师弟不知何时都围了过来，年纪轻的如杜必书和张小凡都不甚了了，但吴大义与郑大礼却都是面带微笑，便笑道："哎呀，二师兄和三师兄也在这里，最近我的记性不佳，好像在上届大试中，大师兄连胜两场进到第三轮时，有一位年轻貌美的同门师妹，咦，名字给忘了……"

吴大义立刻抢着道："啊，我也记不大清楚了，不过好像是小竹峰上的一位同门师妹，相貌那是极美的，不过名字嘛……"

郑大礼满脸笑意，道："名字嘛，我们都忘了，不过当天场中鼓掌拍得最大声，和大师兄眉来眼去的那个人的样子，我们都还是记得的。"

"哗！"

此言一出，众人哗然，田灵儿带头拷问："大师兄，是哪一位同门师姐，居然对你这么好？"

宋大仁满脸尴尬，狠狠盯了何大智一眼，干笑道："没、没有这回事，你别听你四师兄乱说，小竹峰的文敏师妹只不过是看在师娘的分儿上，才为我们多喝彩加油了几声。"

"咦？"何大智立刻道，"大师兄，这就怪了，我与二师兄、三师兄都不知道那人的姓名，怎么你立刻就把人家的名字给说出来了？不过说起来文敏师姐对大师兄那个好啊……"

众人哄堂大笑，宋大仁自知失言，更知道论语锋远远不如何大智这个大竹峰门中第一精明之人，说多错更多，当下哼了一声，仗着脸皮颇厚，干笑道："无聊之人，嘿嘿，我去看看师父、师娘好了没。"

田灵儿还待追问，却见宋大仁溜得比风还快，一眨眼就看不到人影了，只得一把抓住何大智，水灵灵的大眼睛满是兴奋之色，道："四师兄，你快说说，那个文敏师姐到底长得如何？"

何大智笑道："小师妹，你不是常与师娘回小竹峰看望水月大师的吗，怎么会从没见过文敏师姐？她可是水月大师的得意弟子呢。"

田灵儿摇头道："我与娘去小竹峰时都是直接去见水月大师，难得认识几个同门师姐，你快点儿说嘛！"

何大智笑道："别急，别急，今日我们去长门通天峰参加'七脉会武'，你多半便见得到她了。"

田灵儿"哦"了一声，眼珠一转，仿佛醒悟什么，道："难怪我一早起来就看大师兄整个人神采奕奕，原来是心怀鬼胎！"

众人一呆，随即明了，放声大笑，田灵儿自己也笑，原本对"七脉会武"有的一点点紧张也化作了无形。她眼波流动，只见众人都是笑容满面，心情颇好，但当她看到张小凡时，却是忽然一怔，张小凡脸上虽有笑容，但这些年来田灵儿与他最是亲近，一眼便看出他似乎有些心不在焉的样子。

趁着众人笑谈得起劲，田灵儿偷偷地把张小凡拉到一旁，低声道："小凡，你有什么事吗？"

张小凡怔了一下，嘴角动了动，右手下意识地摸了摸胸口，终于还是道："我没事，师姐。"

田灵儿看了看他，径直道："什么东西，给我看看？"

张小凡犹豫了一下，把怀中之物拿了出来，给田灵儿看了一眼，田灵儿不看还好，一看之下却更是惊讶，道："你把这根黑乎乎的烧火棍带在身边做什么？"

张小凡见田灵儿满脸讶色，但容貌中又带了些许嗔怒，即使这样，竟也是那般美丽，讷讷道："师父恩典，让我也去见识一下，我修为浅，没什么法宝，也不会用……"

田灵儿恍然大悟，却又忍不住失声而笑，道："啊，呵呵，是这样啊，那你就带着这烧火棍去参加'七脉会武'吗？青云门两千年来，出了个炼骰子法宝的六师兄本来就古怪了，没想到……没想到你……你居然……居然带了根烧火棍去……哈哈，笑死我了。"

站在一边的大竹峰各弟子听见田灵儿突然笑得起劲，纷纷走了过来，问明情由，忍不住又是一阵大笑，张小凡眼见周围都是笑容满面、开心的师兄、师姐，心头却忽然一阵愤怒。

这内心深处的怒意转瞬即逝，可是它那般强烈，几乎令张小凡为之窒息。

他低下了头，紧紧握住那根难看的烧火棍，一种熟悉的冰凉感传上他的掌心。

"小凡，"田灵儿忽然收起笑容，正色道，"对不起了。"

张小凡身子一震，抬起了头。

田灵儿道："我本来想到给你件宝贝撑撑门面的，免得你出去被其他同门笑话。可是这些日子娘逼我修行逼得太紧了，我就给忘了。"

张小凡下意识地摇头，道："师姐，你修行要紧，不必再念及我了。"

田灵儿拍拍他的肩膀，微笑着道："不过也没什么，大家都知道你的本事，这一次去就当是长长见识了。"她压低了声音，"如果有什么人欺负你了，你一定过来和我说，哼，我立刻为你出头。"

张小凡看着师姐亲切的目光，丝毫不怀疑她的诺言，甚至周围所有人言谈中的善意，他也感觉得到。

可是，可是，是什么情绪依然如此澎湃，是什么样的火焰在内心深处熊熊燃烧，以至于几乎令他无法呼吸？

田灵儿依旧笑嘻嘻地，拍着这个她最喜爱的小师弟的肩膀，悄声道："告诉你吧，通天峰上好玩的地方可多了，这一次去我们偷偷跑去玩，好不好？"

张小凡眼前晃动着那美丽容颜，忽然间竟不敢直视她，低下头，心中又是甜蜜、又是烦恼，少年心事，一时百感交集，低声道："是，师姐。"

田灵儿展颜微笑，忽听身后何大智道："师父和师娘来了。"

众人转身看去，只见从守静堂中，田不易和苏茹走了出来。田不易一身天蓝长袍，气度颇是庄严，若不是身子稍矮，肚子又稍大了些，倒真有让人肃然起敬的宗师气派。至于苏茹，则是让众人眼前一亮，平素就姿色过人的她，今天一袭淡绿衣裙，头上玉镂花、金钗头，眉若远山含黛，肤似凝脂白玉，目光如水，红唇带笑，当真是倾倒众生。

宋大仁跟在他们夫妇二人身后，面色再正经不过了。只不过众师弟一看见他，个个面上就浮起不大正经、似笑非笑的古怪表情来了。

而在宋大仁身后，黄狗大黄和猴子小灰也跟了出来。小灰现在似乎已经习惯了坐在大黄背上，这时一看见张小凡站在前方，"吱吱吱吱"叫了几声，从大黄背上跳下，蹿到张小凡这里，三下两下蹦上了他的肩头。

田不易看了看众弟子，点了点头，道："走吧。"

说罢，他右手一挥，掌心法诀引处，赤光一闪，他那柄久负盛名的仙剑"赤灵"祭起，赤芒万丈，端的是仙家至宝。田不易正要踏前，忽然间袍子下摆被拉了一下，回头看去，却是被大黄咬住了，只见这条他从小养大的黄狗摇头晃脑，嘴里"呜呜"（咬着袍子）地叫个不停，尾巴摇得起劲，一双狗眼更是眨也不眨，直盯着田不易看。

田不易犹豫了一下，嘴里含糊说了一句，但还是袖子一挥，将大黄卷了起来，随即飘身到赤灵剑上，与苏茹打了个招呼，当先破空而去。

苏茹轻笑摇头，对众人道："你们也来吧。"顿了一下，又对宋大仁道，"大仁，小凡修为不够，你带着他走。"

宋大仁点头道："是。"

苏茹点了点头，也不见她如何作势，一道淡绿光芒闪过，仿佛与她的衣裳相配一般，载着她直上青天，追着田不易那道赤光而去。

大竹峰众弟子中，吴大义、郑大礼与吕大信修行也没有达到第四层，不能驱御法宝，当下宋大仁走向张小凡，其余的何大智、杜必书与田灵儿一人带着一个，各自上路。众人中，田灵儿的法宝是"琥珀朱绫"，何大智修炼的法宝是一支"江山笔"，倒很合他平素爱书的习性，不过最搞笑的莫过于老六杜必书的骰子法宝了，一经祭起，白光闪处，三颗骰子滴溜溜放大了十倍，在空中转个不停，各种数字轮番出现，若论天下赌具，再也莫过于此。

老五吕大信小心翼翼地上前细看，苦着脸向杜必书道："老六，你这东西该不会从天上掉下来吧？"

杜必书眉毛一挑，嬉皮笑脸道："五师兄，不如我们打个赌，若是从天上掉下来就算你赢，我就——"

吕大信"呸呸呸"道："那我还敢赢这个赌吗？"

杜必书一愣，道："那倒也是！"

宋大仁走到张小凡身前，微笑道："小凡，你准备好了吗？"

张小凡正要点头，忽然间肩头的猴子小灰却尖叫起来，二人吃了一惊，却见小灰一会儿手指指天上，一会儿对着张小凡指指自己，张小凡愣了一下，道："你也要去？"

小灰立刻咧嘴笑了起来，张小凡犹豫了一下，看了看宋大仁，宋大仁想了想，笑道："反正师父都带大黄去了，我们也带小灰去吧。"

张小凡心中欢喜，点了点头，小灰更是欢喜不已。

宋大仁转身对其余人道："我们也走吧，不然迟到了师父又要骂了。"众人答应一声，各自御着法宝走了，田灵儿临走时还到张小凡身旁叮嘱了一句："小心啊，要抓紧师兄。"

张小凡点了点头，道："知道了，师姐。"

田灵儿对他笑了笑，法诀一引，"琥珀朱绫"霞光顿起，破空而去。宋大仁随即祭起了自己的法宝仙剑"十虎"。他是大竹峰一脉的大弟子，虽然师弟们修炼的法宝不一而同，但他修炼的还是仙剑。

"十虎"仙剑通体呈黄色，长四尺，宽三指，在仙剑中体形算是比较大的，不过可惜法宝威力不能以体形来计算。当下宋大仁把张小凡拉了上来，张小凡以前有过搭乘田灵儿"琥珀朱绫"的经验，入脚处"十虎"向下一沉，随即稳住，他已不太惊慌，倒是猴子小灰似乎知道什么，紧紧抓住了张小凡的头。

宋大仁微微一笑，道："小师弟，我们走了。"

说着，他右手法诀向天一指，只听"十虎"仙剑剑身发出一声低低震响，原本平平在离地一尺处飘荡的仙剑忽地升高三尺，张小凡下意识地抓紧了宋大仁。

这时，一阵山风吹来，"十虎"剑尖缓缓向上翘起，约莫翘起七分，张小凡完全是靠紧拉着宋大仁才不至于掉落下去，一声尖啸响处，"十虎"笔直向天疾冲而上。

张小凡站在仙剑之上，紧紧抱住宋大仁，心中虽然紧张，但无论如何也舍不得把眼睛闭上。只见大竹峰青翠的山峰离自己越来越远，忽地眼前一白，一片白茫茫的，竟是穿入厚厚的白云之中，再也看不清什么东西。

这时上下前后都是茫茫云气，大风呼啸不停，刮得脸生疼，张小凡身子微微颤抖，半是紧张，半是激动。

驰骋于青天白云间，这是何等的梦想！

云海茫茫，也不知行了多久，正当张小凡心情慢慢要平复下来的时候，仿佛要再次带给他惊奇似的，"十虎"仙剑在破空的尖锐呼啸声中，冲出了云海。

那一片无垠的蓝天，如倒悬的深海，蓝得几乎是纯净透明的，无边无际，壮观雄伟。

当他们冲出云海，脚下的白云仿佛水花，随着他们的去势泛起长长云气，似乎依依不舍，犹如大河微浪，飘到半空，然后再缓缓落下，回到云海之中。

长空如洗，"十虎"仙剑冲天而起，直到离脚下茫茫云海又有了大约三百丈的高度，宋大仁才将剑身放平，开始向通天峰方向直行而去。

远处，一座高耸入云，不，高耸入天的雄伟山峰，傲然屹立。那里，白云缥缈处，隐隐有钟声回荡在这苍穹天地。

通天峰，仿佛真的通往青天。

张小凡屏住了呼吸，放眼远眺，无垠的青天下、雄伟的山峰旁，飞舞萦绕着无数道各色光芒，越接近通天峰，这些光芒就越是密集。

张小凡知道那些都是青云门中弟子驱用的法宝，因法宝五行之分而有各种不同的颜色，看上去五彩缤纷，极是漂亮。但见这道道光芒如彩石落雨，纷纷涌向那座山峰，景象蔚为大观。而他们与"十虎"仙剑一道，也很快融入这五彩缤纷的洪流之中。

伴着呼啸声，宋大仁带着张小凡御剑落到了一个巨大的广场上，一落到地上，猴子小灰便东张西望，随即从张小凡的肩膀跳下，在广场上跳来跳去，兴奋不已。张小凡也不去管它，放眼看去，只见这里白玉为栏，仙气阵阵，广场中央有九座大铜鼎，成三三之数摆放中间。最令人吃惊的，便是这广场之上，云气蒸腾，行走时如在云中，使人有成仙的感觉。

张小凡看在眼里，备觉眼熟，记起这里是当初自己初上青云山时到过的所谓"青云六景"中的"云海"。五年不见，这里一如既往，没有什么变化，还是那么美丽缥缈，只是今日却比五年前热闹了许多。

广场上，此刻已是热闹非凡，青云门前来参加"七脉会武"的弟子们估计都暂时停在这里，远远望去，人头攒动，怕有数百人之众。站在广场上的人物，多数身着青云门服装，有道有俗，有男有女，其中年轻一辈居多，英气勃勃之人多有所在，可见这些年来青云门励精图治，大力栽培年轻弟子。

虽然广场上站了数百人，但依然显得很宽敞。宋大仁举目四眺，忽听远处一个清脆声音喊道："大师兄，我们在这儿。"

宋大仁与张小凡看了过去，正是大竹峰众人，喊话的不用说，是田灵儿了，他们站在广场中间一座巨大铜鼎旁边，田灵儿正对着他们挥着手。

宋大仁应了一声，与张小凡走了过去，一路之上，张小凡向四周张望，只见广场上其他各脉弟子三五成群地站在一起，个个看上去兴高采烈地谈论着，想来无不是对即将到来的会武大试充满期待吧。

他们走到跟前，站在田灵儿身后的何大智首先道："大师兄，这一路还顺利吧？"

宋大仁微笑道："这里又不是第一次来，还能有什么事？"

田灵儿看了张小凡一眼，笑道："小凡，路上的景色还好吧？"

张小凡回想起刚才在青天之上那壮观到动人心魄的景色，衷心道："漂亮极了。"

田灵儿嘻嘻一笑，拍拍他的肩膀，道："以后你自己努力些，等炼了法宝学会了御空而行，你自己天天飞上青天去看个够。"

张小凡没有说话，但面露笑容，重重地点头。

宋大仁向周围看了一下，向何大智道："四师弟，师父和师娘他们呢？"

何大智道："我们几人跟着师父、师娘到了这里，接待的长门道兄就把师父、师娘引到上面玉清观去了，说是七脉首座长老要聚会一下，最后商量一些会武大试的细节。师父吩咐我们就在这里守候。"

宋大仁点了点头，随即招了招手，把众师弟召到身边，向四周看了看，压低声音道："我怎么看着其他各脉面生的师兄弟好多，你们先来这里一会儿了，有没有什么消息？”

何大智摇了摇头，道："我也有这种感觉，看来这些年同门各脉收了不少新人。"

老二吴大义看了一下周围，道："新人是不少，不过我估计等明日上台比试的，多半还是以前修为精深的各位师兄，毕竟修行经验上还是他们……"

宋大仁忽然叹了口气，道："二师弟，未必如此，你还记不记得两年前龙首峰派来传信的那个年轻弟子林惊羽？"

吴大义一怔，随即默然，众人相看一眼，都没有说话，只有张小凡心中忽地有一股复杂的情绪掠过，似是欢喜，似是羡慕，仿佛还带了一分嫉妒。

"那厮算个什么东西？"忽然间有人冷冷地道。

众人吃了一惊，却见说话的正是田灵儿，只见她一张俏脸微微涨红，美目圆睁，恨恨地道："他不来参加这次比试也就罢了，若他敢来，最好就叫他遇上我，到时候我再与他分个胜负！"

大竹峰众人面面相觑，老六杜必书一向机灵，反应极快，笑道："小师妹说得极是，若是真有这么巧，嘿嘿，各位师兄，不如我们来打个赌，看看谁输谁赢……"

"去去去！"站在他身旁的老五吕大信一脚把他踢开。

宋大仁笑了一下，正想说些什么，忽听身后一声轻咳，有一个女子轻声道："宋师兄，许久不见了啊。"

第十八章
怒　兽

宋大仁忽然如受重击，怔了一下，这声音萦绕在耳，便如仙乐一般，片刻之后他如梦初醒，闪电般转过身来，只见身后站着五六位女弟子，从她们服饰来看是青云门中一向只收女弟子的小竹峰门下。

而当先出排对着他们的，是一位瓜子脸的美貌女子，秀发如云，肌肤如雪，嘴角挂着一丝淡淡的笑意。张小凡看了看那女子，正想回头问问是哪一脉的同门师姐，不料回头一看，却见从吴大义到郑大礼再到何大智，个个面上都有诡异的笑容，心念一动，再看宋大仁的样子，却见这平日精明能干的大师兄一脸傻笑，呆呆的样子，似乎不知道说什么好了。他转念想了想，便把这女子的身份猜了出来。

果然，一旁的何大智等人正待要看好戏，不料宋大仁突然陷入痴呆境界，那副呆样不但大竹峰众人受不了，就连对面小竹峰的各位女弟子也是掩嘴偷笑不已。站在宋大仁前边的那美貌女子脸上微微一红，低声叫了一声："宋师兄。"

宋大仁还没反应过来，大感不耐烦的何大智已然接口道："哈哈，文敏师姐，你我也是多年不见了，近来可好啊？"

文敏美目移到这精瘦之人身上停了片刻，便微笑道："这位是何大智何师兄吧？"

何大智连连点头，道："正是在下，文师姐好记性，你我只在一甲子前见过一面，居然也记得在下，真是让我受宠若惊了。"

文敏微微一笑，道："何师兄在上次比试中力抗强敌，大显身手，我自然是记得的。"

何大智脸上一红，上一届的"七脉会武"，他在第一轮比试中就遇上长门通天峰的一位高手，虽然竭尽全力，还是败下阵来，不过他为人精明，当下一笑带过，道："那些陈年往事，不提也罢，小弟这些粗浅修为，与文师姐还有我们大师兄相比，那是远远不及的。说起来，自从上次大试之后，我们大师兄可是时时挂念着你呢。"

文敏脸上微红，却不答话，只用眼角瞄了一下宋大仁，不过她身后年轻的师妹却已经笑了出来。宋大仁一个粗豪的大汉，此刻却窘得像个害羞的少年，连忙吭声道："没、没有，我哪有时时……"

"什么？"他话没说完，便被对面文敏身后一个年轻女子打断，"那么你是不挂念我们文敏师姐了？"

宋大仁心中一跳，偷偷抬眼看了文敏一眼，只见文敏也正看着他，一双美目眨也不眨。他心中着急，冲口而出道："不……不是的，我挂念着……"

"哈！"

大竹峰和小竹峰众人一起哄笑，尤其是文敏身后几个年轻女子，笑得尤其大声，惹得附近其他各脉弟子也往这里多看了几眼。

何大智待众人笑声稍止，正色对小竹峰各位女子道："各位师姐，其实我们大师兄的意思是这样的，他不是不挂念文敏师姐，但也没有时时挂念着……"

"那是什么呀？"小竹峰一个女弟子高声笑问。

何大智向那女子看了一眼，微笑道："他是过了一刻便记了文师姐一次，过了一刻又念了她名字一次，所以才说没有时时挂念着。"

众人大笑，宋大仁狠狠瞪了何大智一眼，眼角却看向文敏，只见她嘴角含笑，却似乎没有生气，心中不由得暗暗有些欢喜，嘴里却讷讷道："文师妹，他们就是爱开玩笑，你……你别在意。"

文敏笑了一下，转过头去先拦住了身后那些笑得花枝乱颤的师妹，然后深深地看了他一眼，道："那你心里是怎么想的？"

宋大仁苦着脸，嘴里"我、我、我"了几声，却说不出什么话来，看他这副样子，那几个女子忍不住又笑了起来。文敏摇了摇头，瞪了他一眼，不去理他，走到田灵儿身前，拉起她白玉一般的手掌，细细看了看她，道："你就是灵儿师妹了吧？"

田灵儿奇道："是啊。文师姐你怎么会知道我的？"

文敏笑道："你常随苏茹苏师叔来我们小竹峰上看望师父，我们早就认识你了。几年不见，真是长得越发俊俏了。"

田灵儿握住文敏的手，笑道："哪里，我怎么比得上文敏师姐你如花一般的美貌。"说到这里，她压低声音，凑到前边悄声道，"我大师兄可为文师姐你神魂颠倒了哦。"

文敏瞄了宋大仁一眼，宋大仁立刻露出一脸傻笑，她摇了摇头，低声道："你那个大师兄呀，真是个榆木脑袋。"

田灵儿"扑哧"一声笑了出来，立刻感觉与这文敏师姐相见恨晚，当下文敏轻轻一拉，田灵儿便跟着她走到小竹峰那群女人中间，叽叽喳喳几句聊了下来，立时便混得熟悉无比，欢声笑语，不时从那群女人中间传了出来，倒把宋大仁等人给晾在一旁。

宋大仁站在一旁，满心想上前与文敏说话，一时又不知道怎么开口，只得站在原地。不说别人，便是张小凡看在眼里，也是大摇其头。

正在这时，张小凡忽然听见身旁的杜必书"咦"了一声，道："又来了好多人啊。"

张小凡心中奇怪，转眼看去，身子忽然一震。只见远处走过来一群人，共有三十几人，个个身着白衣，英气勃勃，换句话说是趾高气扬也无不可。不过当先几人却是气度不凡，尤其是最前一人，白衣如雪，俊逸潇洒，不是那个齐昊又是何人？

齐昊！

张小凡盯着那群走过来的人，在心中重重地重复着这个名字，同时听到身旁四师兄何大智忽然笑了一下，低声道："龙首峰一脉果然是人多势众。"

齐昊这时也看到了大竹峰众人，立刻走了过来，他身后众人也跟了过来。走到跟前，他拱手向宋大仁笑道："宋师兄，你我又见面了。"

宋大仁不敢怠慢，回礼道："齐师兄，你也来了，这次大试不知道你可有参加？"

齐昊笑道："原本小弟是不想参加了，不过家师以为小弟修行还需磨炼，命我参加，所以就厚颜占了本脉一个名额了。"

宋大仁点头笑道："如此甚好，以齐师兄之才，这次的胜者非你莫属了。"

齐昊连连摇头，谦虚道："哪里哪里，宋师兄过奖了。"

他二人说着门面话，张小凡却瞪大了眼睛在齐昊身后搜寻着，果然不出片刻，便看到在齐昊身后站着的林惊羽也把目光扫来扫去，显然也在找着什么。二人目光相触，欢喜至极，同时走了出来，握住对方的手，仿佛有千言万语，却一时都说不出来了。

许久，林惊羽才道："小凡，你参加这次的大试吗？"

张小凡点了点头，笑道："参加，我师父对我极好，开恩让我参加了，你呢？"

林惊羽道："我也参加，哼，你那个矮子师父有什么好的，两年前我去你那里，他那样对你……"

张小凡连忙道："不，他平日里不是那样的，那天他只是生气。"

林惊羽与这儿时好友难得重见，不愿让这些无聊话题打扰各自心情。当下岔开话题，笑道："你小子，两年不见，倒长得这么高了？"

张小凡捶了他一拳，笑骂道："怎么，就你可以长大，不许我长高了吗？"

林惊羽大笑，他二人在一旁自顾自地说话，这一次再没有什么师长在旁边，什么话都说个痛快，别人也不管他们。只是在说话间，张小凡无意间回头一看，却见齐昊不知什么时候看见了田灵儿和文敏那一群女子站在一旁，正走过去打招呼，他心中没来由地一痛，连脸色也变了。

林惊羽看在眼里，讶异道："怎么了，小凡？"

张小凡摇了摇头，强笑着道："没事。"只是他话虽如此，眼睛却还是看向齐昊那边的。

齐昊这时已走到田灵儿与文敏面前，他首先笑着向田灵儿打了个招呼，道："田师妹，还记得我吗？"

田灵儿一直在兴高采烈地和文敏等小竹峰众人说着话，此时见齐昊突然出现，不知怎的，脸上一红，声音也变得小了："是，齐师兄好。"

远远看去，田灵儿清丽的脸庞上微微泛红，水汪汪的大眼睛乍一看如梦似幻，但这美丽的容颜映在远处张小凡的眼中，竟是如刀割了一般，痛在了内心深处。

　　"小凡，你怎么了，怎么脸色突然变得这么白？"林惊羽不明所以，关心地道，"是不是生病了？"

　　"没事的，我很好。"张小凡低低地道。

　　远处，文敏心思何等敏锐，看了看田灵儿的样子，心里便大致有了数，当下向齐昊道："齐师兄，怎么你只认得田师妹，眼中都没有我们小竹峰各位姐妹了吗？"

　　她说了这话，身后的各个女子都起哄起来，齐昊连忙道："文师姐这是哪里话，我岂敢如此怠慢小竹峰各位师姐？"

　　文敏轻笑一声，道："齐师兄这次再度参加'七脉会武'，想必是志在必得了？"

　　齐昊眼中精光一闪，道："文师姐在上届大试之中，连过三关，可惜败于长门萧逸才萧师兄之手，令人扼腕。想必经过一甲子的精修，加上水月大师的悉心栽培，如今以小竹峰第一高手的身份，必也是冲着这大试桂冠来的吧？"

　　文敏微笑道："不敢，不敢，我怎敢与齐师兄你争，而且小竹峰第一高手这个称号，我可更是担当不起的。"

　　齐昊皱眉道："文师姐你太客气了……"

　　文敏笑道："非也，家师水月大师学究天人，我资质愚钝，不能得她老人家真传之一二，本脉另有奇才姐妹，齐师兄可要小心了。"

　　齐昊眼中精光大盛，但脸上却微笑道："如此更好，想必能让文师姐甘拜下风的，一定也是不世出的奇才，小弟真想早日见识一下。"

　　文敏轻笑一声，点头示意，不再多说，拉着兀自不太舍得的田灵儿走到一旁。

　　正在这时，广场上空忽然传来一声尖啸，声若惊雷，震动全场。广场上数百位青云弟子都抬头看去，只见一道红光电射而来，片刻间停到广场上方，一把红色仙剑散发道道仙气，横在广场半空，上面站立着一个通天峰长门道士，朗声向站在广场上的各脉弟子道：

“诸位师兄，掌门真人与各位首座有令，请参加‘七脉会武’大试的各位师兄上玉清殿说话。”

山风吹来，白云缥缈，广场上数百名的青云弟子骚动了一阵，便陆续有人走了出来，向广场前端走去。

张小凡本以为那些修为高深的弟子会直接祭起法宝御空而去，不料看着众人却似乎都无此意，一个个老老实实地走着。他与林惊羽走在一起，向左右看去，只见田灵儿与小竹峰文敏等女子走在一起，笑容满面，看来心情颇好，宋大仁等大竹峰弟子则跟在她们身后。

至于龙首峰一脉，从齐昊那一堆人中走出了七八人，此刻却又走到别处，和同样走出来的另几脉弟子打起了招呼，尤其是齐昊，熟稔地喊着另几脉弟子的名字，打着招呼，八面玲珑，而其他各脉弟子也无不笑脸相迎，看来交游很广的样子。

“齐师兄他是很会交朋友的。”注意到张小凡的目光一直看在齐昊身上，走在他身旁的林惊羽道，“而且他修为高深，又得师尊苍松真人的信重，所以在青云门里，大家都很给他面子。”

张小凡听在耳中，面无表情，只是缓缓地点了点头。

走到广场尽头，便是青云六景中的“虹桥”，张小凡与林惊羽在五年前被救上青云山时都走过此处，此刻故地重游，心中不由得一阵感慨。

踏上虹桥那鬼斧神工般的桥身，看着桥两侧琤琤流下的清澈水流，依旧折射出迷幻美丽的七色彩虹，五年前两个不知世事的少年，如今已是青云门下的弟子。走在人群的最后，林惊羽忽然低低叹了一声：“五年了！”

张小凡默然不语，只是向前走着。眼前的景色一如当年，随着虹桥的上升，白云渐渐地都落在脚下，蔚蓝的天空清澈如洗，横在头顶。

“你为什么不御剑上去呢？”张小凡突然道。

林惊羽面上微有讶容，道：“你不知道吗？我们弟子辈在通天峰主殿附近是不容许御剑凌空而行的。我听齐昊师兄说过，这个一来是为了表示尊重长门，在玉清观圣地要步行而上；二来听说在我们青云门建派初始，青云祖师为了保护此地，曾在这通天峰峰顶设下极厉害的禁制，名叫'诛仙剑阵'，任何人只要擅自御空飞到通天峰上空，必然要受到'诛仙剑阵'的诛杀。"

张小凡吃了一惊，道："难怪这么多同门高手，居然一个御剑的也没有。对了，那个'诛仙剑阵'厉害吗？"

林惊羽目光望向高高耸立在前方的山峰，道："我也没有见识过，不过想来是极厉害的。听说这'诛仙剑阵'自青云祖师传下，到了千年前青叶祖师又再予以完善，威力绝伦。从那以后，就再没有听说过有什么人胆敢到我们青云山撒野了。"

张小凡顺着他的目光看向那座雄伟高大的山峰，感叹道："好厉害啊！"

他二人边说边走着，跟随着这数十人一起走过了虹桥。一路之上，张小凡向这些青云门年轻一代的精英看去，但见这六十多人中，男子占了大半，女弟子估计只有十三四人，其中大半还都是身着小竹峰服饰的。不过不论男女，放眼看去，个个气度不凡，男的气宇轩昂，女的美丽大方，俊男美女，满目皆是。任谁看了，也要说青云门后继有人，前途光明。

过了虹桥，就到了青云门镇山灵兽"水麒麟"所居的碧水潭了。与五年前张小凡和林惊羽初来时不同，这头被青云门弟子敬称为"灵尊"的上古异兽，此时没有躲在潭水中，而是老早就趴在了潭边空地上晒着太阳。不过看它那副懒洋洋的样子，倒与五年前没什么两样。

青云弟子走下虹桥，逐一向这头庞然大物行礼，然后踏上潭边的台阶，向那高高在上的玉清观主殿走去。林惊羽跟在众人身后，悄声向张小凡道："你还记得我们刚来时的遭遇吗？"

张小凡点了点头，心有余悸道："记得，淋了一身水，不过那倒也罢了，看到这么一头大怪兽，可把我给吓坏了。"

林惊羽嘴角露出一丝微笑，道："就是，以前我们在草庙村里的时候，什么时候见过这种东西，我还以为，这世上最大的动物就是青云山上的狗熊呢。"

张小凡失声大笑，一时间众人纷纷回头看来，张小凡吓了一跳，连忙止住笑声。林惊羽也是吃了一惊，干咳两声，面色微红。

其他人看了几眼，便转过头继续走去，张小凡这才松了口气，转眼向林惊羽看去，二人目光相接，相顾莞尔。

前头数十人很快走了过去，张小凡与林惊羽走下虹桥，来到碧水潭边，向那只水麒麟恭恭敬敬地行了一礼。不过从开始这只水麒麟似乎就睡得特别死，任谁行礼也没有反应，此刻埋头大睡，鼾声如雷，定是不知道这两个青云小辈在向它行礼的。

张小凡与林惊羽也没想过水麒麟会搭理他们，行过礼后，他们便走上台阶。张小凡道："惊羽，上次你到大竹峰来，匆匆忙忙的，我也没恭喜你。想不到才几年工夫，你就有了这么高的道行。"

林惊羽笑了笑，道："这都是我恩师苍松真人与各位师兄用心教导。"说到这里，他话音一顿，声音渐渐转为低沉，道："其实最初几年，我每在用功之时，就想到了草庙村里那一堆血淋淋的尸体，心中难受，所以狠下心来努力修行，希望能有一天为父母与村子里的人报得大仇。"

张小凡心中一酸，伸出手拍了拍他的肩膀。林惊羽定了定神，收拾心情，展颜笑道："好了，不说以前的事了。你呢，修炼得如何了？"

张小凡摇了摇头，道："你知道我从小就没你那么聪明，这些年在大竹峰上，师父与各位师兄对我都很好，但我太笨，修真上进展极慢，很是对不起师父与大师兄。"

林惊羽哼了一声，道："你哪里笨了，我看八成是你那个矮师父故意难为你，不传你真正的青云门修真道法。"

张小凡没料到两年前那一次争端，林惊羽到如今还对田不易耿耿于怀，当下笑道："不会的，我师父不是那种人。算了，不说我了，对了，你的法宝还是两年前那柄'斩龙剑'吗？"

林惊羽点了点头，微笑道："这柄神剑是龙首峰一脉的至宝，得恩师厚爱传我此剑，除了威力巨大，而且剑有灵性，对我修真有莫大帮助。"

张小凡心中羡慕，脸上也显露出来，道："那最好了。"

林惊羽微笑反问："那你呢，小凡，你有什么法宝吗？"

张小凡呆了一下，下意识地伸手到怀中摸了一下那根黑乎乎的"烧火棍"。一丝冰凉，若有若无地蹿上他的手掌。

"没有。"他低声道，"我的修行不够，还不能驱用法宝。"

林惊羽也不在意，似乎早已料到，安慰他道："没关系的，小凡，只要你勤奋修行，一定会成功的，反正我们还年轻，就当这次来见识一下了。"

张小凡嘴角动了一下，看着老友和善的面孔，听着他温和的话语，却没有一丝欣慰的感觉。

见识一下？

谁都认为他来这里只是见识一下，想到此处，他心里忽然生出一阵说不出的怒气，就像一团火焚烧在内心深处，可是转眼间便消散了。他低下了头，没有说话，甚至连责怪朋友的心思也没有，因为他发现连他自己也是这样认为的。

仿佛响应他的心思，在他怀中此刻仍然与他手掌相接的"烧火棍"，突然起了一丝反应，片刻间寒气大盛，从他的手掌直接蔓延到肩膀。

张小凡大吃一惊，但随即发现，这股感觉对他的身子完全没有任何危害，反而凉丝丝的，颇为舒服。他向旁边看去，却见林惊羽毫无觉察。

就在张小凡松了一口气的时候，忽地，一声震耳欲聋的嘶吼，从他们身后爆发。张小凡倒还罢了，但就连修行远胜于他的林惊羽竟也和他一样，全身一震，耳朵里轰然作响，耳鸣不止，而走在他们前面的部分青云门弟子，看来也是同样情况。

众人惊讶至极！在这青云门圣地之上，怎会有如此怪声？当下纷纷回头，一看之下，众人更是惊骇莫名，只见在碧水潭边，那只一直酣睡的巨兽水麒麟，突然间苏醒过来，恶狠狠地回过头，硕大的双目竟透出无尽凶光，背上毛发根根竖起，张开一张血盆大口，露出了两颗长长锋利的獠牙，竟是摆出了一副攻击姿态。而它的目标，赫然便是站在台阶上的青云门众弟子。

第十九章
抽　签

　　这水麒麟乃是洪荒灵种，上古异兽，这一发威，登时便见风云变色，本来蔚蓝的天空竟在刹那间暗了下来，伴随着它向台阶踏出了第一步，原本平静的山风成了狂风，尖锐呼啸，卷过通天峰顶。

　　而离水麒麟最近的碧水潭中，水面更是起了变化，从波平如镜开始颤动，随之突然剧烈地转动，整个潭水急速旋转，中心处旋出一个深深的漩涡来，在那漩涡深处，更似有隆隆之声传来。

　　片刻之后，众人只听一声巨响，一道水柱从漩涡深处冲天而起，竟足足有三人合抱之粗，而且凝而不散，在半空中打了个转，凌空折下，仿佛受到什么驱使似的，落到水麒麟身前，矫若游龙，晶莹剔透，在空中旋转游动。

　　这时，站在台阶上的所有青云门人，包括修为最精深的齐昊等人，再也没有一个能保持镇定，全都变了颜色，有的甚至已是面色苍白，微微颤抖。

　　水麒麟之所以能够成为千年前青叶祖师除妖伏魔的得力臂助，并在千年中被青云门尊崇至极，它的实力在这一刻完全显露了出来。金、木、水、火、土五行之中，水麒麟乃是水系的极品灵物，只看它这一手凭空御水的本事，毫无借力，召出水柱之粗且凝结不散，甚至盘旋半空游动不已而无丝毫吃力神色，灵力之强，念力之纯，早就远远胜过了寻常人间的修真之士，便是高手如云的青云门中，不要说纯以念力做到这一点，就是借用法宝能有这份法力的也没有几人。

　　这一刻，但见天地齐暗，风云翻涌，青云门众弟子眼见灵尊水麒麟突发千余年来从未有的雷霆之怒，皆目瞪口呆，不知所措。说时迟那时快，只见水麒麟口中怒吼不止，双目瞪圆，眼中狂怒憎恨之色越来越浓，似是感觉到什么深仇大恨或极度憎恶的东西，要与之决一死战，不死不休。而盘旋在这头巨兽身前的粗大水柱游动速度也越来越快，忽的一声巨响，"轰"的一声，庞大的水柱带着无尽声势，铺天盖地地打向台阶上的青云弟子。

就在这关键时刻，只听半空中传来一声疾呼："灵尊息怒！"

一道墨绿身影，像是凭空出现一般，突然出现在水麒麟与青云弟子中间的半空中，正是青云门掌门道玄真人。五年不见，他鹤骨仙风，丝毫没变，只是他此刻眉头紧锁，显然也对水麒麟突然发难极为不解。

但此刻情况紧急，他身后便是数十个青云门中最优秀的年轻弟子，而前方呼啸而来的水柱内波光阵阵，隐隐现出各种狰狞巨兽的影子，显然是往日水麒麟杀死的凶兽，死后，魂魄竟为水麒麟摄入体内，不得往生，此刻被水麒麟因在水柱之中，更增威势，以道玄真人通天彻地之能，也不能不为之心惊。

眼看水柱迫近眼前，道玄避无可避，只得深深吸气，口中诵了一声："无量天尊！"双手抬起，虚空抱球，左右手成剑指法诀，似缓实急，在身前虚画了个太极图，片刻间这图案凌空发光，白光阵阵，瑞气腾腾，随即道玄一反身，身上墨绿道袍无风自鼓，霍然自身上飘下，空中的太极图立刻如受驱使，冲到道袍之前，当即烙在道袍上，这墨绿道袍看来也是仙家宝物，受了那太极图，"呼"的一声，见风就长，片刻间大了十倍不止，横在半空。

"哗"的一声重响，水麒麟御使的水柱撞上了墨绿道袍，只听水柱中嘶吼连连，似乎是那些妖兽魂魄大怒狂呼，在墨绿道袍重击之下，向后退了数丈，道袍中心被水柱撞击的部位更是深深鼓出，看得出受力之巨。

站在台阶上几乎傻眼的青云年轻弟子们，只觉得忽地一股巨风涌来，个个立足不稳，除了几个修行深的还勉强支持，大多数人竟都是左右跌倒。众人不由得尽数失色，若没有道玄真人出手挡下了水麒麟这雷霆一击，真不知会有什么后果。

张小凡面色苍白，立足不稳，便向旁边倒去，林惊羽眼角看到，刚想伸手去扶，不料自己身子歪了一下，却也倒向了另一边，自顾不暇。

张小凡大惊失色，下意识地放开了自己伸在怀中握着那根"烧火棍"的手，拼命地想找个地方支撑一下，全然没有注意到他的手一离开烧火棍，那股冰凉感觉就消失无踪了。

空中，道玄真人面色肃然，严阵以待，而在他身后，"唰、唰、唰"几声，又出现了十几个人影，凌空站在他的背后，为首的是苍松真人，其余的是六脉首座以及各脉的长老，田不易与苏茹都在其中，个个面色严肃。

青云门高手此刻尽数在此，放眼世间，遇到这种阵势，任谁也先怕了七分，偏偏这水麒麟在一众青云门道行高深的掌门、首座、长老环伺下，竟无丝毫畏惧之色，但在众人的目光注视下，水麒麟原本怒火中烧的双眼忽然平和下来，反露出古怪神色，似是大惑不解，而身前声势巨大的水柱也随之缓缓缩小，最后落到地上，"哗啦"一声，把地上打湿了一片。

此时水麒麟声势全无，但庞大的身躯耸立原地，仍然颇为可怕，只见它理也不理在半空中的一众长老，眼睛只瞪着台阶上的年轻弟子，目光扫来扫去，又用鼻子在空气中嗅了嗅，似乎也没闻出什么气味来。

过了半晌，在这古怪举动重复了许多次之后，水麒麟好像终于放弃了，摇了摇它那巨大的脑袋，转过身，一摇三摆地走到另一块空地上，躺了下去，把头往腿上一靠，眯起眼睛，过不多久，居然又响起了鼾声。

青云门众人面面相觑，目瞪口呆。

苍松道人最快回过神来，悄悄移到道玄真人旁边，低声道："掌门师兄，不宜让弟子们在此多待。"

道玄醒悟，看了一眼苍松，点了点头，道："你带着弟子们先上去，我去看看灵尊怎么回事。"说完，身子一折，便向水麒麟飞去。

苍松回过身子，朗声道："刚才是灵尊跟大家开了一个玩笑，大家不必紧张，现在凡是参加会武大试的弟子，依次走到玉清殿去吧。"

众弟子齐声应了，恢复了秩序，向上走去。不过各自心里回想水麒麟刚才那惊心动魄的一击，只怕没几人会相信只是一个玩笑吧。

跟随在众人身后，张小凡与林惊羽走进了雄伟宽敞的玉清殿。站在这座殿堂之内，张小凡忽然觉得，五年里的记忆一幕幕翻了起来。

"惊羽。"张小凡突然低声道。

"什么？"林惊羽看向张小凡。

张小凡低沉着声音，道："我忽然想起了一件事，这几年里，你见过王二叔吗？"

林惊羽面色顿时暗淡了下来，随即摇头道："没有，今天也是我第一次回到通天峰。三年前我问过齐昊师兄王二叔的情况，听他说他还是那副疯疯癫癫的样子，整日在通天峰上跑来跑去，不过有长门的师兄照顾着，应该没有问题的。"

张小凡沉默了一会儿，道："等这次比试完了，我想去看看他，你去吗？"

林惊羽点了点头，道："好，我也很想见他的。"

这时，大殿之上，忽然绿影一闪，道玄真人从外面闪了进来，青云门各长老的目光都落到他的身上，苍松道人上前问道："掌门师兄，灵尊……"

道玄抬手止住，向他使个眼色，苍松道人立刻会意，住口不说。随即道玄真人若无其事地转过身来，和颜悦色地向站在大殿上的数十位青云门年轻弟子道："大家都来了吧？好，好。"

众弟子一起弯腰行礼，道："见过掌门真人。"

道玄真人微微一笑，走回座位，向苍松道人看了一眼，苍松道人随即走上前，朗声道："诸位，你们都是青云门年轻一代的佼佼者，我青云一脉从建派至今，已有两千余年，实为道家正统，正道领袖。但古人有道：业精于勤，荒于嬉。又有云：逆水行舟，不进则退。我派历代祖师为了警诫后人，并提携年轻弟子，传下了'七脉会武'这一盛事，到如今已是整整二十届了。"

"啊！"青云门众弟子中传出了一阵惊叹声，二十届，以一甲子一次计算，便有了一千二百年之久。

苍松道人满意地看着众人的反应，又道："时至今日，我青云门在道玄掌门师兄的带领下，兴旺繁荣，远胜前世，年轻一代中出类拔萃者数不胜数。故掌门师兄与各脉首座商议之后，特将本届大试人数增至六十四人，以免有沧海遗珠之憾。"

听到这里，张小凡不禁向田不易看了过去，只见田不易坐在道玄真人下首，面无表情，眼中却大有不耐烦的神色，毕竟增加比试人数之事，表面是与各脉首座商量了，其实还不是道玄真人与苍松真人说了算。

只听苍松道人接着道："此次大试，人数上多了一倍，所以在抽签上也有些变化。诸位请看……"说着，他手一指大殿右侧空地之上，众人看去，只见那里摆放着一个大红木箱，四四方方，只在上面开了仅容一臂伸进的小洞。

"红木箱中，共有六十三粒蜡丸，其中各包着一张字条，上书着从一至六十三序列数字……"众弟子忽地一阵喧哗，苍松道人不去理会，又道，"抽签完成之后，即以数字为准进行比试，一对六十四，二对六十三，三对六十二……如此类推，其后第二轮，则每对中胜出者依前法对阵，如此类推，一直到最后决战。诸位明白了吗？"

站在堂下的青云门众弟子沉默了一会儿，忽然有人大声道："请问苍松师叔，明明有六十四人，怎的却只有六十三粒蜡丸？"

苍松道人似是对这个问题早有准备，干咳一声，道："此次比试的规矩本是青云门七脉中各出九人，其中长门再多出一人，不过，因为有一脉同门总共只派出了八位弟子，所以便少了一人，故只有六十三人。"

一时间，所有人的目光都落到大竹峰首座田不易的脸上，田不易脸上掠过一丝怒容，但端坐于位，丝毫不动。底下青云门弟子喧哗声顿起，议论纷纷。

待众人声息稍稍平复，苍松道人才正色道："不过这也不是什么难事，在那六十三粒蜡丸中，只要有哪位弟子抽中一号，那便是幸运至极了，因为并无六十四号对手，所以他首轮轮空。"

此言一出，青云门弟子中又是一阵哗然，不过青云门毕竟是名门大派，家教甚严，这个方法看起来虽然颇为滑稽，但也无人反对。

道玄真人站了起来，环顾四周，以他掌门之尊，登时四下无声。道玄真人点了点头，道："既如此，大家就去抽签吧。"

大殿之上，所有人的目光随之都落到了那个红木箱子上。首先，是长门一脉走出了十位弟子，依次走到箱子旁，各自抽出了一粒蜡丸，然后便是龙首峰一脉的弟子。

林惊羽向张小凡打了个招呼，也走了出去，张小凡看了他背影两眼，随即把目光望向坐在上首的七位首座和各位长老。这些人中，从道玄真人以下，苍松道人、天云道人还有商正梁、曾叔常等各脉首座他在五年前都已见过，只有坐在右侧最后一把椅子上的一个女道姑未曾谋面，不过看这样子，多半便是大名鼎鼎的小竹峰首座水月大师了。

张小凡平日里时常听师兄们提起这位师叔，听说小竹峰乃是青云门中唯一只收女徒的一脉，水月大师本人的道行也是极深，在青云门中赫赫有名。而小竹峰出的弟子，在历届"七脉会武"大试中也时有出色表现。

张小凡不禁向水月大师多看了几眼，只见她相貌有三十岁上下，与师娘苏茹倒是差不多，鹅蛋脸形，细眉润鼻，一双杏目炯炯有神，一身月白道袍，看去竟是风姿绰约。而在她身后，并无站着长老一辈，倒是侍立着一名女弟子，一身白衣如雪，相貌极美，背后背着一把长剑，剑鞘、剑柄通体呈天蓝色，色泽鲜亮，隐隐有波光流动，一看便知是仙家宝物。

他正看得出神，那年轻女子像是感觉到他的目光似的，忽地转过头来，目光如电，冷冷盯了张小凡一眼。张小凡心中一震，如受电击，双目竟似乎被刺痛一般。

他吓了一跳，面上微红，但见那女子面无表情，但眼中隐隐有轻蔑之色，赶忙低下头来。正在这尴尬时刻，旁边忽然有人伸手过来拉他一下，只听田灵儿的声音道："小凡，你发什么呆啊，到我们去抽签了。"

张小凡连忙道："是，是。"说着再不敢向水月大师处看上一眼，转过身跟着田灵儿向红木箱走去。

此时大殿之上只剩下大竹峰与小竹峰两脉未曾抽过签，以宋大仁为首的大竹峰众人依次走到箱子旁，抽取了蜡丸，随即走回堂下。之后，在众人纷纷查看自己抽到什么号数的时候，小竹峰一脉中走出了八位女弟子，文敏也在其中，站在水月大师身后的那个白衣女子向水月大师低头说了一句，水月大师点了点头，道："你也去吧。"

那白衣女子应了一声，走到小竹峰诸女之中，和文敏诸人笑了一下，一起走到红木箱旁，抽出了最后九粒蜡丸。

此刻，大殿之上，众弟子纷纷查看蜡丸，坐在上首的各脉长老、首座也不由得紧张起来，目光都盯着本脉弟子，一心盼着弟子抽个好签，若是抽到写着"一"的字条，自然是再好不过了。

仿佛应和着众位师长的心思，堂下青云门年轻的弟子们一个个发出了声音：

"啊，我是二十六。"

"我是三十三，咦，你是多少？"

"哦，我是四十七，不知道对手是几号，我算算……"

………………

只是各弟子说了半天，却没有人说自己抽到一号字条的。

苍松道人皱了皱眉，咳嗽两声，朗声道："是谁抽到了一号签？"

他声音洪亮，一时压下了所有声音，大殿上一片寂静。许久，人群中，忽然有一个小小的声音，带着一丝惊讶与小心，似乎是连他自己也不相信的语气，道："回、回禀苍松师叔，在、在我这里。"

众人一起看去，不觉愕然，只见张小凡站在人群中，手里拿着一张字条，呆立原地，眼光却瞄向田不易，怯生生地道。

第二十章
魔　踪

刹那间，所有人的目光都落到了这个不起眼的大竹峰弟子身上，田不易与苏茹对望了一眼，苏茹微微一笑，点了点头。

大竹峰众人笑容满面，都围了过来，吕大信重重拍了一下张小凡的肩膀，笑道："臭小子，看不出你运气这么好！"

张小凡抓了抓头，吐了吐舌头，心中已从刚开始的惊讶变作了惊喜。一旁的杜必书忽然懊悔地拍了拍脑袋，道："早知道刚才就应该在谁抽中了这一号签上打个赌，嘿嘿，一定是大冷门，通杀！"

"去去去！"田灵儿啐了他一通，转头对张小凡道，"小凡，反正你进了第二轮也没用，不如把这签给我吧！"

张小凡没想到师姐这样说了一句，愣了一下，"哦"了一声，就把那张写着"一"的字条递了过去。

宋大仁脸色微变，看了看周围，低声道："小师妹，别胡闹！"

田灵儿"扑哧"一笑，艳若桃花，如玉似的脸庞两腮微微红了一下，伸出如葱纤指，在张小凡额头上轻轻弹了一下，道："小傻瓜，我和你开玩笑的。"

张小凡眨了眨眼睛，也笑了出来。

这时长老一边，苍松道人眉头皱了一下，随即朗声道："好，既然抽签已经完成，诸弟子等一下到我这里按签号报上名号，稍后即用红榜贴出，你们就知道自己的对手是谁了。现在请掌门师兄说话。"

原本有些喧闹的弟子们听说掌门道玄真人要出来说话，都安静了下来。道玄真人从座位上站起，缓步走到众人面前，目光向众弟子扫了一眼，随即道："诸位，你们都是我青云门中年轻一代的精英，资质、才华都是出类拔萃的。将来，青云门各脉的首座、长老，甚至我这个掌门的位置，都很有可能由你们之中的佼佼者担当。"

青云众弟子一阵骚动，许多人脸上都露出向往激动的神色。

道玄真人露出可亲的微笑，道："当然，若要达到这一步，坐到我身后这些位首座、长老的位置，你们还需加倍努力了。"

众人齐声道："是。"

道玄真人手捋长须，点了点头，正色道："我青云一门，从青云子祖师建派开始，就一直是名门正道，如今更已是世间修真道上的正道领袖。方今天下，正道兴盛，邪魔退避，世人安享太平。但魔道余孽，奸险狠毒，其心不死，这些年来又似有蠢蠢欲动之势，当此之时，更需我等正道中人持道锄奸，所以诸位务必专心修道，坚定心志，只要我们坚强自立，则邪魔外道便无隙可乘也！"

众弟子大声道："谨遵掌门教诲！"

道玄真人颔首微笑，道："好，好。另外还有一件事，我向大家宣布一下：为了鼓励青云门弟子努力向道，励志修行，我与诸位首座、长老商量了一下，决定从这次'七脉会武'开始，每次在'七脉会武'大试之后，给予最后的胜者一个小小的奖励。"

"啊！！"青云弟子中一阵骚动。

道玄真人看着这些年轻的弟子，微笑道："这次的奖品，就是'六合镜'了。"

"什么东西？"张小凡呆了一下，从未听说过这个东西，忍不住向身边看去，却见田灵儿、杜必书等人也是一脸茫然，而周围其他各脉的年轻弟子似乎也是不大清楚，但如齐昊、宋大仁、文敏等入门时间较长的弟子却变了脸色，脸上现出了少见的激动和向往。

田灵儿等人这时也注意到大师兄等人似乎知道些什么，靠过去悄悄问道："大师兄，'六合镜'是什么东西？"

宋大仁低声道："'六合镜'是本门第十代祖师无方子真人传下的法宝，具体模样我也不曾见过，只是曾听师父说过，这是本门奇珍之一，威力极大，更有一番奇妙处，只要施用者灵力够强，六合镜便能反射一切攻击，从而立于不败之地。"

众人张大了口，杜必书都有些结巴地道："那、那岂不是天下无敌了？"

宋大仁耸了耸肩，道："反正具体什么样子，我也不大清楚，不过师父说了总不会错的，这一次……"他瞄了一眼道玄真人，压低声音，道，"看来这一次掌门和师父他们似乎是下了血本了！"

众人面上都有些古怪，大多数人似乎还暗暗吞着口水，看来奇珍在前，纵然修道之人，也难免大动凡心。

道玄真人停了一会儿，微笑着看年轻弟子们议论纷纷，过了一会儿才道："好了，大体上就是如此，你们回去休息一下，明日一早，'七脉会武'就开始比试。"

青云弟子们一齐行礼，齐声道："是，掌门真人。"

道玄真人点了点头，道："你们去吧。"

众弟子逐渐都退了出去，大殿上遂只剩下了青云门七脉首座与十几位长老，道玄真人回过头来，对着那些长老笑道："诸位师兄，你们也早些回去歇息吧，明日开始，多场比试，还需你们多多费心呢。"

那些长老有的满头白发，皱纹横生，有的看上去却年轻得很，驻颜有术，此刻听了道玄真人的话，一个个也不多说，便逐一走了出去，到了最后，玉清殿上，只剩了青云门七脉首座。

道玄真人缓缓收起了他一直挂在脸上和蔼的微笑，目光扫过坐在椅子上的其余六人，淡淡地道："好了，现在只有我们七人了。"

坐在右边的"朝阳峰"首座商正梁皱了皱眉，道："掌门师兄，你有什么紧要话对我们说吗？"

道玄真人点了点头，面无表情，缓缓道："我刚才去看过灵尊了。"

此言一出，众人都变了脸色。

走下台阶，众弟子经过碧水潭边时还是战战兢兢的，只是这一次那水麒麟却是安安稳稳地睡着，再没什么动静。

过了虹桥，重新回到"云海"那片宛如仙境的巨大广场上后，林惊羽与张小凡低语两句，便与龙首峰一脉的弟子结伴去了。张小凡看着他走远，才走回到大竹峰一众人中，听着宋大仁对各人说了一些注意事项与住宿安排，张小凡听着听着，忽然间想起一事，失声叫道："哎呀，糟了！"

众人冷不防吃了一惊，田灵儿站在他身旁，讶异道："小凡，怎么了？"

张小凡四下张望，急道："我刚才只顾着与惊羽说话，都忘了小灰了，现在也不知道它跑到哪里去了。"

众人这才想起，果然都不曾注意到那只灰毛猴子的踪迹，这时纷纷四下寻找，只见白云渺渺，各脉弟子逐渐散去，却没有猴子小灰的影子。

张小凡心中大急，自从两年前从那幽谷中把小灰带回，这两年来一人一猴（后来还加上了大狗大黄）同屋而住，感情极深，眼看这通天峰高耸入云，上下大得不可思议，万一小灰跑到什么地方找野果吃，却如何能够找到它？

正着急时，张小凡忽然听见另一侧田灵儿"咦"了一声，转头看去，只见田灵儿展露笑颜，手指前方，笑道："你们看！"

众人看去，不禁哑然失笑，只见小灰安安稳稳地坐在田不易养的那条大黄狗的背上，口中"吱吱吱吱"叫着，向张小凡处挥着猴爪，而发力向这里跑来的大黄狗嘴紧闭，居然咬着一根不知从哪里弄来的肉骨头。

过不多久，大黄驮着小灰跑到跟前，小灰三下两下跳到张小凡肩上，张小凡赶忙摸了摸它的猴头，装出怒容道："你跑到哪里去了？"

小灰也不害怕，笑嘻嘻地指了指正趴在地上啃肉骨头的大黄，在"吱吱"声中比画不止，张小凡看了半晌，忽然道："这肉骨头是从哪里来的？"

小灰闻言，又是一阵比画，同时指着广场尽头一个方向，张小凡向宋大仁看去，只见宋大仁迅速看了看四周，脸色颇为尴尬与好笑，压低了声音，悄悄道："那里是长门弟子吃饭的厨房。"

众人一呆，随即都笑了起来，纷纷摇头，宋大仁带头走向另一侧，道："我们也去休息的舍馆吧，对了，小师妹，你是女子，安排了你与小竹峰各位师妹同住在一起，你没意见吧？"

田灵儿摇头笑道："我本来就想与文敏姐姐多聊几句，同时好帮大师兄你多说几句好话呀。"

众人哄笑，宋大仁脸上一红，装作没听见，大步走了出去，身后众人笑谈不已，走在最后的张小凡倒没掺和进去，而是瞪着肩膀上的灰猴道："死猴子，以后你再跑去做贼，看我怎么治你。"

小灰"吱吱吱吱"叫了两声，咧着嘴笑了起来，也不知道是听不懂呢，还是根本不把张小凡的话放在心上。

张小凡又骂了它几句，向前走着，走了几步，又想起什么，转过头大声道："快走啦，死狗，就知道吃！"

兀自趴在地上啃肉骨头的大黄好不容易抬起眼睛，看着众人都走得远了，这才站了起来，叼起啃了一半的肉骨头懒洋洋地追了上去。

玉清殿上，青云门七脉首座会聚于此，此时他们的注意力都被道玄真人吸引了过去。

"落霞峰"首座天云道人首先站了起来，道："掌门师兄，那你可看出灵尊它刚才到底因何发怒了呢？"

道玄真人叹了口气，缓缓道："我仔细察看过了，灵尊并无异样。"

"什么？"各位首座脸上都浮起惊讶之色。

道玄真人看了看这些同门师兄弟，道："的确如此，我反复看了几次，灵尊一切如常，实在想不通它为何竟会突然有如此大的怒气，偏偏又消失得这么快！"

田不易沉吟了一下，道："我看灵尊攻击的目标似乎是一众年轻弟子，难道说是有人触怒于它？"

"小竹峰"首座水月大师接口道："不可能，若真是弟子触怒于灵尊，灵尊又怎会一击之下便放弃了？"

水月相貌颇美，但一说出话来，声调冰冷，仿佛带了一丝寒气，田不易看了她一眼，便住口不说了。

道玄真人摇了摇头，道："灵尊乃是上古灵兽，性已通灵，千年来从未有如此突然失常的情况，其间必有原因。"

坐在左侧的"风回峰"首座，两鬓霜白，在座七人中看上去最是苍老的曾叔常开口道："莫非掌门师兄心中已有定论？"

道玄真人轻叹一声，道："不瞒各位，我对此也是摸不着头脑。但灵尊乃我青云门镇山灵兽，非同小可，我本想以本门秘传的'通灵术'一查究竟，不料……"

说到这里，道玄真人忽然停了下来，旁边人听了一半，忽然见他不说了，田不易首先追问道："掌门师兄，怎么了？"

道玄真人面露尴尬之色，道："这'通灵术'乃是旁门小技，以之可与灵尊稍作沟通，不料我正想使用时，灵尊居然已经睡着，我也无法可施了。"

众人哑然。

道玄真人干咳两声，正色道："此事不必担心，待灵尊醒后，我们再从长计议。眼下还有一事，我想与各位师兄弟商量一下。"

众人见道玄真人面色严肃，似乎不是小事，都收起笑容，正色坐下。

道玄真人也坐回自己座位，沉吟了一下，才道："诸位，你们可知道东方三千里外有座'空桑山'？"

众人一愣，苍松道人首先回过神来，道："掌门师兄说的莫非是那座有'万蝠古窟'的空桑山？"

道玄真人点了点头，道："正是。"

曾叔常皱眉道："听说那座'万蝠古窟'乃是一天然巨洞，直入地底，深不可测，其中寒冷阴湿，只有无数蝙蝠生于其中，据说竟有数百万只之多。这种不毛之地师兄怎么会好端端提起来了？"

道玄真人缓缓道："诸位有所不知，这'万蝠古窟'虽然看起来人畜不近，但在八百年前，却是魔教的一个重要据点。那古窟中寒冷阴湿，正好适合邪魔外道修炼妖法。后来在我正道人士的围剿之下，魔教孽障败退而走，此处遂荒废下来。"

水月大师冷冷开口，道："那掌门师兄此刻再度提起，又是何意？"

水月这般对道玄说话，态度可以说颇不友善，但在座之人都知道水月大师对人说话向来如此，道玄真人也不放在心上，只叹了一口气，道："水月师妹有所不知，就在半年前，我得到焚香谷一封传书，说是近来在那'万蝠古窟'附近，又有魔教余孽活动的迹象，因此征求我的意见，我思量之下，便令逸才急速前往空桑山查看一下。"

"朝阳峰"商正梁一听之下，笑道："这不就好了，逸才师侄才华过人，修行精深，实为青云门中佼佼者，在上一届'七脉会武'大试中更是折桂而归。有他去了，还有什么办不成的？"

道玄真人微微一笑，道："商师兄过誉了，不过逸才去了空桑山，数月之后，便有传书回来，言道的确发现有魔教中人在'万蝠古窟'附近活动，而他们的目的，却更是惊人。"

众人都吃了一惊，曾叔常道："怎么？"

道玄真人面色沉静，看不出喜怒哀乐，道："据逸才信中说道，他擒住一个魔教徒众，从其口中逼问出，原来'万蝠古窟'在八百年前是魔教中一个支派'炼血堂'的总堂所在，其时炼血堂势力强盛，乃魔教五大势力之一，但在被我正道先人击溃之后，遂一蹶不振，'万蝠古窟'也荒废下来。

"但不知怎的，近些年来，衰落许久的炼血堂似又有抬头迹象，而在炼血堂中相传，当年'万蝠古窟'一战，虽然炼血堂的主要人物全部伏诛于我正道人士剑下，但在'万蝠古窟'之中，却有一个隐藏极密的藏宝密洞，里面有许多奇珍异宝、妖书邪卷，并不曾被人发现。"

说到这里，众人都已明白过来，苍松道人冷笑一声，道："邪魔外道，痴心妄想！"

道玄真人摇了摇头，道："且不论这个传闻是否属实，但据我所知，八百年前那一战之后，正道人士的确并未在'万蝠古窟'中发现什么密洞宝库。其他的倒也罢了，但若是真有这个藏宝密洞，只怕其中会有一件大凶之物，却是我们不可不防的。"

众人都向道玄看去，天云道人道："师兄，你所指的究竟是何大凶之物，这般紧要？"

道玄真人看了诸人一眼，沉声道："噬血珠！"

众人悚然动容，苍松道人讶异道："这凶物不是早随着黑心老人死去而消失了吗？"

道玄真人摇头道："不然，黑心老人虽死，但'噬血珠'未必便没于世间。似这等大凶煞之物，等闲之辈不能掌握，魔教妖人若是修行不够，将其收藏起来也未可知。当年黑心老人出身便是在魔教的炼血堂一系，故以我推测，很可能'噬血珠'便在这密洞之中。"

众人听了道玄真人这一番话，一时都默默无语，半晌，却是那冷冰冰的水月大师开口道："那掌门师兄意欲如何？"

道玄真人道："我在收到逸才的传书后，即刻便知会了焚香谷与天音寺，不久这两大门派也回过话来，说是也将派出得意弟子前往空桑山阻止魔教恶徒，持道锄奸。"

田不易皱眉道："那掌门师兄的意思是……"

道玄真人脸上露出了微笑，道："说起来此次也是难得的大好历练机会，我青云门中年轻俊才虽多，但多数都未外出历练，这些年来天下安定，更从未与魔教妖人对峙相抗。趁着这次'七脉会武'的机会，我打算将前四名的年轻弟子，一起派出前往空桑山，一方面可以阻止魔教妖人倒行逆施；另一方面也可历练历练，长长见识。"他收起笑容，面色转为严肃，继续道，"而且我听闻最近百年间，天音寺与焚香谷都出了几个了不得的杰出弟子，天资骄人，我们再坐视不理，只怕将来这正道领袖的地位就难保了。若如此，我道玄可无颜去见列代祖师！"

众人一起点头，苍松道人首先道："掌门师兄高瞻远瞩，说得极是。"

道玄看了看各位首座，道："既如此，诸位是都没有意见了？"

众人皆点头称是。

道玄真人道："好，就如此决定了。玉清殿里，已为诸位师兄弟安排了住所，请诸位师兄弟前去休息吧。"说着，他手掌连拍三下，从门外立刻进来数个道童，"你们领着诸位首座去房间歇息。"

道童们应声而上，各首座都站起身，向道玄真人行了一礼，便跟着去了。

第二十一章
黑　夜

七脉会武，是青云门一甲子一次的盛事，通天峰上一下多出数百人，住宿自然变得紧张。大竹峰一脉众人要想再过那种在大竹峰上一人一间的逍遥日子，已是妄想了。除了田灵儿住在小竹峰诸女那儿，大竹峰从宋大仁开始，男弟子共有七人，全都挤在一间房中。

通天峰上，青云弟子的住处向来是四人一间，此时在房间里打了三个地铺，好歹也挤了下来，不过有人生些抱怨也在所难免。此刻，便听到有人大声道："真是的，整天说长门如何如何好，现在居然要我们七个人挤一间房，真是小气！"

"老六，你别抱怨了，若是被长门的师兄弟听见，那就不好了。"

"二师兄，你睡在床上，自然舒服得很，怎么也不看看师弟我躺在冰凉的地上，不如我们换个床铺吧。"

"呼呼呼呼……"

"……不是吧，一下子你就睡着了，还打呼噜？"

"呼呼呼呼……"

"哼哼，啊，四师兄，你一向英俊潇洒、风流倜傥、天资过人、才华横溢……"

"呼呼呼呼……"

"搞什么嘛，现在很流行瞬间入睡吗？咦，大师兄你一向心地善良，怎么会看着师弟我……"

"呼呼呼呼……"

"你——啊，三师兄……"

"吼吼吼吼……"

众人吓到，这时墙壁突然重重响了起来，隔壁有人大声怒道："喂，你们大竹峰的人晚上睡觉都是打得这么响的呼噜吗？"

房间里突然一片安静，许久之后，不知道是谁偷偷干笑了几声，稍后，先前那声音忽然像是想起了什么："啊，五师兄你……"

"你，你，你什么，我就睡在你旁边，都在地上，要换位置是吗？我无所谓啊！"

"咳咳，没事了。唉，这地铺冰凉也就罢了，偏偏还短了一截，睡也睡不舒坦，说起来还是小师弟好，身材刚刚好。"

"六师兄，你怎么闭着眼睛说话呀，你没看见我这里还有一条大狗和一只猴子在跟我抢被子吗？最挤的就是我这里了，你还说？"

"不过我还是……"

"闭嘴，老六！"屋里数人同时喝道。

天黑之后，还有许多初次到通天峰的其他六脉年轻弟子出来散步，对通天峰景色大感惊叹好奇，但随着夜色渐深，众人也都回到各自房间睡去了。

黑暗降临这座高耸入云的山峰，苍穹之上，一轮冷月，把清辉洒向山巅。

张小凡睡得正香，忽然迷糊中感觉身边动了几下，蒙蒙眬眬睁开睡眼，却见躺在身边的猴子小灰与大黄都不见了。他撑起身子向四周看了看，只见大黄黄色的身影在门口一闪而过，背上一片阴影，看去多半是猴子小灰。

张小凡心中奇怪，夜这么深了，这一猴一狗还要去哪儿，当下轻手轻脚地爬起，胡乱披了件衣服，走到门边，只见在清冷月华之中，大黄正背着小灰呼呼向云海那儿跑去。

张小凡看着它们跑去的方向，心中一盘算，便想起日间宋大仁所言那是通天峰的厨房所在。当下又好气又好笑，这大黄被田不易养了不知道几百年，也算是一只得道老狗了，不料竟如此贪吃。他本想不管回去睡觉，但转念一想，万一被什么人看见大竹峰的黄狗、灰猴偷吃东西，这可太过难堪，还是把它们追回来才好。

他心中决定，抬眼一看，却见大黄背着小灰此刻也仅剩下一点儿模糊身影了，赶忙追了过去。

他一路疾跑，途中小心翼翼，不曾惊动其他房间的同门，待他跑到云海处那片广场上时，早已看不见大黄与小灰的影子，只见在冷月之下，云气淡淡飘浮，如纱如烟，美不胜收。

不过他多看了两眼，便没有心思再看下去，转头向四周张望了一下，就要往厨房那个方向走去，忽然间，他的心重重地跳了一下。

云海深处，在厨房方向的另一侧，云气缥缈中，隐隐有一个苗条身影，向前走去，看那人走的方向，似乎是往虹桥走去。

张小凡怔怔地看着那个身影，尽管隔了老远，可这身影便如镂刻在他心间一般，他一眼便认出了那是师姐田灵儿。

夜，这般深！

她为何一人外出，又要独自去哪里？

张小凡怔在原地，一时间不知所措，只觉得脑中千百个念头纷至沓来，心乱如麻，仿佛隐约猜到了什么，但他却始终不肯承认。

他转过头，目光盯着大黄、小灰跑去的厨房方向，狠了狠心，向那里走去，同时对自己道："张小凡，你少管闲事！少管闲事！"

就这般走了七步，月华如水，照在这一个少年身上，分外孤单。然后他停了下来，抬头看天，只见一轮冷月，挂在天边。他嘴里似乎动了一下，片刻之后，他疾转过身，咬着牙，向那个身影消失的方向跑去。

月光照在他奔跑的身影上，带着凄凉的温柔。

只一会儿工夫，田灵儿身影便已消失在云海之中，但张小凡看也不看其他地方，向着虹桥方向，一直跑去。很快地，他上了虹桥，山风吹来，虹桥两侧的水流泛起微微涟漪，倒映着天上的月亮，清冷美丽，但张小凡全然不顾，只是用力奔跑。

跑，跑，跑！

跑过了虹桥，他仍然没有见到什么人的影子。直到他跑到虹桥尽头，心中忽然一阵惘然，清冷月辉把虹桥尽头的碧水潭照得亮如白昼，只见一个美丽身影，俏立潭边，凝望着波光粼粼的水面，怔怔出神。

张小凡忽然害怕起来，一种自己也说不出的担心，他只知道，自己不能让师姐发现。他转眼四看，望见潭边右侧靠近虹桥处，有一片小树林，便悄悄跑了过去，藏在那里，从阴影处，偷偷望着田灵儿。

这一望，仿佛就是永恒！

月光下，碧水边，一个年轻女子带着几分哀愁、几分期待，低垂着眉，眼睛里仿佛有淡淡的光辉，似乎在憧憬着什么，看上去竟如此美丽。山风习习，风过水面，掠过她的身旁，也屏了息，止了声，轻轻拂动她的衣襟秀发，衬着如雪一般的肌肤。

张小凡的内心深处，忽然一股说不出的温柔涌起，仿佛那女子就是他一生想要守护的人，纵然为了她历尽百难千劫，也是毫不迟疑，绝不后悔。

这一刻，多希望就是永恒！

"灵儿师妹。"忽地，一声呼唤，从虹桥上传来，田灵儿一下子转过身来，瞬间眼中充满了欢喜之意，嘴角也流露出发自真心的笑容。

"齐师兄，你来了啊。"

张小凡的心在那一刻仿佛破了开来，可是他却感觉不到什么痛楚，整个心里一片空空荡荡，只回荡着那一句："齐师兄、齐师兄、齐师兄……"

他艰难地转过头去，只见在虹桥上快步走下一人，剑眉星目，英俊不凡，气度出众，却不是齐昊又是何人。

齐昊快步走到田灵儿身旁，柔声道："对不住了，我那些师兄弟年轻爱闹，很迟方才入睡，所以才来晚了，害你久等了吧？"

田灵儿心中本来有些许嗔怒，但不知为何，一看到齐昊身影，便消失得无影无踪，当下摇了摇头，微笑道："没关系，我也没来多久。"顿了一下，她看了一眼旁边的水潭，道，"不过为什么要约到这里见面呢，白天灵尊突然发怒，我到现在还有些害怕呢？"

齐昊笑道："不妨事的，我听师父说过了，灵尊一切如常，只是与我们年轻弟子开个玩笑，而且白天它这么一闹，晚上这里就更是清静了，不是吗？"

田灵儿脸上一红，低下头去，道："我们这样偷偷相见，也不知道好不好。"

齐昊看着她温柔美丽的脸庞，柔声道："灵儿师妹，自从两年前在大竹峰初次相见，我就对你念念不忘，相思难止，往往夜不能寐，脑中都是你的影子啊。"

田灵儿下意识地咬了咬嘴唇，脸色又红了一分，却并无丝毫生气的意思，反而心中有丝丝甜蜜。

齐昊又道："灵儿师妹，我……"

田灵儿忽然抬头道："齐师兄，你叫我灵儿就可以了。"说到这里，她忽然又低下头去，低声道，"我、我爹和娘都是这么叫我的。"

齐昊大喜，仿佛还不相信自己的耳朵，犹豫了一下才追问道："真的吗，灵、灵儿？"

田灵儿看了他一眼，伸手到怀中慢慢拿出一个小小的锦盒，目光低垂，看着地面，似乎鼓足了勇气才低声道："这个'清凉珠'，我这两年来都一直带在身上的。"

她说了这话，便不敢再看齐昊，却不料过了许久，齐昊都没有作声，田灵儿心中奇怪，偷偷抬眼看他，只见齐昊眼中满是欢喜，笑容满面，说不出的幸福样子。

他二人这般对视良久，忽地张开双臂，彼此拥抱在一起。

月华冷冷，洒在他们身上，洒在那片树林中，却照不到黑暗角落。

也不知过了多久，这一对情侣说着温柔蜜语，直到齐昊看了看天色，见月已过东天，才道："灵儿，天色不早了，我们还是回去吧，不然若是被人发觉了，总是不好。"

田灵儿想了想，点了点头。他二人对看一眼，忽地都是一笑，一切尽在不言中，齐昊拉起田灵儿的手，缓步向虹桥走去，二人在月光下如一对亲密鸳鸯，靠得紧紧的，过了一会儿，才消失在虹桥之上。

这夜色，又多了几分凄清。

树林中，阴影里，张小凡缓缓走了出来，怔怔地走到碧水潭边，看着波光粼粼的水面，看着水中倒映着的一轮冷月，随着水波，轻轻地晃动。

他忽然很想哭。

只是，他终究没有哭出来，那莫名的痛楚在心中如狂怒的野兽四处冲撞，弄得他的心里处处伤痕。

此刻，他咬着牙，一声不吭。

仿佛，又回到了五年前的样子，那个时候，他失去了所有，除了林惊羽在他身旁，这世间竟是完全变了样。

而今晚，此刻，只有他一个人，独自面对。

"轰"的一声低低的声响，听起来像是某种野兽的喷鼻声，在他身后突然响起，张小凡从迷乱情绪中惊醒过来，回头一看，登时惊出了一身冷汗。

只见那头青云门镇山灵兽，被众人敬称为"灵尊"的庞然大物水麒麟，此刻突然无息无息地出现在他的身后，而且靠得极近，低下了头，一双巨目仿佛就贴着张小凡的身子，也不知道它这般大的身躯，是怎么做到悄无声息的，或许是张小凡心若死灰，不曾发觉也不一定。

不过此刻张小凡的一颗心却几乎从胸口跳了出来，眼见这水麒麟如小山一般巨大的身躯耸立眼前，血盆大口中长长锋利的獠牙更是映着月光闪闪发亮，只吓得他连连退了几步，脚下一绊，被一块大石头绊倒在地。

他出来时衣衫本来不整，只是胡乱披了一件，此刻身子摇晃，只听"当"的一声，一个物件掉在地上。

声音迅速传开，回荡在水面上。

张小凡与水麒麟同时低下头看去，潭边地上，张小凡与水麒麟的中间，一根黑乎乎的"烧火棍"正安静地躺在那里。

水麒麟一双巨目中，倒映着张小凡苍白的脸和地上那根难看的"烧火棍"。张小凡只觉得喉咙发干，冷汗涔涔而下，心中拼命地喊着："跑！跑！！快跑！！！"

偏偏在水麒麟面前，任他心里如何妄想，一双脚却似不是自己的了，动也不动。水麒麟此刻有些奇怪，看了张小凡两眼，注意力似乎都被那根黑棍给吸引了过去。只见这只巨兽死死盯着那根黑乎乎的烧火棍，上瞅瞅，下看看，一颗大头转过来又转过去，却始终没看出什么来。片刻之后，仿佛迟疑了一下，它伸出了前爪，小心翼翼地动了动那根烧火棍。

张小凡在一旁看得目瞪口呆，虽然心里依然十分害怕，好奇心又同时泛起，心想这"灵尊"莫不是活了几千年已然老糊涂了，要不难道是和大竹峰上那条大黄狗一般为老不尊，童心未泯，居然对着一根烧火棍这么感兴趣？

只见水麒麟巨大的爪子轻轻碰了碰烧火棍，然后立刻缩了回去，看它的样子倒似乎对这棍子十分忌惮，只是烧火棍移了一下，滚了几滚，依然平静地躺在那儿，动也不动。

水麒麟眼中大有困惑之意，却还是不肯放弃，巨大的头颅摆了一下，忽然向张小凡看了过来，血盆大口中传来一阵低沉却有力的吼声。张小凡心中猛地一惊，刹那间绷紧了全身肌肉，连呼吸都停止了。

不料水麒麟只是瞄了他一眼，便又看向那根烧火棍，而这一次，它居然还低下了头，把鼻子凑到棍子上，仔仔细细地嗅着。张小凡一颗心兀自怦怦直跳，但看着前方巨兽的古怪行径，下意识地想到这岂不是很像大黄，若不是此刻太过紧张，几乎便要笑了出来。

水麒麟嗅了一会儿，很明显还是一无所获，它抬起头来，大脑袋向四周张望了一下，似乎也是搞不清楚，糊涂了。不过千年灵兽毕竟是千年灵兽，想了片刻，便决定放弃，只见水麒麟"扑哧"打了个响鼻，巨目瞪了一眼张小凡，又把张小凡吓了个半死，便摇头摆尾转身走下水潭，未几，水花四溅，巨大的身躯便没入潭中。

张小凡惊魂稍定，慢慢爬了起来，这才感觉到背后衣衫竟已是全湿了，更不用说额头上的冷汗如雨淋了一般。他走到烧火棍旁，把它拾了起来，上上下下打量一番，却怎么也看不出有什么异样的地方，不由得大声抱怨道："真是见鬼了！"

话音未落，忽听身边碧水潭边一声水响，老大的一股水花翻了起来，白色的浪花里，隐约看到水麒麟的巨尾翻出水面。

张小凡大吃一惊，立刻把那烧火棍往怀里一揣，撒腿就跑，一路上只听见后边水潭里水声不断，他也没敢回头再看一眼，只是拼命地跑开，越远越好。不消片刻，他便跑上了虹桥，直直向上跑去，直到再也听不见身后有声音传来，直到跑到了虹桥的顶端，才停了下来，大口喘气。

"呼！呼！呼……"

张小凡的呼吸声，慢慢地平稳下来，他忽然觉得很累，一种从内心深处泛起的疲惫，低下了头，便看见月光下，一道孤单的影子一直跟随着他。

他忽然仰首望天，只见冷冷苍穹，一轮冷月，高悬天际。他痴痴望着，一时竟是呆了。

清晨，众人醒来。

杜必书揉着腰，大声抱怨道："真是的，睡了一个晚上腰都快断了，今天还怎么比试啊？"

老五吕大信皱眉道："老六，别大呼小叫的，我也睡了一个晚上，就没觉得腰有什么问题。"

宋大仁在一旁也道："就是，老六你昨晚都抱怨了一个晚上了，还不够啊？你没看老五和小师弟都没声音吗？"

杜必书怪眼一翻，道："五师兄那是皮糙肉厚，没感觉，不信你问问小师弟，看看他……咦，小师弟，你怎么满眼血丝，昨晚真的没睡好吗？"

张小凡收拾好被褥，此刻坐在一张椅子上，怔怔地看着窗外，毫无反应，而大黄趴在他的脚边，猴子小灰正忙着翻弄大黄的毛。

杜必书走过去，重重拍了一下他的肩膀。张小凡一激灵，跳了起来，把大黄与小灰也吓了一跳，他转头四看，道："什、什么事？"

杜必书皱眉道："小凡，你怎么魂不守舍的，昨晚没睡好吗？"

张小凡愣了一下，摇头道："没、没有。"

杜必书道："那你怎么满眼血丝，红红的？"

张小凡刚要说话，一旁走过来的何大智插口道："老六，你别多管闲事，小师弟精神再不好也不打紧，反正他今天轮空，倒是你再不洗漱，耽误了待会儿的比试，那可就怪不了别人了。"

杜必书猛然醒悟，哪里还管张小凡有没有睡好，冲过去全然不顾正在洗脸的吕大信、郑大礼等人，一把抢过脸盆，稀里哗啦地猛往脸上泼水，嘴里兀自道："哼，小师弟就是命好，你们看他那副一脸要死不死睡懒觉的样子，真是……啊，五师兄，快把脸盆还我，我来不及了！"

"呸，我自己还没洗呢！"

张小凡看着几个师兄在房间另一侧为了个脸盆争论不休，心中微觉厌烦，站起身走了出去，正走到门口，宋大仁忽然在后边叫了一声："小师弟，你洗过了吗？"

张小凡转过头，道："洗过了，大师兄。"

宋大仁点了点头，道："那就好，你先出去走走也没关系，不过一会儿就要到用膳厅去吃早饭，知道了吗？"

张小凡应了一声，道："知道了。"说着走了出来，猴子小灰"吱吱"叫了两声，跑过来蹿上他的肩膀，大黄看见小灰走了，也懒洋洋地爬了起来，摇了摇尾巴，跟着走了出来。走廊之上，张小凡只见左右都是青云门各脉师兄弟刚起床忙碌的身影，他信步走去，不知不觉走到了云海广场之上。

天色还早，只有三三两两青云弟子走在云海之上。清凉的山风吹来，拂过张小凡的脸庞，有一丝冷冷的感觉。

仿佛昨夜！

张小凡心中一痛，他今年已是十六岁的少年，情窦初开，在大竹峰上住了五年，与田灵儿朝夕相处，从小便在内心深处对美丽活泼的师姐情根深种。不料昨晚竟目睹田灵儿与齐昊私会，一时间如晴天霹雳，心绪大乱。

此刻他满脑子乱糟糟的，闪来闪去都是昨晚一幕幕令他心痛若死的画面，整个人也若无主游魂一般，漫无目的地走去。

"咦？"忽地，一声惊叹，突然在他身边响起，把张小凡吓了一跳，从胡思乱想中醒来，看向身边，却是个年轻的青云弟子，五官清秀，一身长袍，二十岁上下，手中拿着一把描金扇子，上边似乎画着些山水河流，此刻正凑了上来，不过一双明亮的大眼睛却没有看张小凡一眼，而是直盯着张小凡肩头上的那只猴子小灰瞅个不停。

第二十二章
比　试

　　猴子小灰看见身前那人直直地盯着自己，目光大是古怪，大怒，"嗖"的一声翻起猴爪抓了过去，那人猝不及防，差一点儿脸就被抓花了，幸好他反应还算快，硬生生把头向后一仰，在间不容发之际给躲了过去。

　　张小凡吃了一惊，连忙喝止小灰，转头向那人看去，那人显然吓得不轻，手抚着脸，口中连道："好险，好险。"

　　张小凡心中有些过意不去，道："这位师兄，对不起了！"

　　不料此人倒不在意，微微一笑，手一摆道："没关系，是我一时疏忽，忘了'三眼灵猴'脾气暴躁，容易伤人。"

　　张小凡一呆，道："三眼灵猴？"

　　那人吃了一惊，道："什么，你不知道这只猴子是三眼灵猴吗？"

　　张小凡莫名其妙，道："三眼灵猴是什么东西？"

　　那人瞪大了眼睛，上上下下打量了张小凡一番，道："三眼灵猴你都不知道，又怎么会养它？"

　　张小凡道："我以前在竹林里砍竹子遇到了它，被它以松果砸了几次，然后它就跟我回来了。"

　　对面那个年轻的青云弟子此刻看上去仿佛下巴都要掉了下来，喃喃道："砸了几枚松果就能跟着回来，砸了几枚松果就能跟着回来……"

　　张小凡见他神神道道的，摇了摇头，转身就走，不料没走几步，那人居然也跟了上来，堆出满脸笑容，低声道："这位师弟，哦，不，师兄，你……"

张小凡平生第一次被人喊了师兄，而且见他年纪至少也有二十岁，连忙道："哦，不敢当，有什么事你就说吧。"

那人顿了一下，满脸堆笑，道："呵呵，师弟可真是平易近人，啊，这样吧，我先自我介绍一下，鄙姓曾，草字书书，是风回峰弟子。不知道师弟你的名字是……"

张小凡道："我是大竹峰弟子张小凡，曾书书师兄你……呃，'叔叔'？"

那人一愣，随即脸色微红，有些尴尬地笑道："啊，我可不是故意占你便宜，我的书书乃是书本之书，非父叔之叔。这都怪我爹，当年我娘本给我取名英雄，你说叫曾英雄那有多气派，偏偏我爹看我从小爱看书，便心血来潮给我取名书书，搞得成了一生笑柄，真是的。"

张小凡忍不住笑了出来，心想此人名字居然和六师兄有异曲同工之妙，先前心中的愁苦被此人打扰一下，冲淡了不少，对他倒也多了几分亲近之意，道："啊，曾师兄你很爱看书啊？"

曾书书笑道："那是，这个我倒是不必谦虚，风回峰上下谁也没我看的书多，不过我看的多半都是奇闻逸事，神怪搜奇，经常把我爹气得半死。啊，话又说回来了，你的确不知道这只猴子乃是'三眼灵猴'吗？"

张小凡摇了摇头，道："不知道，我就以为它是只普通猴子呢。"

这时，仿佛听懂了他的话，蹲在他肩头的猴子小灰忽地"吱吱"尖叫，用力拔了一下张小凡的头发，疼得张小凡"哎呀，死猴子"叫了起来。

曾书书眼中却大有羡慕之色，道："啊，真是聪明。"

张小凡忍痛道："这死猴子就爱打人，你还说它聪明？"

曾书书道："你莫看它貌不惊人，但就凭着这份灵性，便是罕有的灵物。你看它双目之间额头之上，是否有一道小小竖痕？"

张小凡转头仔细看了一下，果然发现在灰色皮毛下，有一道浅浅颜色的竖痕，不仔细看决然是看不出来的，不由得对曾书书心生佩服，道："这么小的竖痕你也看得出来，厉害，厉害！"

曾书书一本正经道："你莫要小看了它，我曾经在《神魔志异》的《灵兽篇》中看过，三眼灵猴乃通灵奇兽，幼年时外表与普通猴子无异，但在成年后额头上第三灵目便开，灵性大长，非但能通晓五行仙术，更能看千里之外的事物，据说古语中的'千里眼'便说的是这三眼灵猴呢。"

张小凡把猴子小灰抱起，放在眼前仔细看了看，一时不敢相信这与自己生活了两年的猴子居然有这般大的来头，不过看来看去，怎么看也是一只普普通通而且偏胖的猴子，拿在手上分量还颇为沉重，似乎到了通天峰只一个晚上，又重了几斤。

猴子小灰心里奇怪，今日怎么人人都盯着自己看个不停，当下"吱吱吱吱"尖叫不止，大是恼怒。张小凡冲它做了个鬼脸，随手一抛，扔到了大黄背上。大黄吓了一跳，一下子跳开，待看清楚了是小灰这才松了口气。小灰冲着张小凡手舞足蹈，似在示威一般，叫了好几声才作罢，靠到大黄身上，片刻后注意力又被大黄皮毛里的虱子给吸引住了。

曾书书羡慕地看了看小灰，随即回头对张小凡道："张师弟你也是来通天峰参加'七脉会武'的吗？"

张小凡点了点头，道："曾师兄你呢？"

曾书书笑道："我也是，昨日抽签我抽得了三十三号，不知你是几号，可不要这么巧，我们就是今日的对手了。"

张小凡也笑了起来，道："我是一号。"

曾书书吃了一惊，道："你便是昨日大竹峰的那个弟子？"

张小凡脸上一红，点了点头。

曾书书笑道："你运气真好。"说着在心里一算，随即道，"我们要到了最后决战才能碰面，看来难度很大啊。"

张小凡笑道："我这点儿修行，第一……呵呵，第二轮立刻就被淘汰了，哪里还敢妄想。"

曾书书吐了吐舌头，道："那我只怕连第一轮也过不了了。"

二人相视一眼，都是大笑。当下两人又谈了一会儿，远处传来了宋大仁的喊声："小凡，吃饭了。"

张小凡远远应了一声，向曾书书说了两句，便跑了过去，随后大黄也背着小灰跟了上去。跑到宋大仁处，二人向前走去，宋大仁道："刚才你在那里与谁在说话啊？"

张小凡道："哦，我刚才结识了一位风回峰的师兄，听他说名叫曾书书。"

宋大仁像是吃了一惊，道："曾书书？"

张小凡讶异道："怎么了，大师兄？"

宋大仁回头向来处看了看，道："那人是风回峰首座曾叔常曾师伯的独子，听说天资过人，博闻强识，修行是极深的，是这次比试的大热门之一呢。"

张小凡愕然，一时说不出话来。

吃过早饭，青云门众弟子都来到云海广场上，一眼看去，茫茫人海，摩肩接踵，人气鼎盛，可见青云门之兴旺。

巨大的广场上，只在众人吃饭的这段时间里，已然竖起了八座大台，以腰粗的巨木搭建而成，彼此间相隔十几丈之远，呈八卦方位排列。

此刻在台下前后已是人山人海。在中间最大的"乾"位台下，一张数人高的高大红榜耸立起来，上面用碗大的镶金字写出了参加比试的诸弟子签号、名字，张小凡的名字非常碍眼地排在了第一位，而在对手那一栏空空如也。

张小凡脸红了一下，偷偷看了看身边众位师兄，其他人都微笑不语，只有六师兄杜必书兀自抱怨："不公平啊，不公平，不……"

"住口！"一声轻喝，从旁边传来，众人一惊，转头看去，却是田不易与苏茹带着田灵儿一起走了过来。当下大竹峰众弟子连忙参见，道："师父、师娘！"

田不易点了点头，没说什么，倒是苏茹道："等一下就开始比试了，你们可要争气些，知道了吗？"

"是。"众人齐声道。

苏茹转头看向张小凡，张小凡却一眼看见了在师娘身边的田灵儿，只见她今日似乎比往常更加美丽，神采飞扬，一双美目中满是笑意盈盈，一看便知道心情大好。

张小凡心中似是被针刺了一下，不由得低下头去。

"小凡。"苏茹见这小徒弟神情有些奇怪，走过来叫了一声。

张小凡连忙抬头应道："是，师娘。"

苏茹看了看他，道："你没什么事吧？"

张小凡连忙摇头，道："没事的，师娘。"

苏茹又看了他一眼，道："小凡，你运气颇好，今日轮空，不过也要注意观看各位师兄、师姐比试，这种机会极是难得，对你大有好处，知道了吗？"

张小凡点头道："是，师娘。"

苏茹看向田不易，田不易点了点头，转身向台下走去，众人跟在其后，逐渐融入了人群中。

"当——"一声清脆的钟鼎声传来，回荡在白云渺渺的云海之中，令所有人精神为之一振，一时间原本喧闹的广场上顿时安静了下来。

只见正中那个巨大的台上，道玄真人与苍松道人的身影出现，道玄真人走上一步，环顾着台下无数弟子，朗声道："比试开始。"

说着，他袍袖一拂，登时钟鼎声再度响起，"当当当当"响彻云霄，张小凡听在耳中，忽然间竟有种热血沸腾的感觉，他偷眼向身边的田灵儿看去，却见田灵儿满面笑容，也是跃跃欲试的表情。

他这一看，便再也移不动眼睛了，于是也没听清台上道玄真人说了些什么，其后苍松道人出来又说了几句，最后又是一声清脆悦耳的钟鼎大响，把他从恍惚中惊醒，才发觉比试已经开始了。

六十三人比试，八座擂台，自然是要分作四批。而在第一批十六人中，大竹峰众弟子中只有田灵儿上场比试，在西方"离"位台上，大竹峰众人自然蜂拥而至。

田灵儿的对手是一名朝阳峰的弟子，姓申名天斗，此刻已一跃而上，上了擂台，身形颇为潇洒，台下更是一片叫好声。张小凡转眼看去，只见"离"位台下，足足围了有一百来人，其中大部分都是朝阳峰一脉弟子，连朝阳峰首座商正梁此刻也在台下观看，脸上露出淡淡的笑意，显然对这申天斗很是看重。

田不易等人走到台下，大竹峰众人立刻被淹没在朝阳峰弟子之中，前后左右都是身着朝阳峰服饰的弟子。田不易也不在意，向站在远处的商正梁看了一眼，商正梁同时也看了过来，二人目光相接，仿佛有淡淡的火花，但二人都只是淡淡一笑，形若无事。

这时早有弟子为二位首座以及苏茹等长辈搬过椅子来，田不易与苏茹坐下，田灵儿走上前来，道："爹，娘，我上去了。"

田不易看了看女儿，道："去吧。"

苏茹脸上泛起慈爱之色，道："一切小心。"

田灵儿向台上看了一眼，展颜一笑，丝毫没有紧张之色，道："你们就等我的好消息吧。"

说着，一转身，笑容依在，左手法诀一引："起！"

只见随着她话声一落，一阵霞光闪动，她腰间的"琥珀朱绫"已然祭起，移到她的脚下，托起田灵儿修长的身子，在霞光中如仙子一般，向台上飞去。

这一手露出，自然远远胜过了申天斗像猴子一般跳上台去的身法，而且田灵儿貌美如花，台下弟子包括朝阳峰在内都是男弟子居多，登时掌声雷动，便连远处擂台下也多有人回头看了过来。

张小凡等大竹峰弟子围站在田不易与苏茹背后，只听苏茹微笑着对田不易道："看来灵儿的修行又有精进。"

田不易微微一笑，虽然没有说话，但神色间也是颇为高兴。

这时田灵儿已飞到台上，离着申天斗有一丈来远，拱手道："请申师兄赐教。"

申天斗见田灵儿驱宝上台，又见那法宝霞光阵阵，仙气腾腾，多半便是恩师早就告诫要小心的大竹峰长老苏茹有名的法宝"琥珀朱绫"，当下不敢怠慢，拱手还礼道："请田师妹手下留情。"

说着，他退后一步，右手剑诀一引，一柄散发着灰褐色光芒的三尺仙剑祭起，横在身前。

台下苏茹眉头一皱，低声对田不易道："这柄剑和灵儿的'琥珀朱绫'一样，都是五行中土系法宝，这下子就要看他们二人谁的修行深了。"

田不易微微一笑，道："青云门土系法宝之中，有什么比得过你的'琥珀朱绫'？依我看来，那柄仙剑与你的'琥珀朱绫'差了十万八千里。"

苏茹低低啐了一句，道："就会胡说。"

这时台上一声钟鼎声响，田灵儿与申天斗的比试正式开始了。

田灵儿显然年少气盛，钟声才歇，立刻用手向前一指，刹那间霞光闪动，疾若闪电，"琥珀朱绫"带起一阵大风，将脸刮得生疼，冲向申天斗。

申天斗没料到田灵儿说打便打，眼看"琥珀朱绫"眨眼间便冲了过来，连忙退了两步，双手一震，身前仙剑立即光芒灿烂，迎了上去。

霞光与灰褐光芒在台中央撞到一起，只听"砰"的一声，田灵儿与申天斗身子都是一抖，但又立刻站稳，而两件法宝也僵持在半空中。

台下，田不易皱起了眉头，苏茹也讶异道："咦，这申天斗的修行不低啊。"同时，台下朝阳峰的弟子呼啦地齐声叫了起来："好！"

这上百人的叫喊，果然不同凡响，立刻把本来也在叫好的大竹峰众人给压了下去，老六杜必书哼了一声，道："就凭声音大吗？又不是比嗓门。"

此时台上，两件宝物又僵持了片刻，不分上下，同时收了回去，申天斗脚踏七星，满脸严肃，口中念念有词，随即一声大喝："疾！"

只见他那柄灰褐仙剑在半空中霍然冲天而起，迅若闪电，竟是从田灵儿头顶正上方疾打下来，剑未及地，便只见田灵儿衣裙飞扬，周围劲风大作。

田灵儿却不慌张，丝毫没有退避的意思，左手抓住飞回身前的"琥珀朱绫"，往头顶一拉，顿时如天边霞光，"琥珀朱绫"瞬间宽了数倍不止，在头顶处织了一道霞光屏障。说时迟那时快，在申天斗满脸肃然中，那柄仙剑"铮"的一声又再度击在霞光上，红色霞光一阵剧抖，却是安然无恙。

苏茹这才松了口气，低声向田不易道："灵儿这孩子，这般托大。"

田不易哼了一声，摇了摇头。

申天斗的灰褐仙剑一击无功，向上折起，田灵儿却没有丝毫停顿，

"琥珀朱绫"霞光闪处，登时长了十倍，田灵儿一声娇喝，只见"琥珀朱绫"一改本来柔软模样，竟变作长长的一根巨棒一般，笔直地横在空中，一端抓在田灵儿手中。

台下观者一片哗然，惊叹声不绝于耳。

田灵儿更不迟疑，右手一舞，见"琥珀朱绫"化作的巨棒在空中"呜"的一声划过，重重向申天斗当头打去。

申天斗双眉紧皱，面色肃然，片刻间他的仙剑已飞回到手中，但见他咬紧牙关，右手握紧仙剑，左手屈伸，眼看那巨棒就要打在他的头上，台下众人一片寂静，突的一声巨响，他身前平台之上，原本平铺的木台瞬间破裂，五六道巨岩突然破台而出，挡在他的身前。

台下，田不易与苏茹都微微变了脸色，相反，朝阳峰首座商正梁却是连连点头。

接着"轰隆"一声巨响，闪着霞光的巨棒与岩石重重撞在一起，片刻间尘土飞扬，弥漫在整座台上。田灵儿只觉得身子剧震，对方的"御岩术"竟是坚不可摧，"琥珀朱绫"整条反震了回来。

尘土还未落下，申天斗面色微微苍白，但竟也是毫不停歇，喉间一声大吼，身子飘到巨大的岩石之上，双手齐握剑柄，灰褐仙剑大放光芒，一下子插入坚硬至极的岩石中，势如破竹。

"咔咔咔！"几声沉闷而嘶哑至极的碎裂声响了起来，田灵儿脸色一变，只觉得脚下大地竟是摇动不已，忽然间又是几声巨响，田灵儿立足处的木板尽数破裂，"轰隆"声中，无数巨大而尖锐的岩石破地而出，把刚才田灵儿立足处戳得体无完肤。

"啊！"台下的张小凡失声叫了出来，但立刻闭紧了嘴。田不易夫妇面色也变得严肃，苏茹更是带了几分紧张。与此相反，朝阳峰弟子却是大声叫好，掌声雷动。

"申师兄，好样的！"

"真厉害！"

"必胜！"

……

呼喊声此起彼伏，台上同时也是尘土弥漫，几乎难以见物，但高高站在巨岩上头的申天斗却没有丝毫放松的样子，双眼圆睁，仔细搜寻着四周。果然，片刻之后，前方巨岩上空浓浓尘土之中，霞光忽地一闪，刹那间光芒大放，只见田灵儿如红色凤凰，霍然飞出，"琥珀朱绫"霞光流转，急转不止，飞旋在她的身旁。

田灵儿面色肃然，杏目中射出摄人寒芒，双手法诀齐捏，随后向下重重一挥，只见"琥珀朱绫"忽然急停，突如一条毒蛇般直穿入地，生生从坚硬的岩石上钻了进去。

申天斗脸色大变，想也不想，立刻向后飘去，果然，就在他刚刚离开的站立处，原本像毒蛇的"琥珀朱绫"竟已如一条红色巨龙从地下狂猛冲出，申天斗刚才所立处登时沙飞石走，破了一个大洞，声势之猛，令人胆寒。

田灵儿此刻身在半空，左右手作兰花法诀，交叉胸口，口中娇喝："缚神！"

"琥珀朱绫"凌空一顿，一声脆响，瞬间霞光大盛，见风就长，只片刻间也不知长了多少倍出来，遮天蔽日，迅疾穿走，或当空转圈，或冲入地下又从另一侧破地而出，以申天斗为中心，无数红绫将他严严实实地围在圈里。

大竹峰众人情不自禁地对望一眼，两年前田灵儿与林惊羽那场斗法中她就用过这"缚神"奇术，今日看来，"缚神"威势更大，天上地下全部围住，倒不知道这申天斗比起当年的林惊羽如何。

随着田灵儿咒语声声，"琥珀朱绫"整个化作一个巨大的红球，并不停地向内压去，缝隙之中，霞光之下，隐约还看得到灰褐光芒，看得出申天斗还在顽强抵抗，但那道道红绫虽受抵抗，减缓了速度，却依然不可抗拒地向内压去。

台下一片寂静，朝阳峰弟子都收了口，紧张地看着台上那个巨大的红球，谁都知道，在这仙家法宝重压之下，一个支撑不住，会是什么后果。

红绫现在已收到了六尺大小，霞光闪烁，完全压下了灰褐光芒，不时还传来"咯咯"的压迫声。众人此时已根本看不清申天斗的身影，田灵儿依然停在半空中，脸色微微潮红，左右手握着的兰花法诀微微有些颤抖。

过了一小会儿，"琥珀朱绫"又慢慢向内压了一尺，众人都紧张得透不过气来，就在此时，只听"呀"的一声怪叫，申天斗势若猛虎，竟是持剑破绫冲了出来，只不过此刻他的脸色已是完全惨白。

台下朝阳峰弟子欢声雷动，首座商正梁却是闭上眼叹息了一声，坐在另一侧的田不易夫妇则相视一笑。

果然，这已是申天斗的垂死挣扎，田灵儿临空折起，右手一指，"琥珀朱绫"如附骨之疽，紧紧跟上，向申天斗背后打去。而此时的申天斗却似连转身也困难至极，动了一动，没有躲过去，被"琥珀朱绫"在背后轻轻一打，登时整个人向前飞出，"砰"的一声跌到台下。

台下朝阳峰弟子喝彩到了一半，突然像哑了一般，没了声音。商正梁站了起来，摇了摇头，对身旁弟子喝道："还不快去把申师兄扶起来？"

朝阳峰弟子这才醒悟过来，纷纷跑了上去把申天斗扶起。田灵儿收起法宝，落到台下，笑吟吟地对申天斗道："多谢申师兄手下留情。"

申天斗看了她一眼，苦笑一声道："田师妹天纵奇才，佩服，佩服。"说着便让身边人扶到一旁去了。

商正梁走了过来，多看了田灵儿几眼，对走来的田不易夫妇道："田师兄，侄女的年纪虽小，但对修真一道竟有如此资质，实在令人羡慕啊。"

田不易面有得意色，口中却笑着说道："过奖了，过奖了。"

苏茹也笑道："商师兄门下人才济济，相信还有更加厉害的高手未出吧。"

商正梁一笑置之，田不易也不多问，转身走回。这时田灵儿走回大竹峰众人所在地，立刻被众人围住，诸弟子个个喜笑颜开，恨不得把所有赞美之词都说出来淹没田灵儿，只见田灵儿眉开眼笑，张小凡更是高兴。田不易夫妇走了回来，田灵儿一下子扑到苏茹身边，拉住她的手臂笑道："怎么样，娘，我厉害吧！"

苏茹白了她一眼，终究还是笑了出来，道："厉害，厉害。"

田不易也是满脸笑容，毕竟自己的女儿取了个开门红，他脸上大大有光，在同门面前更是扬眉吐气，也伸出手拍了拍女儿的头，意甚嘉奖。不过他随即转过头，对其他弟子道："再往下就到你们了，有灵儿在前头做榜样，你们也可以看见其他各脉的弟子未必便是高不可攀了，待会儿你们也要努力。"

众人齐声道："是！"

张小凡也和着众人一起喊着，还喊得特别大声。眼看其他人都各自去做准备了，接下来的八场比试中大竹峰倒有三人上场，所以田不易与苏茹分开去看，走时苏茹见张小凡还在原地，叮嘱了他几句要认真观看的话后就走了。

张小凡想了一下，打算找到田灵儿与她一起找个擂台为师兄加油，举目四望，忽然间只见前头人群中，田灵儿快步向前走去，玉树临风的齐昊正站在那里，微笑地看着她。

张小凡的心立刻沉了下去。

田灵儿走到齐昊跟前，笑嘻嘻地与他说了几句，齐昊随即满面笑容，在田灵儿耳边说个不停，田灵儿也是笑个不停，二人的神情都是高兴至极。说笑了一会儿，他们二人便结伴走了开去，似是挑了一座擂台去看比试了。

张小凡站在原地，怔怔出神，恍惚间只觉得一阵巨大的悲伤失望涌上心头，所有沸腾的热血都冷了下来，直寒到心底。

第二十三章
神　剑

"哈哈，张师弟！"

忽地，张小凡肩头被人重重一拍。

张小凡此时全部注意力都放在渐渐远走的田灵儿身上，全然没有注意到身边情况，不由得吓了一大跳，整个人都向旁边跳开，转眼看去，却是早间刚刚认识的曾书书。

只见曾书书满脸笑容，神情轻松，上下看了看张小凡，随即目光移到了他身边的猴子小灰身上。

小灰眼看这讨厌至极的家伙又跑了过来，样子便老大地不愿意，龇牙咧嘴做了个鬼脸，转身跳到大黄背上，拍了一下大黄的狗头，大黄瞪眼冲着张小凡和曾书书吠了两声，撒腿跑了开去。

张小凡眉头一皱，叫道："小灰，回来，不许乱跑。"

曾书书笑道："别怕别怕，三眼灵猴聪明得紧，不会跑丢的。"

张小凡耸了耸肩膀，转过头来，正要与曾书书说话，忽地心中一动，转眼看去，只见大黄背着小灰跑去的方向果然是厨房，心中咯噔一下，失声道："啊，死猴子你又去……"

曾书书奇道："怎么？"

张小凡干咳一声，干笑道："没、没事。对了，曾师兄你不是要参加比试的吗，怎么会有空过来找我？"

曾书书笑道："哦，我已经比完了，闲来无事，看到你在这儿，就过来打个招呼。"

张小凡吃了一惊，道："什么，你已经比完了，结果如何？"

曾书书手中扇子唰地一合，在头上黑发处蹭了蹭，道："呃，不小心就赢了一场，嘿嘿。"

张小凡看他一副漫不经心的样子，一点儿也不像经历过一场大斗，小心地问道："曾师兄，莫非你的修行很高吗？"

曾书书立刻摇手道："哎呀，张师弟你说什么，我那点儿微末修行，哪里够得上场面？要不是我爹老是逼我修炼，我才懒得去修真炼道，每日里去养花喂鸟看书，那是什么样的逍遥日子！不过话说回来……"他伸手搭在张小凡肩膀上，带着他向前走去，低声道，"我倒是没想到，在这'七脉会武'大试上，居然还有比我更差的人。"

张小凡苦笑一声，道："比你差的多着呢！"

曾书书一耸肩膀，满不在乎地道："多又怎么样，反正我再贪心也不敢妄想能胜到最后，不过我倒是对你那只三眼灵猴很有兴趣，嘿嘿，张师弟，不如你把它……"

张小凡见他一副奸诈嘴脸，立刻道："曾师兄，你可别打我小灰的主意！"

曾书书一滞，眼珠一转，道："那我用东西跟你换，你不知道，我在风回峰上养了好多好玩稀奇的东西，比如三腿兔子、黑白孔雀、没壳的乌龟，还有带翅膀的蛇……"

张小凡忍不住道："真有那么多奇怪的东西？"

曾书书面有得意色，道："那还用说，为了搜集这些宝贝我可没少花心思，也没少挨我爹的打骂，不过我还就喜欢你这只三眼灵猴，怎么样，你喜欢什么我拿来跟你换？"

张小凡摇头道："不要，我养小灰只是看它与我有缘，再说你给我那些黑白兔子、没壳孔雀什么的……"

曾书书立刻纠正道："是三腿兔子、黑白孔雀，没壳的是乌龟！"

张小凡吐了吐舌头，道："哦，是，是，不过我对那些都没兴趣，还是不换了。"

曾书书眼珠又是一转，把张小凡拉到偏僻处，四处张望了一下，满脸诡异，悄声道："张师弟，那我给你看点儿好东西，你看喜欢不喜欢？"说着从怀中摸出了厚厚的一本蓝色封面的书，递给张小凡。

张小凡接过一看，却见书上连个名字也没有，而且封面古旧，看样子年代颇久。再看曾书书的样子，表面上形若无事，但一双灵动的眼睛却不断瞄着四周，很是警惕的样子，原本清秀的脸看上去居然有几分诡异甚至猥琐，看来此书不是记载着绝世法诀，便是罕世孤本。

张小凡摇了摇头，道："曾师兄，这种珍贵的书我受不起，而且我资质太差，拿来也是无用，也不想用小灰来换，你就收起来吧。"

曾书书瞪了他一眼，低声道："你不看就这么说，先看看，快啦。"

张小凡看他样子古怪，也不由得对这书有几分好奇，翻开一看，登时一呆，刹那间面红耳赤，原来这厚厚一本书中，除了大量文字之外，还有许多图画，画的都是赤裸男女拥抱缠绵，竟是一部春宫图书。

张小凡生平第一次看到这种东西，偏偏这书中画风细腻，人物刻画栩栩如生，他心中一跳，不由得失声道："曾师兄，你、你、你怎么会有这种东西……"

"嘘！"曾书书吓了一跳，赶忙抢过那书揣进怀里，然后小心地看了看四周走来走去的同门弟子，瞪了张小凡一眼，道，"别那么大声。"

张小凡醒悟，但还是惊魂未定，低声道："曾师兄，你怎么会有，呃，会看这种书？"

曾书书嘴角一抿，道："看了又怎样，告诉你，这可是一本奇书，听说还是孤本呢！我不知花了多少心血才弄来的，保证你看过之后，从此笑傲花丛，赢得世间女子欢心。怎么样，用它来换你那小灰……"

张小凡立刻摇头道："不行。"

曾书书怒道："这也不行，那也不行，你倒是告诉我你要什么？"

张小凡老老实实道："我什么都不想要。"

曾书书无计可施，啐道："你这家伙怎么跟木头似的？"

张小凡呵呵笑了一声，也不在意，但目光却不由自主地飘向远处，隐约白云缥缈间，那个美丽身影若隐若现。

曾书书死了心，收好那本书，唰的一下又打开了扇子，扇了两下，忽听得远处钟鼎齐鸣，看来是又一场比试开始了。

曾书书向那处看了一眼，忽地一笑，拉了张小凡一把，道："走，我带你去看看此次大试中，青云门里人气最盛的人物。"

张小凡一愣，讶异道："是谁啊？"顿了一下，面色忽然阴沉了下来，道，"是不是龙首峰的齐昊师兄？"

曾书书"咦"了一声，看着张小凡很是有些惊奇的样子，不过还是摇头道："齐师兄的修行那自然是大大地有名，不过你没听说吗，这一次最受注目的却是另外一人。"

张小凡想了半晌，还是道："谁啊？"

曾书书似乎在片刻间已把刚才的争执忘光了，满脸笑容，神神秘秘地道："你跟我来不就知道了！"说着拉着张小凡就往前走，张小凡身不由己，心里也不由得对所谓的神秘人物有些好奇，便跟了过去。

曾书书带着张小凡径直往八座擂台中那座最大的"乾"台走去，张小凡跟在他身后，放眼望去，只见在那座台下，青云门弟子人山人海，挤得水泄不通，看样子少说也有四五百人，张小凡心里稍稍算了一下，估计广场之上的青云门人至少有一半以上都聚在这座台下，尤以年轻一辈的男弟子居多。

二人走到近处，便只听得喧哗声音渐大，周围全是青云弟子兴高采烈的讨论声。

"小竹峰一向盛产美女，听说这一次的陆雪琪更是被誉为五百年来最出色的美女呢！"

"那还用你说，那日我在玉清殿上看到了她，当真是倾国倾城……哎呀，谁打我的头……咦，师叔？"

一个白胡子老头儿在他身边怒道："小兔崽子，你是修真之人，就应该心如止水，怎么还如此贪恋美色？若是让你上了台，还不得只顾看着那张脸，没动手就先输了！"

"……是。"

"哼，所以我早就和首座师兄说过了，红颜祸水，我们青云门就不该收女徒。"

"……"

"咳咳，师叔您老人家果然是，呃，是英明神武、聪明睿智，不过您说话的声音是不是太大了？"

"怎么了，我说错了吗？"白胡子老头儿气得吹胡子瞪眼，声音反高了几分。

"不是不是……"那几个年轻弟子连忙围住了他，赔着笑脸之后低声道："师叔，水月大师就坐在里面。"

"……"压低了声音，那老头儿道："哼，要不是看在同门面上，我早就……"

众弟子一齐称是，齐声称颂老先生修为高深、心胸宽广不与小人后辈计较。曾书书与张小凡对望一眼，曾书书一耸肩膀，张小凡低声对他道："你说的那人是小竹峰的师姐吗？"

曾书书点了点头，向那台上看了一眼，道："现在还没开始，待会儿你就知道她的名气了。不过，唉，这里人实在是太多了。"

说话间，二人转来转去，却一直还是在人群外围打转，内里早就被一层层的青云弟子挤得满满当当，连针也插不进去。张小凡心中越来越好奇，看来这个神秘人物果然人气鼎盛，居然有这么多的青云弟子被吸引而来。

曾书书满脸焦急，口中不停道："糟了糟了，没有好位置了，早知道该昨天晚上就来这里排队的。"

张小凡吃了一惊，还未说出话来，忽然间曾书书眼前一亮，看到前面站着几十个风回峰的弟子，二话不说，拉上张小凡就冲了过去。那处风回峰一脉弟子一看是曾书书，纷纷露出笑容，其中一个高个汉子笑道："呵呵，来迟了吧。"

曾书书也不理他，拉上张小凡就往里挤，风回峰弟子显然对曾书书极好，一个个都往旁边让开，张小凡沾光也挤了进去。不消多久，二人钻进内圈，这里果然视角大佳，只见在最靠近擂台处坐着七八个人，青云门掌门道玄真人、龙首峰首座苍松道人和小竹峰首座水月大师都赫然在座，其他的看过去多半也是各脉的有名长老。

他们身后，密密麻麻站着的都是青云弟子，最引人注目的小竹峰一众美女弟子都站在水月大师身后，张小凡认识的文敏也在其中，离水月大师最近的却是昨日在玉清殿上抽签时那蓝衣美女，此刻她依然冷若冰霜，清丽无比，吸引了无数目光。

"看到没有，就是她了。"曾书书用胳膊捅了一下张小凡，示意他看向蓝衣女子。张小凡多看了那女子几眼，低声道："她就是你说的那个大热门？"

曾书书一副陶醉的样子，道："热门倒也未必，听说陆雪琪入门时日也不是很久，修为难测，但是大家都说，若论美貌绝对是非她莫属！"

张小凡皱了皱眉，道："曾师兄，你流口水的样子看起来很猥琐的！"

曾书书："……咳咳，我、我有吗？嘿嘿，你一定是看错了。对了，你看看周围我们的同门师兄弟们？"

张小凡放眼看去，只见周围年轻一代的青云弟子中，大多数人的目光都放在了小竹峰一众美女身上，尤其是蓝衣女子陆雪琪更是引人注目。不过那些美女似乎早已司空见惯，一个个神态自若，陆雪琪更是面无表情，冷若冰霜，对同门男弟子们视若无睹。

曾书书吞了口口水，低声对张小凡道："说起来这也难怪，我们青云门这些年来突然大肆招收年轻弟子，你看看周围，像我们这个年纪的少说也有三四百人，嘿嘿，我们修为不深，自然就容易受到诱惑了。"

张小凡斜着看了他一眼，只见曾书书原本相貌清秀的脸庞此时看起来似乎都变了味道，联想起刚才那本书，他只觉得曾书书的额头上仿佛写了个"色"字。

曾书书回过头来，讶然道："张师弟，你怎么不看她们老看我啊，我是和你投缘，当你是朋友才拉你过来看的，对了，你觉得她们中间哪个人的身材最好？"

张小凡立刻转过头去，在心中对曾书书的评语后边又加了个"狼"字。

这时，原本满场喧闹的人群突然都安静了下来。在众人注目之下，陆雪琪走上一步，向坐在椅子上的水月大师行了一礼，水月大师淡淡地点了点头，道："去吧。"

陆雪琪应了一声，一整身上衣襟，右手轻轻握住法诀，盈盈美目往台上一望。原本在她脚下白玉石板处的淡淡云气，忽然从四面八方向她急速地旋转聚集了过来，很快，一个白色云团在陆雪琪脚下形成。只见陆雪琪如仙子一般，整个人在云团之中，缓缓上升，飘到半空，落到了台上。

山风吹来，洁白的云气如柔软美丽的丝绸飘动婉转，陆雪琪衣袂飘飘，肤色胜雪，清艳不可方物，宛如九天仙子落入凡尘，令人心中爱怜之时，竟生几分敬畏。

片刻之后，台下掌声雷动，山呼海啸，声浪之大，张小凡猝不及防，耳朵里不禁嗡嗡作响，心下大吃一惊，没想到陆雪琪竟如此受欢迎，不过话又说回来，便是他自己看向半空中那道美丽身影，也是心动神驰，难以自制，真是难以想象世间竟有如此美丽之人。

台下坐着的水月大师一直冷漠的脸上，此刻也多了一分笑容。

过了片刻，不知从哪里走上擂台的（因为根本没人注意）一个年轻弟子，方脸浓眉，模样倒也端正，只是看来颇有些激动。一到台上，便向陆雪琪道："陆师妹，我是龙首峰门下弟子方超，今日有幸与师妹切磋，真是三生有幸！"

"嘘！"台下嘘声四起。

陆雪琪面无表情，在半空中冷冷道："方师兄有礼，小竹峰八代弟子陆雪琪，今日向方师兄讨教。"

张小凡站在台下，看着兀自停在半空宛如仙子一般的陆雪琪，心中忽然没来由地一痛，就在刚才，灵儿师姐不也是这般风姿过人地凌空而立吗？恍惚中看去，陆雪琪的身影竟似乎与田灵儿的模样重合了起来。

此刻台上的方超还在喋喋不休地说着，看样子如果能够一直说下去不要比试直到地老天荒也无所谓，不过幸好这世上他的反对者占了多数，还不等他再说两句，便有无数人包括站在张小凡身边的曾书书都大声怒道："还不开始吗？"

"色鬼！"

"叽叽喳喳的，和女人一样！……咦，这位小竹峰的师姐，啊，你做什么，不要，我可绝对没有其他的意思……"

"当！"

决战的钟鼎声终于响过，陆雪琪面色一寒，直直向方超看去。方超被她那冰冷的眼神一看，顿觉浑身发凉，虽然陆雪琪寒着脸也依然冷艳无双，但无论如何他也不敢再行说笑，连忙收起了笑容，端正心思，右手法诀一引，一柄银白色的仙剑祭了起来。

张小凡眉头一皱，不由得又想起了齐昊的那柄仙剑"寒冰"，他只听身边曾书书忽然哼了一声，低声道："龙首峰的人有了齐昊做榜样，个个都喜欢修炼这类仙剑了。"

张小凡目光闪动，向四周望去，只见人头攒动，却无论如何也找不到齐昊的影子，更不用说此刻在他内心深处最想见却又最不想见的身影了。

他们去了哪里？张小凡低了低头，心中一阵悲苦。

忽地，曾书书一拉他的胳膊，喜滋滋地道："小凡，快看，开始了。"

张小凡抬眼向台上看去，只见方超已然祭起仙剑，台面上顿时寒气袭人，但在张小凡的眼中，直觉告诉他，相比当年和田不易斗法的齐昊，方超在驱用寒冰仙术上显然还有一段差距。

反观陆雪琪，她依然面无表情地停在飘浮着的云端之上，看着方超在她身下前方运气凝冰，似乎一点儿没有进攻的意思。在她背后，背着一把天蓝色剑鞘的仙剑，虽然这柄仙剑没有像大多数人修炼的仙剑一样可以与主人合而为一，但从台上的方超到台下所有的青云门人，无一人胆敢轻视它。

修真道上，通灵法宝往往可以在主人长期修炼之后，与主人合而为一，在使用时方才祭起，十分方便。但有些奇异法宝，因为自身灵性太强，人体不能负担，便无法做到这一点，只能由主人随身携带。但此类法宝往往都是仙家至宝，威力极大，主人修为越深，所发挥出来的威势越是惊人，青云门镇门至宝——古剑"诛仙"，便属于此类。

此刻擂台之上，方超周围三丈之地，台面上都已结起了薄薄的冰，靠得近的如张小凡、曾书书等台下弟子，都感觉到了凉气扑面而来。停在半空中的陆雪琪却似乎对此无动于衷，只是冷冷地看着方超。

方超在众目睽睽之下唱着独角戏，仙剑飞舞，台下几百道目光看着倒也罢了，陆雪琪的目光却仿佛比自己仙剑散发出的寒气还要冰冷些，令他直寒到了心底，几乎有手足无措的感觉。

方超心中微微有些急躁，当下右手剑诀一指，银白仙剑从下往上向陆雪琪射去，口中喊道："陆师妹，小心了！"

台下人群中一阵哄笑，看方超的样子，倒是生怕会伤了陆雪琪似的，坐在台下的苍松道人脸色颇为难看，重重地哼了一声。

这哼声中带着不屑，落到了旁边一人耳中，登时起了回应："怎么，苍松师兄似乎有些不满啊？"

苍松道人也不转头，淡淡道："水月师妹，你门下弟子果然个个姿色过人啊！"

水月大师脸色一变，在这斗法比试的时候，苍松道人不去夸奖她门下弟子修行反而称赞众女子美貌，显然是有讥讽之意。水月大师何等人，双眉一竖，立刻道："我也不知道青云门修真门下，竟还有如此之多的登徒浪子、好色之徒。"

苍松道人大怒，正要反驳，坐在他们中间的道玄真人抬手微笑道："好了，好了，都几百岁的人了，在这么多弟子面前吵架也不怕丢脸。看比试，看比试。"

二位首座都是重重地哼了一声，转过头去。

方超的银白仙剑此刻已经疾射到陆雪琪脚下云气处，陆雪琪冷漠的脸上没有一丝表情，也不见她怎么动作，脚下云团载着她的身子向后退去，但方超的仙剑速度却是更快，眨眼间便已追上，台下顿时尖叫声、叹息声四起。

在这间不容发之际，陆雪琪反手一翻，身后那柄宝剑就被她拿到手上了。只见她玉脸如霜，竟也不拔剑，连鞘在身前一挡。

"铮！"

清脆的回音在这广场之上远远地回荡开去，十分悦耳。

方超的银白仙剑如受重击，向后反弹回去，台上方超和台下苍松道人，脸色都是大变。在众人惊讶的目光之中，陆雪琪丝毫没有犹豫。雪白的脸上一道微微粉红掠过之后，右手一抛，竟是把这柄天蓝色宝剑连着鞘都抛了出去，同时右手五指屈伸，法诀紧握，天蓝仙剑顿时在半空中大放光芒，蓝光覆盖了整个巨大擂台，仙气腾腾，显然绝非凡品。

方超不敢怠慢，眼看曜曜蓝光铺天盖地而来，心下吃惊，同时对陆雪琪这般轻视于他更是气愤。用手加紧催动仙剑，转眼间在身前凝成了三道冰墙，散发出阵阵寒气。

半空中，陆雪琪一双明眸亮若星辰，黑发、衣襟在大风之中飞舞飘荡，风姿绝世，动人心魄。她口中似在低低念诵咒文，冰冷的脸上没有一丝表情，随着她的施法，众人只见飞在半空中的那柄散发万丈蓝光的仙剑"突"的一声大响，犹如猛兽狂吼，声震四野。刹那间蓝光大盛，仙剑如破天而出，狂龙出渊，方圆十数丈内的所有云气竟在片刻间全部被逼得消散开去，无影无踪。

万道蓝光之中，在那最深处蓝得如天际一般的地方，仙剑似从天边飞来，疾射而至，冲向方超，声势之猛，一时无二。

方超面色凝重，额头上汗水涔涔而下，显然是震惊于陆雪琪这柄蓝色仙剑的莫大威势。间不容发，那仙剑已冲到面前。

"咔，咔，咔！"

在几百位青云弟子目瞪口呆中，方超凝成的三道冰墙竟如豆腐一般，被蓝色仙剑冲了进来，撞得粉碎。

方超大惊，以他的实力，并非不能凝结更多冰墙作为防御，但以他本意三道冰墙就已足够，不料这陆雪琪道行竟是如此高深，那柄蓝色仙剑更是出乎意料地厉害，转眼间就到了跟前。

在这生死关头，方超勉强稳住心神，银白仙剑泛起光芒，守住身前，祭起白色光盾。不及眨眼，蓝色仙剑已与白色光盾硬生生地撞在了一起。

"轰！"

巨响声如天际狂雷，隆隆而至，巨大而无形的冲击波以这两柄仙剑为中心，迅速向四周扩散开去，台下站着的所有青云弟子顿时只觉得大风扑面，整个身子竟不由自主地向后退去，整个围观的人群圈子，同时向后扩大了一圈。

所有人都变了脸色，震惊于前所未见的仙家法宝的大威力。

片刻惊叹过去之后，所有人的目光又回到了擂台上，陆雪琪不知何时已经落到了台上，那柄仙剑连着鞘已飞回到她的手里，蓝光与白光都渐渐散去，方超的脸色如死灰一般。

只见方超缓缓抬起头来，指着陆雪琪，声音不知为何变得嘶哑，嘶声道："你……"

众人惊疑，不知道发生了什么事，忽然间异变发生，一直停在方超身前的那柄银白仙剑剑身起了几声闷响，之后，突然起了一道裂缝，然后迅速扩大，片刻之后，这柄仙剑发出了痛苦的一声，"咚"的一声断为两截，掉到了台上。

台上台下，一片寂静，所有人都屏住了呼吸。

修炼许久的仙剑对一个修真之人意味着什么，在这个云海之上的人，没有一个是不清楚的。

"哇！"台上，方超喷出了一口鲜血，手抚胸口，脸露痛苦之色，再也支撑不住，倒在地上晕了过去。

第二十四章

意 外

龙首峰一脉立刻有数人冲上擂台，扶起方超，看着断成两截的仙剑，个个是满面怒容，瞪着陆雪琪，恨不得要把这美丽女子给吃了一般。

台下，苍松道人紧握拳头，冷冷道："水月师妹，你这弟子可当真心狠，明明胜了还不够，偏偏还要仗着法宝神器生生坏了他人仙剑，这是什么道理？"

水月大师一脸淡漠，冷冷道："雪琪修行太浅，道行不深，无法控制'天琊'这等神物，也没什么大不了的。"

苍松道人怒气上冲，便要发作，忽然间一只手放到了他肩膀上，却是道玄真人不知何时站了过来，拍了拍他的肩膀。苍松道人看了看他，终于强把怒气压了下去，鼻中重重哼了一声，大步走开。

道玄真人望着苍松道人高大的背影，摇了摇头，苦笑一声，转过头来，正要说话，却见水月大师居然也走了开去。这时陆雪琪已然从台上走了下来，来到水月身前，水月看了看她，脸上泛起一丝微笑，点了点头。陆雪琪也不说话，微微施了一礼，便随在了水月身后，扬长而去。

张小凡站在一旁，这才从那场惊心动魄的斗法中回过神来，看着水月与陆雪琪这一对师徒渐行渐远，忽然发现这两人竟是这般相像，一样地冷若冰霜，像是从一个模子里刻出来似的。

他正看得出神，忽听身旁曾书书叹了口气，道："想不到'天琊'这等神物也出世了！"

张小凡莫名其妙，道："'天琊'是什么东西？"

这时围观的青云弟子都渐渐散开，曾书书向同门风回峰的弟子打了个招呼，和张小凡一起走开，口中道："'天琊'就是你刚才看见陆雪琪使用的那柄仙剑。我曾经在《异宝十篇》中看过记载，'天琊'最早出现是在千年前一个散仙枯心上人手中，传说这法宝乃九天异铁落入凡间，枯心上人在北极冰原偶得，修炼而成。

"当年正魔决战，正道之中自然是以我们青云门青叶祖师为首，但这枯心上人也是大大有名，他以这'天琊'神剑，与魔教凶人黑心老人激斗了三天三夜，最后重创黑心老人，为我正道除了一个心腹大患。据说当时也只有这'天琊'神剑可以克制魔教至凶之物'噬血珠'，从此'天琊'之名响彻世间，成了修真人士心中梦寐以求的神物法宝。不过听说枯心上人坐化之后，这'天琊'就不知所终，想不到居然落到了小竹峰的手里。"

说到这里，曾书书摇了摇头，道："小凡师弟，那陆雪琪有了这等神物，只怕我们此次大试都没有希望了。"

张小凡却没有什么失望之情，反正他也从未想过自己能够有什么作为，只是看着曾书书颇为失望的样子，心中奇怪，问道："咦，曾师兄，你不是对我说，你对这次大试也不是很感兴趣的吗，怎么看起来很失望的样子？"

曾书书脸上一红，道："不过若真的能够站在台上撑到最后，那也是很威风的，你不觉得吗？"

张小凡哑然失笑。

曾书书看他样子古怪，心下倒有些不好意思，捶了他一拳，笑道："你笑什么？"话未说完，自己倒也笑了起来。

二人笑着走向另一座擂台，看另一场比试。

这一天中，大竹峰除了张小凡外，出战的七名弟子中，四胜三败，宋大仁、田灵儿、何大智和杜必书都进入下一轮，加上运气好的张小凡，大竹峰八名弟子中倒有五人晋级，这是数百年来少有的好成绩，直把田不易乐得合不拢嘴。

第二日。

早晨的阳光懒洋洋地洒在云海之上，青云门弟子如前日一样来到广场上，继续观看着这一甲子一次的青云门"七脉会武"大试。

大竹峰众人站在昨日那张红榜之下，只见那红榜上有一半人的名字被除了去，而在张小凡的名字旁边，也写上了他今日的对手——楚誉宏。

早上起来，张小凡心里就不知为何开始紧张，虽然他明知道自己多半是来见识一下，但心头就是不由自主地紧张，心跳加速，口干舌燥，连早饭也只吃了两口就没有胃口了。

此刻他正悄声问站在身边的大师兄宋大仁，道："大师兄，这楚誉宏是什么人，厉害吗？"

宋大仁皱着眉头，摇头道："我也不清楚，以前没听说过，看着榜上写着他是朝阳峰一脉弟子，但是道行怎样我也不知道。"说到这里，宋大仁看了张小凡一眼，见他很是紧张的样子，微笑道，"小师弟，别紧张，不打紧的，我第一次参加大试也是紧张得要命，上了擂台就好了。"

张小凡讷讷道："是。"

这时站在一旁的杜必书走了过来，不怀好意地笑道："喂，诸位师兄，不如我们来打个赌，看小师弟这一次胜负如何……"

"好啊好啊，我赌小师弟输！"

"我也是！"

"我也是……对了，我押双份儿！"

"算我一份儿。"

宋大仁大怒，指着众人道："你们干什么，小师弟比试在即，你们还打击他不成？"

张小凡感激不已，叫道："大师兄……"

宋大仁："老六。"

杜必书吐了吐舌头："大师兄，我刚才是开、开玩笑的，你可千万别告诉师父。"

宋大仁："不是，反正你都打击过了，刚才你开的那个赌我押五份儿！"

杜必书、张小凡："……"

这时田不易与苏茹走了过来，大竹峰众弟子都迎了上去，田不易看了看众人，道："昨日你们表现得不错，但今日进入第二轮，剩下的基本上都是各脉的精英弟子，你们切要小心。"

众人齐声道："是。"

苏茹看了一眼张小凡，走了过来，道："小凡，今天你是第一次比试，一切小心，知道了吗？"

张小凡心头掠过一阵温暖，低声道："是，师娘。"

苏茹点了点头，还想说些什么，忽然间钟鼎齐鸣，比试已正式开始。田不易与苏茹对望一眼，点了点头，道："你们自己都知道比试的地方了吧，刚才那张红榜上也写清楚了，等一会儿比试开始之后，我和你们师娘也会到台下看你们比试，可不要让我们丢脸了。"

众人一起应声，田不易点了点头，与苏茹低声说着话，走了开去。随着他们一起来的田灵儿转眼向四周看了看，向张小凡走来。张小凡心头一阵急跳。

走到跟前，田灵儿直直地看了看张小凡，忽地"扑哧"一声笑了出来，回头对众人笑道："你们看小凡多紧张啊，额头上都冒汗了。"

众人都笑，宋大仁也笑道："我刚才也安慰过小师弟了，不过看起来没什么用，还是要小师妹你出马才行。"

田灵儿啐了一口，转头对张小凡道："小凡，我等一会儿也要比试，不能去为你加油了，自己要努力，还有，一切小心啊！"

她近在咫尺的美丽脸庞，吹气如兰，张小凡仿佛闻到了淡淡幽香，忍不住一阵激动，重重点头，却不知怎的，连话也说不出来了。

田灵儿显然没有想得太多，冲着张小凡笑了笑，便走过去与各位师兄谈了几句。片刻之后，众人三三两两分开离去，有比试的去了擂台，没比试的就去为同门加油，只是，没有人想到与张小凡一起。或许，所有人都认为，这是个根本没希望的人吧。

张小凡站在原地，看着诸位师兄都走得远了，心中忽然一阵说不出的难受，缓缓走到那张红榜前，又仔细看了一遍。

他与那朝阳峰弟子楚誉宏被安排在了最远的"震"位台上比试。

张小凡苦笑了一声，向着前方走去。一路之上，无数青云弟子穿来行去，谈笑风生，张小凡在一旁听了，多半是议论昨日比试结果的。昨日比试，众人公认的几位热门人物均轻松胜出，其间还有不少人谈到了龙首峰一脉除了齐昊之外，似乎又出了个年轻高手，张小凡听他们形容了几句，便猜想那多半是林惊羽了。

但更多人谈论的却是小竹峰的陆雪琪。这拥有神剑"天琊"的美丽女子，道行高深出人意料倒还罢了，但昨日众目睽睽之下，生生击断了对手的仙剑，似乎令许多人很是不满，不过这却使更多人想去观看她的比试，人气反而有升无降。

此外，失踪已久的"天琊"更是引人注目，不知有多少人想去看看这千年前正魔大战时的神物，就连一些青云门长老也不例外。

张小凡边听边走，心中也不禁想起了昨日那冰霜美人陆雪琪的模样，摇了摇头。就在这时，前方忽然传来一阵呼喊："小凡。"

这声音听起来十分熟悉，张小凡抬头一看，立刻笑了起来，只见林惊羽大步走了过来，张小凡迎了上去，笑道："我说怎么一直找不到你呢，原来跑到这里来了！"

林惊羽向身后一指，道："今天我还要比试，就在'坎'位台上，自然要早早过来准备了。"说着上下打量了张小凡一番，笑道，"今天也轮到你了吧，在哪个台？"

张小凡道："我在'震'位台，马上要开始了，不能过去给你喝彩了，你自己要小心。"

林惊羽笑道："你也是，咦，怎么你同门师兄、长辈都没来看看你呢？"

张小凡怔了一下，强笑道："你又不是不知道我这一脉人少，而且今天比试的人又多，师父、师娘他们都去观看大师兄和师姐的比试了。"

林惊羽看了他一眼，叹了口气，拍了拍他的肩膀。

张小凡振作精神，笑道："这也没什么，反正我只是来见识一下，不打紧的。倒是你可要加油了，别让别人说我们草庙村出来的人没出息。"

林惊羽重重点头，正要说些什么，身后忽然传来一声钟鼎响声，他回头看了看，道："我的比试就要开始了，不和你说话了，等一会儿如果来得及，我立刻过去看你。"

张小凡点了点头，道："你快去吧。"

林惊羽转身走了，张小凡看着他背影走远，在心中念了一句："如果你赶得及过来，我还能在台上支撑得住的话，那才是怪事。"

他这般自嘲着，慢慢地走到了"震"位台边。这里是云海广场的最东边，一眼看去，居然只有十几个青云弟子，多半也是朝阳峰门下弟子，与中央处陆雪琪的"乾"台相比真是天差地别。

台下只摆了一把椅子，一个白胡子老头儿坐在那儿，张小凡看了他一眼，只觉得有些眼熟，想了一下，便记起这是昨日早上在陆雪琪比试前，在人群外头骂弟子好色，还埋怨不该招收女弟子的那位长老，只是不知道他是青云门哪一脉的门下。

"七脉会武"大试之中，共有八座擂台，一般情况下，每座擂台青云门都会安排至少一位长老坐镇，否则年轻弟子年少气盛，打得兴起便不好控制了。

张小凡走了过去，来到那白胡子老头儿面前，弯腰施了礼，道："师伯，我是大竹峰门下弟子张小凡，今日在'震'位台上比试。"

白胡子老头儿转过头，瞄了张小凡一眼，漫不经心地道："哦，你来了，马上要开始了，你上台吧。"

张小凡应了一声，向台上看了一眼，见台上空无一人，看样子那个叫楚誉宏的朝阳峰弟子还没有来。他犹豫了一下，终于还是遵从白胡子老头儿的话，从台阶上走上台去。同时，身后台下的一众朝阳峰弟子中，登时传出了窃窃私语的声音，显然在议论着他。

这时，清晨的太阳已经升起，通天峰的第一缕阳光悄悄地落在了他的身上，有一点点的暖意。张小凡站在台上，向东方天际望去，一轮朝阳正缓缓升起，红彤彤的，光线柔和而不刺眼，映红了天边远处的云霞。

张小凡心中，忽然一阵感慨，五年前，他还是一个不谙世事的农村小孩，从来不曾梦想过会有站在通天峰上观看日出的这一天，不，不是没有梦想过，而是他根本就不知道这世间会有如此美丽的日出。

一转眼间，人生渺渺如白云。

他一个十六岁少年的心境，此刻竟像是六十岁老者般愁苦。

他伸出手，探到怀中，摸着了那根冰凉的烧火棍。一个月前，在所有人都不知道也不会注意的情况下，张小凡惊讶地发现了自己竟然可以勉强操纵这根黑乎乎的烧火棍，那一刻，他几乎不敢相信自己的眼睛。然而，当他在夜深人静无数次地重复之后，随着他的念力驱动，这根烧火棍的的确确在移动着。

"驱物"，这是青云门修真道法中如雷贯耳的一个词，是太极玄清道修炼至玉清境第四层境界的表现，更是每一个新进弟子在无数年修炼的日子中都在内心深处重复念着、盼望着、努力着，而张小凡甚至于只敢在梦里才想着自己达到这一境界，能够在师父面前争一口气，能够让师父开颜一笑。

可是，这可能吗？

张小凡拼命压抑住了自己，没有对任何人说起此事，与此同时，他试着用念力去驱动其他物体如厨房的锅碗瓢盆时，却没有任何动静，这也打击了他的自信心。他百思不得其解，为何会出现这么古怪的情况？

深夜梦回，他爬起凝视着这似乎注定与他纠缠不清、古古怪怪的烧火棍时，都能感觉到那一丝冰凉之气，在他身体里缓缓游荡。

"当！"清脆的钟鼎声响了起来，吓了张小凡一跳，把他惊醒过来。转头一看，只见台下仍旧是那十几个朝阳峰弟子，白胡子老头儿仍然坐在那里昏昏欲睡，但是在台上对面，却不知何时出现了一个男子，三十岁左右模样，正向自己微笑着看来。

张小凡脸上一红，连忙行了一礼，道："大竹峰弟子张小凡，向楚师兄请教。"

楚誉宏微笑道："不敢不敢，江山代有才人出，张师弟年纪虽轻，但大试在前，依然神色自若站在台上，毫无焦急神色，更无胆怯之情，比起我当年强得太多了，佩服佩服。"

张小凡呆了一下，讷讷道："不瞒师兄，我刚才其实是在发呆。"

"哗。"台下一片哗然，那十几个朝阳峰弟子无不笑得打跌。楚誉宏也愣了一下，终于还是忍不住笑了出来，随即又感觉不妥，强忍住道："张师弟说笑了，呃，时辰已到，我这就向师弟讨教了。"

张小凡心里一跳，一阵紧张，慢慢道："请楚师兄手下留情。"

楚誉宏笑而不答，看他样子似是成竹在胸，只见他右手一震，"喤啷"一声，一柄散发淡淡黄光的仙剑祭起。

"剑名'少阳'，张师弟，请。"

张小凡向那"少阳"仙剑看了一眼，只见剑上黄色光芒纯正温和，便感觉精神一振，看来并非凡品。他暗地里吞了口口水，不觉面上有些发热，但终于还是伸手到怀中，握住了烧火棍，拿了出来。

场中所有人的目光都落到了这根黑乎乎的烧火棍上。

一时无声。

"哈哈……"不知是谁第一个笑了出来，打破了宁静，片刻之后台下笑成了一片，间或夹杂着疑问："那……那是什么？"

"我早就说过，大竹峰的人个个古怪，昨天那个瘦子用骰子法宝就成了笑柄，没想到今天，今天居然还有用烧火棍的人，真、真是笑死我了！哈哈……"

此刻就连台上的楚誉宏也忍耐不住，笑了几声才辛苦忍住，道："张师弟，这就是……呵呵，是你的……呵呵，对不住，我控制不了，啊，这就是你的法宝吗？"

张小凡听着身边之人笑成一片，脸色通红，一句话也说不出来。他本也知道用这根烧火棍太过难看，必定惹人耻笑，但偏偏其他事物不能驱动，而且他内心深处也隐隐有那么一丝小小的、微微的希望，希望它真的可以证明自己，所以最终还是把烧火棍带了出来。

可是，烧火棍带给他的，最终还是别人的蔑视与嘲笑。周围的人大声笑着，张小凡低下了头，目光所及，这个世界只剩下了他手中那根黑色且难看的烧火棍。

他们笑着，大声笑着，一如临行前同门师兄们那样大声笑着，甚至连他深深念着的灵儿师姐也一般笑着。

他低下了头，合上了眼。

冰凉的感觉仿佛从身体深处幽幽叫唤了一声，缓缓地在他体内游荡。

一个人，感觉最孤独的时候是何时？

是不是独自面对着整个世界的冷漠，是不是独自面对着所有的耻笑？

一个人的血，是冰冷还是沸腾？

他霍然抬头，看着前方。

这时，阳光正照在他的脸庞，没有人看清他的表情。

楚誉宏手中的"少阳"仙剑，在台下的笑声与喝彩中，迸发出朝阳一般的光辉，灿烂辉煌，正气凛然。随着他法诀引处，一声断喝，"少阳"仙剑煌煌如日光，堂堂正正地压了过来。

一股热气，扑面而来，但张小凡的心里却冷若寒冰。

不知为什么，看着前方那团袭来的光明，一瞬间，他忽然想起许久以前的那个早上：他与林惊羽在野外度过了一个惊心动魄的夜晚，回到草庙村时，却看见了一片尸山血海。就在那个早上，他所有的幸福都失去了，他甚至感觉到自己被埋在了那片血海之中，拼命挣扎，妄想找到自己的亲人却终究无计可施，痛彻心扉。

热气仿佛要炙伤了他的皮肤，他眼前却又浮现出了那个幽静的夜晚，碧水潭边，一个美丽女子站在水边，与爱人紧紧相拥。

"啊！"这个十六岁的少年低低呻吟，莫名的痛楚竟这般强烈，以至于他完全忘记了迎面而来的光芒却咬破了嘴唇，殷红的鲜血，轻轻滴落。

落在那黑色的、玄青中带着红丝如血的烧火棍上。

他被那团太阳般灿烂的光芒吞没了。

台下一片欢呼，朝阳峰弟子无不喜形于色，只有夹杂在他们笑声中的一声惊呼，显得那么刺耳。

突然出现的曾书书无视旁边十数道充满敌意的目光，大声叹息，为了这新交的朋友惋惜不已，可惜按大试规则不能帮忙，不然看他义愤填膺的样子多半便冲上台去了。

就连坐在一旁的白胡子老头儿似也被曾书书惊动，瞄了一眼过来。

台上，灿烂的金黄光芒与天际初升的阳光交相辉映，辉煌耀眼，楚誉宏心里一阵得意，这一刻连他自己也觉得自己修行已经达到了从未企及的巅峰，而他，在胜过了眼前这不中看更不中打的对手之后，必将高歌猛进，就算是最后折桂也未可知！毕竟，过了今天，也只是需要再胜四场而已。

念及此处，他嘴角压抑不住地露出笑容，"少阳"仙剑光芒更盛，眼看着前方那少年在炽热的光芒中痛苦地皱起了脸，甚至咬破了嘴唇。

忽然，他的心脏猛地一跳，就像有人在他身体里用重锤狠狠地砸了一下。在所有人都看不清张小凡的这个时候，楚誉宏，这个站在张小凡对面的人，却分明透过自己"少阳"仙剑的灿烂光芒，看见他抬起了头，睁开了眼。

那一双血红色的充满暴戾杀戮的眼睛！

一股无形未知的冰冷迅速扩展开来，楚誉宏眼看着那根黑色的烧火棍在这一刻似乎活了过来一般，黑气腾腾，棒顶端那颗圆珠更是青光大作，映在张小凡的身上，仿佛完全变成了另外一个人。这一切变化都发生在"少阳"仙剑的光芒之内，除了楚誉宏再也没人看见。

楚誉宏惊骇至极，还没等他反应过来，那冰凉气息就已藏在"少阳"仙剑光芒下缠上了他，他立刻就感觉天旋地转、恶心欲吐。片刻之后，烧火棍上那颗圆珠发出的淡淡青光照在了他的身上。

台下，曾书书紧张地看着被光芒包住的张小凡，一想到张小凡现在就像一只被烧烤的猴子（按常理应该想到是猪被烧烤，可不知怎么曾书书脑海中出现了猴子的念头），他几乎都不愿意再看下去了，相反，朝阳峰弟子们却是鼓掌欢呼，乐不可支。

便在此时，众人只听得台上楚誉宏一声大吼，"少阳"仙剑冲天而起，光芒立刻消散，现出了张小凡的身影。而楚誉宏竟似乎身负重伤，连连后退。片刻之后，在众人惊讶的目光里，他面上七窍竟同时都涌出血来，颤巍巍地伸出右手指着张小凡，好像想说什么，却无论如何也说不出话来。

只见他身子摇晃了几下，"咚"的一声摔倒在地，晕了过去，不省人事。

台上台下，一片寂静，众人面面相觑，惊得目瞪口呆。

第二十五章

运 气

半晌，还是那白胡子老头儿最先反应过来，身子一闪便跃上擂台，来到楚誉宏身旁，仔细查看一番，却发现他全身完好，也无中毒迹象，倒似是被仙家法宝重创，内腑剧烈震动所致。

他皱起眉头，站起身来，看向张小凡，不由得对这少年刮目相看，眼光顺便也瞄了瞄张小凡手中紧紧握着的那根黑色的烧火棍。

"你胜了。"白胡子老头儿压下自己心头的疑惑，平静地道。

台下朝阳峰弟子大哗，但事实摆在眼前，却是无话可说，只是楚誉宏败得太过莫名其妙，匪夷所思，明明胜券在握，忽然间一声大吼就败了，实在让人接受不了。

此时曾书书也看傻了眼，不过听到白胡子老头儿说了那三个字，他便也冲了上去，跑到张小凡身边，重重一拍他的肩膀，大声笑道："好小子，原来你是深藏不露啊！"

张小凡霍然回头，面色如霜，冷冷地盯着他。

那一双冰冷、黑色的眼眸！

曾书书心里忽地感觉一寒，讶异道："小凡，怎么了？"

张小凡被他一问，身子一震，似是想起了什么，目光登时柔和了下来，眼中那股奇异的冰冷感觉也消失不见了，恢复了平日里的感觉，似乎还带了些困惑，道："没、没什么啊，我没事啊，怎么了？"

曾书书瞪眼道："你还问我怎么了，你知不知道自己胜了这一场？"

张小凡吓了一跳，讶异道："什么，我胜了吗？我居然胜了？"

曾书书却是被他吓得更厉害，脸色都白了一下，连忙伸出手在他额头上摸了摸，道："你该不会是被刚才那团火光给烧糊涂了吧？"

张小凡抓了抓头，随即看到远处台上几个朝阳峰弟子抬着昏迷不醒的楚誉宏走了下去，其中几个还恨恨地看着自己。

望着那些人越走越远，张小凡脑海之中，刚才斗法的场面一幕一幕都清晰地浮现出来。他下意识地低下头，看着手中那根黑色的烧火棍。这难看的短棒安静地在他手中，一动不动，但在张小凡眼中，这陪伴了自己两年的烧火棍却从来没有这么陌生过，仿佛又回到了多年前幽谷之中，重现了那个恐怖的梦魇。

"啪。"却是曾书书在一旁看张小凡怔怔发呆，用手中扇子敲了一下他的脑袋，道："你想什么呢？"

张小凡摇了摇头，叹了口气，把烧火棍收到怀中，道："没什么，我们走吧。对了，你怎么会跑来看我比试？"

曾书书瞄了一眼他收到怀中的烧火棍，道："比试还没开始，我没事干就跑过来看你比试了，没想到居然看了一场好戏，咦，今天你那只三眼灵猴，你叫它什么来着……"

张小凡接口道："小灰。"

曾书书道："对，小灰，今天怎么没看见小灰啊？"

张小凡摇头道："一大早就没看见它影子了，大概是和大黄又溜到哪儿去玩了。"

曾书书"哎呀"叫了一声，满脸遗憾的样子，张小凡看在眼里，不由自主地猜想这家伙说是过来看自己比试，其实该不会只是想来看看小灰的吧？

"哗！"

远处，忽然传来一阵大大的喧哗，二人离了老远也听得真真切切，抬眼看去，只见在远处中央，青云门弟子团团围在"乾"位台下边，惊叹声此起彼伏。

张小凡还没反应过来，曾书书已然跺脚叫道："糟了糟了，只顾着看你，却忘了最重要的事了。"说着拉着张小凡撒腿就跑。

张小凡不明所以，边跑边问："什么事？"

曾书书一脸懊悔，道："那里是陆雪琪在比试啊！"

张小凡不禁莞尔，同时心中不禁也有了一丝感动，抬眼向这位结识了短短两日的朋友看去，刚才在那冷清的擂台之下，看不到他的同门长辈、诸位师兄，却只有这个人在满是朝阳峰弟子的台下，独自站在他一边。

　　一阵温暖，从心里缓缓泛起。

　　"曾师……书书，多谢你刚才过来看我。"

　　正在飞奔的曾书书愣了一下，放缓了脚步，回头看了张小凡一眼，随即笑道："呵呵，小事小事，你要是太感动了不如就把小灰……"

　　"我们还是快走吧！"

　　曾书书身子一侧，摇了摇头，跟着跑得像风一样快的张小凡跑去，嘴里还含糊地咕哝了两句。

　　二人跑到近处，却见一群一群青云弟子已然散开，多数人神色间都颇为激动，彼此间激烈争辩着什么。他们抬头向台上看去，只见台上空无一人，但木台伤痕累累，看来比试已经结束了。

　　曾书书眼珠一转，拉上张小凡左转右转，在人群中穿来穿去，不消片刻，便被他找到了目标——那群风回峰的弟子。

　　曾书书连忙靠了上去，风回峰弟子一看是他，都笑了出来，其中张小凡还有些印象的一个高个汉子笑道："师弟，你不是说必看陆雪琪的吗，怎么跑得没影了？"

　　曾书书干咳一声，道："我这不是……不是有事吗？对了，快说说结果如何。"

　　旁边一个浓眉男子道："不用说也知道了，有'天琊'在，就算是长门通天峰的段雷师兄也一样不是对手的！"

　　曾书书讶异道："连段师兄也败给她了吗？"

　　张小凡在一旁向曾书书道："那个段雷师兄很厉害吗？"

　　曾书书点头道："是，段雷是近年来长门中很出色的人物，这次'七脉会武'他夺魁的呼声也是很高的。"

　　高个汉子摇头道："那有什么用，你没看见，'天琊'神剑威力实在太大，蓝光闪了几闪，响了几声，段雷师兄就败下来了。"说到这里，他似乎意犹未尽，叹了口气，道，"说了你也不相信，到了最后，陆雪琪仍然没有把'天琊'神剑抽出剑鞘。"

曾书书呆了一下，道："那还比试什么，还有谁是她的对手？"

高个汉子又摇头道："那也不尽然，'天琊'这等神物，便是不拔出剑鞘威力也是差不多的，倒是那陆雪琪一身修行道行，却真是了不得。"

曾书书看了他一眼，道："高师兄，你怎么知道的？"

张小凡看了那高个汉子一眼，心中暗想，这个姓倒是名副其实，只听那高师兄道："我也是听师父说的。"

曾书书讶异道："我爹？"

高师兄道："是，刚才你没来的时候，师父也在这里看，末了嘴里念叨了一句，说是这女子只怕已把太极玄清道修到了玉清境的八层以上，便是到了第九层也未可知。"

曾书书变了颜色，愣在原地，一时说不出话来，张小凡心中奇怪，只觉得这曾书书明明从一见面开始就称自己并不在乎比试结果，但怎么看都十分在意。

这时远处钟鼎声音传来，以高师兄为首的风回峰一众人似乎有人比试，纷纷往声响处走去，张小凡看曾书书还呆在原地，过去拉了他一下。

曾书书惊醒，随即笑道："完了完了，这下子我们可是彻底没希望了。"

张小凡倒是真的满不在乎，道："完了就完了，对了，你不是还没比试吗？"

曾书书看了远处一眼，道："我还没开始呢，不过也该过去了，你呢，准备去哪儿？"

张小凡想了想，道："我要过去找师父、师娘禀告一声，虽然我是侥幸取胜。"

曾书书点了点头，道："那你有空就过来找我吧。"

张小凡点头应了一声，二人就此别过。

张小凡转过身子，往人群另一头走去，听着身边走过的青云弟子口中大都谈论着刚才陆雪琪与段雷一战。找了半天，张小凡终于在西边找到了大竹峰一众人，但远远地便望见田不易脸有怒色，面色铁青。张小凡一向对田不易十分畏惧，当下偷偷地走了过来。田不易看了他一眼，便把眼睛转开，连结果也不问他一下。

苏茹与田灵儿还有其他的几位大竹峰弟子都在此处，只不见了大师兄宋大仁。张小凡瞄了众人一眼，见田灵儿还好，但诸位师兄脸上却满是沮丧，便悄悄问身边的杜必书道："六师兄，怎么了？"

杜必书看了田不易一眼，见他似乎没看着这里，悄声道："刚才除了大师兄外，我们都有比试，结果只有小师妹一人胜了，师父正生气呢。"

张小凡呆了一下，一时不知道该说什么好。

苏茹站在一旁，见众弟子战战兢兢，田不易脸色铁青，摇头叹息一声，温声地对刚回来的张小凡道："小凡，你回来了，结果怎样？"

张小凡迟疑了一下，低声道："师娘，我、我侥幸胜了。"

苏茹道："哦，没关系，输了就输了，就当见识一……"她的声音忽然小了下来，看着张小凡，讶异道，"你刚才说什么？"

众人包括田不易都同时回过头来看着张小凡，张小凡脸色一红，但生平第一次在众人目光的注视下，特别是在苏茹身边的田灵儿惊讶的目光中，感觉到了一丝虚荣的兴奋，稍稍提高声音，他看向田不易，道："师父、师娘，我刚才，侥幸胜了。"

众人哗然。

大竹峰众人聚集在"坤"位台下，看着今日最后出场的宋大仁比试。台上，宋大仁与对手激斗正酣，"十虎"仙剑巨大的剑躯在半空中仿佛化出了无数只凶猛巨虎，发出地动山摇的巨响，一剑一剑向对手直劈了过去，占尽优势。

然而在台下，大竹峰众人高兴之余，却依然无法接受张小凡所说的事实。

"小师弟，你是说在刚才的比试中，本来你就要败了，不料对方那个叫楚誉宏的家伙突然发了急病，流了满脸的血就晕了过去？"

"是啊，四师兄，你和二师兄、三师兄、五师兄都问了我二十二遍了，怎么还在问啊？六师兄，你快劝劝他们吧，我说的真的都是实话。"

杜必书道："……小师弟，你是说在刚才的比试中，本来你就要败了，不料对方那个叫楚誉宏的家伙突然发了急病，流了满脸的血就晕了过去？"

张小凡抱头，呻吟道："……是啊，第二十三次了。"

一旁的田灵儿嗔道："你们干吗这么逼他，小凡不会说谎的！"说到这里，她却也是摇了摇头，道，"不过小凡，你运气这么好，是不是有些过分啊，也难怪人家不信。"

张小凡哑口无言。

听着身后众弟子喋喋不休地唠叨着，田不易和苏茹却还一直看着台上。过了片刻，苏茹忽然低声道："你怎么看？"

田不易皱了皱眉，反道："说是他凭本事胜的，你信吗？"

苏茹笑了笑，道："我们这个徒弟啊，运气真不是普通地好！"

田不易哼了一声。

"轰隆！"一声巨响，台上宋大仁大吼一声，只见"十虎"仙剑黄芒贯天，几乎映得人睁不开眼睛，如劈山斩海一般带着无敌声势杀了过去，对手终于抵挡不住，被这巨大力量击垮，口喷鲜血向后飞了出去。

大竹峰众人欢声雷动，田不易的脸上终于也露出了一丝笑容。

宋大仁走下擂台，回到众人之中，首先向田不易与苏茹见过，然后便是众人热情洋溢的祝贺。

……

"呵呵，侥幸侥幸！六师弟你就不要说得这么肉麻了！咦，小师弟你也回来了，今天结果如何，没伤到哪里吧，唉，看你这样子，听大师兄一句话，你修道日浅，以后机会有的是，一场胜负别放在心上……呃，你们为什么都这样看着我？"

田不易首先转过身走开，苏茹向这个大徒弟笑了笑，也跟了上去，宋大仁摸不着头脑，向众人问道："怎么了？"

田灵儿走到他身边对他说了一遍，宋大仁不可置信地转过头来，张小凡畏惧地缩了一下身子，道："大师兄，我知道我运气太好不是好事情，可事情就是这样，我也没办法……"

宋大仁瞪大了眼睛："……小师弟，你是说在刚才的比试中，本来你就要败了，不料对方那个叫楚誉宏的家伙突然发了急病，流了满脸的血就晕了过去？"

张小凡绝望地跌倒。

这一日下来，青云门"七脉会武"继续参加比试的只有十六人了，出乎许多人意料的是，一向式微的大竹峰居然在其中占了三人，远远胜过了往届。不管内部如何，但田不易对外可是脸上大大有光，这一日脸上都是笑呵呵的，看在众弟子眼里，私下议论纷纷。

杜必书道："你们看师父高兴的样子，这下子可扬眉吐气了。"

吴大义道："谁说不是呢，大师兄和小师妹的确给他老人家长脸了。"

何大智道："说来惭愧，小师妹年纪虽小，却比我这个四师兄争气多了，以后前途不可限量啊。"

郑大礼道："你们别忘了还有小师弟啊，他也进了第三轮了。"

杜必书道："要不我们再来开赌，看小师弟再闯一关的可能有多大，你们敢不敢下注？"

吴大义、何大智、郑大礼、吕大信齐声道："我赌他输！双份儿！"

杜必书道："……咳咳，咦，走着走着大师兄怎么不见了，啊，小师弟？小师妹？怎么搞的，人都上哪儿去了？"

何大智想了一下，道："小师弟和小师妹我不知道，但大师兄我倒猜到了几分可能……"

众人对望一眼，齐声道："小竹峰文敏师姐！"

宋大仁老大一个个子，身子却突然莫名其妙抖了一下，文敏看在眼中，大感奇怪，道："你怎么了？"

宋大仁皱了皱眉，道："不知道，身上突然冷了一下。"

文敏瞄了他一眼，嗔道："你该不会是做贼心虚吧！"

宋大仁立刻把头摇得如拨浪鼓一般，连声道："哪有此事，哪有此事！"

文敏脸色放缓，但还是哼了一声，道："那你偷偷一个人跑到我这小竹峰女弟子房间来做什么？"

旁边传来一阵笑声，宋大仁尴尬地看了看周围，此时比试结束，小竹峰女弟子大都回来，一个个面带微笑，饶有兴趣地看着他。宋大仁脸色微红，岔开话题，道："哦……怎么没看见我小师妹啊？"

文敏微笑道："你那小师妹天生美丽，性子又活泼，自然早就被人约出去了。"

宋大仁吃了一惊，讶异道："什么，被谁约出去了？"

文敏摇头不语，却道："你若是见到你灵儿师妹，还是劝她明日小心些吧。"

宋大仁说起了田灵儿，便没有单独对着文敏那么尴尬，话语也说得流畅了些，皱眉道："我知道小师妹明日就要和你们小竹峰的陆雪琪陆师妹比了，我们两脉师长一向交好，应该不会有事的，再说了，'七脉会武'也不过是比试切磋一下。"

文敏看了他一眼，淡淡道："你师娘、苏师叔自然是与我师父很好的，但我师父看你师父却是大大地不顺眼，只怕到现在还在怪你师父拐跑了我们苏师叔呢！"

宋大仁一滞，还待说些什么，却见文敏又看一眼周围的小竹峰女弟子，只见诸女子都安静了下来，看着这里。宋大仁讶异道："怎么了？"

文敏看着他，似乎犹豫了一下，才道："宋师兄，陆师妹与我们是不一样的，她性子有些古怪，但师父却十分宠爱于她。上了擂台之后，一切就不好说了。"

宋大仁脸色一变，道："怎么？"

文敏闭上了嘴，没有再说下去。

第二十六章
自　尊

"小凡，你不是说要找小灰和那条大黄狗吗，怎么带着我走到厨房来了？"曾书书跟在张小凡背后，走进了厨房唠叨个不停。

张小凡向厨房里仔细看去，只见这里不知比大竹峰的厨房宽敞了多少倍，光线也明亮得多，他一边注意看着，嘴里道："虽然我从一大早就没看见它们，但我猜多半就在这里了！"

曾书书耸了耸肩膀，道："不可能，你把三眼灵猴看成什么了，那可是天生灵物，与人比起来都有过之而无不及，怎么看你的样子把它当贼似的，而且还是贪吃的那种贼……啊！"

在曾书书目瞪口呆的表情中，张小凡从厨房角落的一个罐子背后把小灰给拎了起来，小灰被他拎在半空，"吱吱"尖叫不止，随后从罐子背后跑出大黄，冲着他二人大声吠了起来。

张小凡看了曾书书一眼，曾书书一脸哭笑不得的模样。

把小灰抱在怀中，张小凡骂了大黄一句："死狗，别叫了，想让人来抓我们啊？"

大黄似乎听懂了他的话，看了眼缩在他怀中的小灰，狗嘴里"呜呜"轻哼了几声，便没了声音。张小凡看了周围一眼，见食物大都完好未动，看来这两个小偷还未得手，不由得十分庆幸，连忙抱着小灰往外走去，走了两步，发觉大黄没有跟上来，回头一看，却见大黄夹着尾巴跑到刚才那罐子后鼓弄两下，然后叼着老大一块肉骨头跑了过来。

张小凡瞪了怀里的小灰一眼，小灰咧着猴嘴，呵呵傻笑。曾书书在旁边看在眼里，大摇其头。

二人带着猴、狗偷偷摸摸地出了厨房，生怕被人发现，那一生污名可就再也洗刷不了了，好不容易跑到远处，二人这才松了口气。

张小凡喘了一会儿，道："对了，刚才还没恭喜你呢，又胜了一场。"

曾书书却全不在意，一双眼睛只仔细端详着张小凡怀里的小灰，道："那有什么，反正迟早也要败在别人手下……小灰身上怎么这么脏啊，你几天没给它洗澡了？"

张小凡愣了一下，道："从来没洗过。"

曾书书似要晕倒，以手击额道："你、你、你怎么可以这样对它！"

张小凡心里大是不以为然，暗想这猴子整日爬上爬下，哪里洗得干净，但看曾书书一脸心痛的样子，知道在这个问题上此人不可理喻，干笑一声，岔开话题，道："对了，你知道吗，明日第三轮的比试中，陆雪琪的对手是我师姐田灵儿呢。"

曾书书果然一愣，道："是你师姐啊，就是用'琥珀朱绫'的田灵儿吗？"

"是啊。"张小凡伸手到正爬上肩头的小灰头上摸了摸，道，"这两天那陆雪琪风头很厉害，我有些担心我师姐了。"

曾书书点头道："说得也是，别的不说，单是陆雪琪手中那柄'天琊'就让人受不了。"

张小凡有些担心，道："书书，你说我师姐会不会有危险，你看陆雪琪第一场比试就毁了对手的仙剑，第二场听说那个长门的师兄也伤得不轻呢。"

曾书书瞪了他一眼，道："你倒是多心，我看你那个师姐道行比你高多了，你还是担心自己吧，往后下去那是一个比一个厉害，照你自己说你连太极玄清道玉清境的第三层也没修炼，到时还不给人一剑劈死！……把小灰给我抱抱。"

张小凡犹豫了一下，把小灰递了过去，曾书书喜滋滋地把它抱在怀中，小灰却是大为不满，"吱吱"尖叫。

张小凡叹了口气，道："你说得是，师姐道行高深，人又漂亮，有那么、那么多人喜爱，哪里轮得到我去关心她？"

曾书书把小灰抱得紧紧的，眼睛直瞪着看，生怕少看了一眼就吃亏似的，口里漫不经心地道："你知道就好，还是想想明日里怎么保命才是。我可是跟你说了，明日你那个对手，我风回峰的彭昌师兄的道行，绝对不是今天那个楚誉宏可比的，尤其是他修炼的那柄仙剑法宝'吴钩'，是用千年火铜所铸，厉害着呢。"

张小凡苦着脸，愁眉不展，道："你们一个个都是法宝满身，我有什么办法？"

曾书书眼也不抬，还是看着小灰，迈开脚步向前走去，道："小灰，跟我回去，我拿两串香蕉给你，好不好？呃，小凡，你刚才说什么来着？"

张小凡和他并肩走着，叹息道："真羡慕你们可以驱用法宝，那是什么感觉啊？"

曾书书耸了耸肩膀，道："还不就那样，修炼仙剑时间久了，自然而然法宝就会和你有些感应，以此为凭，以念力灵力驱动法宝，上天入地，开山劈海那就随你了。"

张小凡在旁边怔了一下，道："感应，是不是一种凉丝丝的感觉啊？"

曾书书一双眼睛都放在小灰身上，随口答道："不一定，看法宝的材质了。"

张小凡想了想，终究还是摇了摇头，放弃自己脑海中的妄想，道："书书，你说像'天琊'那般神物，当初也不知是怎么打造出来的，场面一定很壮观吧？"

曾书书奇怪地看了张小凡一眼，道："我怎么知道？我也是第一次看到这传说中的神物。"说着又低下头看着小灰，也不管小灰一脸怒气，眉开眼笑地摸着小灰的毛，嘴里道，"不过要说感应啊，以前我从古书中看过，真正与修真之人心意相通的法宝，倒也不是这些所谓的神物奇珍。"

张小凡讶异道："那是什么？"

曾书书道："是一些用主人自身精血炼化造出的法宝，以血为媒，法宝往往带了魔戾之气，但与主人却有血肉相连的感觉。虽然书上说这些都是邪道，炼出的也多是凶煞邪物，正道不为，但这些法宝只能是拥有主人血气的才能驱用，不像我们现在修炼的这些法宝，落到了道行高深的前辈手中便被降服……咦！"

曾书书停下了脚步，发现自己身边空无一人，回头一看，却见张小凡不知何时停了下来，站在他身后怔怔地看着他，脸色大是古怪。

曾书书心下奇怪，道："怎么了，小凡？"

张小凡身子一震，勉强露出笑容，道："没……没什么。"

曾书书多看了他一眼，以为他正担心明日的比试，笑着走过去拍了拍他的肩膀，道："你放心吧，我已经和彭师兄说过了，明日比试，他不会对你下重手，还让你败得体面些，让你可以在师父、师娘面前交差。"

张小凡的样子似乎心不在焉，但还是点了点头，道："哦，多谢你了。"

二人向前又走了几步，曾书书忙着端详怀里的小灰，张小凡却是满腹心事，沉默不语。过了一会儿，小灰似是再也忍受不了曾书书那非人的目光，怒叫几声，伸爪向曾书书抓去。曾书书见刚才小灰颇为老实，一时放松了警惕，冷不防被它偷袭，躲不过去，白白净净的脸上登时多了几道伤痕，疼得他一下子松开了手。

小灰重获自由，高兴雀跃，却没有回到张小凡身边，而是蹿到地上飞快地向前跑去，三步两步跑到正迎面走来的两人前，嗖地蹿到一人身上。

张小凡愣了一下，抬眼看去，只见那女子笑靥如花，站在白云缥缈间，衣衫轻动，腰间红绫，清丽无双，正是田灵儿。他心中顿时涌上一阵欢喜，正要开口，忽然间全身热血又冷了下来，直寒入心里，在田灵儿身旁，站着一个玉树临风的潇洒男子，不是齐昊又是谁？

田灵儿也被吓了一跳，平日里小灰都只缠着张小凡，没想到今日突然变了性子，和自己亲热起来，大大地意想不到。其实在她心里，也颇喜欢这只聪明伶俐的猴子，当下抚摸着小灰，冲着这里笑道："小凡，你怎么会在这里？"

张小凡面无表情，低声道："我和朋友来这里走走。"

站在田灵儿身旁的齐昊看了曾书书一眼，嘴角露出笑容，拱手道：

"曾师弟，我们又见面了。"

曾书书不敢怠慢，回礼道："齐师兄，你好。"

田灵儿看了看他们，讶异道："你们认识吗？"

齐昊微笑道："曾师弟是风回峰曾师叔的爱子，家传渊博，道行高深，这一次'七脉会武'可是我们的大敌呢！"

曾书书笑了笑，道："齐师兄你名动青云，青云门下年轻弟子自然以你为尊，我岂敢放肆！"

齐昊大笑，道："曾师弟太过奖了，不敢当，不敢当。"

田灵儿见张小凡神情有些异样，走了过来，道："小凡，你怎么了？"

张小凡摇了摇头，道："师姐，你明日就要和小竹峰的陆雪琪比试，千万要小心啊！"

田灵儿微微一笑，转头向齐昊看了一眼，齐昊微笑不语，田灵儿报以笑容，随即转过头来对张小凡道："我心里明白，这不，齐师兄道行高深，人又热心，因为和我有些投缘，特地约我出来指点我一些明日比试要点呢。"

张小凡低下头去，许久，涩声道："师姐，明日你比试时我也正好要与风回峰的彭师兄比试，不能为你喝彩了，你自己小心些！"

田灵儿满不在乎地道："没关系，小凡，爹和娘都说过了要去看我的比试，再说了……"她脉脉含情地看了齐昊一眼，又道，"齐师兄也会去看我比试的，以他高深修行，经他指点，我一定不会败的。"

齐昊在远处笑道："那我可不敢保证。"

田灵儿回过头来，冲着他瞪了一眼，随即又忍不住笑了出来，白玉似的肌肤，微微透出淡淡粉红，明艳至极，几乎让人看呆了眼。

曾书书站在一旁，分明看到张小凡的目光脸色都迅速暗淡下去，几乎没有了丝毫生气，不由得皱起了眉头。

夜已深，冷月高悬天际。

云海之上，悄无人声。一个孤单影子，徘徊在冷冷月光之中，在淡淡云气虚无缥缈间，漫无目的地走着，走着。

不知不觉，他走上了虹桥，又来到了那湾碧水潭边。水平如镜，波澜不惊，倒映着满天星斗。

良辰美景，美不胜收。

但此人却似乎丝毫没有注意这些，只呆呆站在水边，看着水面，仿佛回忆着什么，许久，他的身子忽地一抖，双手紧紧握住，看上去很是痛苦的样子。

然后，他缓缓转头，看向虹桥边上的那一片黑暗的小树林，慢慢地走了过去。

月光照在张小凡的脸上，有几分凄清。

是不是应该，永远站在这个黑暗的角落，静静地看着别人幸福，品尝着自己的痛苦？

远处，隐隐有脚步声传来。

黑暗，悄悄蛰伏在这片小树林中。

"这么迟了，掌门师兄叫我们来是为了什么？"随着声音，六个身影出现，张小凡躲在暗处，大吃一惊，那是青云山除通天峰外的六脉首座，田不易也在其内，说话的是朝阳峰首座商正梁。

走在最前头的苍松道人道："听说今日掌门师兄已用通灵术与灵尊试了一下，只怕是有些发现了，要我们前去商议。"

灵尊"水麒麟"乃是青云门镇山灵兽，关系极大，众人听了都不再言语，面色凝重，片刻之后，便行得远了。

待这些高人走了好久，张小凡才敢从小树林中走出来，下意识地看了看碧水潭，只见水面平静如常，那灵尊看来早就在水里睡了。

他抬头怔怔地看着天上冷月，正想回去，却又伸手从怀中拿出了那根黑色的烧火棍。日间曾书书的那番话给了他很大的震动，令他惊疑不已，但此刻他脑海中却全然没有什么其他念头，只浮现着灵儿师姐与齐昊站在一起般配的模样。

他的心里，一直如针扎一般，到了现在，却已变成了麻木，空空荡荡，仿佛三魂七魄都散去了。

他缓缓拿起烧火棍，在玄青色的表面下，一条条细小的血红色小线清晰可见，如血丝一般，分布在棍子全身，连顶端上那颗珠子里也有。

这是不是我的血呢？

张小凡在心里这般淡淡地想着，在听到曾书书话的那一刻，他几乎立刻涌起了把这烧火棍丢掉的冲动，然而，随之而来的齐昊、田灵儿，却给他心里更大的冲击，令他丝毫不在意这所谓的邪物了。

"哼！"他低低地苦笑，"就算是邪物，那也是威力绝伦的法宝，我又哪有那么好的命，配得上这些东西，和我在一起的，不就是根难看的烧火棍吗？"

冰凉的感觉，缓缓从烧火棍上泛起，在他身体里游荡着，仿佛在安慰着他。

"法宝？法宝？"张小凡咬紧了牙，"我算什么东西，怎么会用法宝？"说到后面，他的声音都带了几分哽咽，就连那股冰凉气息，也似乎被他这股悲伤惊动一般，一跳一跳的，似乎活跃了起来。

张小凡感觉到了，却全然不放在心上，只当是山风吹来身子冷了。他缓缓抬头，看着手中的烧火棍，脑海中泛过了当年与田灵儿一同去幽谷中的情景，一时间恍如隔世。

烧火棍玄青色里的条条血丝，缓缓亮了起来，像是感应着什么。张小凡无意间看到，心里咯噔一下，吃了一惊，同时想起了白天曾书书的话。在他心中，突然涌起一股无法抑制的冲动。

他闭上了眼。

刹那之间，那冰凉的感觉走遍全身却没有丝毫寒意，四下无声但内心深处竟是清晰地听到一声狂吼，仿佛九幽之下无数冤魂的嘶喊，带了无尽怨气，腾腾而起。

白骨，鲜血，厉啸，血腥！

张小凡霍然睁开双眼，大口喘息，然而，就在片刻之后，他屏住了呼吸。

他的手平平铺开，手指或伸或曲，握成法诀形状，黑色的烧火棍此刻已飞离了他的手掌，凌空伫立在半空中，黑气腾腾，青光大放。

烧火棍的前方，小树林正对着他的一棵原本生意盎然的树木，在这片刻间已完全枯萎，枝叶零落，像是被什么东西在瞬间吸去了所有的生命。

张小凡生平第一次感觉到,自己与这烧火棍如此亲密无间,尽管那棍子停在半空,但隔着这段距离,他却分明感觉到自己正握着它,那股熟悉的冰凉之气也前所未有地强大起来,仿佛还有丝丝莫名的清新气息,从黑棒中袭来,走遍全身。

就在此时,张小凡身后远处忽然传来一阵低沉呼啸,他在惊骇中转头,只见碧水潭里水波突然大乱,似是有什么东西受了惊动。他再不敢多想,下意识地撒腿就跑,迅速跑到了虹桥之上,头也不回,往前跑去,直到跑过了虹桥,来到了云海,感觉不到身后有什么异样,这才停下大口喘息。

许久,他凝视着手中黑色的烧火棍,那烧火棍却一如往日,平平淡淡,难看而安静地躺在他手中。

隔日,青云门"七脉会武"进入第三轮。

十六位青云弟子,正好分布在八座擂台之上,同时比试。大竹峰三人中,张小凡被安排到"坎"位台上比试,宋大仁在"离"位台,田灵儿与陆雪琪这一场比试,被安排在了最大最醒目的"乾"位台上比试。

按张小凡认识才三天但已混得极熟的朋友曾书书的说法,在擂台安排上,青云门那些老家伙大有问题,其实说也难怪,陆雪琪与田灵儿这一场比试可是万众瞩目。

身怀"天琊"的陆雪琪就不用说了,这几日里青云门年轻弟子凡是她出场比试,必定围得里三层外三层,水泄不通。而大竹峰田灵儿本来在青云门中就有早慧名声,这两日更是大显身手,连克强敌,众人瞩目,而且模样也是清丽无双,与陆雪琪一时瑜亮,好事者在私下多有评论。

今日这两位青云门近百年来最出色的年轻女弟子过早相遇,长辈中或有惋惜之情,但年轻弟子们却无不欢呼雀跃,早早就把"乾"位台围得如铁桶一般。

宋大仁与张小凡都站在田不易身前,向他道别,田不易看了看宋大仁，道："今日你的对手是长门的常箭，此人性子坚忍，修道多年，道法上防御极强，正好与你修炼的仙剑'十虎'相克，你要小心了。"

宋大仁恭恭敬敬地道："是，师父。"

张小凡心里一动，觉得这名字似乎有些耳熟，想了一会儿才回忆起五年前他初次上山时，就是常箭引着他与林惊羽到玉清殿上的。想到这里，他心里不觉又有些挂念林惊羽了，听说昨日这时好友也胜了第二场，实力出众，被众人视为奇才，只是自己没空过去祝贺他。

田不易转眼看了看站在宋大仁旁边的张小凡，这出人意料的小徒弟低着头站在那里，一声不吭。田不易皱了皱眉，道："老七，你也小心一点儿，如果不行认输也没关系，注意别伤到了。"

张小凡身子一震，旁人却看不出他内心有什么感觉，只低声道："是，师父。"

宋大仁向远处看了看，对田不易道："师父，时候不早了，我与小师弟去了。"

田不易点了点头，站在一旁的苏茹微笑道："一切小心。"

宋大仁应了一声，与张小凡向圈外走去，一路之上，他隐隐觉得今日这小师弟似乎不大对劲，闷声不响的不像往日，便向张小凡道："小师弟，你今天怎么一句话也不说，是不是紧张了？"

张小凡看了大师兄一眼，强笑了一下，却没有回答。

宋大仁开朗地笑了一下，道："你别想那么多，胜负也别看得太重，虽然师父、师娘他们很爱面子，但绝不会怪罪你的，知道了吗？"

"是。"张小凡应了一声，心里却暗自念了一句：他们对我没有任何期望，自然不会怪罪我了。

宋大仁点了点头，二人走出了人群，挤进来不容易，出去倒是颇为轻松，宋大仁呵呵一笑，道："小师弟，我们要分开走了，祝你好运，希望待会儿你再胜一场。"说完也不待张小凡有何反应，倒哈哈大笑起来。

张小凡微叹一声，向自己比试的擂台走了过去。

"坎"位台下，风回峰弟子大都在此，张小凡从中还看到了那高姓师兄一帮人。风回峰是青云门中一大支脉，弟子人数超过了两百人，仅次于长门通天峰和龙首峰。很显然风回峰众人从曾书书那里听到了什么，一个个神情轻松，看到张小凡居然还很友好地微笑点头。

不知为什么，张小凡突然觉得前方所有人和善的笑容都那么讨厌，都是对自己的一种蔑视。他面无表情地走上了擂台，身后台下，所有人都站在他的对立面，这一次，甚至连曾书书也不在了，因为他自己也要比试。

可是就算他来了，也应该为同脉的师兄喝彩吧！

张小凡的心中，忽然涌出了一阵说不出的寂寞，站在这高高的擂台之上，遍观围在台下的无数目光，却连一个朋友也没有。

究竟为什么，为什么总是要一个人面对所有人，连一个朋友也看不到！

十六岁的少年，在心里默默呼喊，倔强地咬着嘴唇，低下了头。

山风徐徐而来，拂过脸畔。

"当！"

近处、远处的钟鼎声几乎同时响了起来，回荡在通天峰峰顶，远远地传了开去。张小凡心里一跳，第一个念头却是：灵儿师姐应该也开始比试了吧，她可不要受伤了。

随即他心中一酸，暗道："她受不受伤，哪里轮得到你来管，别说师父、师娘都在那里，就是那齐昊也说了在尽快解决了对手之后立刻赶去。嘿嘿，尽快解决了对手，好威风，好自信啊，真是把对手视若无物……"

他心里这般想着，倒忘了自己也身处擂台之上，直到站在他对面的对手大声叫到了第三声："……张师弟！"

张小凡猛然惊醒，抬头一看，却见对面不知什么时候站了一位风回峰的师兄，身材高大，神情倒是颇为温和，只是此刻看见张小凡发呆，表情便不由自主地有些古怪。

张小凡面色通红，只听台下亦是一阵哄笑。

彭昌微笑着拱手道："在下风回峰弟子彭昌，请张师弟赐教。"

张小凡连忙回礼，道："大竹峰门下弟子张小凡，见过彭师兄。"

二人见过礼，彭昌微微一笑，上下打量了一下张小凡，随后压低了声音，道："张师弟，你的事曾师弟都已经和我说过了，我……"

张小凡身子一抖，忽然间不可抑制地冲口而出："彭师兄，请你放手过来吧。"

彭昌一愣，仔细看了看张小凡，半晌，收起笑容，点了点头，右手在身前划过，"铮"的一声，一柄散发了红色光芒、几乎是被燃烧的火焰包围的仙剑祭了起来。

"此剑'吴钩'，以千年火铜所铸，请张师弟赐教。"不知为何，彭昌整个人神色严肃，气度森然，倒是像对一个势均力敌的大敌说话一般。

张小凡隔了老远，便感觉到那炽热之气扑面而来，而这股火热气息强猛刚烈，与昨日朝阳峰楚誉宏的"少阳"仙剑的温和正气截然不同，多了几分霸道。

张小凡心跳不由自主地加快，甚至想到待会儿将要面对的结果时紧张得连身子都有轻微的颤抖，但他咬紧了牙关，竭尽全力控制自己，从怀中拿出了那根黑色的烧火棍。

台下，传来了一阵刺耳的哄笑。

张小凡如被针刺了一般，身子抖了一下。

站在他对面的彭昌却没有笑，看了一眼黑色的烧火棍，正色道："张师弟，请!"

张小凡看着这个对手，在燃烧的火焰背后，彭昌就如上古火神一般，整个人都不一样了，炽热的火焰令空气中飘起了阵阵烟气，连他的脸看上去都有些模糊了。

紧紧握住了黑棒，张小凡再一次感觉到那血肉相连的感觉，仿佛是知道了主人的心情，一股冰凉的感觉又一次地沸腾起来。

黑色且难看的烧火棍，慢慢地腾空而起，离开了他的手掌，散发出玄青色的光芒，虽然难看，虽然微弱，但它伫立在半空中，面对着前方仿佛势不可当、无所不能的强大火焰，它和它的主人，却都没有一丝一毫的退缩之意。

一个人，一根烧火棍，面对了整个世界!

台下，哄笑声慢慢平复了下来，人们不知道为什么，都屏住了呼吸。

那团巨大的火焰越来越盛，让人不知道它究竟是烧什么才燃烧得如此旺盛，远在台下的风回峰弟子们都感觉炽热逼人，修为浅些的弟子甚至都向后退去，一些与曾书书交好，知道内情的如高师兄等人都变了脸色，谁都看出彭昌此刻哪里像是手下留情，完全是一副全力施为、生死相搏的样子。

火龙越发地大了，张牙舞爪几乎覆盖了擂台上空。远远看去，站在台上的张小凡，衣衫裤子，甚至连头发眉毛的末梢，竟都似有了枯焦迹象，可以想象他此刻身处熔炉的感觉，令人毛骨悚然。

然而，那少年站在那里，脸上虽有痛楚却毫不退缩，眼中纵有畏惧却那般狂热，内心的火焰，仿佛也在他眼眸中燃烧。

一声呼啸，巨大的火龙扑了过来，噬尽世间所有。

仿佛一个瞬间，却凝固了一生岁月。

张小凡仰天长啸，烧火棍青光如许，冲入火焰之中。

巨响厉啸，在熊熊焚烧的火焰之中，震耳欲聋。

台下，高师兄等人面面相觑，半晌，跺脚叹息道："怎么会变成这样！"

第二十七章
坚 持

"好！"

掌声雷动，"乾"位台下，完全是另一个世界。所有人都在大声呼喊，为了台上那两道美丽身影痴迷不已。

"琥珀朱绫"的霞光万丈，"天琊"神剑的无尽蓝芒，将这里映得仿佛人间仙境，美丽异常。但更美丽的，却是穿来飞去的两位年轻女子，这一场比试从早上直到现在，一个时辰过去了，双方还是未分胜负。尤其是大竹峰的田灵儿，在陆雪琪"天琊"神剑之下，居然有攻有守支撑了这么久还未露败相，让人大感惊奇。

场下，田不易、苏茹、水月大师等两脉前辈高人都在就不用说了，就连掌门道玄真人也坐在椅子上，观看着精彩的比试，嘴边还露出微笑，频频点头，意甚欣慰。

田不易与苏茹亲情连心，更是紧张，但看田灵儿道法灵动，丝毫不落下风，心下也放宽了些。田不易看了一眼身旁的妻子，见她神情紧张，轻声道："放松些，灵儿没事的。"

苏茹转过头看了丈夫一眼，微微笑了一下，转头又向台上看去了。田不易微微摇头，忽然间发觉身后围观的弟子，甚至再远处的其他各脉弟子都是一阵骚动。

他转头看去，片刻间以他修为之深，也呆了一下。

在人群自动让开的一条窄窄通道里，张小凡缓缓走了过来，浑身衣衫尽数烧焦，甚至有的地方还冒着青烟，脸上、手上、身上到处都是大块大块的焦黑，一股刺鼻的气味迎面而来。所有人都看得出他走得很辛苦，仿佛每一步都用尽了他全身力气，但不知为什么他依然执着地向前走着，走着。

田不易就这么看着自己最小的弟子慢慢走了过来，一声不吭地，他矮胖的身子离开座位站了起来，苏茹感觉到了什么，奇怪地看了丈夫一眼，随即发现不对，顺着他的目光看去，顿时脸色一白，立刻也站了起来。

这时，更多的人都看向这里。

张小凡走到田不易的面前，田不易看着这平日里自己最忽视的弟子，看着他不知所谓的倔强，心中忽然涌起一阵无法遏制的愤怒，这怒气是如此之强，以至于他虽然竭力压抑但所有人还是听出了他的愤怒："老七，是哪个家伙竟如此伤你，难道胜了还不够吗？"

苏茹身子一震，听出丈夫居然为了这往日看不起的小弟子而动了真怒，有些担心，拉了田不易一下，但眼光随即又落到了张小凡的身上。

两旁，大竹峰门下的众弟子，因为太过惊愕，都呆在了原地，忘了去扶小师弟一把。

台上，陆雪琪与田灵儿激斗正酣，法宝在空中飞来飞去，仙气凛然。

张小凡深深往那台上看了一眼，然后看向了身前的师父，看到了他肥胖脸上的怒容，仿佛还有那么一丝丝若有若无的关怀。

他筋疲力尽地摇了摇头，低声道："不是的，师父，我胜了。"

说完，他只觉得头脑中一阵眩晕，刹那间天昏地暗，扑通一声倒在地上，晕了过去。

张小凡跌倒在地，不省人事，但他晕过去之前所说的话，却让大竹峰上至田不易下至诸弟子都呆住了，片刻之后，田不易等人反应了过来，扶起了张小凡。

田不易细细察看了一番，发现小徒弟身上像是被大火烤过一般伤痕累累，但五脏六腑倒没有什么大碍，晕过去多半是力竭所致，也不知道刚才那场比试究竟发生了什么事。他沉吟一下，眼角余光便看到周围越来越多的人都看向这里，他不愿站在这里被众人看戏，当下抱起张小凡，对苏茹低声道："我带老七回去，你在这里看着灵儿。"

苏茹眉头紧皱，但还是点了点头，看了一眼双眼紧闭的张小凡，脸上的焦急神色再也掩饰不住。旁边大竹峰诸人也围了过来，杜必书道："师父，我也陪你去吧。"

田不易摇头道："不用。"

此刻，连道玄真人的注意力也被吸引了过来，道："田师弟，这是你门下弟子吗，怎么了？"

田不易淡淡道："他学艺不精，受了些轻伤，我带他去治疗一下，失陪了。"

道玄真人点了点头，转过身子，又看向台上那场精彩的斗法。随着田不易抱着张小凡走出人群，这件事也迅速平复下来，人们重新为台上的两位美女而激动，只有少数站在人群外围的年轻弟子，不经意间发觉，风回峰一脉的弟子大都脸色铁青，三五成群地向远处会集过去。

如果张小凡在这里的话，他一定会看出，那里是曾书书比试的地方。

九幽之下，阎罗殿堂，到处是熊熊燃烧的大火，炙烤着哭泣嘶喊的人们，血腥焦臭，闻之欲吐，张小凡只觉得天旋地转，但片刻间，他忽然又回到了许多年前，那一个平静的小山村，清风如许，淡淡怡人。

一声惊雷，响彻天际，天空乌云如山，如怒海波涛汹涌澎湃，转眼间，和蔼亲切的村民变作了如山的死尸，安宁的小村成了人间地狱！

"不！"

他竭尽全力地呼喊，绷紧了全身肌肉，一阵钻心的疼痛，从他胸口传来，令他倒吸了一口凉气，全身颤抖，惊醒过来。

"啊，醒了，小凡醒了。"几乎是刻在内心深处的那个声音，第一时间响了起来，带了几分担心与欣喜。张小凡睁开眼睛，便看到了田灵儿。

仿佛，又回到从前，她一身红衣，腰间依然缠着"琥珀朱绫"，秀发柔顺地从她白皙的脖子披下，衬着有些苍白的脸，还有明亮的眼眸、纯净的眼瞳，张小凡甚至从那里面看到了自己的影子。

师姐！他在内心深处的一声呼喊。

张小凡看着她，连眼睛也没有眨，如果这一刻成了永恒，那该多好！

屋中，大竹峰众人都围了过来，田不易上前替他把了把脉，点了点头道："好了，没事了。"

众人这才松了口气，一个个都露出放心的笑容。

张小凡向四周看了一眼，只见大竹峰众人都在这里，自己正躺在房间里的床上，各位师兄都站在地上，田不易与苏茹坐在床前的椅子上。

"怎、怎么了？"

田灵儿微笑道："你不会这么快就忘了吧，白天你与风回峰的彭昌比试，回来就晕了过去，吓了人一大跳，还好没什么大碍。"

张小凡动了动身子，果然身上除了有些疲惫之外，只有胸口有些疼痛，其他的地方都已没什么事了，不由得讶异道："怎么会这样，我明明身上都……"

田不易接道："那些烧焦的不过是皮外伤，用我青云门秘制灵药擦了便好，你现下身上只有胸口处受了一记重击，但骨头经络都未移位震动，休息几日便好了。"

坐在一旁的苏茹笑了一下，道："小凡，你还不快谢过师父，这次若不是他亲自施救，光外伤你起码也得养半年了。"

张小凡吃了一惊，心里大是诧异，但感激之情仍是溢于言表，低声道："弟子无能，又拖累师父了。"

田不易哼了一声，面色转冷，道："你哪里无能了，现在大竹峰最有能耐的就是你了！"

张小凡又是一惊，不知道田不易这句话是什么意思，只得道："师父，我，不，像师姐，啊，还有大师兄诸位师兄他们都远胜于我，我不敢……"他说着说着声音小了下来，只看着站在他身前的诸位师兄和田灵儿此时脸色都有些古怪，尤其是站在众人身前的大师兄，今天面色看起来特别苍白，整个人不复平日里的生气勃勃，竟是摇摇欲坠的样子。

苏茹叹了口气，道："大信，搬张椅子给你大师兄坐吧。"

吕大信连忙应了一声，从一旁拿了把椅子放在宋大仁身边，宋大仁本想拒绝，但身子摇了几摇，终究还是坐了下来，大口喘气。

张小凡看呆了眼，道："大师兄，你怎么了？"

宋大仁苦笑一声，却没有说话。倒是一旁的老四何大智道："小师弟，现在'七脉会武'到了第四轮，我们大竹峰只剩下你一人了。"说到这里，他情不自禁地向周围看了一眼。

张小凡整个人都呆了一下，随即想起什么，转头向坐在床头的田灵儿道："师姐，那你也……"

田灵儿神色一黯，低声道："我也败了。"

张小凡看着她神色间一片失望，心中一痛，但此时此刻，却容不了他胡思乱想了。

田不易上上下下打量了张小凡一番，沉下了脸，道："老七。"

张小凡心中一跳，只听着田不易这话里有隐隐怒意，再看师父脸色极是难看，便不由自主地有些畏惧，道："是，师父，有什么……"

也不待他说完，田不易盯着张小凡，断然道："你这一身道法修行，是怎么来的？"

张小凡脑袋中"嗡"的一声大响，张大了口，一时竟不知该说什么。他往屋中所有人逐一看去，只见平日里熟悉和蔼的师兄们此时也保持了沉默，看着自己的目光中都有疑惑之意。

这也难怪，一个平日里奇笨无比的小师弟突然一鸣惊人，任谁也无法在短时间内接受。

在田不易咄咄逼人的目光之下，张小凡额头上的汗水涔涔而下，有那么一刻，他几乎要脱口而出告诉师父他背地里修炼着一种别派功法。然而，话到嘴边，他终究还是忍了下来。

他已经不是五年前那个不谙世事的无知少年了，平日里在同门师兄的谈话中，他早就知道了天音寺的鼎鼎大名，也知道了那个夜晚，那个名叫普智的枯瘦老和尚的真正身份。这些年来，他独自修行着"大梵般若"功法，但在内心深处，对普智的感激之情从未削减。

"我，不，弟子愚笨，这些年里修真进境一直进展不大。"张小凡低下了头，不敢面对田不易的目光，斟言酌句慢慢地道，"前些日子，弟子突然发现能够驱动些事物，但弟子自己都不能置信，所以、所以不敢禀告师父、师娘，没想到……"

田不易冷笑一声，道："没想到这次却一鸣惊人，大出风头！"

张小凡连忙道："不，不是的，师父……"

田不易岂是这么好蒙骗过去的，当下冷冷道："你说你能驱动事物，但这至少要有玉清境第四层的修行，我问过大仁，他只传了你第二层的法诀，那你可否告诉我这个孤陋寡闻做师父的，你究竟是如何绕过第三层修炼至第四层境界的呢？"他说到最后，话声已是冰冷无比，带了几分煞气，听得众人都变了脸色。

张小凡不说话了，房间里一片寂静。

许久，就在田不易脸色越来越难看，众人担忧之情越来越重的时候，张小凡却默默地爬了起来，看得出他依然十分疲惫，但他还是挣扎着下了床，然后在众人面前，在田灵儿一双晶莹流转目光的注视之下，他在田不易的身前，跪了下来。

田不易丝毫没有动容，冷冷道："怎样？"

张小凡深埋下头，眼里只注视着身下那一片小小的土地，没有向旁边再看上哪怕一眼，低声道："师父，请您责罚我吧。"

众人悚然动容，田不易更是气得勃然变色，苏茹皱了皱眉，道："小凡，你若是有什么顾忌便与你师父直说就是，何必如此？"

张小凡跪在地下，一动不动。

田不易冷笑两声，气极反笑，道："好，好，好！你倒是个硬骨头，我也收了个好弟子啊！"

张小凡匍匐在地上的身子一颤，也不知道他此刻是什么心情与表情，这个屋子中，仿佛也有个人，呼吸突然急促了起来。只听他低着声音，道："一切都是弟子的错，请师父责罚我吧！"

田不易霍然站起，咔嚓一声，在他身下的椅子竟是四分五裂倒在地上，众人变色，只见他对着张小凡怒道："都是你的错，嘿嘿，你可知道背师偷艺乃是我青云门中大忌，轻则面壁数十年，重则废去道行逐出青云，你可知道？"

张小凡猛地抬起头来，看着田不易，只见师父脸上满是怒意，但绝无一丝夸张表情，心中不由得一沉。

"怎么会是这样？"他在心中痛苦地念了一句，当初田灵儿私自传他法诀时，并不是这么说的。

只是，他终究，还是没有回过头去看上一眼。

房间里像死一般的寂静，没有人开口说上一句话。

只剩下了或高或低的焦急的喘息声。

一个人的心，就在这片寂静中，这么静静地、冷冷地寒了下去，仿佛疯狂却那么理智地看着自己，张小凡闭上了眼睛，重新垂下了头，像是一个绝望的人慢慢地踏出了最后一步：

"弟子不肖，请师父责罚！"

"砰！"一股大力排山倒海般涌来，张小凡整个人向后飞了出去，重重撞在墙壁上，尘土飞扬中，落到地上，"哇"的一声吐出一大口鲜血。

众人变色，以宋大仁为首强撑着跪下，其他众弟子都在田不易面前跪了下来，道："师父，你饶了小师弟吧！"

宋大仁更道："师父，我，咳咳，我，是我教导无方，才让小师弟做了错事，错都在我，您就饶过小师弟吧。"

在众人哀求声中，田灵儿却一动不动地站在原地，怔怔地看着倒在墙壁角落痛苦挣扎、血洒衣襟的张小凡，脸色煞白而没有一丝血色。

田不易看着跪在脚下的这群弟子，又盯着还在墙角的张小凡，满脸怒色不退，怒哼一声，一甩袍袖走了出去。苏茹看了众人一眼，摇着头轻叹一声，对宋大仁等人道："你们都起来吧。"说着又看了看远处的张小凡，对被何大智扶着站起身的宋大仁道，"你们去照顾一下小凡，我要去看看你们师父。"

宋大仁等人连忙道："是，师娘。"

苏茹又是一声轻叹，走了出去。

屋内，众人面面相觑，半晌，田灵儿缓缓走了过去，背对着众人，扶起了张小凡，张小凡嘴边有血沫流出，躺在她的臂弯里，居然还笑了笑。

那一个瞬间，一滴清凉的泪珠，悄悄滴落在他脸上的血泊之中。

这时已是夜深，云海之上，依旧那般云气飘荡，美如仙境。

田不易站在广场中，昂首望天。

但见夜空繁星无数，月冷如霜。

身后，有熟悉的脚步声传来，苏茹走到了他的身边，抬头看了看星空，淡淡笑道："心情好些了吗？"

田不易哼了一声，却不说话。

苏茹微微一笑，道："你骗得过大仁、灵儿他们，却只是瞒不了我。你那袍袖一拂之力，只怕是故意震动小凡的胸口经脉，好把淤积在他胸口的瘀血逼出体外，对不对？"

田不易看着夜空，一声不吭。

苏茹摇了摇头，道："都几百岁的人了，怎么还是这么死要面子！"

田不易转过头来，瞪了妻子一眼，道："你又不是没看见，那臭小子跟什么似的：'师父，请责罚我吧！'"他学着张小凡的口吻说了一遍，怒道，"明明是他错了，居然还说得十分委屈的样子，反而是我这做师父的欺负了他、逼迫了他不成？真是岂有此理！"

苏茹回头向住宿居所方向看了一眼，道："我就不信你没看出来？"

田不易道："什么？"

苏茹淡淡道："灵儿的样子很是古怪，你不觉得吗？"

田不易哼了一声。

苏茹笑道："你也看出来了吧。小凡这五年来待在大竹峰从未外出，只能是我们门下弟子私传与他。灵儿一向与小凡要好，平日里仗着我们宠她，私传给小凡第三层法诀只怕也是敢做的。而且她心中若非有鬼，以她平日里什么事都要替小凡出头的个性，这一次居然一个字也不说？不是她还有谁？"

田不易对妻子的话似是早已想到，脸上也没什么惊讶之色，但仍有怒气，意有不甘地道："就算是灵儿的错，但你看张小凡这小子当着那么多弟子的面，硬是顶我的嘴死都不说，真是该死！"

苏茹失笑，轻轻拍了拍丈夫的肩膀，嗔道："你不也是死不认错的性子，还去怪人家小孩子。再说了，小凡这般做还不都是为了灵儿，这份心意很难得啊！"

田不易怪眼一翻，却没有再说什么了。

苏茹看了他一眼，道："那你准备回去以后怎么收场啊？背师偷艺这个罪名可大可小，要不我们看在灵儿分儿上就不要太过分，明日就让小凡回大竹峰，在后山面壁个三五十年也就是了。"

田不易怔了一下，哼了一声，却道："好不容易我门下弟子才出了一个、一个……怪才，让他面壁岂不是便宜了苍松、商正梁他们，想也别想，明日不管死活，还是让他继续参加比试。"

苏茹嫣然一笑，风姿动人，走上去牵起丈夫的手，笑道："我就知道你这人嘴硬心软。"

田不易肥胖的脸上居然红了一下，不过立刻恢复了正常，向四周瞄了一眼，道："老夫老妻了，你也不怕别人笑话。"

苏茹斜着看了他一眼，眼中满是笑意，道："怎么，你现在做了首座便怕了吗？二百年前，也是在这通天峰上，'七脉会武'比试之时，你深夜偷偷跑到我住处把我叫到这里，那时我师父真霅大师和师姐水月都在附近，也没见你怕过！"

田不易嘿了一声，笑道："你师父真霅那时候有五百多岁了吧，早就老糊涂了，我才不怕；至于你那凶神恶煞一般的师姐，我早就看她不顺眼了，自己要一世孤单也就罢了，偏偏还要拖着你不放，我恨她都来不及，哪里还会怕她！"

苏茹瞪了他一眼，道："不许你说我恩师和师姐的坏话！她们对我可都是情深义重。"

田不易耸了耸肩，没有说话。月光下看去，他矮胖的身子抖了一下，颇为滑稽，看他神色间居然还有几分扬扬得意的样子，大有她们对你再好，你还不是嫁了我的意思。

苏茹看在眼底，忍不住嗔了一句："老不正经的。"

田不易心情大好，伸手拉住妻子的光滑如丝的玉手，缓步走在这云海之中。

……

"对了，我倒忘了一件要紧的事。"

"怎么了？"

"那臭小子把一根烧火棍当作法宝居然还用得风生水起，刚才只顾生气，忘了把那东西拿来看看了。"

"小凡他到底还是私自修行，于法宝操控运用上只怕所知不多，你看是不是找个时间指点他一下也好？"

"哼，看看再说吧。昨晚掌门师兄把我们几个首座叫去，说是在与灵尊以通灵术交流之后，发觉灵尊似是因为感觉到某个凶物煞气才有所动作，但后来却再也找不到了。"

"那怎么办？"

"还能怎么办，找不到就是找不到了，灵尊至少也活了六千年，你师父六百岁就糊涂了，灵尊现在糊涂一些也不奇怪！"

第二十八章
前 四

隔日，阳光照常升起，大竹峰众人来到了广场上，才发现原来的八座擂台已拆了四座，剩下的分作东南西北四个方位排列。

田不易与苏茹走在前头，张小凡身上的伤好像在一夜之间好了起来。走在众人中，从未受到如此重视的他颇有些受宠若惊的样子，回头看了看，低声对身旁的杜必书道："六师兄，大师兄伤得很重吗，怎么会到了走不动的地步？"

杜必书摇了摇头，道："师父早上给大师兄看过了，说是昨日那场比试中他与长门的常箭师兄比试太过激烈，且一个主攻一个主防，斗来斗去斗了个两败俱伤，伤了经络，只怕于修行受损不轻。"

张小凡大吃一惊，道："连大师兄都斗他不过，我今日与常箭师兄比试，岂不是……岂不是更要被他打得落花流水？"

杜必书白眼一翻，道："若是按常理自然如此，但就是按常理，前两日里你比试时诸位师兄赌你输的可占了多数！"

张小凡哑口无言，只得闭上了嘴。

北方最大的那座擂台下，人山人海，不用说自然是陆雪琪今天在那里比试了。田不易往远处看了一眼，哼了一声。对于这个打败自己女儿的人他自然没什么好感，当下率着门下弟子向西边擂台走去。

没走几步，张小凡身子一震，看到前方一群人从斜刺里走了过来。为首的是一个相貌苍老的老者，在他身旁与他并肩走着的赫然就是曾书书。而在他们二人身后，足足有一百来人的风回峰弟子跟在其后，张小凡看到了高师兄那一群人，独独没见到彭昌。

仿佛注意到张小凡搜寻的目光，两方人擦肩而过时，曾书书忽然对着张小凡道："彭师兄没来，在居所养伤呢！"

　　张小凡勉强笑了一下，却见曾书书脸色严峻，看过来的眼光竟也似冰冷的。

　　带头的那位苍老老者，自然就是风回峰的首座曾叔常了。他看了张小凡一眼，张小凡只觉得那老者的目光虽无什么锋芒，但深邃至极，仿佛一眼之间就看到了自己内心深处。

　　他情不自禁地缩了一下，就在此时，只听田不易道："曾师兄好啊。"

　　曾叔常回礼道："田师兄好，听说贵派门下出了位叫作张小凡的奇才，道法奇特，昨日与我那不成器的弟子彭昌比试了一回，便把他打得重伤垂死。"

　　张小凡脸色一变，失声道："什么，彭师兄伤得那么重？"

　　此话一出，风回峰门下弟子登时哗然，只觉得此人实在恶毒，伤了人还故作惊讶，显示自己无心或是讥讽彭昌。

　　曾叔常目中怒意一闪而过，但对着后生晚辈他却无法发作，只得冷冷一笑，对田不易道："田师兄，你教出来的好徒弟！"

　　田不易本来是眉头大皱，觉得张小凡这臭小子太不会说话。但听曾叔常这么一说，倒似有些讥嘲意思，田不易性子本就好强护短，立刻便对曾叔常笑道："哪里哪里，曾师兄过奖了。小凡，过来见过曾师叔。"

　　张小凡一呆，曾叔常脸色却是一变，袍袖一挥，冷冷道："不必了。"说罢拂袖而去。

　　曾书书看了张小凡一眼，淡淡道："我倒是没看出你深藏不露，亏得我还求彭师兄手下留情，没想到反而是害了他。"

　　张小凡心中一急，道："我没有……"

　　他话说了一半，曾书书却已掉头走了，风回峰众人跟了上去，看过来的眼神都是冰冷的。张小凡心里难过，便在这时，他却忽然看到人群中，高师兄走过身前，忽然眨了眨眼。

　　张小凡呆了一下，高师兄已走开了。

田不易瞄了风回峰众人一眼，冷冷一笑，手一挥又带着众人向今日比试的西边擂台走去。来到近处，众人发觉此地竟然也围了二百来人，人头攒动，看这样子除了陆雪琪那一台，云海广场上最热闹的地方就是这里了。

　　张小凡倒吸了一口凉气，悄悄对身边师兄道："这么多人，那位常箭师兄很厉害吧？"

　　众人都笑，何大智一本正经地道："常师兄道行高深那是不用说的了，但我看这些人多半还是来看你的，小师弟！"

　　张小凡大吃一惊，讶异道："怎……怎么会啊？"

　　何大智嘿了一声，道："到今日为止，'七脉会武'只剩下了八人，其中最大的黑马非你莫属，谁不想来看看你到底是长了几张嘴还是几只手？"

　　张小凡哑然。

　　田不易带着众人走到台下，一路之上，看到他们是大竹峰一脉，人群纷纷退避，让出一条路来。田不易向四周看了一下，见周围人群中长门弟子人数不少，想来是因为今日比试的有长门的常箭，所以来观看的长门弟子也多了起来，倒是没看到几个长门的长老，青云门掌门道玄真人也不在这里。

　　田不易皱了皱眉，向身边苏茹低声道："掌门师兄怎么没来，长门中还有其他弟子比试吗？"

　　苏茹摇了摇头，道："没了，今年不知怎的，长门弟子资质都不甚好，现在只剩下常箭一人而已。"

　　田不易沉吟一下，走到台下正中，那里放了五六把椅子，但只有一位白胡子老头儿坐在那里。看到田不易等人到来，那老者也站了起来。

　　张小凡一愣，认出这白胡子老头儿就是前天与楚誉宏比试时坐在台下的那一位。

　　白胡子老头儿显然也记得张小凡，目光往张小凡身上瞟了一眼，随即向田不易道："田师兄，想不到你们下今年倒是出了个人才。"

　　田不易似乎与这老者关系不错，呵呵一笑，道："范师兄过奖了，请坐请坐。"

这时，台后钟鼎声响起，田不易回头对张小凡道："老七，你上台吧。"

场内几百道目光登时唰地扫了过来，落在了张小凡的身上。张小凡这辈子从没有被如此多的人盯着，脸上一阵发热，应了一声："是。"说着转过头不敢再看身后，向台上走去。

没走几步，却被苏茹拉住，张小凡有些讶异，道："师娘，怎么了？"

苏茹微微一笑，但脸上却有关怀之色，道："你身上的伤还疼吗？"

张小凡摇头道："师父亲手为我治过，差不多都好了。"

苏茹却摇了摇头，道："外伤容易，内里就没这么快了。小凡，今日与你比试的常箫非同小可，你大师兄这等修为也败在他的手下，虽然听你大师兄说他就算胜了也不好过，但以你半吊子的修行只怕还是不行，待会儿不要逞强，若不行了认输就是，千万不要再冒险受伤，知道了吗？"

张小凡心中一暖，却没有点头，只讷讷说了一句："师父……会生气……"

苏茹微笑摇头，道："傻孩子，你放心去吧，你师父心疼你还来不及呢。"

张小凡脑袋中一声大响，立刻转头向田不易看去，却见田不易与那姓范的白胡子老头儿谈笑正欢，一眼也没向这里看来。

苏茹轻轻地拍了拍他的脑袋，道："去吧。"

张小凡慢慢地走上了擂台，一个人站在台上，但心中依然回响着苏茹的那句话："你师父心疼你还来不及呢！"

他脑中一片混乱，从小到大，从入青云门开始，田不易在他心目中简直与神人无异，虽然田不易待他一直不好，但能得到师父的赞许却一直是少年张小凡的最大心愿。

而此刻，突然听师娘说出这话，他却一时不敢相信。

他在台上想了半晌，台下却是议论纷纷。过了好一会儿，终于连张小凡也感觉到了不对劲：他的对手直到现在还没有前来。

台下，长门弟子尤其显得焦急，多数人都回头四处张望，就在此时，远处快步跑来一个长门弟子，面色焦急，顾不上身边人异样的目光，冲到白胡子老头儿身旁，在他耳边急促地说了几句话。

白胡子老头儿脸色大变，似是不能置信，追问道："当真？"

那弟子恨恨地往台上看了一眼，终于还是重重点头。白胡子老头儿刹那间面如死灰，一脸沮丧，跌坐在椅子上。田不易看在眼里，大是奇怪，道："范师兄，出了什么事？"

白胡子老头儿有气无力地看了他一眼，长长地叹了一口气，振作精神，重新站了起来，朗声道："长门弟子常箭，因昨日比试受伤太重，无法起身，放弃今日比试。"

台上台下，一片寂静。

片刻之后，人群中一片哗然！纵然青云门弟子多为修道之人，但仍是有不少人粗口骂了出来。而大竹峰一脉门下，首先的反应却并非惊喜，反而一个个面色古怪，面面相觑。许久之后，才一个个感慨万千地摇头苦笑。

在身后人变幻着无数表情、人声鼎沸的时候，田不易与苏茹缓缓站起，看着仍怔在台上的小徒弟，苏茹微微一笑，低声对田不易道："我早就说了，你这个小徒弟的运气，当真不是一般地好！"

田不易为之哑然，苦笑不已。

这一日，张小凡都是在旁人异样的目光中度过的。几乎每一个走过他身边的青云弟子都要多看他几眼，倒像他是只奇珍异兽一般。与此同时，一日下来，比试的结果也出来了，张小凡"有幸"与齐昊、陆雪琪、曾书书三人并列四强。

齐昊本来就是夺魁的最大热门，陆雪琪这几日里人气鼎盛，但曾书书与张小凡进入前四却是出乎绝大多数青云门长辈的意料。在此之前，曾书书以曾叔常的独子闻名，虽然在风回峰一脉中是公认的年轻俊才，但在青云门中并不十分出名，这一次过关斩将，道法精妙，令众人刮目相看。相比之下，张小凡站在四人当中，就显得极是碍眼。

擂台上，四人并排而立，掌门道玄真人与龙首峰首座苍松道人站在前头。道玄真人的脸上还是挂着微笑，根本看不出他对这次大试中长门弟子意外的全军覆没有何不满。

台下，近千的青云门人围在一起，前排坐着的都是各脉的首座长老。苏茹看着台上，低声对田不易道："小凡看上去有些紧张啊！"

田不易哼了一声，没有说话。众目睽睽之下，妻子看到的他如何会看不到。台上四人，齐昊潇洒自若，陆雪琪冷若冰霜，曾书书亦含笑而立，唯有张小凡站在原地，目光直看着眼前地下，一双手似乎不知道放在哪里才好的样子，很是尴尬。

台上道玄真人看了这四人一眼，嘴角掠过一丝笑意，转过身子对着台下道："诸位，到今日为止，'七脉会武'已决出了前四位弟子，他们天资过人，道法精妙，俱是我青云门中精英，肩负着日后光大我青云一门的重任……"他话才说到一半，忽然台下不知何处传出了"扑哧"一声笑声，片刻之后，青云弟子人群中爆发一片哄笑声。

道玄真人眉头一皱，下意识地斜眼瞄了一下身后四人中年纪最小的张小凡，微微摇了摇头。这时，场下笑声不断，原本庄严的场面变得有些滑稽，站在一旁的苍松道人寒下了脸，踏上一步，目光如刀，向着台下扫了过去。

人群中的笑声顿时小了下来，苍松道人目光所到之处，笑声顿灭，不一会儿，场面中又恢复了平静。苍松执掌青云门刑罚多年，在众弟子中威势之重，还要胜过掌门道玄真人。

待场面完全平静下来，苍松道人才退后，对道玄真人道："掌门师兄，请。"

道玄真人微笑道："我也没什么好说的了，苍松师弟，你来吧。"

苍松道人点了点头，转向台下，朗声道："明日比试，由龙首峰齐昊对风回峰曾书书，小竹峰陆雪琪对大竹峰张小凡……"

苍松还在继续说着，台下人的目光都集中到了他的身上，张小凡到了这时才松了口气，刚才台下无数道目光注视之下，他几乎喘不过气来。

"你怎么流了这么多的汗？"忽然，曾书书在他身边低声道。

张小凡吃了一惊，自从昨日他意外胜了彭昌之后，曾书书在人前对他都是冷冰冰的，没想到他会主动和自己说话。虽然才认识不过三日，但张小凡却已把他当作自己的好朋友之一。

当下他偷偷地看了曾书书一眼，却见曾书书一本正经地站在身边，目不斜视，面带微笑看着台下，仿佛刚才根本没说过话一样。

"笨蛋，别转过头来。"曾书书面上表情丝毫不变，只是嘴唇微动，道，"你害得我被我老爹骂了个半死还不够啊！"

张小凡心中歉然，连忙把眼光移开，同时也低声道："对不住了，我当时、当时……唉，彭师兄他没事吧？"

"彭师兄受伤虽重，但并无大碍，调养几日就会好了，不然我岂会与你善罢甘休？不过想不到你还真的深藏不露。"

"不是的，唉，当时我也不知道怎么回事，多半是彭师兄谦让于我，我又一时头脑发热就……"

"我问过彭师兄了，他虽然败了，但对你却颇多赞言，并说当时他全力施法，并无容让，你也就不必放在心上了。"

张小凡又是一惊，随即又道："那你说的被你爹责骂的事……"

"哼，还不是高师兄那群笨蛋多嘴，把我当初为你向彭师兄求情的话都说了出来，虽然彭师兄为我说话，但还是被老爹骂了一顿，不然我也不会在人前对你做出那副样子了。"

"……书书，真是对不住了。"

"一点儿小事，不足挂齿，反正我从小也给他骂惯了。倒是你小子的运气真是……不过我看你自己要小心了，下一场与小竹峰那冰霜美人比试，小心一剑就被'天琊'给斩了！"

张小凡苦着脸，低声道："我也知道，要是和你比试就好了……"话说了一半就停了下来，他与曾书书两人同时感到了一阵心寒，忍不住向身边看去，只见站在一旁的陆雪琪一束冰冷的目光不知何时落在了他二人身上。

张小凡登时噤若寒蝉，曾书书也是倒吸一口凉气，二人不敢再说，都装出一副认真听讲的架势，听着苍松道人在台上训话。

好不容易苍松道人说完。众人散去，准备明日渐入高潮的比试大会。张小凡与曾书书下了台来，背后依然感觉凉丝丝的，心中不禁咋舌，这陆雪琪也不知道是不是从北极冰原来的，看人一眼就让人寒到了心里。

他正想与曾书书道别，转过头去看了曾书书一眼，却见曾书书忽然板起了脸，眼中满是蔑视地望着他，然后大大不屑地"哼"了一声，头一抬，骄傲地离开。不远处，在一群风回峰弟子的簇拥下，他父亲正站在那里看向他们。

张小凡苦笑一声，转身走回大竹峰众人所在，田不易看了他一眼，道："回去吧。"说着又看了田灵儿一眼，道，"灵儿，你跟我过来一下，我和你娘有话对你说。"

田灵儿应了一声，临走时还对张小凡笑了一下。

众人转回居所，一到房间内，大竹峰众人登时炸开了锅，吴大义等人忙着把好消息说给躺在床上的宋大仁听，吕大信则把张小凡抱了起来，呵呵直笑，只有杜必书在一旁摇头晃脑，道："没天理啊，没天理！……"

第二十九章
奇　术

又到夜深。

张小凡翻来覆去睡不着，连待在身边的猴子小灰也睁大了眼睛，眨巴眨巴地看着他。其他的师兄都早已鼾声大作，即便是大黄，此刻也趴在地上睡熟了。

月光如水，从窗口照了进来，洒在地上，如霜雪一般。

张小凡悄悄爬起，小灰立刻蹿进他的怀中，张小凡抱着它，摸了摸它的脑袋，向外走去。

回廊清清，悄无人声。

他暗自苦笑，自从到了通天峰之后，他几乎就没有一个晚上睡得安稳过，想到明日就要与陆雪琪比试，他仍然有说不出的紧张。

便在这时，他怀中的猴子小灰忽然不安地动了一下，张小凡向它看去，只见在月光下，小灰一双机灵的眼睛正看着前方阴影处。

黑暗中，仿佛有一道身影闪过。

张小凡心中一动，跟了上去。

那身影跑得并不快，而且一边跑肩头似乎不断耸动，倒似是哭泣的样子。张小凡远远看去，认出了是田灵儿，心中更是奇怪，同时看着师姐哭泣的样子，心中又有了一丝莫名的悲伤。

田灵儿直跑到云海上，来到中心的擂台边，看看四周无人，仿佛再也忍耐不住，蹲在地上哭出声来。

张小凡从未见过师姐如此伤心，脑海中一阵恍惚，缓缓走到了她的身边，低低叫了一声："师姐，你……"

田灵儿吓了一跳，跳起转身，见是张小凡，才放下心来，随即心头又是一酸，忍不住扑到张小凡的怀里，在他肩头大声哭泣。

张小凡身子在瞬间一阵僵硬，全身上下都被石化一般，再也不能动上一动。

她的抽泣声回荡在耳边，从肩头感觉到她传来的淡淡的身体的温暖，梦境中常常见到的情景今天竟然真的发生了。一股似有若无的幽香，隐约传来。

张小凡就这么站着，看着远方，尽管心中有强烈的冲动想要拥抱这个女子，却终于还是没有。

也许，真的拥抱了，生命就从此不一样了吧？

田灵儿在这个时候，离开了他的肩膀。张小凡心中一片空虚，隐约中，感觉到自己失去了什么。

他的肩头，已被泪水打湿了。

田灵儿用手揉了揉红红的眼睛，看见了被自己哭湿的张小凡的肩头，脸上一红，道："对不住了，小凡。"

张小凡摇了摇头，道："师姐，你怎么了？"

田灵儿刚要说话，却听脚下有东西"吱吱"叫了两声，低头一看，却是小灰也跟了上来。她默默俯下身子，把小灰抱在怀里。

"从来没有过的，小凡，从来没有过的。"这女子站在黑夜月光中，凄清美丽，带着几分哀愁对着张小凡说道，"爹和娘从来没有这么骂过我的。"

看着那哀痛中美丽的脸庞，张小凡心中一阵撕裂般的痛楚，仿佛她那般悲伤都是自己带给她的。他强自稳住心神，柔声道："师姐，怎么了？师父、师娘为什么骂你？"

田灵儿犹豫了一下，抬头看了看张小凡，从小到大，这个小师弟一直都是她除父母以外最亲近的玩伴。此刻在她心里，似乎隐隐约约想到了一个念头：小凡师弟是什么时候开始对我这般温柔的？

然而，这念头只是一闪而过，她的心中此刻满是悲伤，终于还是向张小凡带着哭声道："还不都是为了齐昊大哥！"

张小凡脸色唰地白了，不由自主地握住了拳头，他握得这般紧，以至于指甲深深刺到了手掌之中。

"你还不知道吧？"田灵儿一旦打开了话头，对这个小师弟就再也没有防备之心，可是张小凡却在心里狂呼着："我知道，我知道，我早就知道了！"

月光冷冷，洒满人间。

"齐昊师兄与我两情相悦，我对他们说了，我是真的真的很喜欢他。"田灵儿平静了一点儿，却没有发觉，她每说一句话，张小凡的脸色便失一分血色。

"但是爹却大声骂我，说我不懂事，就连一向疼我的娘也变了脸色，站在爹那一边。怎么会这样，小凡？"

张小凡低下了头，不让田灵儿看到自己的脸，低声道："师父、师娘怎么会知道的？"

田灵儿心情激荡之中，丝毫没有察觉张小凡话里有些破绽和异样，嘴角一撇，几乎又要哭了出来："我本来也想不到，后来才知道，是与我同住的小竹峰文敏师姐她们告诉了水月师叔，水月师叔又和我娘说了。我与文敏师姐她们那么要好，叮嘱了她们好多次了，可她们还是说了出去，我、我……"

她眼眶一酸，泪水终于还是流了出来。

张小凡涩声道："也许师父、师娘他们是为了你好，他们是你父母，绝不会对你不好的！"

田灵儿擦干了眼角泪珠，大声道："他们懂什么！他们只懂得门派之见，只知道齐昊大哥是龙首峰苍松师叔的得意弟子，只知道若是我与齐昊大哥好了他们就会在青云门中抬不起头来，根本就没有为我想过。"

她带着几分伤心、几分愤怒乃至几分决然地道："那些面子和我的幸福比起来，算得了什么，我真怀疑他们是看重面子还是看重我这个女儿？"

张小凡霍然抬头，看着这个突然变得陌生的师姐。

那是何等伤心的一种眼神啊！

彷徨无助，像失去父母的小鸟独自伫立在风雨之中，哀伤中带着一丝惊惶，如刀一般刺入他的魂魄！

张小凡立刻就被这种眼神打败了，一种从未有过的悲伤从心头泛起，如果能够让他为这个女子承担此刻的痛楚，无论什么样的艰难他都愿意一肩承担，可是他却不知道该说什么好，只能低低叫了一句：

"师姐！"

"我要和他在一起。"田灵儿毅然决然地说道，与其说她是对张小凡说的，还不如说她是对着自己内心、对着不在此处的田不易夫妇说的，"我一定要和齐昊师兄在一起，我们山盟海誓过了，就算爹娘再怎么反对，就算等到海枯石烂，我们也会在一起的。"

她仰望夜空，对着那轮明月这般发誓。清冷的月光静静地洒在她的身上，她美丽得像是一朵带着哀伤在夜晚盛放的百合，让人炫目于她的美丽而忘却了在她身旁，那道萧索而心死的影子。

站在高处，初升的阳光暖暖地洒在张小凡的身上，温暖了身子却暖不了内心。他面无表情地站在擂台上，面对着站在自己对面美若天仙的陆雪琪。

这个冰霜女子眼中的轻蔑如此明显。在广场上，谁都知道，他更多的是靠运气而不是实力进入前四行列。

在她背后，"天琊"散发着淡淡的蓝色光芒。张小凡看着这传说中的神物，淡淡地想道：再过一会儿，自己面对着的就是它了吗？

然后，他在片刻间就把这个问题忘了，从昨晚回来之后，他的精神都在一种恍惚中起起伏伏。

云海之上，此刻只剩下了两座大擂台，但以围观的青云弟子人数论，观看西边齐昊与曾书书比试的人数只怕还不及这里的三成，几乎所有的人都被此次风头最劲的陆雪琪以及运气太好的张小凡给吸引了过来。而在长辈之中，包括掌门道玄真人在内的绝大多数人也坐在了这个擂台下。

当众人看到陆雪琪登上擂台之后，人群在一阵欢呼之后，多半便是纷纷断定张小凡会在一息或是一刹那间败北。

台下，田不易眉头紧皱，纵然张小凡的根底他知道得颇为清楚，但听到身后人们的轻蔑议论依然让他很不舒服。而坐在他身旁的苏茹却是在四处张望地找着女儿。昨晚的一场大吵，田灵儿哭着跑开，今日一早便不见了人影。以她为人母对女儿的了解，只怕这偏女儿是跑到齐昊比试擂台那里去了。

她摇了摇头，虽然她十分疼爱独女，但这一次她却完全站在丈夫这一边，或许这是为人母的本能吧，她总是觉得，龙首峰里的人都不甚好。

她转过头，看向台上。与此同时，台上的张小凡也正面无表情地看了过来，他们的目光在空中相接。片刻之后，张小凡在她身边看了看，仿佛没有找到要找的人，又默默地把目光收了回去。

苏茹微微皱眉，对田不易道："小凡今天的神色有些不对，好像死气沉沉的样子。"

田不易淡淡道："他紧张而已，小孩子没见过世面，不足为奇。"

苏茹沉默了下来，便没有再说话。

张小凡收回了目光，落到了对面陆雪琪的脸上。那在初升阳光中绝美的脸庞熠熠生辉。光彩照人，很快地，陆雪琪感到了张小凡望来的目光，眼中再度出现了不屑之意。

但是这一次，张小凡却没有再回避，他甚至没有感觉到对面讥讽的眼光，那美丽的容颜此刻对他来说竟然完全没有了意义。只有在他内心深处，低低地、痛苦地念着一句话："她不在，她去看齐昊的比试了！"

聪明如陆雪琪，很快就发现这个对手只是目光看着自己，但在他空洞的眼神中却分明想着另外的事而完全忽略了自己的存在。这几乎是她生平第一次的经历，在她眼睛中仿佛也隐约现出了一丝惊讶。

"当！"

钟鼎齐鸣，回荡在通天峰上。四下里迅速安静了下来。

陆雪琪挺直身子，深深呼吸，只要再胜两场，就两场，就可以实现自己的梦想以及恩师的期望。"天琊"在她的背后，蓝色的光芒渐渐地亮了起来。

"小竹峰弟子陆雪琪，请赐教。"

张小凡如梦初醒，第一个反应却不是回礼，而是怀着万分之一的期望向着台下看去。那里，人头攒动，万众瞩目，却没有自己想见的人的身影。

陆雪琪脸色一变，台下青云弟子也是一片哗然。这是头一个对着陆雪琪如此失礼的人。田不易与苏茹对望一眼，同时都觉察了出来，今天这个小徒弟是真的有些不对劲。

张小凡缓缓转过头，面如死灰，淡淡地道："我是大竹峰张小凡，请师姐千万莫要手下留情。"

陆雪琪一怔，虽然在比试之前说的不过都是客套话，但这张小凡看起来却大是古怪，哪里有人会说什么不要留情的话，听起来像是讥讽，但看他那样子却又不像。

陆雪琪毕竟是水月大师的得意弟子，心志坚定，脸上神色丝毫不变，也不再多说什么，右手一比，在她背后的"天琊"缓缓升起。

张小凡看着那蓝色的光芒越来越深，越来越大，照着自己的身躯都带了蓝色，却再也找不到一点儿紧张的感觉，反而在内心深处，隐隐期待着什么。

他拿出了那根黑色而难看的烧火棍。

台下一阵哄笑，与对面高贵堂皇、仙气万方的"天琊"相比，烧火棍就像是地上丑陋的一条虫子。

此时此刻，还是一条心丧若死的虫子。

冰凉的感觉，再度充盈了全身，不知为何，今日这根烧火棍上，仿佛有了灵性般特别兴奋，那股冰凉感觉游动的速度比往日快了许多。张小凡甚至感觉到，若不是自己与烧火棍有血肉相连的感觉，若不是自己握住了这烧火棍，只怕它自己早就冲向陆雪琪了。

不，应该不是向着陆雪琪，而是向着"天琊"，一种莫名的感觉，就像是两个有着深仇大恨的仇人。

此刻，陆雪琪的脸色忽然也变了变，"天琊"的光芒太盛，似乎她自己也有些奇怪吧。

可是张小凡却没有深想下去。他望着那在蓝色光辉之中的美丽女子，忽然间发现，她好像师姐，可是"师姐"却带着冰冷的目光，冷冷地看着他。

擂台上，令人意外的事情发生了，张小凡与陆雪琪两个人，竟然没有动手，只是互相盯着对方，一动不动。

场下哗然，议论纷纷。

陆雪琪猛然惊醒，刚才一向与她灵性相通的"天琊"突然出现了往日不曾有过的异动。她心中奇怪，但以念力查看"天琊"，却并无太大异样，只是仿佛"天琊"隐隐有一种跃跃欲试的感觉。

感觉到场下无数道异样的目光，陆雪琪眉头一皱，定了定神，冷哼一声，把诸般杂念排出脑海。一声轻叱，"天琊"蓝光盛放，冲天而起，但仍然没有出鞘。

自"七脉会武"比试开始，"天琊"便成为众人关注的焦点，但直到现在为止，陆雪琪都在没有出鞘的情况下击败了所有对手。这也让众人猜测，究竟何人能够让她抽出神剑。此时，所有人都猜想一定要到最后决战，以龙首峰齐昊的修为，才能做到这一点吧。

蓝光，映在了张小凡的脸上，却照不出他有什么表情，黑色的烧火棍发出淡淡的青光，缓缓离开了他的手掌，停在了他的身前。

尽管早已把烧火棍拿来看过，但大竹峰上下人等，包括围观的大多数人，都是第一次看到张小凡施法。杜必书哼了一声，道："要不是亲眼看到，我可真不信两年前还是笨笨的小师弟突然变作了天纵奇才。"

台上，陆雪琪脸色肃然，法诀紧握，只见在半空中光芒万丈的"天琊"忽地转身，疾如闪电，带着排山倒海般的气势向张小凡冲了过去。

烧火棍立刻迎了上去，玄青色的光芒在半空中与那万丈蓝光撞到一起，那阵势，竟似乎丝毫不惧。

在众人目瞪口呆之中，张小凡竟是不堪一击的样子，如受重创，整个人向后飞了出去。烧火棍更是光芒失色，黑乎乎地在空中打转飞回主人方向。

一时间，大竹峰的人都站了起来，性急的如杜必书等人还失声叫了出来。

张小凡背向后撞到了擂台柱子上，跌落了下来，喉口一甜，一口鲜血喷出，洒在了飞回的烧火棍上。然后，在没有人看见的情况下，张小凡的鲜血迅速渗了进去。

"天琊"威势如此之大，所有的人都惊呆了！

陆雪琪面冷如霜，更不迟疑，蓝光一闪，"天琊"在半空中无情地斩了下去。就在此时，烧火棍上突然间黑气蒸腾，尤其是在棒身顶端，青光更是大盛。张小凡嘴角挂着血丝，缓缓站起，面色苍白但眼眶如血，相貌竟然带了几分狰狞。

说时迟那时快，烧火棍在黑气青光中再度冲向"天琊"，两件法宝在半空中一触即开，站在后方的陆雪琪与张小凡都是身子大震。

半空中，蓝光闪烁，青光灿烂，在空中飞来纵横，所到之处，擂台上原本坚硬至极的巨木都如纸屑一般四散飘飞，声声巨响如晴天霹雳，震耳欲聋。围观的近千青云门人无不变色，大试开始以来，没有一场比试像今天一般，开场就如此激烈，场面更无今日壮观，只片刻间，偌大一个擂台竟被这两件威力绝伦的法宝给拆了个七零八落。

台下原本围观的人们向后退了一段距离。只见张小凡与陆雪琪二人此刻都已飘浮至半空中，陆雪琪双手握着法诀，全力操控，姿态严肃中透着潇洒；反观张小凡，却似乎有些古怪，烧火棍威力虽然出乎众人意料地大，但他却并没有像陆雪琪一般手握法诀，反而是人在半空，手舞足蹈，而那烧火棍竟也随他心意，疾若闪电，与"天琊"斗得不亦乐乎。

尽管如此，张小凡心里却是有苦说不出，"天琊"威力之大，远远超出了他的想象。烧火棍与"天琊"撞击一次，他的全身经络就剧震一次，若不是他从小在太极玄清道外还暗自修习了天音寺的"大梵般若"功法，经脉强固，同时有"大梵般若"护身，勉强抵住"天琊"的神力，早就吐血败亡。

但看着陆雪琪却丝毫没有异样，"天琊"在她操控之下，蓝光越来越盛，威势越来越大，渐渐把烧火棍的青光黑气给压了下去。

这厢张小凡叫苦不迭，另一侧陆雪琪心里也是吃惊不小，对方其貌不扬的烧火棍法宝竟然有可以与"天琊"相抗衡的灵力不说，而且还似乎隐隐有一种吸噬之力，无时无刻不在吸引着自己体内的灵力精血，若不是根基坚固，只怕早就压不下体内翻腾的热血了。

念及此处，陆雪琪心头又是一阵气血翻涌，浮在半空中的身子几乎差点儿失去平衡。她心头惊怒焦急，从交手情况来看，她发现对手在太极玄清道上修行其实并不甚高，远远不如自己，但不知为何他运用的这根古怪法宝威力竟如此之大，连"天琊"也只能在表面上占上风。

陆雪琪银牙一咬，粉脸生煞，全身衣衫无风自飘。只见"天琊"在半空中与烧火棍重重一击之后，张小凡全身大震，烧火棍也慢了片刻。

趁着此时，"天琊"霍然飞回，陆雪琪疾探右手，握住"天琊"。在她玉一般的手掌与"天琊"相触的那一刻，刹那间蓝光万道，吞没了她的身影，"天琊"剑身一震，发出如龙吟一般的巨响，扶摇上天，陆雪琪竟似与"天琊"人剑合一，冲天而起，直上青天。

张小凡此刻心中早已忘了什么身外之事，只感觉到自己与半空中身前的烧火棍那种血肉相连的感觉越发浓烈，甚至感觉出这烧火棍就像一个活物，此刻正兴奋不已，一股莫名的煞气直冲上脑海。

他在半空中，仰天长啸。

声动四野，天地变色！

黑色青光，直上天际，狂风大作，云气沸腾！

忽地，蓝光一闪，一声尖啸从远及近，从悄不可闻迅速增大，直到震耳欲聋，让人再也听不到任何声响。万道蓝光，此刻竟都合为一体，成一巨大光柱当头击下，看这气势几乎欲将青云山脉斩为两半。

张小凡面孔扭曲，五官七窍在这片刻间突然全都流出血来，但看他神色之间，竟无丝毫畏惧之意，目光炯炯。同样伸手一探抓住烧火棍，瞬间，漫天青光黑气如握在他手中一般，直直迎向向下冲来的蓝色光柱。

外围，年轻的青云弟子都屏住了呼吸，看直了眼，再无一人对张小凡有任何轻蔑之意，而老一辈的长老首座，也纷纷变了脸色。

这一场比试，竟已是生死之争。

但不知为何，却没有人出来制止。

"轰！"如天际惊雷，炸响人世，仿佛整座通天峰都剧烈地颤抖了一下，蓝光倒折而回，陆雪琪现身天际，紧握"天琊"，嘴边缓缓流出了一道鲜血。

台下，水月大师霍然站起。

半空中，张小凡耳边只剩下了狂风呼啸的声音，眼前一片模糊，殷红的鲜血几乎遮住了他的眼睛。如果他听得到外界的呼喊的话，就会听见在他下方，大竹峰众人的惊呼之声。

苏茹的嘴唇失去了血色，看着半空中那几乎已成了一个血人的小徒弟，急促而低声地向田不易道："不易，让小凡认输吧，快让他认输吧。"

田不易身子抖了一下，死死盯着半空中，慢慢地摇了摇头。

感觉不到痛楚了，张小凡在瞬息万变的空中，心里突然闪过这样一个念头，他甚至忽然想到：我死了之后，师姐她会不会来看我呢？许多年后，她过着幸福日子的时候，是不是会把我忘了呢？

他伸手擦去了眼角的血和水！

陆雪琪只觉得浑身剧痛，体内气血在剧烈震动的经脉中到处冲突，仿佛要破体而出，欢呼着冲向前方那恐怖的青光黑气之中的狰狞恶魔。

这已是生死时刻！

这已是永恒瞬间！

这美丽女子，在狂风中傲然伫立，任凭风力如刀，竟不肯稍退半分。她昂首，望天。

风，突然停了，凝固在半空中。

天地，突然静了，停在了这个时刻。

"轰隆！"低沉的呼啸仿佛从天边传来，回荡在整个天地之间。

陆雪琪反手，拔出了"天琊"神剑。

顿时，漫天的蓝光消散了，收缩了，仿佛巨龙吸水一般都被吸到那如秋水一般的剑刃之上。

通天峰上，一片寂静！

传说千年的"天琊"终于出鞘！

陆雪琪面如寒霜，手握剑诀，竟然在悬空的状态下脚踏七星方位，凌空连行七步，长剑霍然刺天，玉颜在刹那间再无一丝一毫的血色，口中诵咒：

"九天玄刹，化为神雷。煌煌天威，以剑引之！"

片刻之间，原本晴朗的青天黑了下来，天际突然出现的乌云翻涌不止，雷声隆隆，黑云边缘不断有电光闪动，驰骋天地间，一片肃杀，狂风大作。

大风扑面而来，张小凡微微张开了口，这个情景，仿佛在久远之前的记忆中曾经出现过一次。地面之上，上至道玄真人下至各脉首座、长老，个个脸上都是惊骇莫名，齐齐地站了起来，又转而看向小竹峰的水月大师。

半晌，田不易涩声道："你教出的好徒弟啊！"

水月大师却是全然不理众人，一向淡漠的脸上首次出现了担忧，望着在天空中的那两个人。

"神剑御雷真诀！"

道玄真人缓缓收回了目光，心中大为震动，想不到青云门下，年轻一辈之中，竟有了如此了不起的人才。

只是，看那女弟子脸色，虽然勉力施展出这等盖世奇术，但身子颤抖，面如白纸，只怕是力不从心了。

天空之中，雷声愈急，张小凡分明感觉到，自从"天琊"出鞘的那一刻起，手中烧火棍上顿时腾起了一股充沛无比的力量，就像是这与自己血肉相连的法宝从内心深处呐喊一般。

仿佛是它等待这一刻，已有千年！

天空更黑，乌云压顶，厚厚云层中缓缓出现了一个巨大旋涡。

第三十章

怀 疑

像是幽冥的通道，漆黑一片深不见底的巨大旋涡倒挂在天际，如九幽妖魔张开了恐怖大嘴，要吞噬世间一切。狂风凛冽，风卷残云，雷声隆隆，电芒窜动。

张小凡欺身飞进，烧火棍玄青光芒闪动，在漫天黑云之下显得引人注目。陆雪琪望着张小凡裹在青光中冲来的身影，玉脸煞白。

"神剑御雷真诀"是道家仙法中的无上奇术，以凡人之身引发天地至威，可以想见陆雪琪身体此刻所承受的压力之巨。"天琊"乃不世出的神器，本来正是用来施展"神剑御雷真诀"的绝好兵刃，但与之相比，陆雪琪本人的道法修行却是不足。

此刻，她只觉得天际乌云之中，无限的巨力如汹涌澎湃的怒涛般向她身体里涌来，全身上下外人看似没有什么变化，但体内血气翻腾，几乎要被这股大力胀破一般。若不是"天琊"不断吸走了这汇聚而来的汹涌巨力，陆雪琪只怕早就支撑不住了。

风声呼啸，雷电轰鸣，她凌空而立，恍惚中几乎以为自己像是风中无力的小草。此一刻，她想起了师父水月传她这奇术时的话："雪琪，你资质之佳，是我生平仅见，但这真诀威力太大，故反噬之威更是沛不可当。你修道之日尚浅，虽能勉强掌握，但千万不可随意施法，免遭灭顶之灾。"

"轰！"

一声炸雷，几乎就是从通天峰当头天空炸响，每个人都隐约感觉到脚下土地轻轻晃动了一下，仿佛上古雷神被人惊扰了沉眠，狂怒嘶吼！

一时间人人变色！

张小凡此刻距离陆雪琪只有两丈，看了这威势，任谁都知道一旦陆雪琪施法完成，只怕他便要灰飞烟灭。只是他突然全身一紧，身子竟如撞到一面软墙一般停了下来，前进不得。

张小凡在刹那间面如死灰。"神剑御雷真诀"是青云门镇山奇术之一，何等神妙，在施法时通过神兵自然而然在施法者身边布下一层无形护罩，张小凡竟不得进。

烧火棍光芒更盛，却再也无法前进一步。或许在灵力威势上，张小凡的烧火棍并不逊于"天琊"，但在功法上却相差太远。他只是以本身灵力催发烧火棍威力，决然比不上陆雪琪那经过了千百年青云门各代祖师千锤百炼的无上奇术。

但就在这绝望一刻，眼看天空中那巨大旋涡旋转更急，雷电大作，"天琊"神剑光芒越来越亮，在这绝世仙法就要施展完成的时刻，陆雪琪却忽然身子一震，原本雪白的脸瞬间涨得通红，"哇"的一声喷出一大口鲜血，几乎在身前成了一道血雾。

"天琊"神剑登时光亮摇晃，似有不稳，陆雪琪银牙紧咬，闭上眼睛，将全部心力灵性全部集中到"天琊"之上，片刻之后，"天琊"光亮稳定了下来，反而更胜从前，灿烂夺目，不可逼视。

乌云中一声巨响，那巨大旋涡最深处仿佛出现了一道亮光，那是无数闪电正汇集成一，隐隐正对着陆雪琪手中的"天琊"神剑。

只是，陆雪琪心里却是一阵绝望，风声中，果然传来了一阵尖锐呼啸。她全力护卫"天琊"，却再也无力顾及身旁护罩，张小凡大喜之下，与那烧火棍化作一道玄青光柱，划过天际，冲向这在风中摇摆的美丽女子。

就这样了吗？

一切都到此为止了吗？

她心头忽然平静了下来，在那一个瞬间心头这么淡淡地想着。

这个瞬间，短短的瞬间，天地是安静的、凝固的，所有的东西都定在那里，只有她立在风中，衣袂飘飘，黑发拂动，睁开了闭上的眼，望向前方那道疾驰而来的青光。

那一刻仿佛永恒！

张小凡望见了她，和她的眼神！

她在风雨中独自伫立，面对天地巨威却如此安详，只是她脸色微微苍白，眼中竟有一分哀伤，还有一丝惊惶。

风雨呼啸，凄凉天地，这美丽女子，与他静静相望。

那是谁的眼神，哀伤而这般凄凉，仿佛昨夜，那个人为情所伤！那一种痛，深深入了骨髓，深深入了魂魄。

深深！深深！

是你吗，那个爱恋着别人的女子？

你斩钉截铁一生不悔地念着他吗？

张小凡忽然笑了笑，带着一分哀伤与心死，恍如昨夜。

烧火棍融入"天琊"神剑光芒之中，所有人都再也看不清他们二人身影，也看不到烧火棍的光芒忽然暗淡了下来。此刻，天际巨响，一道无比巨大的电柱从天而降，落到"天琊"之上。

整个天地，满天神佛，仿佛在同一时刻，一同吟唱。

巨大的光柱从"天琊"上折射而出，带着毁天灭地的气势，冲向了张小凡，生死关头，烧火棍腾空而起，挡在了主人身前。

下一刻，张小凡被光芒吞没了。

许久！许久！许久！

天空乌云散去，光芒消失。

人们怔怔地看着天空，看着那一个少年，紧紧握着一根黑色的烧火棍，如一颗受尽折磨遍体鳞伤的石头一般，直直掉了下来。

他没有掉到地上，田不易如鬼魅一般出现在他身下，接住了他。只见田不易脸色凝重，出手如风，立刻撬开已毫无知觉的张小凡的嘴，从怀中拿出一个小瓶，也不管多少，把倒出的黄色药丸直接倒进了张小凡的嘴里。

那药丸入口即化，田不易一声不吭，腾身而起，一道赤芒立刻升起，载着他风驰电掣而去，竟是不再向场上看上一眼，看那方向，是回大竹峰去了。

苏茹等大竹峰一脉众人，也纷纷跟了上去。

这时，脸色苍白的陆雪琪落了下来，立刻被狂喜的小竹峰众人包围，在师姐妹们的簇拥下，她却一言不发地抬起头，望着天空中渐渐消失的那道赤芒，怔怔不语。

他仿佛在黑暗中沉眠千年，渴望苏醒却无法睁眼，在沉沉无边的黑暗中，只有他孤独一人。

只是他决然不愿，便在这黑暗中孑然独行，然而除了黑暗，竟是无路可走。

于是他悲愤，内心深处有熊熊大火焚烧不止，于是便向那九幽魔神许下重誓：就算他身体魂魄一起化为灰烬，也要点亮这一点光亮，哪怕为此将世间所有，与他一同埋葬。

亘古以来的那一丝戾气，竟是桀骜如初！

张小凡缓缓睁开了眼睛。

柔和的光线映入他的眼帘，熟悉的居所的气味，飘浮在这个房间。

这里，似乎没有人在。

他缓缓坐起，刚想抬手擦去额头上的一点汗水，便只觉得肩膀、胸口、小腹处一起剧痛，当时就倒吸了一口凉气，疼得脸色发白。

他坐在床上，不敢再动，过了良久，这钻心的疼痛才缓缓散去。

这时该是午后了，房门虚掩着，两扇窗子支起，隐约可以看见庭院中依旧青翠的青草修竹。一向跟着他的小灰和一向跟着小灰的大黄都不见了，会不会是又找到肉骨头了呢？

他笑了一下，对着空荡荡的屋子，自己对自己笑了一下。

"吱呀"，门推开了，端庄美丽的苏茹走了进来，张小凡身子一动，叫了一声"师娘"，还没起身，脸上登时又抽搐了起来。

苏茹快步走到床边坐下，柔声道："你别动，小凡。"

张小凡待痛感稍退，才向苏茹道："弟子不知道师娘您来……"

苏茹瞋了他一眼，道："命都去了大半，你倒还有心思记得这个！别废话了，坐好吧。"

张小凡讪笑一下，苏茹替他查看了一番，点了点头，道："你外伤都好得差不多了，只是体内经络损伤太重，不安心静养是不成的。"

张小凡道："是，徒儿给师父、师娘丢脸了，真是对不住……"

苏茹截道："你给你师父大大长脸了才对，近三百年来除了当初你师父自己参加的'七脉会武'，大竹峰一脉再没有比你更出色的弟子了。"

张小凡脸上一红，低头道："那、那都是弟子运气好。"

苏茹微微一笑，拍了拍他的肩膀。张小凡随即想起，道："比试结束了吧，最后是谁夺魁，是那位陆师姐吗？"

苏茹微微摇头，道："不是，是龙首峰的齐昊。"

张小凡不知为何，心里忽然一阵酸楚，低声道："原来是齐师兄，他真是厉害，连拥有'天琊'的陆师姐也败在了他手下。"

苏茹听他这么一说，仿佛也触动了什么心思，低低地叹了口气，岔开话题道："你这一次伤得可不轻，你师父费了老大心力救治。听他说了，以'天琊'神剑运用'神剑御雷真诀'，虽然陆雪琪修行不够，但若不是你那烧、烧……你那法宝替你挡了一下，只怕神仙也无力回天了。"

张小凡听了她的话，忽然想起，向四下一看，却是找不到那根黑色难看的烧火棍。

苏茹看着他的样子，淡淡道："你那件法宝被你师父拿去了。"

张小凡怔了一下，低声道："是。"随即忍不住又问了一句，道，"师父他老人家……"

苏茹道："你昏迷了五天五夜，到昨晚伤势才稳定下来，今天一早，通天峰的掌门师兄传信过来，让你师父去一趟，此刻应该在通天峰吧。"

张小凡慢慢地点了点头，心中也不知道是什么滋味，自己也觉得应该没有什么问题的，但这两年来那根烧火棍第一次离开自己，却总有些隐约失落的感觉。

苏茹看了他一眼，眼中也闪过一丝古怪神色，但还是道："你刚刚才醒，不要太累了，要多多休息。我吩咐过了，让他们不要过来打扰你，三餐让必书送来就是了。"

张小凡道："多谢师娘了。"

苏茹点头道："那你休息吧，回头我让必书把饭菜送来。"说着回过身子，向外走去，就在她正要走出房门时，忽然听到身后张小凡叫了一声：

"师娘。"

苏茹转身，道："什么？"

张小凡看着她，似乎迟疑了一下，才道："师娘，我想问一下，你知道龙首峰的林惊羽这次比试结果如何吗？当时我在通天峰上，实在无暇去找他问清楚。"

苏茹又看了看他，道："他进了前八，但败在了同门师兄齐昊手下。"

张小凡怔了一下，道："原来他也……谢谢师娘。"

苏茹微微摇头，道："你休息吧。"说着转身走了出去。

张小凡缓缓躺了下来，望着房间的天花板，默然不语。

青云山通天峰上，玉清殿内。

道玄真人居中坐着，其余六脉首座也赫然在座，此外，大殿之上再无他人。

众人皆默然不语，道玄真人低眉垂目，看着手中把玩着的一根黑色的烧火棍。

"田师弟，"道玄真人打破了沉默，道，"你怎么看？"

田不易沉默片刻，道："张小凡上山之始，并无此物，多半是这些年中机缘巧合，在哪里偶然得到这等宝物。"

苍松道人在一旁冷冷道："此棍可与'天琊'相抗，已是神兵之属，但遍观天下，从未听说有这等宝物。"

田不易脸色一沉，冷然道："神州浩土，何等广大，不知道还有多少不世出的奇珍异宝，你我充其量也不过是井底之蛙罢了。"

苍松道人脸上怒色一闪，还未发作，却听小竹峰的水月大师冷冰冰地道："我们自然是井底之蛙，但这黑棍施法时妖气腾腾，明明便是一件邪物，倒不知道为何田师兄却看不出来？"

田不易哼了一声，道："发些黑气便是妖气了吗？有些红丝便是邪物了吗？若如此，我回去把脸涂黑了，诸位是不是也把我当作魔教妖人给斩了？"

道玄真人眉头一皱，道："田师弟，你不要这么说话，怎么好端端地说自己是魔教妖人！"

田不易冷哼一声，甩过头去，不再说话。

道玄真人叹了口气，把手中那烧火棍放到手边茶几上，道："今日请诸位前来，便是商议一下，一来此次'七脉会武'之中，大竹峰弟子张小凡手中多了这一件古怪法宝，来历不明却威力绝大。二来当初我等商议派前四位弟子去空桑山'万蝠古窟'查探，另三位大家都没意见了，唯有这张小凡……"

田不易越听越怒，本来他对张小凡修行忽然突飞猛进也有些困惑，对这烧火棍亦有疑心，但在这玉清殿上，别人不说，偏偏对自己门下弟子诸般挑剔，他如何不怒，当下沉着脸，唰地起身，大声道："掌门师兄，你欲待如何？"

道玄真人没想到田不易竟有这么大的反应，吃了一惊，众人纷纷侧目，坐在田不易身旁，一向与他关系还算不错的风回峰首座曾叔常拉了拉田不易的袖子，道："不易，掌门师兄也没说什么，你先坐下。"

道玄真人脸色微沉，道："田师弟，此间事的确有些古怪，我身为一门之长，自会秉公处理，你放心好了。"

田不易脸上怒色依然，但看着道玄真人脸色以及被身旁曾叔常劝了两句，终究还是坐了下来。

道玄真人缓缓道："诸位，此棍刚才大家也都看过了，外表平平无奇，内里却隐有煞气。但最紧要的是，以我等修行，都不能掌控此物，反倒是一个顶多只有玉清境第四层境界的小弟子可以驱用，这是何理？"

众人包括田不易都是默然，他们都是一等一的修真高人，如何不知道这个道理，只是没有人愿意说出口来。

最后还是道玄真人道："依我看来，这黑棍多半便是'血炼'之物。"

尽管早有心理准备，但在座各位首座还是微微变了脸色，所谓血炼之物，便是以人本身精血化入炼造宝物之中。这等奇术，方法诡异艰险不说，法宝材质更是苛刻无比，万中无一。而且炼造过程凶险至极，一不小心便为法宝凶煞血厉之气反噬，死状苦不堪言。

当然，若能成功，则此法宝必定是威力绝伦，而且更有一个好处，便是宝物与主人血气相连，旁人皆不能用之，但也因为是以鲜血为引，往往便有了凶煞之气。

传说中这血炼之法，传于上古魔神，自古以来在魔教妖人中代代相传，却并未听说有什么出名的血炼法宝，多半是这法子太过凶险，连魔教中人也不敢轻易尝试。

只是，如今竟在青云门一个少年弟子身上，出现了这等法宝。

道玄真人望向田不易，田不易脸色铁青，缓缓站起身来，道："师兄，你说得或许有理，但我还是要说，张小凡年不过十六，如何懂得这血炼之术？而且他自上山以来，五年中从未下山，来时更是身无长物，又去哪里找这举世难寻的法宝材质？"

苍松道人忽地冷冷道："或许他是魔教中人处心积虑安插进我青云门下，也不足为奇！"

田不易大怒，道："若他真有如此心机，又怎会在'七脉会武'大试中，在近千人眼皮底下驱用此物？再有，若他真是魔教奸细，嘿嘿，苍松师兄，你门下那个林惊羽怕也不干净吧！"

苍松道人似被刺到痛处，起身怒道："你说什么，惊羽怎么能和你那笨徒弟相提并论？"

田不易脸色更黑，哼了一声，斜眼看去，道："是啊，我那徒弟是笨，但听说还进了前四，倒不知道苍松师兄门下那叫林惊羽的奇才此次名次又是多少？"

苍松怒道："他是运气不佳，遇到了他师兄齐昊，若非如此，又怎会进不了前四！"说到这里，他冷笑一声，道，"反正他是没有某人运气那么好，一路之上，都靠着别人弃权轮空才得以晋级，居然还敢大言不惭！"

田不易大声道："难道他与陆雪琪那一场也是运气？"

苍松道人接道："不错，正因为不是运气，所以他就败了，而且败得那么惨，几乎连命都没了！"

田不易越发愤怒，他口舌一向不甚灵活，说不过苍松，但心中怒气更大，脸涨得通红，怒道："你要怎样，是否也想看看我是不是浪得虚名？"

苍松道人竟是丝毫无意退让，当即站起，傲然道："那我就领教一下田师兄你的'赤芒'仙剑！"

田不易更不说话，踏上一步，右手已握住了剑诀，大殿之上，空气忽然像是凝固了一般。

"放肆！"一声大响，却是道玄真人一掌拍在手边茶几上，满脸怒容，站了起来，"你们两个可是当我这个掌门死了不成！"

道玄登上掌门宝座已近三百年，德高望重，平日里虽然和蔼，但这一下发怒，田不易与苍松道人都是吃惊不小，心中震荡，随即退了下去，低声道："是，掌门师兄息怒。"

道玄真人看了看这些首座，脸上怒容过了半晌方才缓缓退去，沉吟了一下，道："田师弟。"

田不易走出一步，道："掌门师兄。"

道玄真人看着他，道："无论如何，这黑棍来历古怪，若真是魔教之物，那张小凡与魔教有何牵连，我们便不能容他，你可知道？"

田不易微微低头，默然许久，才道："是。"

道玄真人又道："田师弟，我知道你心里不好受，但兹事体大，我们不可不慎重行事。你今日且先回去，待那张小凡病势稍好，你便仔细盘问，再带到此处，我等再行商议，如何？"

田不易脸上白一阵红一阵，忽然间重重顿了顿脚，点点头，话也不说一句，转身便走了出去。

门外一声呼啸，多半是御剑去了。

大殿之上，曾叔常向道玄真人道："掌门师兄，田不易师兄的大竹峰一脉难得出现一个人才，却出了这等事，他自然心里不甚痛快，你莫要放在心上。"

道玄真人叹了口气，摇头道："我自然不会在意，田师弟为人我是知道的，也是信得过的。"

说到此处，他像是想起什么，转头对小竹峰水月大师道："水月师妹，这几日你门下那女弟子陆雪琪……"

水月淡淡道："多谢师兄关怀，雪琪身体已经大致恢复。若不是田不易师兄门下出了那等怪人怪宝，一场比斗中耗去了雪琪大半元气，她本也不会输给别人的！"

苍松脸色一变，道玄真人却已抢先摆手道："哎呀，事情都已过去了，不要再计较了。"

苍松和水月彼此瞪了一眼，转过头去，道玄真人看在眼里，心中叹息不已，目光不由自主地移到身旁茶几上，那根黝黑丑陋的烧火棍，静静地躺在茶几上面。

第三十一章
正　道

大黄躺在地上，眯着眼睛，尾巴不时摇上摇下，猴子小灰则趴在他的床上，一双明亮的眼睛直看着脸色显得憔悴的张小凡。张小凡瞪了它一眼，没好气地道："你看什么看？"

小灰自然不会对着张小凡说什么人话，却"吱吱"叫了两声，看它猴脸，主人受了伤，非但未有什么担忧之色，反而幸灾乐祸的样子多了些。

张小凡心中有些恼火，不耐烦地道："去、去、去，到一边去！"

这时脚步声响了起来，未待他进门，张小凡已然听到，笑着道："六师兄，你今天怎么这么早就送饭……"

他声音忽然停了下来，只见田不易矮胖的身子从房门处缓缓踱了进来。张小凡吃了一惊，这些日子以来，苏茹只让他安心静养，其他各位师兄包括田灵儿在内只来看过他一次，其余时间只有杜必书三餐为他送饭来，根本想不到田不易会突然出现。

他在床上愣了一会儿，忽然醒悟，连忙爬了起来，下了床就要行大礼，田不易心事重重，脸色阴晴不定，挥了挥手，道："罢了。"

张小凡应了一声，起身立于一旁，看着田不易走过来坐在桌旁，大气也不敢出。

田不易看了这徒弟一眼，从刚才的反应看，这小徒弟无论如何也看不出来像是个内含锦绣的奇才，反而比普通人似乎都差了一些，但偏偏……

田不易摇了摇头，叹了口气，道："老七，你过来坐下吧。"

张小凡又是一惊，田不易对他从来都是不假颜色，今日对他和蔼了一些，他反而有些不相信自己的耳朵。

田不易等了一会儿，却见张小凡惊疑不定地看着自己，好像还没回过神来，心中又是一阵生气，微怒道："是不是要让我请你坐下？"

他这一骂，气势十足，张小凡登时找到了往日师父威严的感觉，居然立刻反应了过来，乖乖坐了下来。

田不易看他那样子，反而滞了滞，又多看了他一眼，随即苦笑一声，摇了摇头，道："你身子怎么样了？"

张小凡恭恭敬敬地道："回禀师父，从通天峰回来以后，蒙师父、师娘救治，还有各位师兄的照料，已差不多都好了。"

田不易看着他，淡淡道："'七脉会武'已过去一月有余，看来你也好得差不多了，我有几句话，现在要问问你。"

张小凡心下一沉，隐隐觉得自己一直担心的事情终于来了，但事在眼前却只能道："是，师父请说。"

田不易缓缓道："你那根黑色棍子，是怎么来的？"

张小凡心头一跳，不由得向田不易看去，只见田不易也正盯着他，一张脸虽然还是一副平淡模样，但目光炯炯似有神光，竟是不怒自威。

那一刻他在心中转了千百个念头，一时竟是作不得声，田不易慢慢沉下了脸，面色难看至极，再次沉声道："你说！"

张小凡被他催促，片刻间额头汗水已现了出来。他虽见识不多，但多年前幽谷之中"噬血珠"与那奇异黑棒激斗之后意外融合之事，毕竟太过古怪，而且其中凶煞险恶，且有吸噬精血异能。这些在平日里与诸师兄谈话时他已知道了绝不会为正道所容，如果被田不易知道了实情，只怕更是后果不堪设想。

此外，在他内心深处，仍然还有一事，一直是个深深的忌讳，特别是自从他知道了普智和尚乃是天音寺四大神僧之后，再想到他传授给自己的那套口诀……

在那个瞬间，他便已下定了决心，无论如何不能说出普智之事，连关于他的一丝一毫也不能说。

田不易盯着他。

张小凡在那逼人的目光中，站起，又跪了下去。

"师父！"

田不易眉头紧皱，哼了一声，冷冷道："说。"

张小凡俯下头，慢慢地道："那根黑棒，是数年前我与师姐一同去后山幽谷中时，无意中得到的。"

田不易微微一怔，随即想起，两年前确有此事。田灵儿到那幽谷之中曾无故昏迷了过去，苏茹曾去查探过却并无异样，后来自己也去看了看，的确如此。此事一直是个小小谜团，但日子一久自己也就淡忘了，现在看来，多半便是这根黑棒的缘故了。

但是一根黑棒无人催动便能令田灵儿昏了过去，这是何等凶煞之物，张小凡却如何能够得以驱用？田不易想到这里，心中疑团越来越大，沉声道："你是怎么得到的？"

张小凡不敢抬头，生怕被田不易看到自己脸上的表情，他本就不是机巧之人，此刻更是焦急万分，仓促间无论怎样也想不出什么好的解释借口。

田不易见他迟疑，他是何等世故老练，当即大喝道："说。"

张小凡被他一吓，汗水涔涔而下，心头乱跳，不敢再瞒，终于把当日情况大致说了出来。在这其中，他话到嘴边，却还是把有关"噬血珠"的事情硬生生地收了回来，只说是当日在幽谷之中，他看到黑棒，一时好奇拿起，结果黑棒竟将他精血吸出（其实那是"噬血珠"的缘故），并感觉恶心欲吐，之后他就晕了过去。在昏迷之前，他隐约看到黑棒把他的精血吸了进去，融入棒身。

他说完之后，头也不敢抬，不敢再看田不易，田不易却皱着眉头陷入苦思：看这小徒弟倒是不像说谎，那种法宝异能绝不是他能编造出来的。但这等奇异法宝，便是连他也是生平第一次听说，如果说和这黑棒有些相似的，只怕便只有千年前魔教的大凶之物"噬血珠"了。

但是很明显，这黑棒与那"噬血珠"截然不同。

田不易站起身子，在房间中负手来回踱步，沉吟半晌，回头看向张小凡，道："你先起来吧。"

张小凡低声应了一声，站了起来，但仍然低垂着头，站在一旁。

"但就算如此，那法宝与你有血气相连，是血炼之物……"

张小凡讶异道："师父，什么是血炼之物？"

田不易怔了一下，随即不耐烦地道："你不知道就算了，我问你你听好就是。"

张小凡立刻低头，低声道："是。"

田不易看着他，道："就算那黑棒乃是不世出的异宝，但不管怎样你也要至少修炼到太极玄清道玉清境第四层境界才能驱用……"

张小凡脸色一变。

田不易缓缓地道："当日在通天峰上，我就问过你，今日我再问你一次，究竟是谁私传法诀于你的？"

张小凡身子一震，他知道自己此时为了这不知名的黑棒已然有了大麻烦，若再加上私自修习法诀之事，只怕等待自己的惩罚更是无法想象。

他眼前仿佛飘过了田灵儿的样子：少年时带着自己上山砍竹的身影；雨夜里孤灯旁温柔的容颜；还有往日里大竹峰头的笑骂奔跑；就连那飘在记忆中她身体的淡淡幽香，此刻竟也这般清晰。

一点一滴，浮上心头！

他再一次跪了下去，重重地磕头，却再没有说一个字。

他俯伏在地上，一动不动，伤后初愈有些消瘦的身子多了一分坚强，看起来更似带着一分凄凉。

田不易深深地看着他，半晌，忽然长出了一口气，道："你起来吧，随我到通天峰去，至于你有没有命回来，那就看你的造化了。"

白云深处，仙气缭绕，一切都平静祥和得如人们梦想中的仙境一般。

青云山，通天峰，玉清殿。

青云门七脉首座尽在此处，目光都看着跪在堂下的那个少年。

道玄真人望着张小凡，脑海中不由得又浮现出五年前被救上山的小孩的身影，白云苍狗，世事流转，仿佛一转眼间，他们便已长大成人。

他低低叹了口气，目光离开张小凡，对其他首座道："诸位，刚才张小凡说的话，你们意下如何？"

众人沉默，半晌，忽地苍松道人的声音响起，断然道："此子之话，绝不可信。"

跪在地上的张小凡身子一抖，却并没有抬起头来。

道玄真人皱了皱眉，道："苍松师弟为何如此肯定？"

苍松道人看了张小凡一眼，道："血炼之法，阴邪恶毒，若非有魔教妖人指点于他，他怎会有这等见识法力来炼造如此法宝，所以此人必定是魔教奸细，不可饶他性命。"

苍松一向执掌青云门刑罚之事，位高权重，说话声调坚决刚硬，张小凡听在耳中，脸上血色尽失，几乎喘不过气来。

众人都没有出声，田不易却沉着脸，缓缓道："若他真是如你说的这般处心积虑潜入我青云门下，又怎会故意在众目睽睽下施展法宝？"

苍松道人哼了一声，道："魔教妖人，本就难以猜测行径，居心叵测，做出些古怪事情也不足为奇。"

田不易怒道："你这岂不是牵强附会，强词夺理？"

苍松道人冷冷道："我强词夺理？请问田师兄，这血炼之法，可是我正道中人所有？"

田不易语塞，脸色涨红，此刻任谁也看得出来，田不易到底还是站在他徒儿一边。正当这尴尬时刻，忽有个冰冷的声音传了出来，一听便知是小竹峰的首座水月大师：

"请问苍松师兄，你口口声声说血炼之法阴邪恶毒，请问一句，它到底如何阴邪，如何恶毒了？"

苍松道人张口欲言，忽又滞了一下，只得道："魔教妖术，还用多说吗？"

水月冷冰冰地道："如此说来，苍松师兄也是对血炼之法一无所知，怎的便以为此法阴邪恶毒，便要诛杀这个少年了？"

苍松道人向水月大师看了过去，目光炯炯，气势逼人，道："哦，水月师妹，那你是什么意思？"

水月大师淡淡道："诸位师兄，此间之事，一来我等对血炼之法所知不多，虽有所闻但多为揣测，若万一所谓血炼之法当真便有这碰巧之事，我们岂不是错杀好人？二来这少年年仅十六，身世来历又是清楚明白，强要说他是魔教中人，只怕于理不合吧。"

苍松道人眯起了眼，眼缝里却透露出尖锐光芒，道："水月师妹为何今日一反常态，大力为这少年开脱，真是令人不解！"

水月秀美的脸上怒意一闪而过，即道："我乃是就事论事，绝不似有些人，看不得同门别脉出了人才，害怕威胁自己的地位，便抓住些小事赶尽杀绝，毫无人性！"

若论口舌锋利，在座七人中有六个男子，却无一可比得上水月大师，苍松道人气得脸色发白，霍地站起身来。

道玄真人连忙插口进来，道："好了好了，说着说着怎么又吵起来了，坐下，坐下。"

苍松道人不敢置掌门的话于不顾，只得恨恨地坐回原位，反观水月，却是一脸若无其事，端端正正地坐在自己的椅子上。

道玄真人摇了摇头，转向其他人，道："诸位，你们是何意思？"

其他各脉首座沉默了一会儿，风回峰首座曾叔常首先道："掌门，我以为水月师妹言之有理。这少年来历清白，入门后又从未下山，只怕真是机缘巧合得了这一件宝物，说起来反而是我青云之福。"

道玄真人抚须微微点头，转眼看向落霞峰首座天云道人，天云看了看苍松，道："此事我同意苍松师兄的做法。"

苍松道人得了个盟友，向着天云道人点了点头。

最后只剩下个朝阳峰的首座商正梁，他看了看田不易等人，又看了看苍松道人与天云道人，最后眼角余光又仔细瞄了一眼道玄真人，微一沉吟，即道："我以为水月师妹说得有理。"

田不易脸上一松，苍松道人却是哼了一声。道玄真人随即点头道："大家都说了，那我也不客气了。"说到这里，他却又向着依然跪在地下的张小凡道，"小凡，你先起来吧。"

张小凡身子一震，抬头看了看诸位师长，缓缓站了起来。

道玄真人多看了他两眼，仿佛想要把他看个清楚，然后对着其他首座说道："诸位，其实我也以为张小凡不似魔教中人。这黑棒虽有凶煞之气但内敛其中，并不似过往我等见过的魔教凶物一般，杀气腾腾，凶相毕露……"

苍松道人听着不对，忍不住叫了一声："掌门师兄，魔教妖人凶险恶毒，宁可杀错，不可放过啊！"

道玄真人脸色一变，看了他一眼，喝道："苍松师弟，你可知你在说些什么？"

苍松自知失言，低头不语。

道玄真人脸色严肃，但声调转为低沉，缓缓道："苍松师弟，你执掌我门中刑罚二百余年，公正严明，为兄是十分敬佩的。但我看你这十几年来，戾气渐重，杀性愈盛，为兄心中十分担忧，你可知道？"

苍松道人低声道："是，师兄。"

道玄真人凛然道："宁杀错，不放过，乃是魔道中人所为，我青云门自居正道，一向光明正大，若遇事便当宁可放过，也不杀错，否则我们与魔道中人有何区别？苍松师弟，你道行虽深，但仍需潜修道义，参悟道法才是。"

苍松道人单掌竖起，道："多谢师兄指点，苍松受教了。"

道玄真人面色一松，道："你知道就好了。"说着转向众人看了一眼，众人都道："掌门师兄做主就是。"

道玄真人点了点头，对张小凡道："你都听见了？"

张小凡心中感动，连忙道："是，多谢、多谢诸位师伯、师叔。"说着又转向田不易，声音中带了一些哽咽，道，"多谢师父。"

田不易摆了摆手，却没有说话。

道玄真人拿起放在手边茶几上的那根黑色短棒，抛给张小凡，微笑道："这东西非你不可驱用，你收回去吧。"

张小凡伸手接住，入手后立刻感觉到那熟悉而冰凉的气息瞬间腾了起来，走遍全身，仿佛通灵性般有说不出的欢喜。他深深向道玄真人行礼，道："多谢掌门师伯。"

道玄真人微笑一下，拍了三下掌，堂后立刻有道童走了过来。道玄真人吩咐几句，道童点头应了一声，走了出去，过不多时便引了三人进来。张小凡看了过去，却都是认识之人：齐昊与曾书书走在前面，曾书书趁着他老爹曾叔常不注意，还偷偷向张小凡做了个鬼脸。至于走在最后的，却是那个清冷美丽的女子，正是小竹峰的陆雪琪。

这三人再加上张小凡，正好便是这次青云门"七脉会武"的前四名弟子。

第三十二章
下　山

　　齐昊与曾书书看到张小凡在此，或多或少都是微笑着打了个招呼，只有陆雪琪依然一脸漠然，但眼光仍是向他瞄了一眼，眼眸深处仿佛也有不知名的情绪闪过，转瞬即消散不见。

　　道玄真人看着堂下四人，微笑道："今日让你们四人前来，是有一事，要让你们下山去历练一番。"

　　齐昊等人齐动容。

　　道玄真人便把前日空桑山"万蝠古窟"一事说了一遍，又道："此事关系重大，你们四人乃是我门下精英，所以才会派遣你们去查探一番。但魔教妖人奸险毒辣，你们都要小心从事。"

　　四人齐声道："是。"

　　道玄真人点了点头，道："此外，除了我青云门外，焚香谷与天音寺都派出了出色弟子前往一同追查，你们在人前不可失礼，但也不可折了我青云门的气势。此外，长门的萧逸才萧师兄也早已去空桑山追查此事，你们若找到他，凡事便多多商量。"

　　四人对望一眼，又是齐声答应。

　　道玄真人细细看了这四个年轻一代的弟子一眼，最后目光落到齐昊身上，招手道："齐昊，你过来。"

　　齐昊怔了一下，走上前去，道玄真人上下打量了他一番，转头对苍松道人笑道："师弟，你们龙首峰后继有人啊！"

　　苍松道人的脸色一直就不大好看，此时终于露出了些笑容，笑道："师兄笑话了。"

道玄真人微笑着从怀中拿出一物，递给齐昊，道："收下吧。"

齐昊接过一看，却是一面小镜，形状古拙，青铜镂边，上刻龙，下刻虎，镜上刻着八卦方位，中间镜片处却非一般铜镜，黄蒙蒙的看不清楚。

齐昊还没反应过来，一旁的苍松道人已然喜形于色，喝道："傻小子，还怔着做什么，快跪下谢恩。"

齐昊立刻醒悟，知道手中这不起眼的东西多半便是法宝"六合镜"，连忙跪下，道："多谢掌门师伯。"

道玄真人微笑着道："不必了，不必了，起来吧。"说着向其他人道，"你们先出去吧。"

众人知道他要传授齐昊六合镜的秘诀，便一起退了出来。

走到殿外，张小凡首先和田不易走到一边，田不易看了他一眼，淡淡道："你现在身负重任，就不要再回大竹峰，等一下便与他们三人一起下山吧，大竹峰那里我替你说一下。"

张小凡吃了一惊，随即低下了头，低声道："是，师父。"

田不易道："你养伤的这一个月里，我听说你师娘传了你些御剑法门和道法秘诀，你可都记下了？"

张小凡点头道："是，弟子都记下了。"

田不易转过了身子，缓缓道："那就好，虽然你资质不好，但始终是我大竹峰门下，出去了不要给我丢脸。"

张小凡立刻道："是，师父，弟子绝不会丢您老人家的脸。"

田不易哼了一声，他背着身子，张小凡也看不到他的脸，不知他是什么表情，但听他声音，倒也没有什么怒气。半晌，田不易仿佛叹了口气，转头看了看张小凡，也不多说什么，摆了摆手，算是打过了招呼，便祭起仙剑破空去了。

张小凡怔怔地看着师父身影化作一道赤芒，消失在天际。直到肩头被人拍了一下，吓了一跳，连忙转过身来，却正是笑嘻嘻的曾书书，再看看周围，其他各脉的首座都已走了，只剩下了他们两人还有远处独立的陆雪琪。

曾书书笑呵呵地道："算你命大，我还担心你这次过不了关呢！"

张小凡与他在一起，登时便感觉轻松多了，闻言笑道："是啊，我也吓了个半死。"

　　曾书书拍拍他的肩膀，向他前后看了看，低声道："怎么没把小灰带来？"

　　张小凡苦着脸道："我一早被师父带来，没想到会立刻下山，什么都没带呢，哪里想得到小灰。"

　　曾书书笑道："没事，衣服我可以借你，要不等我们到山下河阳城里去买也可以。"说着他向张小凡眨了眨眼，悄声道，"呵呵，反正我们这次可赚到了。"

　　张小凡不解其意，道："什么？"

　　曾书书眉毛耸动，往身后一瞄，嘿嘿偷笑道："有美女同行啊！"

　　张小凡又好气又好笑，但还是向陆雪琪看了一眼。与此同时，仿佛陆雪琪也有感应似的，向这里看了一眼，二人目光远远相望，张小凡只觉得她目光如霜，吓了一跳，连忙移开了视线。

　　二人说笑了一会儿，曾书书正对着他偷声说着以后与陆雪琪上路如何如何的时候，却忽然发现张小凡原本微笑的脸上僵硬了起来，目光也变得直了，盯着他的身后。

　　曾书书微觉疑惑，转头看去，却见在长长台阶之下，一个男人歪歪扭扭地走了上来。四十多岁，身上衣服还算干净，但一脸茫然，目光呆滞，口中胡乱地说些前言不搭后语的话：

　　"下雨了，天黑了……臭……娘亲啊……神仙，神仙，嘿嘿，神仙啊……"

　　在曾书书和远处看过来的陆雪琪的注视下，张小凡走了过去，走得很慢很慢，仿佛过了许久，他才走到那个男子身边。

　　就像，走到了往事身边！

　　"王二叔，你还好吗？"他拼命压抑着激动的心情，低低地道。

　　那男人眼中却似乎完全没有张小凡的存在，口中依然念念有词，甩开张小凡走了过去，不久，消失在大殿后边。

　　"他是谁啊？"曾书书走到他的身边，问道。

　　张小凡看着王二叔身影消失的地方，凄然道："一个疯子！"

曾书书看他脸色，知趣地没有再问下去。过了一会儿，满脸喜色的齐昊从大殿中走了出来，向着他们三人打个招呼。

张小凡心不在焉地与曾书书一起走了过去，几人商议之下（张小凡怔怔出神，一言不发），决定先下山到河阳城里。

曾书书笑着对齐昊道："齐师兄，掌门师伯传给你的'六合镜'可厉害吗？"

齐昊笑道："'六合镜'乃我青云门至宝，自然厉害，怕只怕我修行不够啊！呵呵，好了，此处乃是山顶，除了七脉首座外其余弟子不能御剑，我们下去云海，从那里再御剑飞到河阳城吧。"

陆雪琪面无表情，张小凡茫然点头，只有曾书书笑容满面，看来下山对他这一个好玩的人来说，可算是一件喜事。

从青云门到河阳城，这一路之上，青云门最"出色"的四位弟子御剑而来，别人都是轻松自如，张小凡不免有些吃力。

他养伤一月，苏茹似乎早就料到他不会有事，传了他些青云门道法秘诀，顺道把驱用法宝御空而行的方法也传了给他。其实说也简单，只要道行够深，法宝不是太次，以青云道法辅以念力驱动法宝即可。不过张小凡修行不深，法宝自然是不差，却大是古怪，对新学的青云门道法也颇为陌生，这一用起来便大是麻烦。

当初苏茹也没想到他一上通天峰就立刻要下山，还想着先让他记住法诀，回大竹峰后再让他多加练习，其他各脉的首座当然也不知道这古怪小子的底细，看他在"七脉会武"大试中的表现，想当然便以为这最基本的御剑道法他是知道的。却不知张小凡偷学道法，糊里糊涂地练到了"驱物"境界，却哪里有御剑的本事。

看着其他人祭起仙剑，齐昊是白色的"寒冰"仙剑，陆雪琪是蓝色"天琊"仙剑，曾书书则是一柄微带紫气的仙剑——"轩辕"。张小凡心中紧张，强撑着祭起"烧火棍"，但在感觉上却似乎差了一些，没有"七脉会武"那日得心应手的感觉。

穿云越山，这一段本是半日的路程，四人却直到太阳下山了才到达河阳城。张小凡与另外三人为了避嫌，在河阳城外一个僻静处落到地上时，他全身上下都已湿透，面色苍白，看这情形似乎比当日比试时还要辛苦。

这一路在天上，他几次掌握不住烧火棍，若不是齐昊等人在他身边看出不对，不敢离他太远，及时加以援手，只怕他这新进的青云门"出色弟子"不免从高空摔下粉身碎骨而死，还未曾替师门争光便先遗臭万年，让青云门丢尽脸面。

齐昊等人决定在城外停下，步行进城，虽有避嫌之意，但也生怕万一在城中闹市，众目睽睽之下，张小凡一个不好栽了下去，青云门两千年来在这里辛辛苦苦建立的崇高威信便要毁于一旦，呜呼哀哉！

稍作休息，待张小凡缓过气来，四人便在夕阳中，向那座高大的河阳城里走去。张小凡走在最后，感觉到前头齐昊与陆雪琪不时投来疑惑的目光，显然他们不能理解为何一个在"七脉会武"大试中大放异彩的人，居然连普通的御剑而行也用不好。倒是曾书书依旧笑呵呵地与张小凡走在一起，绝口不提刚才的事，口中滔滔不绝地向张小凡介绍着河阳城：

"方圆百里之内，这里是最大最繁华的所在了。住在这城里的百姓，少说也有个二三十万人，而且地理位置又好，往来商旅极多，更是热闹……"

张小凡听着听着，心中着实佩服曾书书博学多识，道："书书，你怎么什么都知道？"

曾书书面有得意之色，道："这有什么，看书多了自然知道。"说着他面露诡笑，偷偷附耳到张小凡耳边，低声道，"其实我来过这里好多次了，都是偷跑下山的。"

张小凡大吃一惊，道："你、你……"

曾书书嘴一撇，道："看你吓得那个样子！这有什么，从我修习御剑之术，自然是要经常练习，飞着飞着飞到这里，累了下去逛逛街有什么了不起的！"

张小凡为之哑然。

听着他们二人在后边嘀嘀咕咕，齐昊微微一笑，向身旁的陆雪琪道："陆师妹，天色已晚，今晚我们就在这里过夜，明日再赶路吧。"

陆雪琪一张脸上冷若冰霜，没有丝毫表情，只淡淡地点了点头。

进到城内，他们为了避免麻烦，一早便把青云门弟子服饰给换过了，倒也没引起什么怀疑。但陆雪琪相貌绝美，却是引起了不小的轰动，惹得不少路人驻足观看。张小凡在一旁瞄了陆雪琪一眼，见她虽然面无表情，一双明眸却闪过一丝怒意，不由得为这些路人担心起来，万一"天琊"出鞘，只怕这历史悠久的古城先毁一半。

不过陆雪琪的涵养显然要比张小凡料想的要好得多，一直到他们住进一家名叫"山海苑"的客栈之后，陆雪琪也没有什么动静。齐昊在众人中阅历最深，四人隐隐便是以他为首，像这等住店之事也是他上前张罗，其后他们便被店家安排到最上等的后园居住。

这家山海苑规模颇大，后园中共有四个别苑，他们四人住在西苑，每人一间房子，回去休息了一下，齐昊便叫上众人，到前头酒楼吃饭。

山海苑自带酒楼，地处河阳城最热闹的大街上，但在三楼贵宾厅里，却是清净得很，宽敞的大厅里只摆了不到十张桌子，现在大概有五桌客人正在吃饭。齐昊叫过小二，点了几样菜，看他样子对这里熟悉得很，多半是常客了。

张小凡心里这般想着，他出身农家，从未到过山海苑这等奢华之地，刚才经过二楼时看见大厅里富丽堂皇，但走到三楼却见雕龙画凤，红木横梁，古香古色，与二楼完全两样。他自然不知道世间人若是到了富贵处，反倒追求起身份品位来了，纵然有些人喜欢光彩奢华，但为了让人说上一句自己有些修养，附庸风雅也是常有的。

他们四人坐在靠窗的一张小桌上，曾书书向厅堂里的布置看了一眼，对齐昊道："齐师兄，这里的价钱不便宜吧？"

齐昊微微一笑，道："这里是河阳城里最好的酒楼，自然便宜不到哪儿去，不过我们青云门在这里素有名声，他们老板巴不得我们来，不会收我们多少钱的。"

曾书书"啊"了一声，点头称是。过了一会儿，店小二便端了数盘小菜鲜炒上桌，最后还有一盘新鲜炖鱼。看那鱼体较长，前部较圆，后部侧窄，体呈暗褐色，有须两对，粗长。最紧要处是肉质白润，香气四溢，登时让人食指大动。

张小凡对烹饪一向有着兴趣，又从未见过这种鱼类，忍不住便向店小二道："小二哥，这鱼叫作什么鱼，又是如何煮食的？"

店小二呵呵笑了一声，道："客官你可真有眼光，这道'清炖寐鱼'，是我们山海苑的招牌菜，清香滑嫩，入口香甜，在这河阳城百里之内，可是大大有名……"

张小凡吞了口口水，拿起筷子搛了一口放到嘴里，立刻闭上眼睛点头不已："啊，肉质真好，不过煮得更好，甜处是放了些糖，加了姜片去腥，呃，有爆葱香味，必定是用了新鲜小葱头，啊，最难得的便是把胡椒、五香，咦……对了，还有麻油的味道配得如此之好，厉害，厉害！"

他一脸陶醉的样子，看得齐昊、曾书书目瞪口呆，便是陆雪琪也看着他，脸上露出古怪神色，站在一旁的店小二却当真是佩服至极，大声夸道："客官真是行家，识货！"

张小凡此时方才注意到身边众人的样子，脸上一红，连忙放下筷子，但还是追问了一句，道："请问小二哥，这寐鱼产自何处？"

店小二还未说话，忽听隔壁一张大桌旁有个女子声音道："这寐鱼乃是南方诸钧山的特产，离此有千里之遥，如何能够运来，你这店家岂不是骗人吗？"

众人吃了一惊，看了过去，只见那一张大桌之上，坐了八人，六个身着黄衣的男子，另有两个女子，一女身着淡紫长裙，面蒙轻纱，看不清楚容颜，但露出的几分肌肤却是雪白；另一个女子便是说话之人，年纪不大，看去只有十六七岁，一身水绿衣衫，相貌秀美，细眉雪肤，一双明亮的大眼睛极是灵动，令人眼前一亮，便是比之陆雪琪也不输几分。

张小凡"啊"了一声，却见那女子说了这一番话后，眼光便落到了这一桌的陆雪琪身上，似是也为陆雪琪的容貌所惊。女子爱美，便是陆雪琪这等平日冷若冰霜的女子，此刻却也忍不住多看了那女子一眼。

店小二此时赔笑道："这位客官说得是，不过您有所不知，在百年前，这寐鱼的确是南方诸钧山独有，但后来青云门道玄真人路过诸钧山，特地将这寐鱼移了回来，就放在青云山阴的洪川之中，到如今不但成活，而且渐渐繁盛。我们都是托了青云山上道玄仙人的福，才能有此口福的啊！"他说着说着，脸上便露出崇敬至极的神色来。

张小凡等青云门人听了，自然个个高兴，面露笑容，但那少女听了，回头与那面蒙轻纱的女子对望一眼，坐了回去，嘴里却是哼了一声。

吃完可口的晚饭，张小凡等人心满意足地回到住处。齐昊在西苑门口对众人道："今晚诸位就先在这里休息吧，明日一早，我们便赶路前往空桑山。"

张小凡与曾书书应了一声，陆雪琪却是一声不吭，直接便走回自己房间，"砰"的一声把门关上了。齐昊呆了一下，向他们二人苦笑一声，道："二位师弟，也早些休息吧。"

张小凡看了他英俊的面孔一眼，只见在夕阳下，齐昊神采竟是丝毫不逊于往日，反而还有了几分出尘之意，忽然间心灰意懒，提不起精神，勉强和曾书书打个招呼，居然也不理齐昊，自顾自走回房间。

曾书书呵呵一笑，与齐昊说笑了两句，二人便也分别回房休息去了。

这一夜，是张小凡五年来第一次离开青云山，翻来覆去的，不知为何一夜没有睡好。到了半夜好不容易才迷迷糊糊睡去，赫然间却梦到自己一身血污，面目狰狞地站在尸山血海之中，同时内心深处竟翻涌着说不出的狂热杀意，仿佛眼前红色的鲜血就像甘美的泉水，吸引着他，引诱着他，让他忍不住地想通过杀戮来获得这一切。

"啊！"

张小凡从梦中惊醒，猛然坐起，大口喘气，全身大汗淋漓，过了好一会儿，他激烈跳动的心脏才缓缓平复下来。

他在黑暗中怔怔地坐了半晌，无意中伸手，碰到了放在枕边的那根烧火棍，一股冰凉的感觉包围了他。这个梦与这些年来他不停梦到的噩梦十分相似，那变作梦中噬血杀人的情景，令他自己也感到畏惧。

四下无声，周围一片漆黑。

他盘起腿，在黑暗中坐直身子，深深呼吸，闭上双眼，双手合十放在身前。

黑暗像是温柔的女子，轻轻缠绕着他的身体，一层淡淡的金色的光，若隐若现地从他身体里散发出来。映着那淡薄的光芒，张小凡的脸上，仿佛也蒙上一层他所不应有的庄严。

也不知过了多久，这层金色光芒才渐渐散去，张小凡在黑暗中睁开眼睛，心情一片平和。每到这个时候，他就特别想念那位慈祥的普智和尚。

他再也没有睡意，走到门口，打开门走了出去。旁边几个房间都是漆黑一片，想必齐昊他们都睡着了。山海苑的后园建在一个花园之中，东南西北四个方位分别建有四座庭院。张小凡从自己所住的西苑走了出去，便到了中心那处花园。

这时已是夜深，仰望苍穹，繁星满天，一轮圆月挂在天边。夜风习习，隐约带着一丝芬芳。小径曲折幽深，通往前方不知名处。路旁，青草灌木，各色花朵，遍地开放。

张小凡心头一阵茫然，顺着这小径走了下去，微风拂面，带来丝丝凉意。

这样一个幽静的夜晚，一个少年，独自在幽深花园中走来，回味往事。

路旁，一朵小花儿在夜风中轻颤，有晶莹的露珠，附在粉白花瓣之上，玲珑剔透，张小凡停下脚步，不觉竟是痴痴看得呆了。

隐隐幽香，暗暗传来。

忽然，一只纤纤玉手，仿佛从永恒黑暗处伸来，带着一分幽清的美丽，印着天上月华星光，探到这枝花上。

折下了它！

那一刻张小凡脑中"轰"的一声响，仿佛满天月华都失去了光彩，整个花园中顿时陷入黑暗一般。

他转头，看了过去，带着一点儿莫名的恨意。

一个水绿衣衫的年轻少女，站在那儿，像是吸引住了满天光芒，轻轻把花朵放到鼻前，深深闻了一下。

第三十三章

万 蝠

张小凡怔了一下，认出此人便是晚饭时出口争论寐鱼的那个美丽少女，见她依然身着一套水绿衣裳，月光下肌肤如雪，清丽无双，恍如仙女一般。

那少女把刚折下的花朵放到鼻端，深深吸气，脸上浮现出陶醉的表情，更有一股惊心动魄的美丽。那花朵在她秀美的脸庞前，竟也似更加绚烂。

张小凡却从内心深处，冒出一阵无名的怒火，皱着眉头道："这花儿开得好好的，你为什么要折了它？"

那绿衣少女明眸流转，眼波如水一般在张小凡身上打了个转，淡淡道："我摘了这花，便是这花的福气，被我闻它的香味，更是这花三世修得的缘分。你这样一个俗人，又怎么会知道？"

张小凡愣了一下，生平第一次听说如此荒谬之事，摇头道："这花被你折下，便是连命也没了，又怎么会高兴？"

绿衣少女瞄了他一眼，道："你又不是花，怎么知道它不会高兴？"

张小凡听着这女子言语大是蛮不讲理，心中更是气愤，道："你也不是花，又怎么知道它会高兴？说不定这花儿此刻正是痛苦不已。啊，你看，那花上有水，保不定就是痛得哭了出来。"

那绿衣少女明显呆了一下，片刻之后便"扑哧"一声笑了出来，这一下当真便如百花盛放，美艳逼人，几乎让张小凡看呆了眼。

"花泪？……哈哈，花泪，我生平还是第一次听见，一个大男人把露珠说成是花的眼泪，笑死我了……"

张小凡脸上一红，讷讷说不出话来，但看那少女笑得腰都弯了，脸上发烧，强自道："那、那又怎么了？"

不想那少女听了这话看他那样子，笑声反而更大了些，清脆的笑声回荡在这个静谧幽暗的花园中，平添了几分暖意。

张小凡发火不是，想说什么却又不知如何开口，看着那女子欢喜的笑容，赌气地跺了跺脚，转身走了。

没走两步，忽然间听到后面那绿衣少女收了笑声，但语调中还是带了几分笑意，道："喂，你等一等。"

张小凡本来今晚出来，心情不错，但碰到这个女子之后，心情便是大坏，此刻听她叫了出来，心头又是一阵烦躁，忍不住回头道："我又不叫喂，你叫谁呢？"

那少女怔了一下，脸上笑容登时收了起来，看着张小凡的目光仿佛也冷了几分，似乎很少有人如此顶撞过她。但片刻之后，她又似想到了什么，虽然没有恢复刚才那灿烂笑容，但声调还算温和，道："哦，那你叫什么？"

张小凡冲口就道："我叫……"滞了一下，他哼了一声，继续道，"我为什么要对你说？"

那绿衣少女脸色一肃，看着似乎有些生气，但她看了张小凡负气的表情，便如一个赌气的小男孩一般，居然忍不住又是"扑哧"一声笑了出来。

这一笑便把刚才她沉下脸的气势完全散了去，衬着天上月华，满园芬芳，这美丽女子面上满是笑意，仿佛她知道这样不是很好，摇着头正要忍住，却依然还是笑了出来。

仿佛，许久以前的天真，在今晚又活了过来。

月华如水，轻轻洒在她的肩头、脸畔，映出了动人心魄的美丽。

张小凡不知何时，看得痴了。

那少女笑了一阵，发现张小凡正盯着她看时，嗔了一声，居然也无一般女儿家脸红的样子，反而径直道："我好看吗？"

张小凡却被她吓了一跳，像是做贼被人捉住一般，大感窘迫，但在那少女如水一般柔和眼波之下，竟有无处可逃的感觉："我……

你……呃，你，好看！"

话一出口，张小凡自己先呆了一下，心头浮起一股说不清的奇异滋味，那少女似乎并不在意，面上有淡淡的笑容，道："我想也是，从小到大，谁不说我漂亮，你们这些男人啊，都是一个样子。"

听她说话的语气，小小年纪，倒似历经沧桑一般。张小凡气往上冲，正要反驳，但不经意间看去，却见她明眸皓齿，独立在月华之中，隐隐竟有几分熟悉。他登时想起了青云山上，碧水潭边，自己亲眼看到的师姐美丽的身影，那一刻之间，他忽然意兴阑珊，再也提不起精神来，又看了绿衣少女一眼，低低叹了口气，一言不发，转身就走。

"喂。"走了几步，却又听到身后传来叫声，张小凡皱着眉转过身，看着那绿衣少女。

她微微眯上了眼，润色的唇也似乎抿紧了些，仿佛想着什么，但气氛却一下子沉默下来。

"你叫什么名字啊？"她依然这般地问，眼波中倒映着他的影子。

张小凡忽然退缩了，刚才的怒气在片刻间全部消散，仿佛对着这个身影，些许的愤怒都是不应该的。他回避了那柔和的眼光，带着一点儿怯懦，说了一句："张小凡。"

然后快步向后走去，倒有几分落荒而逃的样子。

他低着头大步走着，刚走到曲折小径的一个拐角处，猛然间发现前头出现了一个黑色身影，在这幽暗园中，若不是走到近处还真是难以发现。

他几乎收势不住，幸好身体反应还算灵敏，紧紧在那人身前停下。黑暗中，一双明亮但幽静的眼眸出现在他的面前。

二人相距过近，张小凡吓了一跳，连忙退后一步，这才看清，这人却是晚饭时、坐在那绿衣少女身旁的蒙面女子。此刻她依然蒙着面纱，但身上已换了一件黑色丝裙，夜里，便如幽灵一般。

张小凡定下神来，不觉还有些喘息，鼻中隐隐闻到一股幽香，不知是这园里芬芳，还是刚才靠近那女子时……

他心头一跳，只觉得今晚出来真是错了，当下含糊地说了一声："对不住。"便从那蒙面女子身边走过，往自己住处走去。

从头到尾，那蒙面女子都未说过一句话，只是静静地站在那里，眼中注视着这个少年。当张小凡走过她身边后，她还缓缓转身，看着他离去的身影。

许久，当他的身影几乎与花园里的黑暗融为一体的时候，她才转过身子，向着花园深处走去。很快地，她看见了那个绿衣女子，依然站在原处，手里把玩着一朵折下的鲜花。

绿衣少女抬头，没有吃惊的样子，微笑道："幽姨，你回来了。"

蒙面女子看了她手中鲜花一眼，面纱轻动，看来是点了点头，道："那四人是青云门下。"她的声音回荡在花园之中，幽深飘荡，虽然轻柔，却带着一分鬼气，"带头的是龙首峰一脉的齐昊，其他三个不曾见过，看来是年轻一辈，不知姓名。"

绿衣少女微微一笑，道："我知道一个，刚刚过去的那人，叫作张小凡，好土的名字。"

蒙面女子看了她一眼，淡淡道："碧瑶，许久没见你赏花了。"

绿衣少女，也就是被称作碧瑶的少女，仿佛怔了一下，随即，她秀美的脸庞上重新露出了笑容，道："是啊，幽姨，好久了。"

她把那花拿起，又细细看了看。在那蒙面女子的注视中，绿衣少女含着笑，手中却决然断然地握紧，把那美丽的花朵揉成了碎末。

次日，青云门四人起床，梳洗之后，齐昊聚集四人，商议道："空桑山在东方三千里之远，路程不近，我们还是赶路要紧。"其余三人并无异议，于是便结账出发。

山海苑的老板果然对青云门心存敬慕，原本昂贵的房钱居然打了个五折，几乎与普通房钱一般。张小凡看着齐昊与那老板说笑算账，目光却向四处瞄了一眼，但直到走出，他也没有再看到昨晚绿衣少女那一众人。

他们四人御空而行，这三千里路程足足花去了十天。张小凡自然是大大拖了后腿，不过到了后几日，张小凡道法渐熟，御"烧火棍"也更是熟悉，居然也飞得像模像样。每日里在天空纵横高飞时，那种穿行于青天白云间的感觉，着实让他兴奋了好几天。

这一日终于到达了空桑山。众人落下云头，都是吃了一惊，只见方圆百里之内，一座大山险峻高耸，多岩石少草木，山下更是不见人烟，一片荒凉。

这时已近黄昏，日头西沉，昏黄的夕阳照在空桑山上，带了几分萧索，增了几分恐怖。众人在山脚落下，收起仙剑法宝。齐昊看了看天色，道："我看这里也无可借宿的人家，不如我们即刻上山，一边寻找那'万蝠古窟'，一边看看有无合适的地方先休息一晚。"

曾书书点头道："齐师兄言之有理，我们这就上山吧。"张小凡见曾书书答应了，自己也没什么意见，陆雪琪看了看天色，一言不发，却是第一个向山顶走去。

这空桑山虽然比不了青云山通天峰那般高得夸张，但也不低，加上偏僻险峻，无路可寻，四人从山脚往上，只走到山腰处，天色便已完全黑了下来。

四人走到一块平台上，齐昊叫住众人，从怀中拿出一面小铜镜，三人一眼便认出这是青云门至宝"六合镜"，一时都愣了一下，不知道齐昊要做什么。

只见齐昊把"六合镜"拿在手中，口中低低诵读了几句咒文，原本暗淡无光的六合镜似有感应，逐渐亮了起来，随之从齐昊手中飘起，停留在他头顶二尺处，光芒渐盛，带着淡黄的光晕照亮了他们四人周围六尺左右的一块圆地，把他们护在中央。

齐昊这才道："空桑山在八百年前，乃是魔教妖人集聚之地，我观此山荒凉诡异，只怕多有山精魅怪。'六合镜'护主，我们也好防患于未然。"

张小凡向那飘浮在空中的"六合镜"看了一眼，只见那面小镜貌不惊人，但古拙中隐有瑞气，不可小看。正在此时，众人忽听得远处一声巨响，随之是"噼啪噼啪"的声音响起。

声音渐渐密集，到了最后非但越来越响，更是几乎连节奏都听不清楚了，只有"轰隆隆"巨大杂音回响在这荒山野岭。远处，靠着黑暗中"六合镜"发出的一点点光芒，众人赫然望见那远山背后，霍然腾起一片黑色云气，黑暗中更增诡异，轰隆巨响便是从那儿发出的。

众人都是变色，曾书书眼珠一转，忽地失声道："'六合镜'！"

他话一出口，众人还没反应过来，那片在空中越来越巨大的黑云却已感觉到了什么一样，向这里移了移。片刻之后，从黑云中传来一声刺耳呼啸，刹那间黑云竟齐齐转了过来，向这四人处，这黑夜里唯一的一点亮光扑了过来。

瞬间，原本星光闪亮的夜空漆黑一片，仿佛被什么遮住了一般。众人只觉得一股腥臭味转眼充斥了四周，张小凡等人无不大惊失色。唯有齐昊还算镇定，但脸色也已发白，疾道："不要乱动，千万莫要离开'六合镜'光圈范围。"

又过片刻，呼啸轰隆声已近在耳边，映着"六合镜"的光芒，众人终于看清了那片黑云，赫然是无数只黑色蝙蝠，密密麻麻，而且看身形，比往日所见的蝙蝠竟大了一倍不止。每一只都张着大口，在一身黑色之中，口里猩红一片，狰狞恐怖。

"六合镜"所散发出来的淡黄光芒，却在这时显露了作用，只见所有的蝙蝠都被隔在那光圈之外，任它们如何撞击挤压，这光圈竟是丝毫不动。反而是在光圈近处，与淡黄光芒相触的蝙蝠，黑色的身子发出"嗞嗞"的声音，片刻之后便掉到地上，挣扎不已，眼看是不能活了。

只是这群蝙蝠实在太多，放眼望去，连夜空星斗都被遮盖，怕有数百万甚至上千万只。死在地上的那些只怕还不到其中的百万分之一，但见无数蝙蝠前赴后继，冲上前来，四人被围在中央，虽然暂时无事，但前后左右都是恐怖至极的血盆大口，腥臭之味令人作呕。

"六合镜"毕竟是道家至宝，在这无数凶恶畜生攻击之下，竟无丝毫脆弱动摇迹象，那黄色光圈看似轻薄，偏偏屹立如山，不消一会儿，光圈周围的蝙蝠尸体越堆越高。

光圈周围和上空也不知围了多少只黑色蝙蝠，哪里是里三层外三层，只怕是里三百层外三百层。但这些畜生对光圈的撞击似乎慢慢缓了下来，似乎知道徒劳无功，便不再做这无用之事。只是这些蝙蝠似是舍不得到口的美味，依然围住不肯离去。

张小凡心神动荡，他生平从未见过如此凶恶之物，直到此刻依然有些紧张害怕，他喘着粗气从外围蝙蝠上收回目光，眼角余光却看到站在身旁的陆雪琪的脸色也苍白至极。

就在同时，陆雪琪也感应到他的目光，向张小凡这里看来，二人的目光在空中相接。

陆雪琪忽然转过头去，苍白的脸庞似乎又白了些，但再也没有回过头来。

"唰……"

忽然，所有蝙蝠都振翅飞走，曾书书看着它们，方才松了口气道："好不容易才……"

话未说完，他便说不下去了，只见满天黑云，无数的蝙蝠飞到高处，遽然转身，一只只如冰雹般冲了下来，打在"六合镜"的光圈之上，都被"六合镜"的光圈反震回去，然后腾起一团血雾，在淡黄光芒之下，粉身碎骨地落到地上。

污血横流，血腥扑面，无数恐怖的血花在夜色中闪烁出现，然后掉落在地，后来的蝙蝠竟仿佛对前头同类之死无动于衷，依然是撞击不停。青云门四人个个面色苍白，望着这世间罕见的凶蛮异物。

光圈周围，很快地，堆起了接近半人高的厚厚的蝙蝠尸堆。

张小凡忽然发现，自己背后的衣衫，已被冷汗尽数打湿。

这恐怖的一幕也不知持续了多久，直到那光圈外蝙蝠尸体几乎堆到有一人来高的时候，蝙蝠群终于停止了这强悍凶蛮的攻击。此刻，就算是六合宝镜散发出来光圈的亮度也暗淡了几分，但依然闪烁在黑夜中，屹立不倒。

漫天黑云，围着这个黑夜里唯一的光亮，竟仍是不肯离去。

四个人连眼睛也不敢闭一下，手中各自握着自己的仙剑法宝，不敢有一丝懈怠。

这些巨大的蝙蝠似乎再也没有什么好方法了，只是围着不肯离去，但也没有再发动什么攻击。

就这样持续到了黎明。

当天边第一缕阳光照过来时，仿佛冥冥中有什么呼唤一般，所有的蝙蝠忽然飞起，在空中盘旋片刻，然后都往昨晚飞出的地方飞了回去，来也快，去更快，不消片刻，无数只蝙蝠已消失不见。

青云门四人缓缓松懈下来，齐昊直到完全确定那些蝙蝠不会再出来的时候，才撤去了"六合镜"。

光圈消散。

一声闷响，四人周围如小山一般的蝙蝠尸体，忽然间从四面八方向中间倒了进来，把四人淹没在这恶心可怖的河流中。张小凡的心猛地一跳，几乎以为自己停止了呼吸，而与此同时，他更是听到身边传来一声尖叫，一只玉手伸了过来，紧紧抓住了他的胳膊。

用力之大，隔着衣服，指甲都掐入他的肉里。

这痛楚钻进了他的心头，他回过头，看着这个受惊的美丽的女子，她苍白的脸在朝阳中带了一丝惊惶，让人心头莫名地一痛。

忽然，他心中所有的恐惧都消失不见，纵然还有些紧张，但他的注意力都被陆雪琪吸引了过去。在她面前，他是绝不能畏缩的。

他走上一步，挡在了她的身前。

陆雪琪的喘息声缓缓平稳了下来，她微微抬头，嘴唇轻动，深深看了一眼张小凡的脸庞，松开了手。

第三十四章

古　窟

　　四人好不容易才从堆积如山的蝙蝠尸体中走了出来，但都已是狼狈至极，身上沾满了污秽暗色的鲜血不说，且恶臭无比。

　　他们四人都是青云门人，平素一向干净，尤其是小竹峰的陆雪琪，更是生性爱洁，此刻情景，真比砍她三刀还要难受。

　　四人忙不迭地向远处走去，此刻都只想离那堆恶心的蝙蝠尸体越远越好。一口气走出了老远，来到一块还算平整的岩石上，四人拍打衣衫，整理多时，只拂去了一些杂物，那些蝙蝠血痕迹，恶臭腥味，却是无论如何也挥之不去的。

　　张小凡等三个男人还好一些，陆雪琪平日就冷冰冰的脸此时更是如霜似雪，狠狠地在衣裳上拂拭着，大力搓揉，似不把这些恶心的东西从她身上弄走绝不罢休。

　　只是这些血污似乎特别黏稠，很快地，齐昊、曾书书和张小凡都放弃了努力，只有陆雪琪依然白着脸不肯放弃。三个男人面面相觑，就算是最老练的齐昊也有些尴尬，不知道说些什么才好。

　　就在四人默然不语，只有陆雪琪皱着眉头搓揉衣服时，天空中忽然传来几声呼啸，众人抬眼看去，只见天际闪现四道光芒，二黄一白一青，片刻之后，这四道光芒在他们前方落下，一阵闪烁过后，现出了四道身影。

　　左侧两人，却是两个和尚，稍后的一个身材高大，浓眉巨目，满脸横肉，不怒而威，若不是身着袈裟，只怕会被人以为是拦路抢劫的盗匪。站在他身前的另一位出家人，却是比他矮了一头的年轻和尚，与他完全不同，皮肤白净，目光明亮，一身月白袈裟，看上去有些瘦弱，却让人无法产生轻视之心。

右侧两人，分别是一男一女两个年轻人，男的俊俏，女的秀媚，站在一起极为般配，便如神仙座前的金童玉女一般。

这四人向青云门四人看来，见到他们身上血污，都是皱了皱眉，那年轻白净的和尚首先宣了句佛号，道："阿弥陀佛，请问四位施主可是青云门下？"

青云四人对望一眼，齐昊越众而出，回了一礼，道："正是，在下齐昊，请问诸位是……"

那年轻和尚微微一笑，道："小僧是天音寺法相，这位是师弟法善。旁边这两位乃是焚香谷的杰出弟子李洵、燕虹。"

身材高大的法善还瓮声瓮气地问候一声，但那焚香谷的李洵、燕虹却都是神情倨傲，都是微微点头，就算见过礼了。

齐昊眉头一皱，当下便不理焚香谷两人，向法相道："啊，久仰天音寺法相师兄大名，被正道修真誉为千年罕见的人才，今日得见，果然风采过人！"

法相微微一笑，道："齐师兄实在过誉了，小僧资质鲁钝，唯恩师普泓不弃，授我真法，以期为天下苍生做些善事，却不敢与青云门诸位师兄相提并论的。"

齐昊大笑，连连摆手，道："法相师兄太谦虚了，来，我为诸位引见一下我的几位师弟、师妹。"说着将张小凡三人介绍给他们，张小凡随着他们见礼，不知怎的，他觉得法相在齐昊介绍他时，目光却似乎亮了一亮，多看了他一眼。

此时，从谈话开始就被晾在一旁的焚香谷李洵的脸色已经不大好看，待齐昊介绍完毕，他突然开口冷冷地道："齐师兄，你们青云门一向自居正道领袖，道家真法独步天下，怎么今日一见，却个个如此狼狈？"

青云门四人脸色都是一变，张小凡看着他一副眼高于顶的架势更是反感，眼角余光扫处，却见陆雪琪不知何时也停止了拂拭衣衫的举动，玉脸含霜，冷冷地看着焚香谷两人，更多的却是与那叫燕虹的美貌女子对视着。

齐昊毕竟老于人情世故，心中虽有微怒，但还是很快恢复过来，呵呵一笑，道："不瞒诸位，在下与同门三人昨夜到此，本欲查找那'万蝠古窟'，不料却碰上了无数蝙蝠……"

法相四人听到此处，脸色都变了变，那人高马大的法善瞪大了眼，粗声粗气地道："嗯，那就是在'万蝠古窟'里的无数畜生，凶蛮残忍，难对付得很。"

齐昊何等机灵，一听之下，便知面前这四人多半是早来几日，也碰上了这些令人头疼不已的家伙。他心思急转，忽然听见身后曾书书一声长笑，走上前来，向那法善微笑道："法善师兄，如此说来，你们也曾与这些吸血蝙蝠遇上了？"

法善点了点头，看来是个直性子，道："是，那些蝙蝠数目太多，我们只好退走了。"

曾书书"啊"了一声，叹了口气，道："不瞒各位，我们昨晚也是遇到了那些蝙蝠，本想为民除害，不料从晚杀到早，任我们如何使力，却始终杀不胜杀，最后只能是把这些凶物逐回洞窟，但却也落得一身污秽，唉，惭愧，惭愧！"

他回头看向齐昊，二人相视一笑，齐声道："惭愧啊！惭愧！"

众人都变了脸色，不同的是焚香谷的李洵哼了一声，脸有不屑之意，那美貌女子燕虹倒似有些腼腆，但脸上也清楚现出了不信的样子，而天音寺的法相微笑不语，法善脸上却起了佩服之情，张小凡则是呆了一下，看了一眼那笑得灿烂无比的二人。

片刻之后，法相微笑道："此次空桑山一事，我们三派长老本就要我们年轻一辈受些历练，如今人已经到齐，不过青云门诸位师兄远来辛苦，不如我们先休息一日，明日一早再进'万蝠古窟'查探如何？"

这时站在旁边的李洵冷哼一声，道："法相师兄说得有理，不然进去之后，又有人要找些借口了。"

除了张小凡，出自名门青云的齐昊、曾书书与陆雪琪哪一个不是在各自一脉中受尽师长宠爱，哪一个骨子里没有一些傲气？当下齐昊冷哼一声，道："李洵师兄说得有理，否则以我现在疲惫之身，到时还要救你，那可无能为力了！"

李洵显然没想到青云门下之人一个个也是如此傲气，他出身于焚香谷，自幼便得师长看重，修真道法，在同辈之中，除了少数几人，无一不远胜过其他平辈同门，由此养成了目空一切的自大个性，如何受得了这份气，当下脸色便是一变，盯着齐昊道："如此说来，齐师兄修行远胜于我了，在下倒想讨教一番。"

事关师门脸面，齐昊身子一挺，便要走出，忽见陆雪琪突然从身后走了出来，俏生生地往场中一站，冷冷道："不劳齐师兄大驾，我来领教一下焚香谷的仙法吧。"

李洵忽地一呆，只见陆雪琪虽然一身血污，但一张玉脸上肌肤洁白如雪，神情虽冷，凛然中却自有睥睨众生、飘逸出尘的清丽。他从未见过如此绝色，一时间竟是呆了一下。

与此同时，天音寺法相走了出来，含笑道："诸位师兄，我等来此本是为了查探魔教余党，临行前想必各位师长前辈都已教诲过了，若是被他们知道我们在此意气用事，只怕回去不免受到责罚，再说本也是些小事，还是大家都退让一步，如何？"

李洵回过神来，哼了一声，仰首望天，虽然不说话但意思倒也颇为明显了。齐昊此刻心里想到临行前道玄真人的嘱咐，心下也有些后悔，正好趁机下台，便在后边唤道："陆师妹，法相师兄说得有理，我们还是以和为贵吧。"

陆雪琪看了看众人，哼了一声，走了回来，看见张小凡正看着自己，目光在张小凡脸上扫了一眼，便独自走到一旁去了。

张小凡被她看了一眼，心里忽然一惊，一种说不出的感觉泛上心头。

只听法相又道："既如此，我们就先行下山，到明日清晨再上山查探吧。"

到了这个时候，众人自无异议，于是法相带路，众人跟着他御剑而行，来到离空桑山三十里之远的一个小山丘上，这里居然还有一湾清泉，正是青云门众人所需。当下众人在水边梳洗一番，又找了僻静处换过衣衫，这才走出来与法相等人见面。

陆雪琪是女儿之身，不太方便，换衣地方也找得最远，所以最后一个走出来，众人看去，只见她梳洗过后，容光焕发，原本清丽中竟是又添了几分娇媚，登时都是眼前一亮，不用说曾书书、李洵等人眼睛发光，便是那一直沉默的焚香谷燕虹，也多看了她几眼。

　　这八个当今正道三大门派最"优秀"的弟子围地而坐，谈论起来，张小凡从法相等人口中方才知道，空桑山"万蝠古窟"中的那些蝙蝠乃是当年魔教畜养的异种，凶蛮残忍，性好吸血，本为魔教帮凶，八百年前魔教在此地据点覆灭之后，仍有少数蝙蝠残存下来，天长日久，居然繁衍旺盛，有了今日庞大规模，每出掠食，把这方圆五百里内搞得是人烟全无。

　　不过这些蝙蝠似是畏惧阳光，所以都只在夜间活动，白日都栖息在"万蝠古窟"之中，昨晚青云门众人便是碰巧遇上，若是白日上山，便可无事。

　　听到此处，曾书书皱了皱眉，向那法相问道："法相师兄，那些畜生既然都在'万蝠古窟'之中，我们又如何进去查探？"

　　法相迟疑了一下，道："据小僧这些日子观察，这些畜生在白日只倒悬于古窟洞顶，并未活动，我们或可进去也不一定。"

　　曾书书哑然，张小凡却是忍不住道："那就是说法相师兄你也没有把握了，说不定那些家伙看了我们进洞就扑了过来，那可如何是好？"

　　法相向他看来，眼中似乎隐隐有什么光芒闪烁，但神态依然温和，道："正是如此。小僧其实也没有十足把握，但师门授命，总是要去做的，不如试上一试，大不了我们退出来便是。今日我与法善师弟还有焚香谷两位施主本想进去打探一番，没想到正遇上诸位，如此也好，人多好照应！"

　　"哼！"却是一旁的李洵又冷哼一声，青云门四人同时向他看了过去，李洵却是丝毫不惧，只有看见陆雪琪的眼神望过来时，神情才多少有些变化。

　　齐昊不去理他，转头对法相道："还有一事，请教法相师兄。"

　　法相道："齐师兄请说。"

　　齐昊道："三个月前，我青云门长门弟子，萧逸才萧师兄已经先行来此，不知各位可知他如今身在何处？"

法相摇了摇头，道："我们与焚香谷二位一起到此，并未见过萧师兄。"

齐昊皱起眉头，沉吟不语。

隔日，朝阳初升。张小凡等八人便来到空桑山上，但见满山荒芜，沙石满地，偌大一座山上，竟连普通的鸟鸣声也听不到，料想不是早做了那些凶蝠的点心，便是早已迁移出了这座山峰。

法相等人早来数日，已经找到了"万蝠古窟"的所在。当下众人跟随，一路小心翼翼，终于来到了"万蝠古窟"的洞口。

这里是一个巨大的半山洞穴，位在山阴背阳处，微微向下倾斜，只有洞口有些许光亮，再往里便是漆黑一片。站在离洞口还有五六丈远的地方，众人却都感觉到洞里阴风阵阵吹出，拂过脸上，阴冷入骨。同时隐隐还有些沙沙声传来，似低语，似鬼哭，让人头皮发麻。

齐昊又多看了那洞穴两眼，回头强笑一声，道："如此，我们就进去吧。"

众人默然，法相点头道："正是，不过此洞内危险难测，各位最好备好仙器，以防万一。"

事关生死，众人都不敢怠慢，纷纷将法宝拿在手中，当李洵、燕虹与天音寺二僧看到张小凡拿出一根黑乎乎的烧火棍时，都是呆了一呆，神情错愕。张小凡脸上一红，颇感尴尬，幸好这个时候，陆雪琪在她"天琊"蓝光之下，冷冷地说了一句："走吧。"说着第一个向那漆黑洞穴走去，众人连忙跟上，这才解了围。

就在快进洞口，那股阴风越来越阴冷的时候，法相似乎有意无意地靠近了张小凡。张小凡感觉出来，向他笑了一下，法相报以微笑，同时低声道："张师弟，前头艰险，你可跟在我的身后。"

张小凡一怔，却见法相已走入那黑暗中，一时间也来不及多想，看着众人都进了洞，也急忙跟了进去。

才跨进洞穴中，没走几步，张小凡便觉得脚下一软，整个人向下陷了下去。他大吃一惊，但还好只陷到脚踝处便停了下来。此时众人已身处黑暗中，不过各自法宝、仙器祭起，散发出道道霞光，张小凡向脚下看去，脸色登时就苦了下来，原来脚下踩着的竟是极厚的蝙蝠粪便，恶臭不说，脚还陷在里面，那滋味要多难受有多难受。

他抬眼向前望去，见其他人多半也是一般的神情，尤其是两个女子，陆雪琪与焚香谷的燕虹，更是紧皱眉头，面色苍白。

张小凡摇了摇头，勉强定下心来，众人熟悉了这个环境之后，随之又向里面走去。此时，那如妖魔低语的沙沙声也同时大了起来，仿佛在遥远处，又似乎就在身旁，前后左右，到处都是。

这般又走了三四丈远，在最前头的齐昊忽然低声道："慢！"

众人立刻都停了下来，只见齐昊的那柄"寒冰"仙剑缓缓升起，光芒渐亮，把前头洞穴照亮不少时，众人登时屏住了呼吸。

这是个极大的洞穴，洞穴顶端离地极高，在"寒冰"仙剑白光照耀下，众人赫然看见在这山洞顶端，密密麻麻地倒挂着无数黑色的蝙蝠，根本看不到山洞的岩石。而那"沙沙"的声音，便是这些畜生摩擦低鸣所生。

黑暗中，被白光照到的蝙蝠仿佛感觉到了不安，一个个活动起来，但并没有飞起，而是用爪子在岩石上攀爬着向黑暗处移去，有的干脆就抓在同类身上。那些在黑暗中越发可怖的獠牙大口，令人惊心。

众人大气都不敢喘，停了片刻，众人便都发觉，虽然这里的光亮在一片漆黑中特别醒目，但蝙蝠似乎没有动静，不会突然袭击。发现了这一点，众人多少松了口气，法相低声道："还好小僧判断无误，诸位，我们继续前行吧。"

众人转头，向这恐怖古窟深处更深沉的黑暗走去。随着众人行进的脚步，脚下的蝙蝠粪便越来越厚。在"寒冰"仙剑白光照耀下，洞顶的蝙蝠竟似无穷无尽一般，越来越多，尖牙利齿，喃喃低鸣，在身边呼啸。若不是他们八人都身怀正道仙法，心志坚定，换了常人非发疯不可。

也不知走了多久，张小凡走在队伍中间，而法相始终走在他的身前，看着前边这个年轻的和尚一身月白僧袍上也染了几点污秽，张小凡忽然想起了普智。

那个在记忆深处的人，便是和眼前这个和尚来自同一个地方吗？

前方，忽然传来了齐昊轻微的一声呼喊："啊！"

张小凡还没回过神来，便只觉得脚下有异，竟好像是一脚踩到了硬地上一般。

第三十五章

妖　人

　　站在前头的法相低声念了一句佛号，片刻之后，一颗闪烁着庄严肃穆金光的圆珠从他手中祭起。起先这光芒还似依恋着法相，但随着法相法力催持，刹那间金光大盛，以这珠子为中心，金光如潮水一般向四面八方涌去。张小凡站在原地，耳边"呼"的一声呼啸，金色的光圈便已掠过了他的身旁。

　　在场的每一个人的脸都被映成了淡淡金色，同时心情一阵舒畅，纵有几分紧张之意，也在瞬间平复了下来。偌大的一个空间，转眼间已亮如白昼，若不是怪石狰狞还有蝙蝠蠕动，几乎让人以为到了佛家圣境。

　　一向眼高于顶的李洵此刻却有了几分惊异，站在一旁讶异道："轮回珠！"

　　法相看了他一眼，道："李师兄好眼力。"

　　李洵言语间却似乎对法相突然多了几分客气，道："不敢，法相师兄你才是道行高深。"

　　张小凡此时借着"轮回珠"的光芒，已然看清脚下的确已经踩上了干净的硬地，抬头看去，只见在头上岩石洞顶，那些黑色的蝙蝠不知为何都消失不见，但那"沙沙"声却分明还在耳边。

　　他又仔细看了两眼，这才发现，在身后的洞穴顶端，无数黑色的蝙蝠依然聚集在洞穴顶部，就在他们数人脚踏的硬地上，洞穴顶端的岩石，却有着一道红色细线划过洞顶，看那样子倒似生在岩石中的脉络一般。

以这红色细线为界，无数的蝙蝠都聚集拥挤在外头，竟无一只越过红线，脚下咫尺之遥，便没有了外头腥臭的蝙蝠粪便。

法相看了看周围，沉声道："此处古怪甚多，诸位切要小心。"

众人如何不知，但好不容易踩上了干净地方，待查探过周围没有什么异样之后，多数人第一个动作便是整理身上的衣服。站在张小凡旁边的曾书书脱下鞋子，把里面恶心的东西倒出来，低声对张小凡道："我这辈子第一次知道，原来走在干净的路上是那么舒服的事！"

张小凡笑了笑，迅速清理了一下，整个人也感觉舒服了些。过了一会儿，齐昊见众人差不多都好了，便道："走吧。"说着当先向洞穴深处走去。

众人都跟了上去，很快地，随着他们的脚步向前，背后又陷入了无尽的黑暗中。

前方，黑暗仿佛妖兽，张开双臂露出狞笑，欢迎着他们的到来。

黑暗中的一点光，缓缓前行。

就这样不知又走了多远，这个古老深邃的洞穴似毫无止境一般，虽然还一直很是宽敞，但曲曲折折，弯弯曲曲，除了大概是向地底倾斜之外，几乎让人分不清楚方向。

洞穴口那些蝙蝠的"沙沙"声早已听不见了，在这片黑暗中，除了众人的脚步外，就再也没有其他声音。张小凡觉得周遭湿气越来越重，也不知道深入地底多远了。

法相祭起的"轮回珠"依然散发着金色佛光，照耀着众人，而在最前头的齐昊此时为了万一，也把"六合镜"祭了起来。两样宝物交相辉映，就这般又走了一会儿，一直走在前头的齐昊突然停了下来，伸出手向后边人道："慢。"

众人立刻都停了下来。

周围一片静谧，没有一点儿声响。

"轮回珠"与"六合镜"的光芒逐渐亮了起来，在众人眼前，前方洞穴，霍然开了两条岔路，幽幽深深，漆黑一片，不知通向何方，仿佛妖魔张开的大口一般。而在道路中间，同时也是两条岔路的中心，竖立着一块足足有六人之高的巨大石碑，上面雕刻着四个血红大字：

天道在我！

焚香谷李洵哼了一声，怒道："魔教妖人，也敢妄称天道！"

法相却皱起了眉头，向这石碑多看了几眼，道："我来时曾听恩师普泓上人言道，八百年前，魔教在此洞穴中的确有此一块石碑，但当时已被我正道仙人以大神通一剑斩开，今日再见，怎么却是完好无损？"

这时，一直默不作声的焚香谷燕虹突然开口道："你们看那石碑下四分处，可是有一道断痕？"

她声音柔媚，听来竟是让人心中一荡，加上青云门众人都是第一次听到燕虹开口，心里都微感讶异。众人走上前仔细一看，果然见那地方有一道细微裂痕，斜斜向上，把整个石碑分为两半，裂缝处石头纹理呈现暗红色，但若不细看，决然是看不出来的。

齐昊点了点头，对燕虹道："燕师妹好细的心。"

燕虹微微一笑，又低下头去，不再说话。

齐昊又看了那石碑两眼，转身对众人道："既然这座石碑已被人修复，可见魔教妖人多半在此，干些见不得人的勾当，这趟我们算是来对了。"

法相接着道："齐师兄言之有理，眼下这洞穴中危机四伏，眼前就有一个难题，这两条岔路，我们该走哪一条？"

齐昊微一沉吟，道："法相师兄，你刚才曾说令师普泓神僧曾对你提过此地之事，那他老人家可有提过这岔路？"

法相点了点头，道："恩师的确说过，但他也是从上代祖师口中得知。据说当年正魔大战时，这两条岔路之后都有魔教妖人巢穴所在，至于如今的情况，他也不是很清楚了。"

众人默然，过了一会儿，齐昊看了看本门其他三人，对法相等人道："既如此，我看不如兵分两路，我青云门四人往左边岔路查看，法相、法善师兄与焚香谷两位往右边岔路查探，若遇上魔教妖人，便以长啸示警，如何？"

法相默然，虽然明知道这般分散开来并非好事，但山洞幽深，也不知这两条岔路有多远，万一走错再行回头，时辰上只怕耽误太多，而在场之人都是各派精英，未必不能自保。当下他转头看了看焚香谷李洵、燕虹，见他们二人并无异议，遂道："那就依齐师兄所言，诸位千万小心。"

说着，他有意无意地又看了张小凡一眼。

张小凡心里一动，觉得这法相师兄似乎真的对自己另眼相看，脸上报以微笑。

齐昊点了点头，向法相等人一抱拳，便带着张小凡等三人走进了左边岔路，没走几步，身后的光芒转了一转，渐渐消失，看来法相等人也进了右边岔路。

齐昊走在最前头，把"六合镜"祭起头顶，催发仙力，"六合镜"淡黄光圈洒下，把四人罩在当中。

这一条岔路比之刚才一路走来的洞穴，显得窄了许多，同时两边岩石突兀，尖锐丛生，张小凡一不小心还差一点儿挂了彩。唯一相同的便是周围永恒的黑暗，在这里，竟似乎从未有过一丝光明。

青云门四人都没有心情说话，尤其是走在最前头的齐昊，更是全神贯注，防备着前方未知的危险。

这一走，又是许久，以至于张小凡心里都不禁怀疑，就算自己这边遇上了魔教妖人，发出长啸，但法相师兄那里会不会听到还是一个问题。

便在此时，异变突生，众人行进的过道中，仿佛永恒黑暗宁静的四周，忽然响起了巨大的"呜呜"鬼哭声，震耳欲聋，闻之心惊。

四人大吃一惊，齐昊刚要开口提醒，便是身子一震，只见从四面八方无尽的黑暗中，亮起各色异芒，同时冲向过道中四人所在，打在了"六合镜"光圈之上。

力量之大，就连"六合镜"竟也是一阵摇摆，齐昊更是身子剧震，竟是再也说不出话来，连忙定下心神，加力护持。

鬼哭之声越来越大，直听得人头昏眼花，曾书书、陆雪琪和张小凡将齐昊护在中央，只见无数道光芒被"六合镜"反震回去，在空中转了个弯，竟又狠狠折回再次冲来，黑暗中，竟不知藏匿着多少敌人，在空中，也不知道飞舞着多少法宝。

齐昊面色苍白，双手紧握法诀，虽然在外界法宝围攻之下，但"六合镜"还是逐渐稳定了下来，光圈渐盛，就在青云门众人将要松一口气时，张小凡忽然发觉脚下坚硬的土地竟然动了一下。

　　他心念一动，还未反应过来，便听曾书书疾呼一声："小心，脚下有……"

　　话未说完，一声巨响，竟然压过了漫天呼啸，刹那间众人只觉得山摇地动，一股大力从脚下霍然涌出，将地面炸得支离破碎不说，青云门四人更是各飞东西，"六合镜"能护周围，却防不了脚下，这一下突发难于内部，登时光芒四散，落回齐昊飞出的身影之上。

　　黑暗中无数道光芒呼啸而过，仿佛发出得意的狂笑，分别向分开的四人冲了过去。

　　张小凡站位靠前，被那股大力从脚下一推，整个人便不由自主地向前飞去，但他究竟在青云门修行多年，惊而不乱，把早已拿在手中的烧火棍往胸口一放，那股熟悉冰凉的感觉游遍全身。烧火棍在半空中发出淡淡玄青光彩，正对着后方紧紧追来的数道光芒。

　　片刻之后，其中一道暗红光芒当先冲到面前，张小凡顿时闻到一股血腥气味，几欲呕吐，赶忙屏住呼吸，驱动烧火棍，玄青光芒涨起，抵住了那道暗红光芒，在烧火棍光芒之下，不知怎的，那道暗红光芒突然暗淡了许多。

　　黑暗中不知名处，忽然传来了一声低低的惊疑声。

　　就在这时，另两道一黄一灰的光芒也冲了过来，一起打在了烧火棍上。张小凡借着光芒，这才看清，刚才那道暗红光芒乃是一把暗红小叉，上有浓浓血痕，而黄光是一柄三尺长的宝剑，灰光却大是古怪，是一颗巨大的不知名的野兽獠牙！

　　张小凡身子还在半空，本已稳住，不料被这三件法宝冲撞，虽然有烧火棍凌空抵住，但巨大之力竟把他整个人向后直直推了过去，再也控制不住，重重打在旁边的石壁上，直陷了半个人进去，石屑横飞。

　　张小凡眼前金星直冒，后背上痛入心腑，但知道这是生死关头，拼命咬牙忍住疼痛，落到地上，眼见那三件索命之物在空中一个转弯，又是恶狠狠冲了下来。

黑暗中，也不知道那些控制法宝的人身处何方。

张小凡左支右绌，握紧法诀一声呼啸，烧火棍御空而上，在半空中与冲来的黄色飞剑野兽獠牙对撞，一声巨响，各自震开，随后赶忙向前扑地翻开，另一道疾追而至的暗红小叉收势不及，轰隆一声打在他刚才站立之地背后的石壁上，碎石乱飞，竟在石壁上打出一个大洞来。

而此时灰色獠牙又追回，当头砸下，闪着寒光的牙尖在黑暗中特别醒目，看它那声势，张小凡不想也知道这古怪法宝砸到自己身上的后果。

张小凡紧咬牙关，双手虚空划下，烧火棍物随意动，青光一闪，半空中，只听闻一声闷响，那獠牙之上赫然现出了一道裂痕。

远处，传来了一声惊叫，大有痛惜惊愕之意。

只是张小凡根本来不及回味这一点点可怜的喜悦，黄色飞剑转眼间又已冲至面前，张小凡来不及反应，额头出汗，危急间大叫一声，双手一震，整个人向上飘起，融入烧火棍玄青光芒中。

黄色飞剑竟是丝毫不留余地，在半空中一个拐弯，从脚底又冲了上来，上有獠牙，下有飞剑，张小凡全身微颤，再也来不及多想，身子缩起，口中诵咒，烧火棍青光大放，将他团团包住。

"轰、轰！"两声几乎同时发出的大响分别在张小凡头顶、脚下响起，敌人两件法宝倒冲而回。烧火棍在空中一阵颤抖，张小凡大口喘息，心脏在那一刻几乎停止了跳动，那片刻幻觉之间，他几乎下意识地以为自己看到烧火棍裂为碎片。

不过幸好，这不知道什么材质的烧火棍虽然难看，但居然强硬至极，完好无损，倒是飞剑、獠牙，光芒暗淡，多半受损。不过话虽如此，烧火棍受此重击，保护张小凡的青光便也散了开去。

张小凡大喜，正要召回烧火棍，忽然间肩头剧痛传来，半身乏力，脑海中一片空白。低下头去，胸肩处竟赫然冒出了一把暗红小叉，穿透而出，殷红鲜血喷涌不止。

竟是刚才那把暗红小叉，趁着张小凡懈怠之际，偷袭重创于他。

张小凡只见小叉上，原本暗红的颜色此刻竟亮了起来，仿佛闻到了血腥味苏醒一般。他低低呻吟了一声，本想伸手拔出小叉，忽然间，随着暗红小叉上血色痕迹的加深，一道黑暗中的阴影仿佛无中生有一般，从这小叉上腾起，随即紧紧附在了张小凡的背上。

这暗红小叉的主人看来竟是寄生在这法宝之上的。

张小凡只觉得头晕目眩，无力甩开身后妖人。而伤口处除了疼痛，此刻还传来了麻痒感觉，只怕多半上边还有剧毒。他眼角余光看去，却看不到身后那妖人相貌，只看见他紧紧抓在肩头的一双手，干枯污秽，腥臭难闻。

远处，传来一阵狂笑，而在背后，也传来一个阴恻恻的声音："青云门的臭小子，这是你们自寻死路，乖乖地把精血给我吧！"

张小凡还来不及反应他话中意思，便从他动作中明白了，只见那阴影中的妖人竟是张开大嘴，一口咬在张小凡左边脖子上，大口吸血，而与此同时，那把暗红小叉竟也是更加明亮，仿佛也在喝血一般。

张小凡恐惧至极，但觉全身血液都向喉咙而去，身子有轻飘飘的感觉，全身上下的力气都缓缓散去一般，就连在半空中的烧火棍他也无力支持，掉了下来。

此情此景，恍惚之间，他忽然像是回到了从前，那一个幽谷中。

那一个噩梦里头！

烧火棍从他头顶掉下，落在他的面前时，发出淡淡青光，像是召唤着什么。张小凡一把抓住，顿时只觉得烧火棍上那股冰凉感觉汹涌澎湃，如狂怒一般。

他身上的血液不停流出，被那妖人吸食而去，张小凡此刻再也听不到外界任何声响，只是奋起全身最后一丝气力，如困兽之斗一般，把闪烁着青光的烧火棍用力向身后那妖人插去。

烧火棍平钝无锋，但此刻竟视那血肉之躯为豆腐一般，势如破竹地插了进去。

背后那妖人身子一颤，停止了吸血，似是不能置信，转过头来看着张小凡，张小凡也同时看到了他。

冥冥中，仿佛九幽妖魔的低低冷笑，又似黑暗中谁的心跳，张小凡握着烧火棍的手，感觉到了一波一波的心跳声，像是血脉的流动，又似妖魔的欢呼！

暗红小叉上的光芒迅速暗淡了下去，后边，无尽的黑暗冲了过来。

在黑暗吞没张小凡与那妖人的那个瞬间，张小凡在半昏迷的神志下看到了他一生也忘却不了的景象。

那个妖人原本皱纹横生但依然饱满的脸，在片刻之间干瘪下去，血肉化为枯皮，附在骨头上。

下一刻，黑暗包围了他。

失去的重新得到，源源不绝的力量从烧火棍棒身传来，融入他的身子。

张小凡重新清醒，却怔在当地，肩头的伤依然疼痛，但喷涌的血却已经在那未知的力量作用下止住了。但对这个少年而言，此刻竟全不曾注意到这些。在他脑海之中，只翻涌着这样一个念头：

我做了什么？我做了什么？

第三十六章
怪 目

后方远处，呼啸争斗声不绝于耳，光芒闪烁，显然青云门三人正与黑暗中的其他妖人激烈地厮斗，但张小凡这里，却突然陷入一片怪异的安静。

张小凡怔怔出神，暗地里黄色飞剑与灰色獠牙的主人却是目睹了刚才怪诞的一幕，吃惊过甚，一时不知道怎么办好。

"野狗，我没看错吧，姜老三吸人血，怎么好像反被人给吸干了？"

黑暗中另一人粗声粗气道："见鬼了，青云门居然也有人会练这'吸血大法'，这家伙难道是我们仙教门下弟子不成？"

原先说话那人"呸"了一声，但过了一会儿却说不出什么话来，恼道："不行，这家伙来历古怪，一定要问个清楚！"

两团光芒在张小凡面前亮了起来，逐渐现出两个身影，张小凡回过神来，吓了一跳，连忙抛开杂念，凝神对敌。

光亮中，黄色飞剑与灰色獠牙各自飞回那两人手中，左边接着飞剑的是一瘦高男子，面貌消瘦，鹰钩鼻、小眼睛，眼里黑白分明，闪着凶光；旁边一人更是古怪，张小凡一看之下，吃了一惊，只见他个子也颇为高大，但样子极怪，眼皮下耷，鼻子突兀，耳朵向上，嘴唇殷红，舌头看来颇长，不时伸出口来，看上去倒是很像一条狗。

那颗灰色獠牙此时飞回到他的手中，张小凡立刻下意识地想到，这不会是哪条大狗的牙齿吧？

那个被叫作野狗的人看张小凡见了他就转不开视线，眼中大有惊奇之意，大怒，喝道："呔！你这小鬼，为何盯着你野狗道爷？"

"野狗道人？"张小凡皱了皱眉，这才发现原来这野狗样的人身上居然是一件黑不溜秋的道袍，看来还是和青云门同一个信仰宗派，只不知往上追溯三千年会不会有些渊源。

自称野狗道人的那人见张小凡明显有轻蔑之意，更是恼怒，道："小鬼，道爷我在问你如何杀死了吸血鬼？"

张小凡一呆，道："什么吸血鬼？"

旁边那高个子怒道："不就是你背上的那个！"

张小凡这才记起自己还背着那个尸体，登时觉得脖子上凉飕飕的，大惊跳开，把那尸体甩下，"砰"的一声闷响，那已变作皮包骷髅的家伙掉在地上，张小凡看在眼里，一阵恶心，扭过头去。

野狗道人和高个儿男子在那骷髅上看了一眼，随之互相对望，都从对方眼中看出惊疑之意。吸血大法残忍诡异，虽然厉害，但对己身损害却也是极大，练了之后便人不像人，鬼不像鬼，他们虽是魔教中人，一向也都敬而远之，但对这神秘功法还是略知一二。

而眼前横尸地上的人，号称吸血大法唯一传人的吸血鬼转眼间却被人吸干了全身精血，据他二人所知，这份道行不消说远远胜过这死了的吸血鬼姜老三，便是连那传闻中的吸血老妖，只怕也未必有这等道行。但看眼前这青云派小子，却无论如何没有吸血门下那种暴戾之气。

野狗道人看了张小凡一眼，道："你可是吸血老……老前辈的门下？"

张小凡一愣，道："什么吸血老前辈？"

野狗道人狗嘴一张，老长的舌头在外转了一转，张小凡看在眼里，不由得想起青云山上大竹峰的那条大狗大黄来了。但正在他转念之间，忽然间听见洞穴后方传来一声尖啸，飞剑闪烁，一个黑衣人从黑暗中摔了出来，血流满面，在地上挣扎了几下，眼看是不能活了。

张小凡忽然醒悟，同门伙伴正在殊死搏斗，自己却在这里与这些魔教妖人说话，真是糊涂，当下立刻腾身而起，就要过去相助。

野狗道人和高个子见张小凡身形忽动，都是一惊，以为他突起发难，连忙戒备。只见张小凡身子才动，却忽然龇牙咧嘴地掉了下来，半跪在地上，直吸凉气，额头上的冷汗也冒了出来。

原来张小凡心急之下，竟忘了那把暗红小叉还兀自插在他的肩头血肉之中，这一下身形一动，立刻疼入心脾，生生又落了下来，原本暂时止住的血，此刻又从被扯动的伤口中流了出来。

见此良机，野狗道人与那高个子如何肯错过，宁杀错，不放过，二人眼中的凶光泛起，手中飞剑、獠牙又再度亮起光芒。

就在此时，忽然从后方传来一声清脆啸声，只见在黑暗里各色杂光之中，一道灿烂夺目的蓝色光芒霍然亮起，耀眼辉煌，登时把所有各道光彩都压了下去。蓝色光芒之中，只见"天琊"傲然出鞘，在它身后半空之中，陆雪琪风姿绝世凌空而立，全身衣衫猎猎而动，随风飘舞。

在野狗道人和那高个子目瞪口呆中，"天琊"神剑蓝光暴涨，幻化出巨大的蓝色光剑，向黑暗处斩下，立时有多道杂色光芒飞起抵抗，但一接触到巨大而纯净的蓝光便灰飞烟灭。只听得怪叫连连，五六条人影从阴影处跳了出来，"轰隆"一声，蓝色光剑斩在石壁之上，碎石乱飞，威势惊人。

跳出来的几人几乎个个都挂了彩，与此同时，齐昊"寒冰"剑的白色光芒也亮了一亮，陡然从斜刺里冲了出来，剑芒过处，数个魔教徒众都成了冰棍。而随之而来的曾书书御剑如飞，将之一个个打得粉碎。

张小凡身前的那个高个子与野狗道人对看一眼，同时舍下张小凡冲了上去，黄色飞剑与灰色獠牙同时祭起，抵住了齐昊与曾书书的攻势。

他二人的道行看来在魔教众人中更胜一筹，立刻便挡住了齐昊等人的攻势，但二人心中却是一起叫苦。

本来他们昨晚偷窥到齐昊等人被蝙蝠袭击一幕，才在这古窟深处设下埋伏，突起发难破去了那看似坚不可摧的"六合镜"光圈护罩，然后再把这四个青云弟子各个击破。这个谋划倒的确如期完成，不料这些青云弟子道行竟是出乎意料地高，难以对付。

此次埋伏，魔教方面本是以野狗道人和高个儿男子以及吸血鬼姜老三为首，他们也看出张小凡似是四人中最弱一人，这才约好三人一起发难，意图迅速解决张小凡，再分头对付其他三人。不料事情诡异，张小凡虽然受伤，但吸血鬼姜老三却莫名其妙地反被人吸干精血而亡。

此刻他们虽然暂时抵住了齐昊与曾书书，但一旁还有一个御着蓝色奇剑的美貌女子，身后那臭小子虽然受伤，但很是古怪，万一那二人一起上来，情况便大大不妙。又斗了两个回合，眼见着陆雪琪连伤了几个魔教徒众，正回过头来，野狗道人当先大叫："跑！"

在他身旁的高个子与他心有灵犀，与他同时撤回法宝，附身上去，唰唰两声，化作两道异芒向洞穴深处逃逸而去。其他魔教徒众看了，一声惊叫，四散而逃。

齐昊当机立断，喝道："追那两人。"说着御剑而起，直追而去，曾书书紧跟而上，陆雪琪蓝色"天琊"光芒一转，正要追去，忽然又想起什么，正欲回头，忽然看见张小凡御着闪烁玄青光芒的烧火棍腾空而起，肩头血流如注，但插在他肩头的暗红小叉已被拔起。

张小凡向前飞去，陆雪琪看着他的身影，怔了一下，才又跟了上去。

这一场在山洞深处的追逐，倒有几分像当年张小凡与田灵儿在大竹峰后山追逐猴子小灰的情景，曲折离奇，忽而往左，忽而向右，忽而直冲上天，忽而直落地底，到后来更是一路岔道，但青云门四人都不管那么许多，只盯着前方那一黄一灰两道光芒，紧追不舍。

洞穴里怪石嶙峋，奇峰突兀，张小凡紧跟在同门之后，全神贯注地驾驭着烧火棍，到后来有些地方几乎窄得仅容一人穿行而过，张小凡也根本来不及害怕考虑，呼啸一声，居然也穿了过去。这前后追逐，在山洞黑暗中化为六道光芒，速度快得惊人，张小凡只觉得狂风与黑暗仿佛缠在一起，在前方源源不断地扑面而来。

这一追又追了小半个时辰，野狗道人两人仗着熟悉地形，左穿右折，虽然没把身后那四个阴魂不散的家伙甩开，但也没有被他们拉近距离。

忽然，在他们前方远处出现了一丝光亮，野狗道人和高个子立刻向那里全力飞去，齐昊等人紧追不舍，张小凡跟在他们后面，只觉得肩膀的疼痛渐渐退了去。刚才他强忍剧痛拔出小叉，居然也跟了上来，连他自己也颇感意外。

他此刻肩头虽然痛，体内却是气血活络，仿佛有一股使不完的力气，但一联想到刚才那一幕，一想到那野狗道人所说的"吸血"二字，他的心就冷了下来，寒入骨髓。

前方那点光亮，越来越近，越来越亮，六人如离弦之箭，向光亮处冲了过去。

那光明，如在黑暗中陡然绽放的妖异之花，照亮了人们眼前。张小凡随着众人跃入光明，眼前一亮，登时便为眼前情景大吃一惊。

原来刚才他们最后追逐的地方是一条宽敞而笔直的通道，在这通道外边，竟是不可思议的一个巨大空间，头顶百丈之高方才是岩石洞顶，而脚下十丈处就是地面，前方不远的地面上，赫然立着一块发射着强烈光芒的巨石，照亮了整个空间。

最令人惊讶的却不是这块巨石，而是在这巨石背后，光亮深处，却是一道豁然而开的巨大深渊，这块巨石散发的光亮照亮了石洞穹顶，却无法深入它身后的那深渊半分，从空中看去，漆黑一片，竟连这深渊的另一端也无法看见，只有一片死气沉沉、阴森森的黑暗。

那块巨石前面，此刻站着三个人，一个是满脸胡须的大汉，一个是颇为美貌的少妇，还有一个则是脸色苍白身着白衣的青年，满脸邪气。野狗道人与高个子同时落了下来，站到巨石前面。齐昊看在眼里，见那些人个个身貌奇异，不敢大意，招呼同门，在离那巨石下众人五丈处落了下来。

张小凡站定，放眼看去，只见那块奇异发光的巨石上以古篆龙飞凤舞地刻着三个大字：

死灵渊！

看着青云门四人落了下来，站在巨石下的几人并没有什么动静，只有那个满脸胡须的大汉皱了皱眉，道："野狗、刘镐，你们也太过差劲，遇上几个青云的小辈，竟然狼狈成这个样子，还把他们引到这死灵渊来！"

野狗道人狗脸一红，正欲分辩，站在大汉身后的那个中年少妇看了他们一眼，忽然尖声道："姜老三呢？"

野狗向青云门众人处看了一眼，道："死在他们手下了。"

"什么？"这些原本稳如泰山的人纷纷动容，不过似乎不是为了青云门众人道行高深可以杀了姜老三，只见那少妇怔了一下，摇了摇头，道："这一下吸血老妖追究起来，我们可不好交代了！"

那满脸胡须的大汉沉吟一下，转过身子看向青云门众人，道："那我们拿下这几个青云小辈，到时候交给吸血前辈也就是了。"

其他人纷纷点头称是。齐昊见他们一个个如此托大，更是小心，低声对身后的三人道："这些人看来就是魔教在此的主脑人物，只怕道行还在刚才那几人之上，大家要小心应付。"

张小凡应了一声，转过头，忽然看见陆雪琪的目光扫过了他肩头的伤口，他微微一怔，陆雪琪随即便把目光移开。

这时，那大汉上前一步，向着青云门众人道："我劝你们几人还是束手就擒吧，免得等会儿我们出手，你们就要碎骨断筋，受皮肉之苦！"

齐昊哼了一声，还未说话，便听身后陆雪琪冷冷道："妖魔小丑，还敢猖狂，今日便是你等死期。"

齐昊与曾书书同时击掌，道："陆师妹说得好，正是如此！"

那大汉脸色一变，面如寒霜，冷然道："这是你们自己找死！"

也未见他如何动作，只是把眼往四人处瞪了一眼，张小凡正自凝神戒备，忽看见那大汉本来正常的双眼中，右眼突然变大了一倍，转为赤红之色。整个巨眼显在他的脸庞之上，又是可怖，又是滑稽。

他心里正在奇怪，突然间那大汉的赤红巨眼中，竟射出一道红芒，疾射而至。青云门众人看他模样古怪，早就留了心，齐昊立刻祭起"寒冰"仙剑，"咔咔"两声，在身前结了两道冰墙。

不料那红芒竟似含了凶煞之力，片刻后，打在冰墙之上，瞬间就在冰墙上熔了个小洞直穿而过，无声无息却是势如破竹一般冲了过来。

齐昊大吃一惊，来不及再行反应，立刻把"寒冰"仙剑往众人身前一挡，红芒打在"寒冰"仙剑之上，闪了两闪，就在"寒冰"仙剑白色光芒之中消失无踪。但齐昊却是身子一颤，瞄见自己"寒冰"仙剑之上，原本纯白的剑身此刻居然有一小块染上了淡淡暗红之色。

"寒冰"剑剑身轻颤，似是受了邪物侵害，齐昊看着心痛无比，其实修真之人，哪一个不是把自己的法宝看得极重。但此刻容不了他多想，那道红芒刚刚消失，远处那大汉赤红巨目中又发射出一道红芒，疾冲而至，在与那两道冰墙相撞时，同样是无声无息就破了两个洞且势头丝毫不减，击向四人。

　　齐昊眉头紧皱，"寒冰"剑闪烁白光，凌空迎上，转眼间就把那红光消于无形，但"寒冰"剑身之上又多了一道红痕。

　　远处，那大汉一声不吭，赤红巨目中如发箭一般，不断射出红芒，速度极快，转眼即至。齐昊一一挡下，但眼看着那暗红之色越来越多，"寒冰"仙剑的白光也逐渐暗淡。

　　旁边三人都看出不好，曾书书第一个冲了出来，御起他的法宝仙剑"轩辕"，正欲从旁冲上，不料那大汉只把头微微一转，赤红巨目中又射出一道红芒向他而来，曾书书躲闪不及，只得把"轩辕"仙剑凌空祭起，挡住这古怪红芒。

　　半空之中，"轩辕"仙剑泛起淡紫光辉，立刻把那红芒消了去，但剑身之上，却也一样如附骨之疽般出现了一道红痕，"轩辕"仙剑立刻发出了一阵低颤。

　　曾书书只觉得剑身上陡然传来一股煞气，竟似欲侵入体内，但还好隔了老远，威力不强，而"轩辕"仙剑本身也立刻腾起瑞气抵消了这股煞气。

　　只是就此，他却无法再进一步，看着远处那大汉只是悠闲地站在原地，微微摆头，那只赤红巨目不断地发射红芒，就把齐昊与曾书书二人钉在原地，不得寸进，而且随着那红痕渐渐地多了起来，二人更是感觉仙剑上传来的那股煞气越来越重，并且以仙剑剑身为媒，缓缓向他们二人身体侵来。

第三十七章

死灵渊

张小凡眼看着他们二人陷入困境，立刻也冲了上去。那大汉看在眼里，头颅微转，又是一道红芒射出，向张小凡冲了过来。

张小凡无路可退，虽然把齐昊、曾书书两人的样子看在眼中，但事到临头还是无计可施，只得硬着头皮祭起烧火棍，迎了上去。

半空之中，红芒与散发着淡淡玄青光芒的烧火棍碰到一起，转眼消散，张小凡只觉得空中一股大力传来，身子抖了一下，其他的倒并无异样感觉。他连忙向烧火棍上看去，却见黑乎乎的烧火棍上居然一如往常，不见红痕。

虽然烧火棍还是一样难看，张小凡却是大喜过望，连忙往前踏了一步。远处的魔教诸人却都是吃了一惊，纷纷往这里看来，那大汉"咦"了一声，巨目中又是一道红芒射来。

烧火棍再次迎了上去，青、红两道光芒在空中相撞，片刻之后，红光消散，烧火棍抖了一下，但依旧安然无事。张小凡放下心来，心想自己的这根烧火棍难看归难看，但俗话说"人贱命硬"。看来这法宝多半也是一样，两位师兄的仙剑漂亮尊贵，却不如自己的这低贱之物来得硬朗。

他心里闪过这般乱七八糟的念头，脚下却是没停，缓缓向那大汉逼去。此时那大汉原本轻松（不过因为有个恐怖巨目在脸上，轻松也成了恶心）的神情化为乌有，大部分的注意力都放在了这看似最弱的张小凡身上，在齐昊与曾书书处只是隔一段时间放一道红芒，挡住他们前进，而对张小凡则是"嗖嗖嗖"连射不止。

每道红芒闪过，虽然看得出张小凡明显吃力，但那黑乎乎的棍子就是不受其害，而红芒上所带的凶煞之气，似乎对这少年也无影响。在众人的注视下，张小凡就这么一步一步地逼了过来。

转眼间，那大汉额头上已微微有汗，在他心里，无论如何也想不通，自己费尽三百年心血修炼而成的"赤魔眼"，对那些仙家重宝都有奇效，为何竟对这看似普通的烧火棍却无能为力？

其实他哪里知道，"赤魔眼"固然威力极大，以其凶煞血腥之气打在齐昊等人仙剑之上，的确可以污秽仙气，并以剑身为道，慢慢地将煞气逼入他们体内，一开始就处于不败之地。

但张小凡手中那看似难看的烧火棍，却是当年魔教至凶之物"噬血珠"和大竹峰后山幽谷中不明来历的黑棒，以张小凡精血为媒熔炼而成。若是论煞气，单是"噬血珠"就不知胜过了那"赤魔眼"多少倍，何况还有与"噬血珠"凶气不分上下的无名黑棒。

这两件凶煞之物融为一体，彼此牵制，凶煞之气反而内敛，又有张小凡精血蕴含其中，故只有张小凡能催动于它，也是因为这样，才能瞒过了青云门诸位前辈长老，张小凡才在鬼门关上转了回来。

此时此刻，那大汉欲以"赤魔眼"发出的红芒来攻击烧火棍，自然是无功而返，这还是张小凡年少无知，身怀重宝而不自知，若是换了千年前那个魔教老祖宗黑心老人，单凭一个"噬血珠"，只消舞几下，便把这大汉吸得血干肉瘪，只剩下一颗"赤魔眼"在他尸身上滴溜溜打转了。

只是在场之人，绝无一个可以想到这些匪夷所思的东西，那大汉正在凝神对敌却依然阻止不了张小凡一步一步地缓缓走近时，一开始就默不作声地站在旁边的那个满脸邪气的青年忽地冷笑道："年老大，你的'赤魔眼'中看不中用，连几个青云小辈也对付不了，亏你刚才还如此训斥野狗，我看不如把你这宗主的位置让与我算了。"

大汉与一旁的少妇脸色都是一变，那美貌少妇首先皱眉道："林锋道友，此刻正是大敌当前，你怎么还说出如此话来？"

那满脸邪气的林锋斜斜向青云门众人看了一眼，看到陆雪琪时还特意多看了一眼，然后冷笑道："这些黄毛小子也算大敌，那我们炼血堂还凭什么在仙教圣门立足，还谈什么恢复千年前黑心老人前辈创下的大业？"

那姓年的大汉发出一道红芒射向张小凡，暂时止住了他前进的脚步，然后向林锋怒道："你除了夸夸其谈还会什么，要不你也上来试试？"

林锋苍白的脸上泛起一个诡异的笑容，道："好，我就让你心服口服。"说着从怀中掏出了一把描金扇子，对着自己扇了扇。

青云门众人都听到了他们的对话，对这满身邪气的青年都多了几分警惕，但过了半天，却见这青年只是不疾不徐地摇着扇子，意甚潇洒却是纹丝不动，都是愕然。

莫非这林锋真的只是会夸夸其谈？

那年老大却更是被他气了个半死，怒道："林锋，你若没本事就站到一边去，这些青云小辈我自能对付，不用你在一旁冷言冷语，也不看看自己什么本事！"

那林锋脸色一变，冷哼一声，道："我本是不想与你联手，因胜之不武，但如今不露两手，你还以为我骗你不成？"

说话间随手一抛，就把手中那把描金扇子抛到空中，整把扇子在空中发出淡淡金光，"唰"的一声，打了开来。

描金扇面之上，以工笔画法，画着一山、一河、一大鹏，笔法细腻，栩栩如生。

风起，云涌，雷鸣，电闪。

这里本是地底深处，古窟之内，本不该有此异象出现，但此刻青云门四人眼前、耳边，竟都有此景象出现。正惊骇处，忽然间一声巨响，只见那把宝扇在半空中一阵颤抖，片刻之后，那扇中画里的大山竟生生移了出来，见风就长，轰隆声中竟长作百丈之高的山丘，几乎将这庞大空间都塞满了，然后如泰山压顶一般向青云门四人压了下来。

张小凡大惊失色，但见这巨物当头压下，根本无力相抗，哪里还顾得了许多，全力一蹬便向后飞去，眼看着大山压了下来，他却还有半截身子在里头，就要被压成两半，忽然后领被人一拉，硬生生给拉了出来。

张小凡回头一看，却是齐昊救了他一命，在这生死关头，他心中却忽然泛起一阵莫名其妙的苦涩，但还是低声道："多谢齐师兄。"

齐昊哪里会想到这小子心头所想，满脸严肃，只微微点了点头，他刚才站位稍靠后，退得也快些，眼见张小凡正好就在身边，顺手就拉了他一把。

只是眼前这突然而出的巨大山丘却是让人头疼至极，只见这山丘轰然压下，顿时地面剧震，石壁颤抖，就连百丈以上的岩石穹顶竟也纷纷落下如雨碎石，威势之大，令人心惊。

曾书书也退了回来，却是满脸惊愕，愕然道："'山河扇'！这是碣石山风月老祖的看家法宝，怎么会落在这人手上？"

众人都是一惊，张小凡倒还罢了，但齐昊阅历颇广，却是知道这风月老祖乃是东方碣石山上清修的一个有名修真，道行高深，在修真道上颇有名气，平素行事于正邪之间，并无大恶且与世无争，所以正道、邪道都没去招惹此人，只是没想到这个青年居然会身怀风月老祖的看家法宝出现在这些妖人之中。

众人正惊疑不定时，那座大山却是毫不留情地再度腾空而起，也不知道到底要有多大法力才能举动这庞然巨物。

眼看众人身后就是石壁，退无可退，巨大的山丘上乱石如雨，电闪雷鸣。就在这生死关头，青云门众人正焦急处，齐昊一咬牙，便要挺身而出，用"六合镜"护住众人，意图强抗这势如万钧的巨山。忽只见蓝影一闪，陆雪琪突然出现在三人之前，清啸一声，但见蓝光暴涨，"天琊"神剑龙吟出鞘，仙气万道，直冲穹顶。

半空中雷鸣更急，那大山以无敌气势，当头罩下，眼看要把四人压为肉饼。陆雪琪脸色如霜，长发在狂风中飘起飞舞，恍如九天仙子！"天琊"剑身微颤，似乎感应主人心怀，如怒龙跃天，冲天而起，万道蓝光瞬间照亮整个巨大的洞穴，在空中合而为一，一剑向那大山斩去！

"铮！"

沙飞石走，狂风呼啸，众人凝望空中，但见巨大气流，几似有形之物一般向四周狂猛涌来，陆雪琪人在半空，脸上血色顿失，整个人被巨大反震之力直直打入石壁之中。

那座大山被蓝色光柱重重一斩，下压之势顿止，在半空中颤抖几下，巨响过处，竟是缩了回去，不消片刻在飞沙走石之中，整座大山化为乌有，重新出现在那"山河扇"中。

那满脸邪气的青年向"山河扇"看了一眼，眉头登时皱起，只见在画面之上，原本气势雄伟的一座大山，此刻竟是从山顶到山腰生生多出了一条大裂缝来，如此一来，原本和谐的扇面便犹如破了相一般，看去有了几分生硬。

青云门这里，"天琊"神剑如有灵性般飞了回来，陆雪琪却从石壁上滑下，甫一落地，便只觉得脚下一软，几乎就要坐到地上，但幸好其他人都早已过来，张小凡看在眼里，一把扶住了她。

陆雪琪大口喘息，但她性子要强，还待推开张小凡，只是手伸到一半，忽只觉得唇边一热，却是流了一道鲜血出来。

殷红的鲜血在她如凝脂般的肌肤上流过，红白相印，竟有惊心动魄的艳丽。

张小凡呆了一下，便听到那林锋在远处怒骂道："好你个臭女人，竟敢坏我法宝，纵死十次也不足偿命！"话说之间，这满身邪气之人已是腾空而起，"山河扇"金光闪烁，与他一身邪气颇不相称，但依然在空中一张一合，疾冲而来。

远处，年老大已停止放射红芒，那只"赤魔眼"也恢复了正常，站在原地。旁边那美貌少妇上前一步，看了青云门陆雪琪一眼，低声道："你看清了吗？"

年老大面色肃然，道："是'天琊'！"

那少妇哼了一声，道："想不到如此神物，竟落到了这小辈手中！"

年老大看着此刻已与青云门诸人斗在一起的林锋，口中道："'天琊'神剑乃是九天神兵，当年我炼血堂祖师黑心老人便是败在此剑之下，今日无论如何，也要把此神剑夺过来！"

美貌少妇点了点头，道："那林锋……"

年老大冷笑道："这小子仗着和风月老祖有些亲戚关系，一向眼高于顶，若不是现在正是用人之际，我早不容他，便让他先打头阵吧，你我看准机会，出手抢夺神剑。"

那少妇点了点头，凝神向场中看去。

"山河扇"每扇一次，便有大风暴起，风卷落石向青云门四人刮去，但每到近处，便都被齐昊与曾书书挡了下来。刚才那大山突起，众人猝不及防，几乎束手无策，但此时便看出这二人不同凡响的道行来。

齐昊自不用说，他的"寒冰"仙剑白光闪烁，便抵挡了一阵一阵的狂风，而站在另一侧的曾书书此刻方才显露出他真正的本事，散发着淡紫光彩的"轩辕"仙剑在齐昊的掩护之下，紫芒闪动，每每在狂风空隙钻了进去，如毒蛇一般，林锋一个不留神几乎被这紫芒伤到，只得专心应付，一时之间，三人竟是打了个平手，难分高下。

张小凡站在后方，依旧扶着陆雪琪，目不转睛地看着齐昊等人比试，但见齐昊挥洒自如，把仙剑运用得出神入化，对道家仙法的使用更是自己远不能及，不由得也有了几分敬佩。一直以来，他都只是修习太极玄清道的基本功法，直到下山之前，苏茹才囫囵吞枣地传了些实际道法给他，自然是比不上齐昊。

此刻他正看得入神间，忽然觉得胳膊一松，却是陆雪琪休息了一阵，精神稍复，便自站立，离开了他的扶持。

张小凡看着她原本玉一般润白的脸上此刻成了苍白之色，忍不住问道："你没事吧，陆师姐？"

陆雪琪看了他一眼，伸手擦去了唇边血迹，摇了摇头，却没有说话。

张小凡自认识这冰霜美人以来，早已熟悉了她的作风，当下自然不会再去追问，况且他对这美丽女子一向有些敬畏，便转过脸看向场中。

不料他刚刚转过头去，忽然间竟听到陆雪琪发出一声惊呼，他大惊看去，只见在他与陆雪琪站立之处后边的石壁里，突然冒出了一条黑色绳索，迅疾无比地将陆雪琪双手缚在身侧，动弹不得，片刻之后石壁中竟冒出了一个女子身影，正是刚才还站在远处的那个美貌少妇。

只听她咯咯笑道："小妹妹，你长得这般美丽，真是我见犹怜，这一条'缚仙索'就是姐姐专门为你们这些正道仙家准备的哦！"

张小凡眼见陆雪琪脸上浮现痛苦之色，再看那"缚仙索"在片刻间已深深陷入肉里，苦痛之处可想而知。但还未等他反应过来，空中一声呼啸，只见年老大当头扑下，伸手便向陆雪琪背后的"天琊"神剑抓去。

张小凡如何能够容他乱来，烧火棍腾空而起，直扑年老大。年老大一见又是那古怪至极的黑色短棒，心中不由得有些忌惮，身子一歪，生生停了下来，落在地上。

这时前方的齐昊、曾书书听到声响，回头一看，大惊失色，正要回头救援，但林锋一看这二人异动，心道若让你们说来就来，说走就走，我岂非在年老大面前丢尽面子？当下"山河扇"呼啸成风，一阵紧过一阵，齐、曾二人一时竟不得出。

张小凡暂时逼退年老大，更不迟疑，身子一侧，烧火棍便向那美貌少妇冲去，不料那少妇轻轻一笑，只把手中绳索一荡，陆雪琪整个人竟是不由自主地横了过来，挡在她的面前。

张小凡大吃一惊，几乎就要收势不住，猛然顿住，烧火棍就在陆雪琪身前三分处才险险停下，几乎把她玉一般的脸都映成了苍青颜色。

还不等张小凡喘息稍定，便听得后方又是两道风声突起，张小凡心急之下，向前急扑，这才狼狈地躲了过去，回头一看，却是原先野狗道人和那高个子刘镐趁火打劫也冲了上来，而年老大夺宝心切，居然也不顾身份，一样冲了过来。

张小凡以一敌三，立刻便陷入苦战，若不是年老大对烧火棍有些忌惮，而野狗道人、刘镐两人在刚才黑暗中看到烧火棍吸血的可怖情景，心中有些畏惧，出手不敢太过，张小凡早已败北。

但饶是如此，几个回合间，在天空中三件法宝夹攻之下，张小凡已然险象环生，而且最头疼的却还有一样，站在一旁的美貌少妇看似旁观，但一旦张小凡意图反击，便是手臂一震，把陆雪琪抛了过来，张小凡便只得缩手缩脚缩了回来，一时之间连连受挫，眼看便要伤在三个妖人手中。

在"缚仙索"之下，陆雪琪用力挣扎却是没有任何作用，眼看背后那少妇得意微笑，场中张小凡因为害怕伤到自己更是险象环生，陆雪琪脸色更白，心神激荡，喉口一甜，一口鲜血便喷了出来，洒在她衣衫之上，点点殷红，触目惊心。

张小凡听到声响，转眼看到，以为陆雪琪被那"缚仙索"所伤，大惊之下，再也顾不得那么多，烧火棍霍然腾起黑气，疾若闪电，向那美貌少妇射去。

那少妇没料到张小凡不顾自己安危突起发难，一时没有防备，眼看着烧火棍就冲到眼前，连忙冲天而起，这才险险避过。

同时张小凡亦是背后空门大露，年老大"赤魔眼"射出一道红芒，野狗道人的獠牙法宝和刘镐的黄色飞剑一起打在了张小凡的背上。

张小凡眼前一黑，几欲昏去，全身上下剧痛过后，几乎一片麻木，整个人直直向前方飞了出去。半空之中，他口中鲜血已如泉涌一般喷了出来。

陆雪琪看在眼里，贝齿深深咬入唇中，忽只觉得身上"缚仙索"松了一松，却是那美貌少妇被张小凡分了心，暂时忘了控制"缚仙索"。

陆雪琪一声清啸，双手在有限空间中连连屈伸，化作兰花法诀，"天琊"神剑霍然自动出鞘，蓝光掠过天际，"咔咔"两声，登时把"缚仙索"逼开了一圈。在"天琊"神锋之下，那看似普通的"缚仙索"竟是坚韧异常，削之不断，只是"嗞嗞"作响。

那少妇心疼宝物，心中又惊骇于"天琊"神威，连忙将"缚仙索"收了回去。陆雪琪一得自由之身，虽然身体兀自酸疼，但立刻腾空而起，接住张小凡飞来的身子。

只是，还不等他二人有喘息之机，年老大等三人便已追踪而至。

"天琊"蓝光闪动，飞回到陆雪琪身前，护住主人，但陆雪琪面色苍白如纸，自己身子都有些摇晃。

就在此刻，忽听远处"嗖"的一声，随着一声呼痛，那林锋大怒道："青云小辈，竟敢伤我，看法宝！"

轰隆声响彻整个巨大山洞！

众人正惊骇处，年老大却是停住去势，张口大呼："林兄，不可……"

他话未说完，众人便觉得脚下山摇地动，再一看林锋手上，那把"山河扇"中的大河竟似从扇里图画中消失了。

"哗！"随着一声震耳欲聋的巨响，众人所处的平地龟裂开来，刹那间从地底深处喷射出巨大的水柱，这力量如此巨大，偌大的石块竟也被冲到半空之中，只有前方那块刻着"死灵渊"三字的巨石纹丝不动。

青云门四人被巨大之力向四周冲去，陆雪琪手里一松，那个瞬间，她忽然觉得，自己的心，似乎也沉了下去。

张小凡满是血痕的身子，轻飘飘地向外飘去，前方，就是那个神秘黑暗的深渊！

她在半空中深深望去，只在一个瞬间，曾经往事，一幕幕地掠过心头。

青云山通天峰上，那个抽签时，看她脸红的少年；

那场比试之际，雷电狂风中，突然心软的眼神；

适才为了她吐血，不顾一切地冲过来救她的人啊！

一块巨石当头砸下，陆雪琪咬着牙，寒着脸，用了最后一分力气，伸手在巨石上一借力，改变了身子的方向，向张小凡飞去。

乱石如雨，水龙狰狞，只是这一切仿佛都在天边，"天琊"神剑发出了淡淡蓝光，追随着主人而去。

避开了几道乱石，陆雪琪追上了张小凡，抓住了他的手，正欲将他往回拉去，却只觉得自己身体里最后一点力气，也远离自己而去了。

"她是来救我的吗？"张小凡在渐渐模糊的眼前看到了陆雪琪，在心里念了一句，忽然发觉，自己与陆雪琪此刻都已飞过了那块发射着强烈光芒、刻着"死灵渊"三个大字的巨石，落到了那深渊之上。

然后，他们向下落去。

陆雪琪仿佛失去了知觉，闭上了眼，身子向旁边翻去，白皙的脸庞此刻看着，竟仿佛有了一丝欣慰的神色。

张小凡在落入身下永恒黑暗的无底深渊之前，最后留在光亮处的那个片刻，隐隐约约地听到了一声佛号，随之金光亮了起来。

下一刻，他陷入了黑暗。

无边无际的黑暗，仿佛永恒，就连近在咫尺的身边的那个女子，他也看不到一丝半分。

只是，在他失去意识的最后一刻，却依然知道，陆雪琪的手和他的手，还握在一起，很紧，很紧。

　　甚至于他还隐约感觉到，那只手在这个时候，那么地冰，那么地凉。

　　无边的黑暗，吞没了一切。

后 记

萧鼎的《诛仙》以其持续的关注热度和广泛的影响力，在当代网坛"留"了下来。当然，网络文学历史不长，能不能继续"留"下去，还有待时间的检验。不过有一点可以肯定，《诛仙》在中国类型小说的起步期（2003）即进入人们的"读屏"视野，又以东方仙侠的风格化写作引领了一种网文大类的崛起，在网络文学发展史上确有筚路蓝缕之功。从某种意义上说，它的出现及反响，是中国网络文学发展的一个缩影。有人评价它是"后金庸时代的武侠圣经"，可以看作是"铁粉"之于《诛仙》的钟爱之语，但客观来说，这部精心之作对中国优秀传统文化的吸纳，对金庸、还珠楼主等武侠小说的借鉴与弘扬，以及通过小人物（张小凡）的抗争与成长来架构正邪博弈、真情淬炼精彩故事的艺术魅力，显然已蕴含了作者"文青式"的写作情怀与致敬文学的初心。于是，《诛仙》被一次次多媒分发，不断延伸至游戏、漫画、影视、纸质出版等各类文创产品，形成网文产业链的"长尾效应"，并斩获诸如"中国网络文学 20 年 20 部"等一应网文奖项，也就不足为怪了。

这部导读之作是应中国作协网络文学研究专家肖惊鸿博士的邀约完成的。此前，惊鸿博士已经组织编撰出版了《网络文学名家名作导读丛书》的第一辑，一套 5 本。这次有幸加盟第二辑撰写，品评我所喜爱的萧鼎和他的力作《诛仙》，是一件令人开心的事。在接受这件任务时已过戊戌仲秋，当时手头有在研的国家社科基金重大项目，还有网络文学年鉴和其他省部级课题，时间很紧，压力挺大。为此，我不得不放弃许多本该参加的学术活动和国内外几次讲学邀请，加班加点，终于如期完稿，其中的甘苦远不是2019年的年度热词"996"可以形容的。

值得庆幸的是，这期间，正值我为研究生开设"网络文学专题研究"课程，萧鼎正是我们实践性教学要讨论的网文"大神"，《诛仙》也是课程要赏析的代表性作品。我把《诛仙》分为不同专题，组织学生讨论，然后拟出各专题大纲，确定了基本观点，这为本书的基本内容奠定了基础。导读部分的九章内容分别有9位研究生同学参与，他们依次是：张怡、李玉萍、周雨、韩泽伟、邢玉茹、刘家玲、洪蕊、杨亚茹、毕莉莉，感谢这些青年才俊积极协助，以及所付出的辛劳和智慧。"导读"中的基本观点源自我对该小说的理解，评价分析的不当不周之处当由我负文责。还要感谢萧鼎耐心接受了我们的采访，并提供了规范的《诛仙》典藏文本，也感谢他对本书品评不当之处的包容。

感谢惊鸿博士让我有机会再次走进多年前读过的《诛仙》，重新品咂它的奇妙和精微。春节期间碰上"新冠病毒"肆虐，我正好关起门来赶稿。不过，在"赶"的状态中完成此书，肤浅疏漏之处定然不少，希望得到各位睿智读者的指正！

谨此为记。

欧阳友权

2020 年 1 月 31 日

《网络文学名家名作导读丛书》已出版书目

第一辑:

辰东与《遮天》/ 肖惊鸿 著

骷髅精灵与《星战风暴》/ 乌兰其木格 著

猫腻与《将夜》/ 庄庸 著

我吃西红柿与《吞噬星空》/ 夏烈 著

血红与《巫神纪》/ 西篱 著

第二辑:

子与2与《唐砖》/ 马文运 著

林海听涛与《冠军教父》/ 桫椤 著

忘语与《凡人修仙传》/ 庄庸 安迪斯晨风 著

希行与《诛砂》/ 肖惊鸿 薛静 著

zhtttty与《无限恐怖》/ 周志雄 王婉波 著

第三辑:

天蚕土豆与《斗破苍穹》/ 夏烈 著

萧鼎与《诛仙》/ 欧阳友权 著

耳根与《一念永恒》/ 陈定家 著

蝴蝶蓝与《全职高手》/ 张慧伦 张丽军 著

图书在版编目（CIP）数据

萧鼎与《诛仙》/欧阳友权著 . —— 北京：作家出版社，
2020.12

（网络文学名家名作导读丛书）

ISBN 978-7-5212-1312-6

Ⅰ . ①萧…　Ⅱ . ①欧…　Ⅲ . ①网络文学 – 长篇小说 –
小说研究 – 中国 – 当代　Ⅳ . ①I207.425

中国版本图书馆 CIP 数据核字（2020）第 268159 号

萧鼎与《诛仙》

作　　者：	欧阳友权
责任编辑：	王　烨　袁艺方
装帧设计：	天行云翼 · 宋晓亮
出版发行：	作家出版社有限公司

社　　址：北京农展馆南里 10 号　　　邮　编：100125

电话传真：86 – 10 – 65067186（发行中心及邮购部）

　　　　　86 – 10 – 65004079（总编室）

E – mail: zuojia@zuojia. net. cn

http: // www. zuojiachubanshe. com

印　　刷：天津中印联印务有限公司

成品尺寸：152 × 230

字　　数：350 千

印　　张：25.25

版　　次：2021 年 2 月第 1 版

印　　次：2021 年 2 月第 1 次印刷

ISBN 978 – 7 – 5212 – 1312 – 6

定　　价：48.00 元